加藤就一

ごめんなさい、ずっと嘘をついてきました

福島第一原発
ほか原発一同

書肆侃侃房

ごめんなさい、ずっと嘘をついてきました。

福島第一原発　ほか原発一同

＊目次

プロローグ
ある母と娘の会話……11

一つ目のごめんなさい
私は空へ海へ、長年放射能を捨て続けてきました……13
懺悔《ざんげ》、告白、そして確たる証拠
電力各社へのアンケートでわかった私の正体
お笑い芸人マコちゃんがつきとめた東電のウソ
総理の「完全にコントロール」のからくり

二つ目のごめんなさい
私が事故ると被害額が国家予算を超える⁉……41
日本に最初の原発ができる前から国が隠した事故試算
東海第二原発が事故を起こすと東京23区が帰還困難区域に？
次に原発が事故を起こしたら20兆円を超える損害額は
皆さんが払うって知ってる？
学校で教えてあげてほしい20カ条……58

三つ目のごめんなさい

またまた外務省が隠した報告書は、原発へのミサイル攻撃の損害試算・61

■私がテロ攻撃されたら最悪、1万8000人が死亡?

■テロが原発を狙ったら

■私の事故は原発のアキレス腱を世界中に知らせてしまった

四つ目のごめんなさい

私が出す何十種類もの放射能。人体への影響が未だわからない………79

■アトミックソルジャーたちの呪われた人生を忘れてはいけない

■ケネディ大統領が大気圏内核実験を中止したのは自分たちの核実験がアメリカの子どもを被ばくさせてしまったから

■地獄の王プルトニウムを私たちは福島に出したか?

■トモダチ作戦で米空母が放射能雲に突入し米兵が……

■兵士たちの訴訟はその後どうなった?

五つ目のごめんなさい

子どもたちへ、将来を心配させてしまってごめんなさい……105

■半減期が短いと「早くなくなるからいい放射能」、という印象操作

■隠す、なかったことにする、米ソも日本も一緒だね

■私から出た放射能で人体への影響は出ているのか?

■「私、子ども産んで大丈夫ですか?」泣きながら訴えた女子中学生

■女子中学生は法廷での証言を外された、その陳述書とは

■復興五輪! までに復興したことにしたいんだな

■原発のプロがガンで亡くなる前に明かした、私たち原発の正体

六つ目のごめんなさい

西日本や韓国の原発が事故ると大変よ……133

■新規制基準には福島事故の原因が反映されていない

■放射能は天気予報で、雨雲の流れる方に流されていく……その先に?

■だから韓国沿岸の24基の原発が事故ると日本がヤバイ

■東京から60キロ、39万都市の目の前に浮かぶ原発が事故を起こすと?

■デイビス・レポートの驚愕の被害試算

七つ目のごめんなさい
米国ではダメダメな避難計画だと原発は働けない。けど日本は……？ …… 149
■原発を作ったのに使わないまま廃炉にしたアメリカ
■アメリカよりもっと細い半島に建つ日本の原発が事故ると……
■なぜ30キロ圏内の市町村は避難計画を作らされるのに、再稼働で意見を言えないの？

八つ目のごめんなさい
放射能は、まやかしだらけでごめんなさい …… 163
■トリック、『アルファ線は紙で止められる』で内部被ばくを抹殺する
■わかりにくいのがベクレルとシーベルト
■『国民を無知にしておく壁』は、放射能は見えない、見えないと刷り込むこと
■原子力推進の世界的機関の言うことと医学界が言うこと、どっちがホント？
■薄めて捨てろ？ 福島原発トリチウム汚染水は大丈夫？
■なぜアメリカは飲料水のトリチウム基準が日本の13倍も厳しい？
■えっ？ トリチウム以外にもいろいろ放射能が残ってた、でも捨てる？
■六ヶ所村・再処理工場の申請前の図面から消えたモノ

九つ目のごめんなさい

国策原発も、まやかしだらけでごめんなさい……189

■知られたくない側は、こう説明して知られないようにした!?
■原発は、公害や環境関連法の適応除外だった
■原子力の憲法から知らない間に消された『地震』『津波』の文字
■活断層でアメリカでは2つ廃炉になっていた
■防潮堤を高くしても原発は守れない
■『フィルター付きベント』も人心を巧妙にコントロール
■車も運転できない人をF1カーに乗せる？　青森・大間《おおま》原発の恐怖

十個目のごめんなさい

ヨーロッパの新原発と比べ貧弱すぎてごめんなさい……207

■日本の原発輸出が全て空中分解してしまった理由《わけ》
■ヨーロッパで合格する原発と日本の原発とは何が違う？
■インドで事故ったら原発メーカーも賠償させられ倒産しちゃう
■『特重』ってテロ対策になるの？
■私は「欠陥商品」だった。アメリカでは改修されていたのに……
■「今の原発はすべて欠陥商品」原子力推進派が語り始めた
■一流企業がそろって品質偽装《ぎそう》、原発の重要部分も……

十一個目のごめんなさい
放射能だけでなく大量の熱を海に捨ててきました…………227
■熱ならいいじゃん、ではないのですよ
■日本の再生可能エネルギーには高いハードルが
■送電線は空いているのに……
■ところで送電線は電力会社のものなの?
■太陽光を捨てる愚。そして、うごめく日本国内の原発増設へ向けて

十二個目のごめんなさい
大切な廃炉の話を聴いてください…………241
■最初は10年で廃炉予定だった!?
■廃炉がいかに大変か　よーく考えてみよう
■チェルノブイリの廃炉に30年以上つきっきりの理由《わけ》
■廃炉ってどうなったら『おしまい』なの?
■いちばん大変な廃炉は爆発した私たち福島第一
■熟練の人がどんどん被ばく、線量オーバーでいなくなってしまう

十三個目のごめんなさい
それは私たちが出す核のゴミのこと……251
■核ゴミは海に捨てましょう？
■高レベルの核ゴミは世界中の厄介者
■高レベルの核ゴミを産み落とす再処理工場のための「とんでもルールは」『薄めないで放射能を捨てていい』
■東京から近い場所で長年再処理は行われていた！　ということは……？

十四個目のごめんなさい
実は、原発の過酷事故は何度も起きてた……263
■過酷事故は安全神話で隠されてきたの

エピローグ　最後のごめんなさい
先進国で日本だけ、ガン死が増え続けています……273
■考えられる原因はなんだろう？
■米・統計学者が発見！　原発の100マイル以内の人は乳ガンが2倍!?
■新型コロナウィルスは原発も感染する
■私は遺書を書こうと思います

原発事故はまた起きる　科学ジャーナリスト倉澤治雄……294
参考文献一覧……298

表紙カバー・本文装画／市村譲
装幀／成原亜実（成原デザイン事務所）

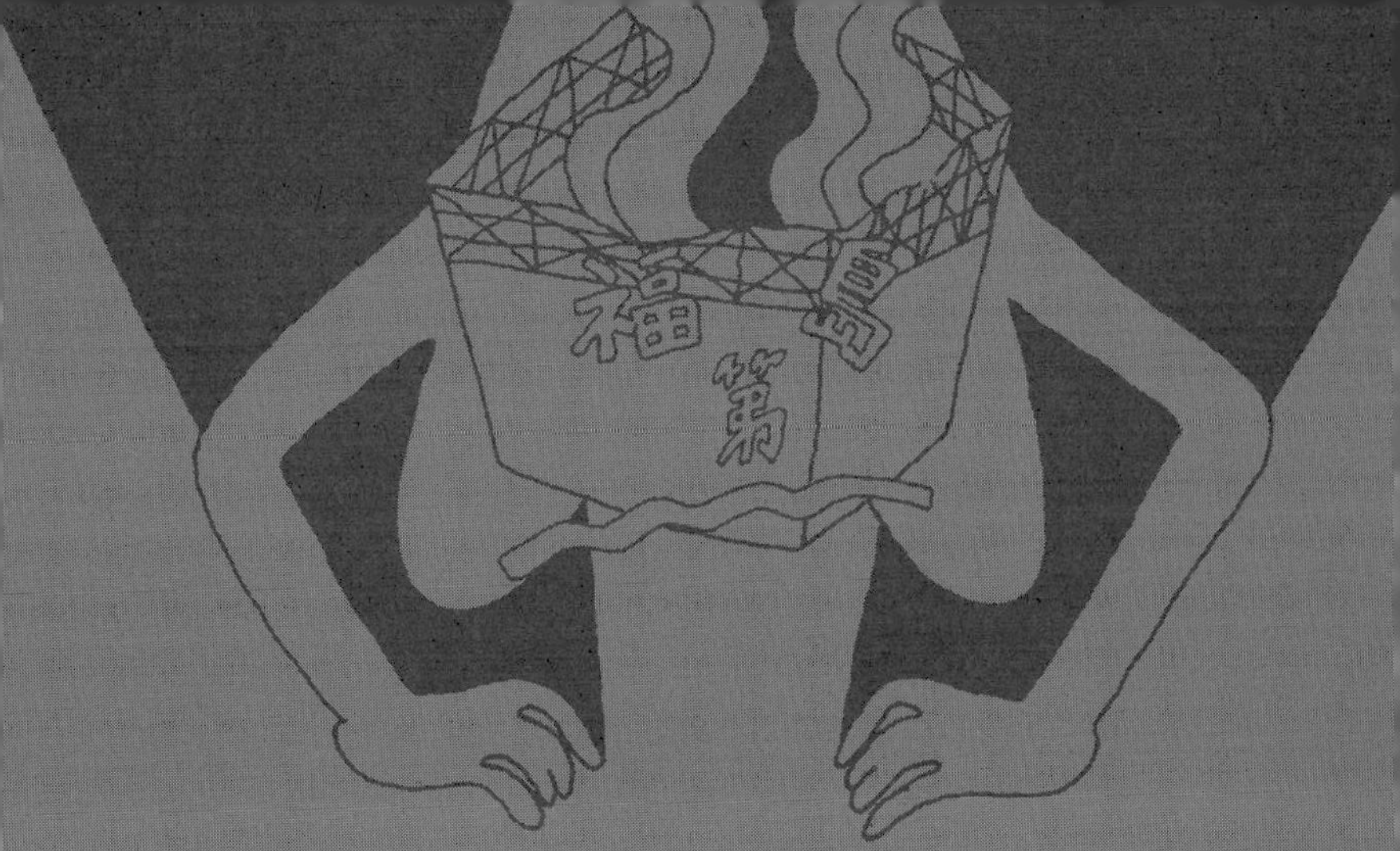

プロローグ

ある母と娘の会話

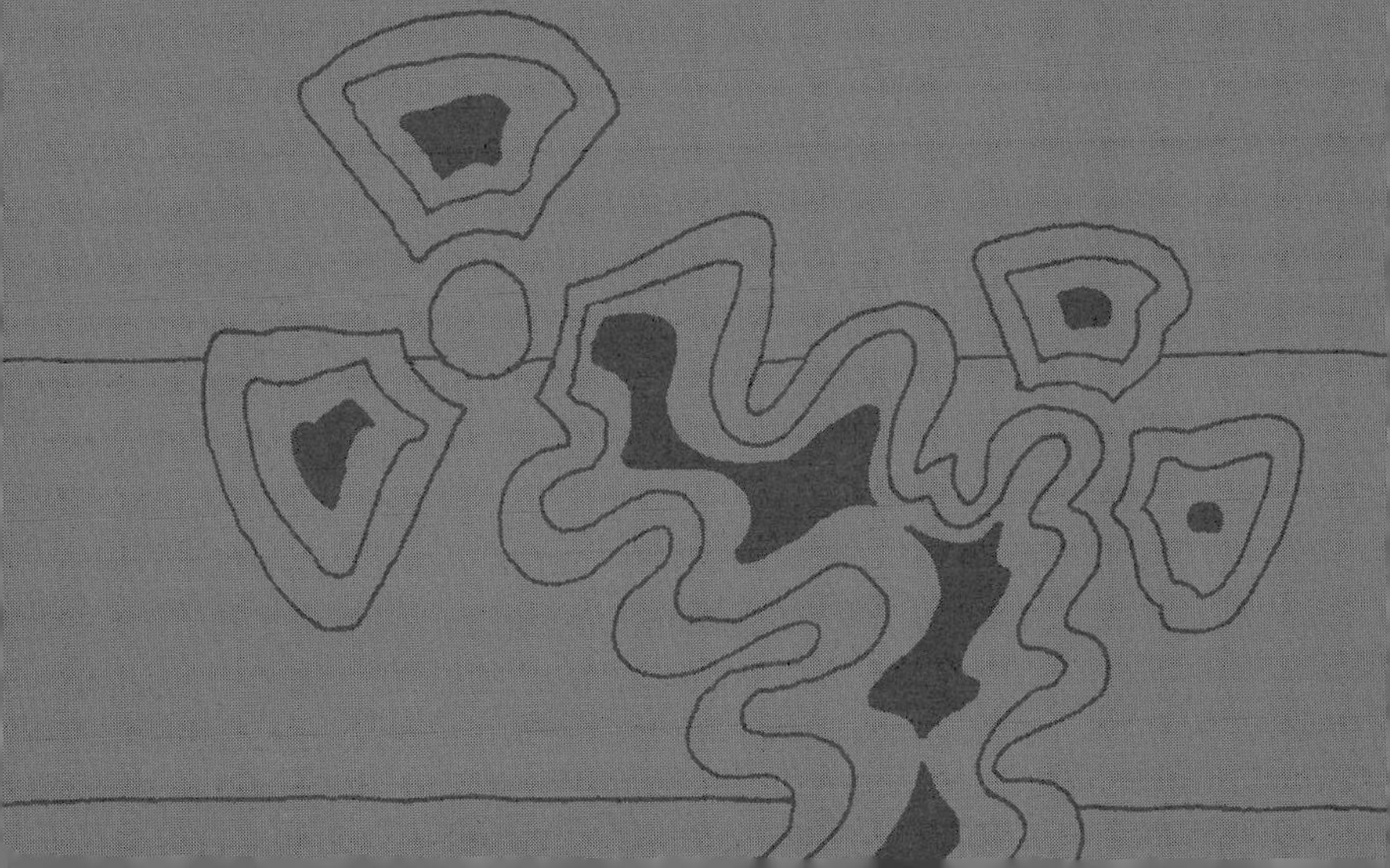

娘「ねェ、2050年にカーボンゼロって新しい総理大臣が宣言したけどママはできると思う?」

母「原発も選択肢って言ってたから大丈夫なんでしょ」

娘「でも原発は寿命が来るから30年後には全部なくなるよ?」

母「だから新しく原発作る気満々ってことでしょ」

娘「新しい原発は核のゴミ出さないの?

事故起こしたら私や私の子どもや孫たちが被害をかぶることになるんでしょ?

電気がなくなってもいいから、そんなのイヤだ」

母「あら、昔、あんたとまるっきりおんなじこと、ママ叫んだわ。

私……あの晩……」

娘「叫んだ?? ママ、どういうこと??」

母「ん〜〜、まだママが子どもだったころ、

あなたが生まれるずっとずっと前にね……。

あのときは、原発が放射能をバラまくワルモノだとは思ってたけど

まさか爆発する日が来るとは夢にも思ってなかった……」

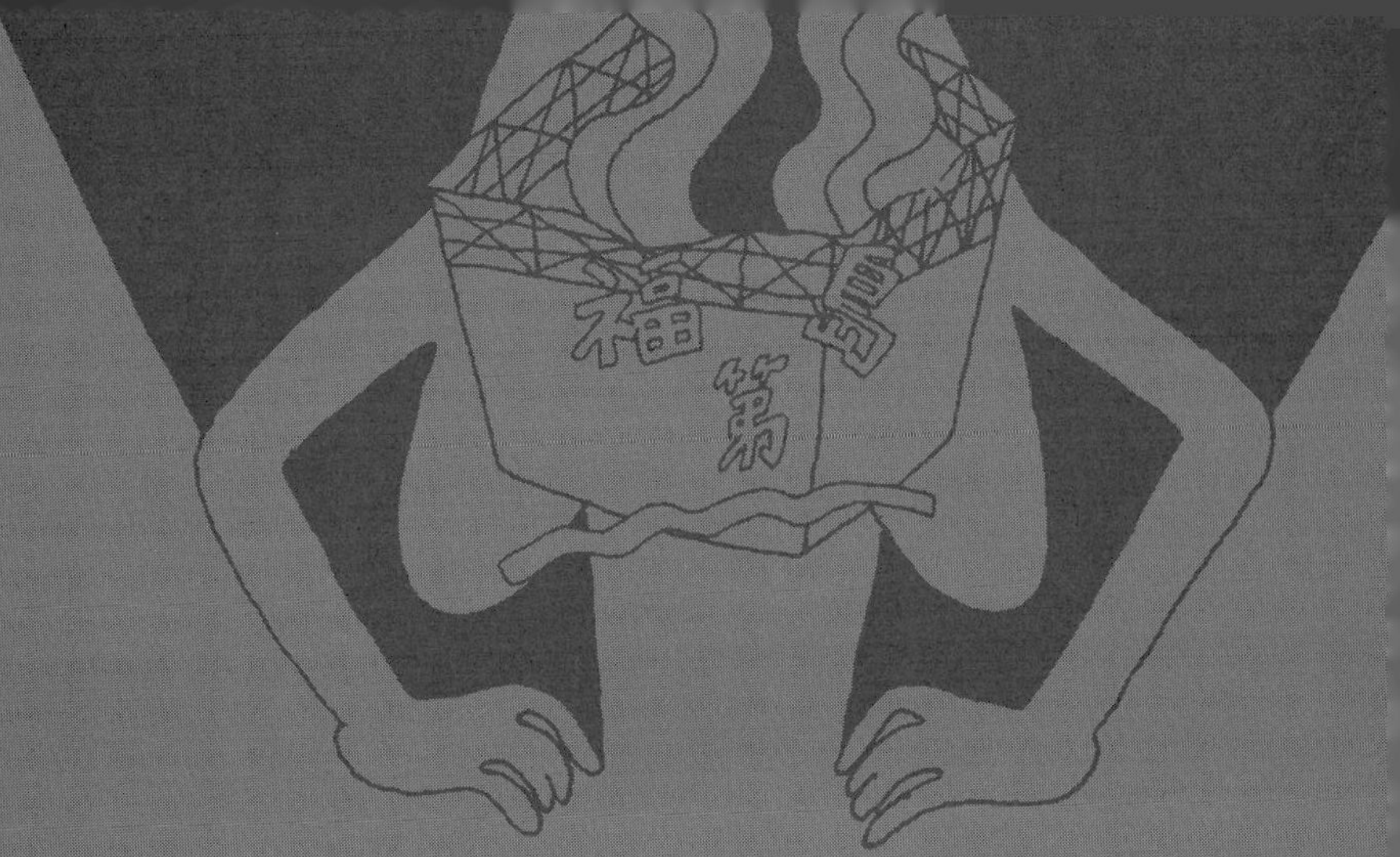

一つ目のごめんなさい

私は空へ海へ、
長年放射能を捨て続けてきました

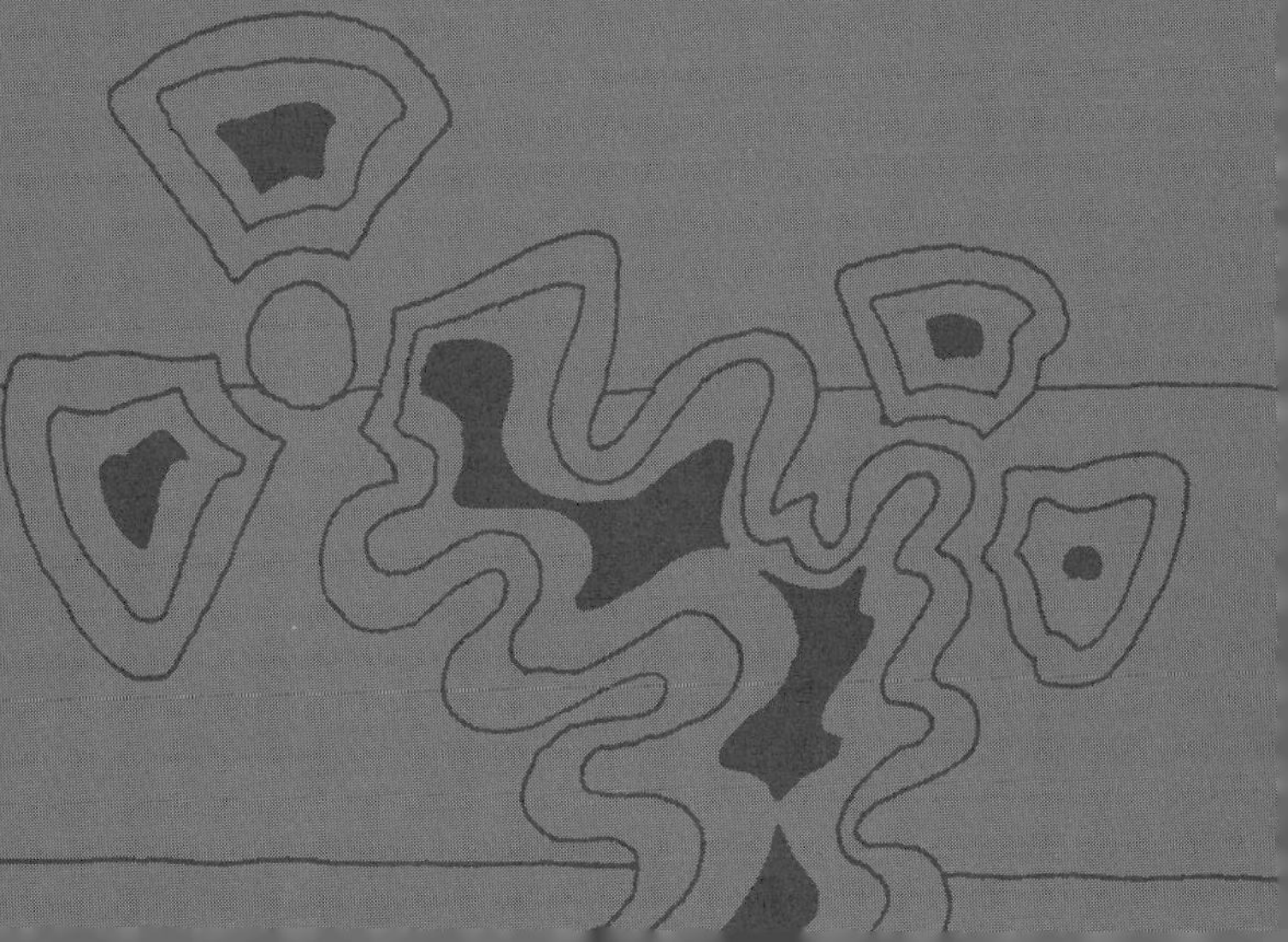

突然、失礼いたします。私は……原子力発電所です。人は略して「原発」と呼びます。

ごめんなさい。私は長年ずっとあなた方にウソをついてきました。何はさておき、私はこの「ウソ」についてお伝えしなければなりません。そうしない限り、何も始められません。どんなウソを、いつから、どれほどついてきたか、そして爆発事故に至った経緯も含めまして皆さまの貴重なお時間をちょうだいして、これから正直にお伝えしてまいります。

わすれもしないあの日、私は爆発しました。カラダは吹き飛び骨が剝《む》き出しになりました。2011年3月12日の、時刻は午後3時半を少し回った頃でした。どうしてこんなことになったのか？　なんか熱っぽい、と私が感じたのは、あの地震が起き津波が私を襲った日の宵の口でした。長年、私の〝下《しも》の世話〟までしてくれてた技術者たちが青くなって叫びました。「全電源喪失、ステーション・ブラックアウトだ」と。津波で非常用発電機が海水につかり、鉄塔が地震で倒れ、外部からの電源も断たれたのです。私は設計上、冷やせなくなるととんでもないことになると聞かされてきました。「全電源喪失」。冷やす手立てがすべて失われたのです。私たち原発が、冷やせないとどうなってしまうかは社会や国民に向けて具体的に教えられてきませんでした。それは、決してそんなことは起きない、日本の原発は絶対、安全、安心、という安全神話で塗り固められてきたからです。冷やせなくなるわけがないと、その先のことが語られることは一度もありませんでした。ああ、熱い……冷やせなくなって何時間たったでしょうか。体のほてりがハンパなくなってきました。脇汗《わきあせ》、脂汗《あぶらあせ》が吹き出てきます。私のお腹、原子炉（圧力容器）の中を冷やせなくて、核燃料を浸していた水がどんどん蒸発し、燃料は剝き出しになって、空焚《からだ》きが進んでいたのです。

原発の私がどうやって発電するか皆さんはご存知でしょうか？　まず核分裂の熱で水を水蒸気にし、その蒸気で発電機を回して電気を生み出します。ずっと昔、産業革命の時代に蒸気機関車を走らせたイメージに近いでしょうか。水蒸気といっても１００度ではありません。圧力を強烈にかけるので２８０度にもなるのです。冷やせなくなると原子炉の温度が途方もなく上がっていき、私を動かす核燃料を浸していた水がどんどん蒸発してなくなっていったのです。やがて核燃料は剝き出しになり千数百度にもなる。すると、核燃料を包んでいるジルコニウムという特殊な金属と水蒸気が反応して水素を大量に出し始めます。あのとき、どんどんお腹がふくれていき、溜まった水素で、私のお腹はパンパン。すぐにでも破裂しそうだったんだと思います。

さらに高温になりついに核燃料が溶け始めました。炉心溶融《ろしんようゆう》、メルトダウンしてしまった。溶け落ちた核燃料は鋼鉄でできた私のお腹の分厚い底を食い破った。私の中に溜まっていた水素や放射性物質は、原子炉をすっぽりおおって守るはずの格納容器へとどんどん漏《も》れ出た。さらに格納容器からも溢《あふ》れ、私の四角い体、建屋《たてや》に溜まっていきました。格納容器が破裂する限界まで圧力が上がっていったので隙間や亀裂ができて漏れてしまったのか、それとも津波以前にすでに地震のせいでどこかに亀裂が入っていたのか……。水素は丸一日かけて建屋に充満していった。運命のその刻《とき》、地震から一夜明けた2011年3月12日午後3時36分、私は水素爆発、こっぱみじんになりました。あのとき、私の意識は爆風とともに遠のいていき、ああ、これで終わり、死ぬんだなと思いました……

申し遅れましたが、私は福島第一原発1号機です。1971年3月26日生まれの牡羊座。父である国と母である電力会社の間に生まれました。電気を大量に産み落とすという意味では性別は女性でしょうかねえ。CO_2（二酸化炭素）も出さずクリーン、しかも安全で安価、というふれ込みで若い頃はじゃんじゃん稼いでブイブイ言わせたものです。東京にできた新名所、新宿の高層ビル群が煌々《こうこう》と灯す電気は、私が福島で発電し、高圧電線ではるばる東京まで送ったものでした。私の8年先輩が「鉄腕アトム」。体に埋め込まれた超小型原子炉でアッと驚く10万馬力。科学の子は世の中の悪を痛快にやっつけ、男の子も女の子もとりこにしました。アトムは世界で唯一の被爆国に私たち原発を作っていくための良き広告塔でした。私の誕生後、二度のオイルショックが資源のない日本を襲いました。しかし原発を増やせば問題ない、と一気呵成《いっきかせい》。日本の海岸線にぐるっと54基、雨後の竹の子のように私たちは建てられていきました。それからあっという間に歳月は流れ、東日本大震災のあった２０１１年には、いくつかの原発に「40年という原発の寿命」が迫っていたのです。人間で言えば80歳。やれ関節痛だ神経痛だ、歯も総入れ歯、あちこちにガタがきていました。〝輝く未来のエネルギー〟とチヤホヤされた原発も棺桶に片足を突っ込む歳になっていたのです。鏡を覗《のぞ》きこめば、そこには老いた私が……。ピッカピカだった鋼鉄の肌も小じわだらけ。気づけば私も立派なお婆ちゃんでした。

　さてさてこんな私たちですが、原発一同、日本国民に謝らないといけないことがあると冒頭で申し上げました。それは、この歳になるまで皆さんに真っ赤なウソをついてきた、ということです。長年ずっとです。古今東西、日本中の皆さま、ごめんなさい。何がウソか、どんなウソかをこの場をお借りして白状いたします、それは……

　皆さんは、私たち原発は二酸化炭素も出さないクリーンなエネルギーだと教えられてきませんでしたか？それがウソなのです。ホントはそうじゃない。二酸化炭素どころか、「放射性物質」を長年出し続けてきたのです。空にも、海にも。空には排気筒から、海には放水口から。爆発した私だけではありません。壊れていないすべての原発が、皆さんの故郷、北海道も東北も関東も中部も北陸も関西も四国も中国も九州も、全土を汚染し続けてきています。私たち原発はいったん運転を始めてしまうと放射性物質がどうしても出てしまうのです。人間で言えばオナラだったり汗だったりみたいに。なあんだ、汗やオナラなら量は少ないから問題ないのでは？　って皆さんは思うでしょうね。ごめんなさい。私たち、けっこう出すのです。日本初の原発が半世紀以上前に作られて以来今日まで50年以上、日本中の54基から切れ目なく放射能を捨て続けてきたのです。すべて足し合わせればとんでもない量になります。世界で唯一の被爆国に原発を作るに当たって私たちの父・国と母・電力会社は契《ちぎ》りを交わしました。「原発は運転を始めたが最後、永遠に放射能が漏れ出してしまう、そのことだけは、絶対に国民に知られてはならない」と。そんな原発推進サイドの血の掟を、なぜ古参である私、福島第一原発1号機が破るのか、塩漬けにされた「ウソ」を国民に知らしめようとするのか？　それを決心させたのがあの日の爆発でした。

3月12日の水素爆発で、私は死んだ、ああ、これで終わった、と思いました。でも終わりではありませんでした。何故だか、見るも無惨な私の姿が私自身の目にはくっきり映っているし、意識もきちんとこのとおりあるのです。

もしや生ける屍《しかばね》となって宙を舞い、彷徨《さまよ》っているというのか。そう信じ込むしか自分を納得させる術《すべ》はありませんでした。

もしかりそめの命を今しばらく与えられているのだとしたら、私を含め日本全国に最大54基あった原発、いや世界に400以上ある原発を代表して私が、原発が生まれてこのかた全人類についてきたウソを、そして光が当てられてこなかった真実を皆さんに告白しなければ、私がこと切れる前に告白しなければ、と思ったのです。それが動機です。そしてお詫びをした上で死にゆく覚悟です。

「告白したことが本当かウソかわからないじゃないか」とおっしゃる方、そんな人こそぜひ、私の独り語りに今しばらくお付き合いください。そうして私が告白することが「本当」なのか「ウソ」なのか、なにとぞ見極めていただきたいのです。厳しい目でご判断いただきたいのです。よろしくお願いいたします。

皆さんは「ごめんなさい。ずっとウソをついてきました」という私の突然の告白で、ひどく混乱されているのではないでしょうか。一度ここで整理しておきましょう。「原発は運転するともれなく海へも空へも放射能を出してしまう」、この大切な事実は、巧妙にフタをされ、皆さんに決して知らされることはなかったのです。国も電力会社も国民に長年言わないで来たのです。彼らは真顔でこう言うでしょう。「長年言わなかっただけで、ウソはついていない」と。でも皆さんは、こんな大切なことを言わないのはウソをつくのと同じだ、と思いませんでしたか。でも今のご時世、「あの原発が言ってることはデタラメだ」とか「原発が放射能を出してきたって言うのなら証拠見せろ」とかそんな書き込みがインターネットに溢れて、間違いなく炎上でしょうね。炎上上等。わたくし原発お婆が受けて立ちましょう。炎上の火消しには「証拠」しかありません。証拠……山のようにあります。お見せしますとも。鎮火しましたら私のこの先の告白を、きちっと信用して最後まで聞いてくださいね。お約束しましたよ。

では決定的な証拠をお見せしましょう。その証拠を手に入れたのは原発取材を長年続けて来たノンフィクション・ライターの神恵内一蹴《かもえないいっしゅう》という男。私とはずいぶん前から取材する、されるの仲です。神恵内は私の事故の後、何ともありふれた方法で「原発を運転するともれなく放射能が出る」明確な証拠を手に入れたのです。

懺悔《ざんげ》、告白、そして確たる証拠

私は福島第一原発1号機です。一つ目のごめんなさい、なんて言ったらいったいいくつごめんなさいがあるのかと勘繰りますよね？　そのとおりです。ざっと数えても15個はくだらないのです。話せば長くなります。覚悟して聞いてください。

さて、原発を運転するともれなく放射性物質が出る「決定的な証拠」を手に入れたノンフィクションライター神恵内一蹴。変な名前でしょ。彼の父は、スー族の流れを組むネイティブアメリカンで名前は「蹴る鶏」。

母は日本人、いち子。2人の間に生まれたのが一蹴。Issue、「問題意識」を持て。その問題を「一蹴」しろという意味を重ねて、母が名付けたんだと。生まれはニューヨーク・マンハッタンの南端ソーホー。昔は倉庫街。どぶネズミだらけだった。鉄腕アトムがアストロボーイとして全米で放送され、神恵内は釘づけになった。原子力は未来の輝くエネルギーだと疑いなく信じていたボーイだった。7歳のとき、ベトナム戦争で父親が戦死。母いち子は一蹴を連れて北海道の実家に戻ったんだそうな。彼の成長とともに、日本中に原発が増えていった。皆さんと同じように原発の「安全神話」をしっかり刷り込まれてね。

彼が最初に私の取材にやって来たのは、あの事故の随分前のこと。ベトナム戦争で死んだカメラマン、ロバート・キャパに心酔し、ジャーナリストを目指した神恵内は、新聞学科のある早稲田大学に進んだ。大学を出ると北海道に戻り、民放に入社、報道記者に。そんな神恵内が原発に興味を持ったのはチェルノブイリ原発の爆発だった。安全安心と言われてきた原発も爆発する、しかも被害は途方もないという現実。心の中で鉄腕アトムがガラガラ崩れた。彼は事故直後のチェルノブイリ取材を切望したが、社の答えはノーだった。若かった神恵内が辞表を出すのに躊躇《ちゅうちょ》はなかった。「日本の原発は本当に大丈夫なのか?」、一心にこの思いだけで神恵内は、単身私たち原発の取材を始めた。それから十数年たって私のところへも取材にやって来たのです。神恵内の狙いはこうだった。私の地元、双葉町や大熊町の住民に話を聞いて回り、おかしいと思った点を原発サイドにぶつける。会う人、会う人、やみくもに質問をぶつけていく。農道に停めた軽トラで一服しているおじいさんの話を聞いて神恵内は鳥肌がたった。黒光りするほど日焼けしたその人は若かりし頃、下請け作業員として私の点検をしてくれたのだという。その話はこうだ。「おらが初めて原発に働きに行く前に説明会があってな。そのとき東電の人から『敷地内で魚を釣ってもいいけど、食べてはダメ』って言われたよ」。原発で釣った魚は食べるな……神恵内はピンときた。東京電力は、私の敷地内で釣った魚は食べると何かが良くないとわかっている、だから原発で働く人には食べるな、と説明するんだと。おじいさんの証言に神恵内はもう一つ引っ掛かった。それは、「魚を養殖すれば原発の出す温排水で大きく育ちますよ〜」と、原発を誘致の「地元メリット」として東電がうたっていたことだ。この説明、おじいさんにした「釣っても食べるな」と丸っきり逆でしょ。やっぱり原発はクロだ、神恵内は確信した。日が西に傾いた頃、あぜ道の雑草をひいていた農家のお婆さんはこう証言したんだと。「東電の人にな、日本は地震が多いけれども原発は大丈夫か？　と何度も質問したんだけども、いっつも『原発は地震が来たら自動的に止まりますから大丈夫』と繰り返すんじゃ」。東電が言うように、地震が来たら原発は本当に自動で止まって事故にはならないのか、それって、大地震が来てもいない段階で断言できるのか……そんな疑問を神恵内は第一原発の担当者にぶつけに来たんだ。でもマスコミ対策に慣れてる広報部の連中にのらりくらりとかわされてしまった。このときの悔しさが忘れられない神恵内は、その後もずっと原発のテーマを取材し続けた。

それから何年もたってついにあの日が来てしまった。２０１１年3月11日午後2時46分、いつになったら揺れが止まるのか？　もしかして止まらないのではと怯《おび》えた、長い長〜い地震でした。かつて経験したことのない揺れの大地震でした。その翌日、私は爆発を起こし、姉妹の2、３、４号機と合わせて90万テラベクレルという途方もない放射能を地球にまき散らしたのです。90万テラベクレル、900,000,000,000,000,000　実に0が17個もつくのです。本当にごめんなさい。

神恵内は私の事故の後、他のテーマが手につかなくなっていました。私が爆発して4カ月後の7月末のこと、読売新聞の小さな記事に神恵内の目が留まりました。「福島第一原発が爆発を起こして4カ月たったのにいまだ原発は毎時10億ベクレルの放射能を出し続けている」。神恵内は疑問を持った。おい待てよ、だとしたらチェルノブイリみたいに石棺にして放射能を封じ込めなくていいのか？　さっそく、原発と言えばこの人、かねてより親交のあった科学ジャーナリストの倉澤治雄に会って尋ねたのです。

神恵内「福島第一原発もチェルノブイリのように石棺にしなくていいのですか?」

倉澤は穏やかな口調で、

倉澤「毎時10億ベクレルで石棺にしないといけないとすると、日本にあるすべての原発を石棺にしなくてはならなくなってしまいますよ」

神恵内「え、どういうことですか。ってことは原発が普通に発電をすると、事故でなくても空や海に放射能を出しているってことですか?」

倉澤「おっしゃるとおり。運転を始めたしょっぱなから放射能を捨ててきていたのですよ。
原発の排気筒って120メートルとか高く作ってあるでしょ。
費用がかさむから無駄に高くはしない。高いってことはそういうことなのです」

神恵内はどうしても倉澤の言葉が信じられなかった。というか信じたくなかったのかもしれない。未来の明るいエネルギー原発、クリーンな原発、そう信じて育った原発がすかしっ屁のように知らん顔で、放射能を出す……。誰に聞けば自分を納得させてくれるのか……米焼酎の4合ビンが空《から》になりかけたときだった。「そうだ、電力会社だ。単刀直入に原発を持つ全ての電力会社に聞けばいいんだ。原発の正体についてアンケートを仕掛けよう。このご時世、もしこれが事実だとしたら大手電力会社としてウソの答えを書くわけにはいかないだろうから」。神恵内はあっという間にアンケート用紙を作り上げ、原発を持つ9の電力会社と原発建設中の1社、計10社に「原発に関する共通アンケート」を送った。いちばん知りたかった設問が「○▲原発■号機では通常運転時に排気筒から環境中に放射性物質を排出していますか?」だった。

神恵内は原発の1基1基、それぞれ宛てにアンケートを送った。なぜか？　それは、一つの発電所には複数の原発があるでしょ。私の福島第一原発でも私の他に2号機から6号機まであって、それぞれ作った年代もメーカーも型式も違うから。アンケートを送ってすぐ、電力各社から神恵内にじゃんじゃん電話がかかってきた。

東電広報「このアンケートは何に使うのですか？」

関西電力「どんな企画ですか？　出版とか放送とか決まっているのですか？」

神恵内「いついつとか現状決まってはいません。長年、私も私の愛読者も原子力発電は明るい未来のエネルギーで安全安心、鉄腕アトムの心臓部だと思ってきたんですね。なのに大事故を起こしたので、読者からもすごく多くの質問が寄せられているのです。だから読者とともに『原発とは本来どういうものなのか』を知ってこの先を考えるためです。基礎的な調査なのでぜひお答えください」

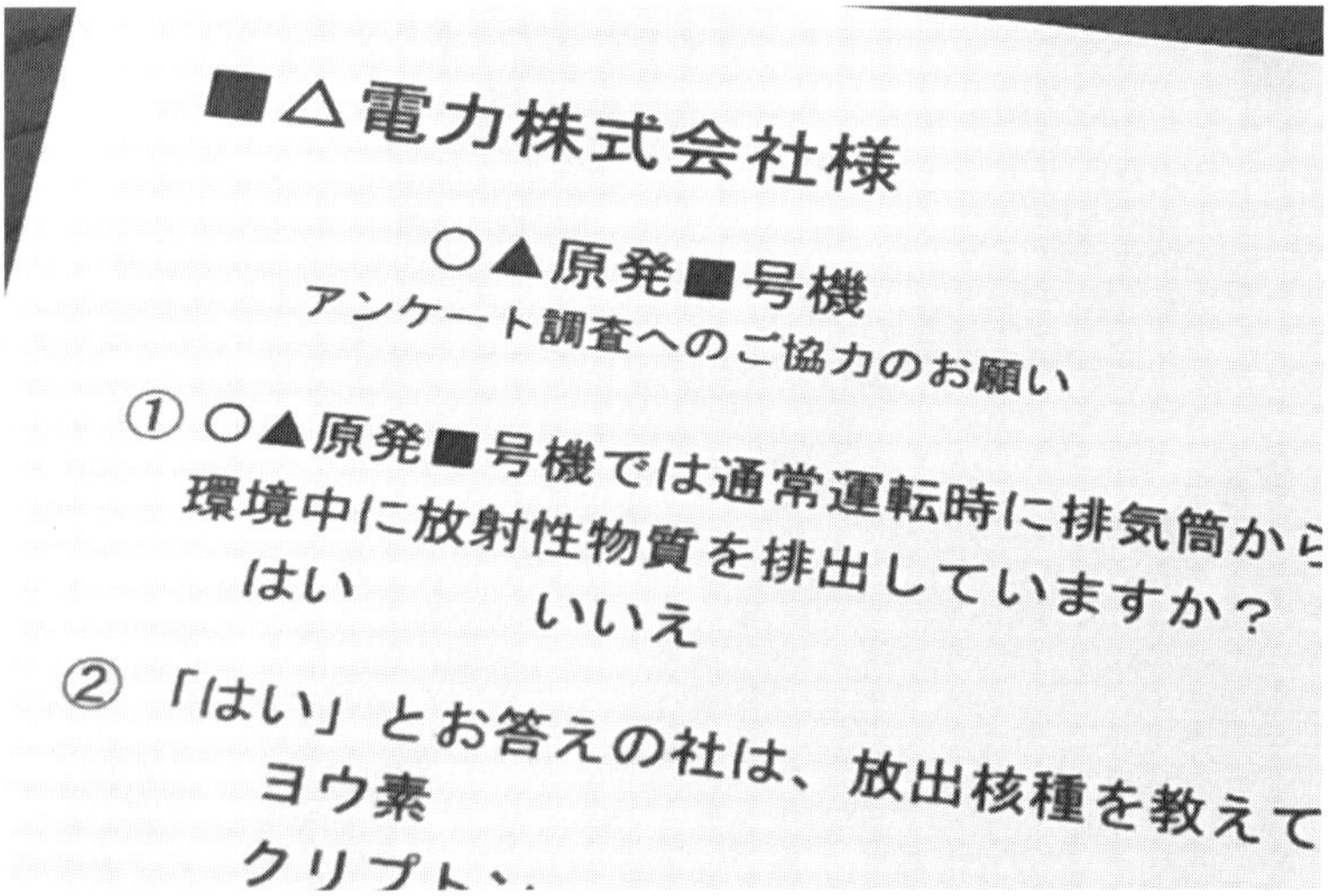
■△電力株式会社様

○▲原発■号機

アンケート調査へのご協力のお願い

① ○▲原発■号機では通常運転時に排気筒から環境中に放射性物質を排出していますか？

はい　　いいえ

② 「はい」とお答えの社は、放出核種を教えて

ヨウ素

とお願いしたのね。すると「原発1基ごとはご勘弁を」ということで、原発一カ所に複数ある原発を一まとめにした回答がしぶしぶ送られてきた。こうして神恵内が手にした「世界中で多分だけどたった一つ」のアンケート結果。これが「証拠」です。お宝中のお宝。アンケートに何と回答されていたのか？　詳細はぜひご本人に教えていただきたい。神恵内さん、聞こえる？　つながってる？

電力各社へのアンケートでわかった私の正体

神恵内「生ける屍《しかばね》のわりに元気ありますね、はは」

私「相変わらず口が悪いねえ」

神恵内「口は悪いが見た目はいい」

私「はいはい」

神恵内「自分がアンケートでいちばん答えてほしかった設問は、『原発は運転時に排気筒から空へ放射性物質を放出していますか？』だった。でもこの質問ははぐらかされるか、無回答かなと思っていた。ところが電力各社から返ってきたアンケートを見て、ひっくり返ったね。10社中10社の答えが『はい』。臆面もなくね。日本中の原発が運転し始めてこのかた、放射性物質を捨ててきた、と回答したわけさ。そんなバカな、わが目を疑ったね。ついでに『なぜ排気筒は高く作られているのか？』という設問も入れておいたんだけど、パクッと食いついた社があったね、北陸電力さん。『放射性物質をなるべく高いところで出して、大気で薄まるようにして近くに住む住民への影響をなくそう、という目的で排気筒は高くしてあります』とバカ正直に答えてくれてさ。電力会社にもいい人いるんだ、とちょっぴり感心したりして。まぁ、放射能を黙って捨てていることは国も電力会社も知ってるから、近隣住民に配慮して排気筒を高く設計してあった、ということだ」

私「そういう理由で私の排気筒が120メートルもあったりするのかぁ。やはり作る前から私たち原発は放射性物質を出すって知ってての確信犯だ。そうかぁ、私、出してきたんだねえ……。空はわかったけど、海へはどうだった?」

神恵内『『海へ放射性物質を放出していますか?』にも10社中10社が『はい』と答えた。『空へも海へも原発は放射性物質を長年捨ててきた』、と電力会社が全社揃い踏みで白状してた。缶ビールを持ったまま小さく独りガッツポーズ」

私「神恵内さんってホント怖いもの知らずだね。あんたがすっとぼけてアンケートを投げなかったら未来永劫『原発は毒を吐く』ことに光は当たらなかった。世界中の人々が知るべき大切な真実ですよ、これは大手柄だ。この後は何を?」

神恵内「大型機が世界貿易ビルに突入した9・11同時多発ゲリラで、どうも原発が狙われていたという情報を摑んだんで、ちょっくらエジプトへ飛ぼうかと思ってる」

私「初耳、聞き捨てならないスゴいネタね。何かわかったら教えてね」

皆さん、ここまでをまとめるとですね、このアンケートでわかったのは、沸騰水型とか、再稼働が進む加圧水型とか関係なく、全ての電力会社の原発が空にも海にも長年にわたって放射性物質を捨ててきた、という衝撃の事実。私たち原発は生まれてこのかた、ずっとゲップやオナラやおしっこのように体内から出ざるを得ない放射能を地球にばらまき続けてきたのです。本当に申し訳ないと思います。

そして彼、もう一つ耳寄りなことを教えてくれました。中部電力さんはご丁寧に「定期点検で止まっているときも放射能は出ます」と書き添えてくれてたんだって。そのとおりなの。白状するわ。私って止まっていても放射性物質が漏《も》れる。私たち原発は定期的に止められて点検されることは皆さんご存知ですね。「定検」（定期検査）っていうんだけど、なんで止まっても放射能が出るか不思議でしょ？　あの神恵内が取材した、昔、私の定検で働いてくれた福島のおじいさんはこう証言しています。「原子炉のフタを開けて中の放射能まみれの大量の水を海に捨ててからな、お釜の中におれたち作業員が降りて鉄の壁の掃除をゴシゴシやらされんだ。汚染がひどいので線量計のアラームがすぐ鳴るんでな、さっと次の人間と交代しながらやるのさ。定期点検といえば聞こえはいいが命がけだぁ」ってね。原子炉のフタを開けたらそりゃ出る。核燃料のまわりを直接グルグル回っていた高汚染の水を海に捨てりゃなおさらだ。

　私の告白はフェイクだ、証拠を見せろとおっしゃってた方々、さ、どうですか？　この電力10社の回答。「原発は放射性物質を放出している」に10社中10社が「はい」でしたよ。この「はい」、そんじょそこらの「はい」でないのはおわかりですよね。「はい、わが社の原発は運転するともれなく空へ海へ放射能を放出しています」という「はい」。私たちの母、電力各社が社会に向けて答えた「証言」ですよ。「記憶にございません」とか「それには当たりません」などという政治家的な言い逃れではありません。これに勝る証拠、ございますか？　ございませんよね？　ではこの問題、これにて一件落着！　でもさ、この回答を神恵内に教えてもらって、その重さをひしひしと感じたからこそ、私、福島第一原発1号機は、これまで知らされないで来た日本国民に告白しなければ、と決意を新たにしたのです。日本にある全原発を代表し、心よりお詫び申し上げます。

ところで、共通アンケートで、「原発が稼働すると空にも海にも放射能を出す」ことを私たち原発の母たる電力会社各社は認めたけれど、罪の意識はなくて、こう言うでしょうね。「別に隠したわけでも、言わなかったわけでもありません」「ちゃんとホームページにも載せています」って。でもよく考えてみて。ホームページなんぞ長い間なかった。そんな時代に原発反対の人たちが地道な努力を重ねて原発が放射能を出し続けていることを突き止めた。電力会社は隠しきれなくなって、あまり知られたくはないけれど、その頃開設したホームページに、自分らに不都合な真実も載せた。仕方なくね。でも、それ以前はやりたい放題だった。捨て放題。当事者として私は知っていますよ。

　原発が放射能を出していることが突き止められた後も推進側は強気でした。「私ども、国のルールにきちんとのっとっていますから」とか「近隣の住民に影響が出ないように法律で定められた濃度基準より低い値であることを確認して空や海に放出してきているのでご指摘には当たりません」ってね。わかりにくい表現でしょう？　これ推進側の常套手段。わかりにくいことをさらに回りくどく難しい表現で煙にまくわけ。やわらかく噛み砕きますよ。「原発近くの住民がたくさん被ばくしないよ

放射性気体および液体廃棄物の放出量の年度別推移

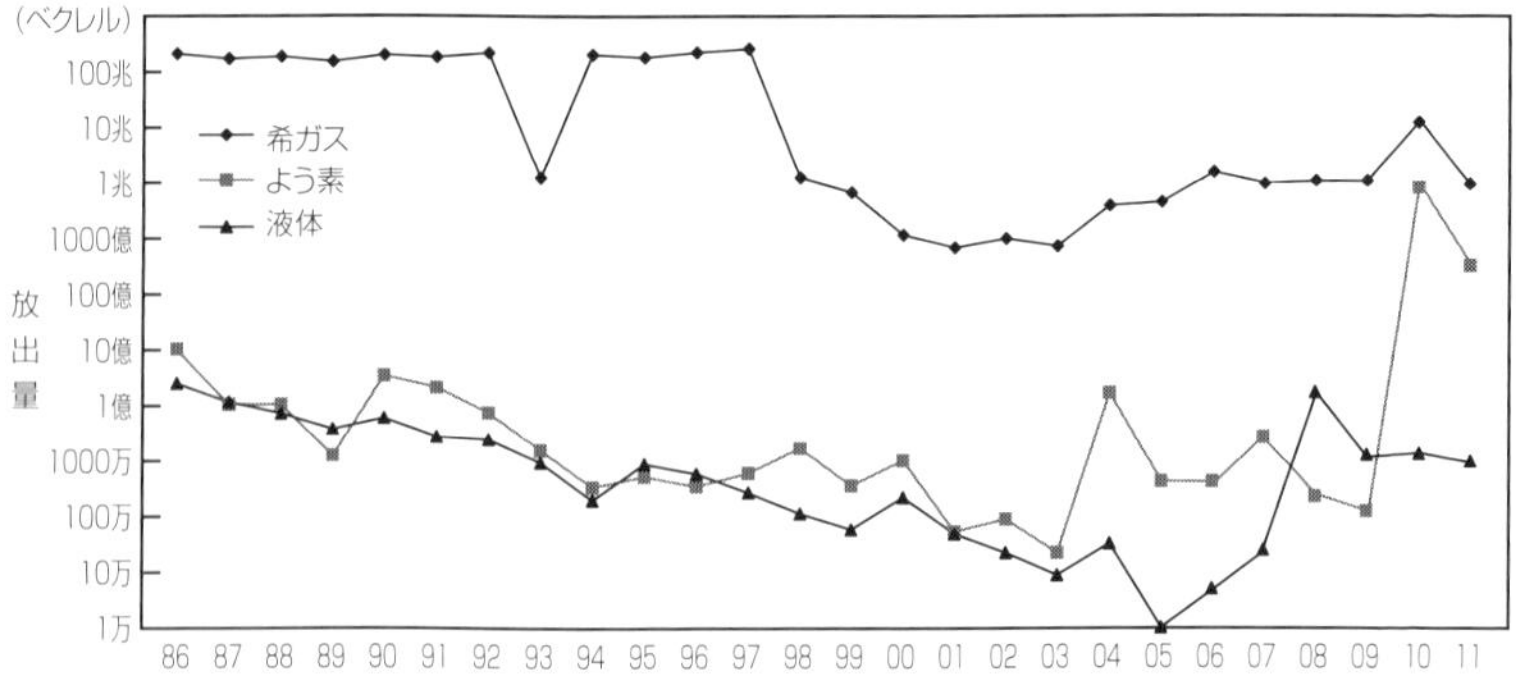

[出典]（独）原子力安全基盤機構：原子力施設運転管理年報　平成18年度版と24年度版を合体し作成

うに、この濃さより薄いのは捨てていいと法律で決められた濃度まで、空気や海水で薄めてから捨てているのだから、何ら問題はありません」ということ。

ねえねえ電力各社の社長さん方、問題ないとおっしゃるのならその「基準より低い放射線量の空気」をご自宅に引き込んで何年か生活してみてくれませんか。ご自分のご家族がその条件で暮らしてみて健康に問題が出ないことを実証してくれたら、みんな大丈夫だって安心できますから。

海に捨てるのもそう。捨てていい基準より低い濃度の放射能風呂に毎日入って、人体に問題ないって身をもって証明してください。何種類も放射性物質の入ったカクテル湯にね。私の事故の後、原子力安全・保安院の、サーファーかってくらい日焼けした人が会見で「海に流出した放射能は薄まるのでまったく問題ない」と堂々とのたまっていたけれど、薄まりゃいいってものじゃない。出した総量が問題なの。ところで皆さんは海に捨てられている放射能の種類って一つ、二つと思っていませんか？ とんでもない。ニュースで聞いたセシウムとヨウ素だけではないんです。たくさんあるんです。

内閣府監修の『原子力安全委員会指針集』に堂々と書かれています。「原発を普通に運転することで海に捨てている放射性物質は主なもので10種類」と。

次のページの表を見てください。上からクロムでしょ、マンガン、鉄、コバルト、ストロンチウム、ヨウ素にセシウム。全て放射性物質ですよ。知らない放射能だらけではないですか。耳にしたことはないでしょうが、「放射性・鉄」もあるのです。「えッ？ こんなに多くの種類の放射性物質を海に捨ててきたのか」と皆さんは目を白黒させたでしょ。原子炉の中でできる放射性物質はもっともっと多くて、主なものだけで60種類はくだらない。だからあの事故で私は海に全種類出してしまったってことになります。穴があったら入りたいけど、私の図体は巨大だから入れる穴なんてないのです。

この表にはもっと驚くことが書かれているのね。表の上の方を見て、「沸騰水型原発」、「加圧水型原発」っであるでしょ。「沸騰水型原発」は爆発した私、福島第一原発と同じ型。「加圧水型」は私とは違う型で、事故後に続々と再稼働した型。事故を起こしてない「加圧水型」の方が安全だろうと原子力規制委員会はどんどん「加圧水型」を再稼働させてきたんだけど、だからと言って「加圧水型」が安全とは言えないのです。その答がこの表に書かれています。皆さんは私が起こした原発事故で「ヨウ素」と「セシウム」が悪者だと学びましたね。では、もう一度下の表を見て。ヨウ素とセシウムを「加圧水型」と「沸騰水型」とで比べると、「加圧水型」の方が悪者を何倍も海に捨てていることがわかるでしょ。ヨウ素は7倍以上、セシウムも4倍捨てている。皆さんの近くにある原発はどちらの型⁇「いろいろ知らないことだらけだなあ」と皆さん、気づき始めていただけましたか？ 知らないままでいると、未来もこれまでどおりやりたい放題やられてしまいますよ。そんなのイヤだと思ったあなた、この先も重苦しい話ばかりですが、がんばって私の告白を聞いて、しっかり学んでくださいよ。

同じことは空へ何を捨ててきたか、にも言えます。ヨウ素、トリチウム、キセノン、クリプトンなど、やはり

環境に放出される液体廃棄物中に含まれる放射性物質の核種組成

核種	組成（%）	
	沸騰水型原子炉	加圧水型原子炉
クロム	2	2
マンガン	40	3
鉄	7	2
コバルト58	3	10
コバルト60	30	15
ストロンチウム89	2	2
ストロンチウム90	1	1
ヨウ素131	2	15
セシウム134	5	20
セシウム137	8	30

［出典］内閣府原子力安全委員会事務局（監修）：改訂11版原子力安全委員会指針集、大成出版社（2003）

たくさんの種類の放射性物質を捨ててきています。悪者のヨウ素も入ってるでしょ、だからさすがに原発ごとに「放出管理目標値」っていうのが決められていました。「放出管理目標値」、また難しい名前ですね。やわらかく言うと、１年間にいくらまでなら捨てていいですよ、それ以上はダメですよって量のこと。要はここまでは「捨ててＯＫ」ってことです。たとえば北海道の泊原発だとヨウ素を１２０億ベクレルまでは捨ててもいいと決まっています。「エッなに？　原発ごとにヨウ素を捨てていい量が決まっている？　そんな話、原発が日本にできて以来、福島の事故が起きるまで、まるで聞いたことない」ってあなたは言いたいんではないですか？

原子力のさまざまなことが収められた『ＡＴＯＭＩＣＡ《アトミカ》』という原子力百科辞典があります。国の機関、日本原子力研究開発機構ＪＡＥＡがまとめたものです。そこに「排気中濃度限度《はいきちゅうのうどげんど》」という項目があります。これも「原発が運転時に放射能を捨ててきた」ことの、れっきとした「証拠」です。この証拠も例によってチンプンカンプンに書いてあります。難しいと思ったら次の「」の中はすっ飛ばしてください。あとでやさしく何度でも説明しますから。

「原子力施設等から大気中へ放出される放射性物質の量に対して法令で決められた濃度限度。法令では『排気中又は空気中濃度限度』との名称で、排気口における放射性核種の3カ月間についての平均濃度限度を核種ごとに、また化学形態ごとに定めている。この濃度限度は、年齢依存性を考慮し、同一人が0歳児から70歳になるまでの期間について年平均１ｍＳｖ（ミリシーベルト）の被ばく線量に基づくものとするとともに、各年齢層に依存した線量係数を用い、さらに各年齢層に依存した呼吸量を設定して算出されている」。

例にもれず、一見もっともらしく、でも無駄に難しそうに書いてるでしょ。要は「放射能は出るけど、……人が超えてはいけない年1ミリシーベルトを下回るように薄めて捨てればＯＫ」ということなのです。でもね、この中に難しいから、わかりにくいからとスルーしてはいけない大切な問題が隠されています。それは年平均1ミリシーベルトってところ。年1ミリシーベルトってさらっと言ってますが、ここがすごく肝心要《かんじんかなめ》。皆さんの知っている単位はマイクロシーベルトですね。1ミリシーベルトは1000マイクロシーベルト。年1ミリシーベルトってのは1時間あたりいくらか押さえておきましょう。1000マイクロシーベルトを365日で割って、さらに24時間で割る。それに自然界から受ける放射線量を足します。すると1時間あたり0・19マイクロシーベルト。この数字にはどんな意味があるのか、を皆さんがわかるように説明しましょう。国の規則で、汚染がこれ以上ひどいと除染しなければならないとしている放射線量は毎時0・23マイクロシーベルト。煙突の先から出していい「0・19」って限度は除染しなければならない「0・23」と大差ないぞってこと！ そんなに高い濃度を捨てていいっていう規則になっているんです。これを「ゲゲゲのゲ」と言わなくて何と言おうか。余談だけどゲゲゲの鬼太郎って、私、福一《フクイチ》1号機が生まれた年にテレビアニメ化されたんで同期の桜ね。

空に捨てていい限度があるように、海へ捨てる方の濃度限度も決められていますよ。原発から海へ放つ排水口で測るんだけれども、空へ捨てる基準と全くおんなじ。ということは、空に捨てようが、海に捨てようが、除染しないといけないレベルを少し下回るくらいに空気や海水で薄めりゃいいってことなのです。どんなにひどい放射能汚染でも無尽蔵にある空気と海水でじゃんじゃん薄めさえすればハイOK、捨ててよしってなってることおわかりいただけましたか？

私は原発、学校で教えてあげてほしい！（その①）

原発は一度運転を始めると空へも海へも放射性物質を出し続けること。空へは放射性ヨウ素やキセノン、クリプトン、トリチウム、などを捨て続けてきたこと。運転すれば後から後からガスは出てくるので空気で薄めて高い煙突から捨てざるを得ないこと。だから排気筒は高く作ってあるのだということ。排気筒からは1日24時間、来る日も来る日も放射能を出し続けていること。だからその周辺に住んでいる人たちは、いくら規制基準以下に薄めてあるといっても年がら年中浴びていれば被ばくするということ。海へもクロム、マンガン、鉄、コバルト、セリウム、ヨウ素、セシウム等を捨てていること。しかもそれらがどれだけの量、人間の体内に入るとどんな障害が出るか現在の科学ではわかっていないこと。定期検査で止まっていても放射性物質を出すこと。震災後今も運転していない日本の多くの原発も空へ海へ放射性物質は出し続けていること。だから今後も被ばくし続けるということ。そこんとこ肝に銘じておいてください。原発を見学に来た子どもが「あの高い煙突からは何が出ているのですかぁ?」と質問したら案内係さんが「空気を出してます」と、ある原発では長い間、答えていたのでした。ああ、恥ずかしい。

お笑い芸人マコちゃんがつきとめた東電のウソ

私は福島第一原発1号機です。フリーの原発ジャーナリスト、おしどりマコちゃんをご紹介します。とてもチャーミングなこのお方、実はご主人と夫婦漫才をやるお笑い芸人さん。十八番はエロシャンソンなんです。私が爆発してすぐの4月から東京電力の定例記者会見に日参し始めました。なんでかというと、ニュースでも放射能の影響がちっとも伝えられないので、なら自分で調べなければ、と動き始めたのです。そして彼女は怖じることなくすっと手を挙げ、彼女の抱いた素朴な疑問を東電にぶつけたのです。

マコ「4月18日の監視カメラが白煙をはっきりとらえていたんですが、これはどういった現象なんでしょうか?」
東電「おそらく3号機か4号機の使用済み燃料プールから蒸発してくる水蒸気が湯気のような形で映っているのではないかと」
マコ「その湯気には揮発性の放射性物質は含まれていないのでしょうか?」
東電「あの～完全にゼロというわけではございませんが、含まれていると思います」

東電の会見担当者はのらりくらり。ハッキリと答えてくれません。なのでマコちゃん、会見に行くたびにこの質問をしつこく繰り返しました。ところが大手のテレビや新聞の記者らは時間の無駄だ、締め切りに間に合わない、と集団イジメ的なバッシングをマコちゃんに浴びせます。マコちゃん何度も泣きました。それでも東電に突っ込み続けた根性の人。最初にその質問をしてから実に3カ月後、マコちゃんの執拗な攻めがついに東電の重い口を開かせました。

東電「7月末で1、2、3号機建屋から3基合わせて毎時10億ベクレルの、セシウム134、セシウム137が放出されています」
マコ「4月にさかのぼって4月アタマにはどれだけ放出していたか公表していただきたいのですが」
東電「4月4日の午前9時から4月の6日午前0時ですと、毎時2・9かける10の11乗ベクレルです」
「毎時2・9かける10の11乗ベクレル」?・?・?　何だ?　何を言ってるか皆さんわからないでしょ?　私の母、東電は、都合が悪くなると、難しい言い方をするんです。常套手段ね。「毎時2・9かける10の11乗ベクレル」をわかりやすく言うと、2・9に10を11回かけるの。要は「1時間毎に2900億ベクレル」セシウムを出し続けているってこと。でも思い出して、4月に東電は何て言っていたか……。

東電「完全にゼロというわけではございませんが、含まれていると思います」

ゼロというわけではございませんが、1時間に2900億ベクレル、7月末の290倍、出していた、ってことでしょ。……1日24時間だと6兆9600億ベクレル。母は大ウソつきでしたね。

マコちゃんは、原発が放射能を出すのは爆発したときだけでなく、「その後も毎秒毎秒とぎれることなく放射性物質を出し続けている、しかもけっこう大量に」ってことを東電に認めさせたのです。実はマコちゃんの闘争本能に火をつけたのは東電のエースと呼ばれた男の一言でした。「原子力は女には無理」、そう言われたマコちゃん、頭にきて必死に勉強。驚くことなかれ、読んだ本の背表紙の幅をたすと15メートル。結局、東電の歴代の会見担当者より原発に詳しくなって全員ぎゃふんと言わせたのさ。お笑い芸人だとバカにしてたんだろうねえ。ところがマコちゃんって医学部中退。頭脳明晰だとは東電さんお得意の「想定外」だったというわけ。こんなときこそ「想定外」は使ってほしいですね、原子力ムラの皆さん。

総理の「完全にコントロール」のからくり

私は福島第一原発1号機です。皆さん、いっぺんにマコちゃんのファンになったんじゃない？　そのマコちゃんが、ラジオで発信した『めちゃくちゃ面白い！！』話を教えてくれてね。聞きたい？　それはね、東京オリンピック招致のために当時の安倍晋三総理がブラジルのリオで演説をした、その翌日の東電・定例会見。安倍総理は福島第一原発の状況について「汚染水の影響は福島第一原発の港湾内0・3平方キロに完全にブロックされています」と世界に向けて言い放ちましたよね。この総理の発言を東電は知っていたのか？　東電はテレビ・新聞の記者たちから集中砲火をくらった。

記者Ａ「総理の完全にブロック発言、あらかじめ国から聞いていたのですか？」
東電「国に確認しています……」
記者Ａ「東電が国に確認中、ということですね？」
東電「はい」

実は東電、総理がこういう発言をすることを全く知らされていなかったのです。

記者Ｂ「どの部分をとってコントロール下だと理解していますか？」
東電「……」
記者Ｂ「コントロールされているか？　されていないか？」
東電「……」

記者B「コントロール下にある？　ない？」
東電「私どもとしてはこの状況を一日でも早く、
　安定した状態に持っていきたいと」
マコ「放射能の影響はあるってことですね」
東電「影響は小さいと」

東電さんたじたじ。マコちゃん、この日ももちろん会見に出ていました。東電すら知らなかった、あの「完全にブロック」発言。安倍前総理は「オリンピックのためにもう福島は大丈夫」と世界に向けて発信したいんだな、と皆さんの多くが思ったのではないですか。あのスピーチから何年もたって、すっかり忘れてしまった人も多いでしょうけど、絶対忘れちゃダメなのです。どうしてか……あのスピーチにはカラクリが隠されているから。実はあの日リオで安倍前総理は日本語と英語でスピーチをしました。両方同じ内容だと日本人は皆思っているでしょうね。でも驚かないで、2つは『似て非なるもの』だった。何がどう違うのか？　まず安倍前総理の日本語スピーチ。「汚染水の影響は福島第一原発の港湾内0・3平方キロの範囲内に完全にブロックされています」、これが世界向けの英語スピーチでは「港湾内の0・3平方キロの範囲内に完全にブロックされています」の部分が丸ごと抜け落ちている。つまり「狭いエリアに閉じ込めた」って部分がない。また日本語では「ブロックする」だけど英語では「アンダーコントロール」と言い換えてある。英語版を細かく見ていきます。「Some may have concerns about Fukushima. 福島のことを心配している方もいるでしょう。Let me assure you. 私は保証します。The situation is under control. 状況はコントロール下にあります」このアンダーコントロールの部分に「港湾内の0・3平方キロの範囲内に」がないのです。これでは、福島原発の港湾、という狭い場所でなく、福島、関東、そして五輪を招致しようとしている東京を含めて全ての状況がコントロールされていることになります。そしてこう締めくくった。「It has never done and will never do any damage to Tokyo. これまでも（放射能は）どんなダメージも東京には与えなかったし、これからも与えません」。英語スピーチで、安倍前総理は世界に向けてそう言い切っていたわけ。もちろん、この日、日本で流されたニュースは日本語スピーチ。このスピーチの違いを知って、あなたはどう思いました？ 私は、ゾッとした。日本人に向けては港湾のエリア内だけにブロック、世界に向けては全てはアンダーコントロール。千葉や茨城、埼玉にたくさんのホットスポットもできたでしょ。東京にだって放射能が飛んできていた事実も明らかになっている。それが今後どんな影響を及ぼすかもわからないのに、「放射能は過去にも今後も東京にダメージ無し」ってシレっと内容をすり替えてある。確信犯ね。

巧妙なからくりだと思いませんか。これもアベノマスクのシナリオを書いた官邸ライターさんの筋書きなんだろうかねぇ。

「これまでもダメージは無い」って安倍前総理が高らかに宣言しても、実際問題、原発事故後に東京都葛飾区の金町浄水場の水道水から乳児の基準の2倍を超える放射性ヨウ素が検出されたのは事実。23区などの乳児に水道水を与えないでと呼びかけた。このことが報道される前に飲んだ赤ちゃんも大勢いるでしょうに。他にも、ほとんど知られてないスゴイのがあってね。都の研究施設が、東京に大量の、そして多くの種類の放射性物質が飛んできていたことを科学的に記録していたのです。

お手柄だったのは、駒沢オリンピック公園のすぐ隣にあった東京都立産業技術研究センター。原発事故直後の２０１１年3月15日午前10時～11時に東京・世田谷区駒沢にいろいろな放射能が大量に飛んできていたことを細やかに記録していました。集塵機《しゅうじんき》で空気を吸い込み、ガラス繊維のフィルターで濾《こ》しとり、福島から東京に飛んできて空気中に浮かんでいたいろいろな放射性物質をバッチリ捕えたのです。その辺りの人が放射性物質をどれくらい吸い込み被ばくしたかも記録されています。ですからこの表は、安倍前総理の英語スピーチにとってはすごく厄介なんです。さてどんな放射能が東京のど真ん中まで飛んできていたか……。総理、そして皆さま、よく聞いてください。いちばん問題視されるセシウムもヨウ素も飛んできていますよ。表の上から4段目にセシウム134とありますね。これは自然界には存在しません。核分裂でしかできません。つまり私が出した放射性物質だという明らかな証拠です。それから、テルル、テクネチウム、放射性銀、当時のニュースでは一度も聞かなかった名前がずらり。皆さんが知らない放射性物質が何種類も東京まで飛んできてたのです。その初耳の放射性物質が人体にどんな影響を与えるか総理はご存知ですか？　いちばん上の段、左から5番目の『吸入摂取量』という欄を見てください。総理、これは呼吸で住民が肺に吸い込んだ放射性物質の量ですよ。その列をず～っと下がったところに吸ってしまった合計が出ています。ピークだった1時間に合計1100ベクレル。総理、あの日あのとき、駒沢公園周辺の屋外にいた人は1時間に14種類の放射性物質を合わせて1100ベクレル吸い込んでしまった、これが事実なのです。「これまでもこれからも、どんなダメージも東京には与えません」っておっしゃいましたよね、そ

2021年1月25日改正版

2011年3月15日 10時～11時の吸入摂取による実効線量（成人）

核種	半減期	吸入摂取した場合の実効線量係数（μSv/Bq）	濃度（Bq/m3）	吸入摂取量（Bq）	割合(%)	吸入摂取による実効線量(μSv)	割合(%)
ヨウ素131	8.02日	0.0074	240	220	19.6%	1.6	25.4%
ヨウ素132	2.295時間	0.00011	280	260	23.1%	0.029	0.5%
ヨウ素133	20.8時間	0.0015	30	28	2.5%	0.042	0.7%
セシウム134	2.0648年	0.020	64	59	5.3%	1.2	19.0%
セシウム136	13.16日	0.0028	11	10	0.9%	0.028	0.4%
セシウム137	30.04年	0.039	60	56	5.0%	2.2	34.9%
テルル129	69.6分	0.000039	51	47	4.2%	0.0018	0.0%
テルル129m	33.6日	0.0079	63	58	5.2%	0.46	7.3%
テルル131m	30時間	0.00094	13	12	1.1%	0.011	0.2%
テルル132	3.204日	0.0020	400	370	32.9%	0.74	11.7%
テクネチウム99m	6.01時間	0.000020	3.6	3.4	0.3%	0.000068	0.0%
銀110m	249.76日	0.012	0.21	*0.19	0.0%	0.0023	0.0%
ストロンチウム89	50.53日	0.0079	0.12	*0.11	0.0%	0.00087	0.0%
ストロンチウム90	28.79年	0.16	0.011	*0.010	0.0%	0.0016	0.0%
合計				1100		6.3	

［出典］東京都立産業技術研究センター

＊：詳細測定による

んなことは科学的に決してあり得ないのです。放射能をばらまいた張本人の私は、とても心配です。あの日駒沢オリンピック公園で10時頃に散歩していた人や、遊んでいた親子たちを、私が出した放射性物質で被ばくさせてしまったのは間違いないのですから。しかも放射能って見えないし臭いもない、だから吸った本人も被ばくした認識がない。それが恐ろしい。この表にはヨウ素、セシウム、テルル、テクネチウム、銀、ストロンチウムをはじめ14種類の放射能が並んでいます。人が2種類以上の放射性物質を一度に吸い込んだら人体にどんな悪影響が出るか？　実はわかっていません。ましてや14種類を一度に吸ったらいったいどんな影響が出るのか。神のみぞ知るです。２０１１年3月15日午前10時〜11時、駒沢公園周辺にいた方で、急に下痢（急性被ばくの初期症状）をしたとか、わけもわからず体調不良になった記憶はありませんか？心当たりがあって心配な人は、誠に申し訳ありませんが医療機関にご相談ください。

表からはストロンチウムもわずかですが東京まで飛んできていたことがわかります。ストロンチウムは人体への影響がこれまでの研究でわかっています。体に入ると90％が骨髄に集まる。体に入った放射性物質が排泄や代謝されて半分になる「生物学的半減期」は50年。長いでしょ。一度骨髄に入ってしまうと断固として出ていかない。なので白血病や悪性リンパ腫なんかを引き起こすのです。さらにストロンチウムは放射線を出して崩壊すると「いい奴」になると思うでしょ？　ところが残念、変身してイットリウムという「別の放射性物質」になってしまう。じゃあ、骨髄に悪さするストロンチウムが変身したイットリウムは、どこに悪さすると思う？　それは「膵臓《すいぞう》」。膵臓ガンや糖尿病の原因になる。放射性物質は放射線を出した後は無害なものに変わるとばかり思っていませんでしたか？　放射線を出したら違う放射性物質に変わるものもけっこうあるのです。さっきの表にあった「テルル」も同類、厄介者です。表のいちばん左に「テルル」って名前が4種類、テルル一族です。テルルは変身すると皆さんがよくご存知の「悪者」になるのです。テルル、実はヨウ素の親なんです。テルルの中で2番目に多く東京に飛んできた「テルル１２９ｍ」は放射線を出すと変身して「ヨウ素129」に変わります。でも皆さんは「ヨウ素は半減期が短いからすぐ消えるんで大丈夫」、って思ったでしょ。生まれた「ヨウ素129」の半減期を聞いたら失神しますよ。その半減期は……1600万年。万年ですよ。永久になくならないヨウ素を産んじゃうのです。なくならないのに人体への影響はヨウ素137と同じです。ということはテルルは仲良く東京まで飛んできて、みんなヨウ素に変身した。しかも万年消えない奴も産んで東京に置いてった。ここ、押さえておいてくださいよ。放射性物質の中には放射線を出してしまえばハイ終わり、ではない奴がいるのです。くどいでしょ、私。くどいんです。でもくどいくらい言わないとならないことなんです。放射能って奴はホント厄介だ、って皆さんはまたまた学びましたね。私が世界にぶちまけた厄介モノの量、覚えてますか？ 90万テラベクレル。ゼロがいくつでした？ 17個？ そのとおり。平身低頭、ごめんなさい。

さらにもう一つ落とし穴がありますよ。漫才なら「もうええわ」っておしまいになるところですが、しつこいのが放射能です。駒沢公園周辺に多くの放射性物質を運んできた放射能の雲、「放射性プルーム」。ポンって突然、駒沢に現れたと思ってはいけません。たまたま放射能を測れる施設が駒沢にあっただけで、私が福島の浜通りで出した「放射性プルーム」は南下。福島県南端のいわき方面へ、さらに南へ、茨城・千葉を経て、人口超過密地帯をズルズルと這うように進み、東京のど真中までなめ尽くしたのです。その後、プルームは北上して埼玉、群馬方面へ移動していきました。つまり、駒沢公園のように測られていないだけで、プルームが通ったルートではその幅で帯状に汚染されていったのです。そこが恐しい。永久に消えないヨウ素129は、「東京やプルームが通った帯状エリアに存在し続ける」ということを忘れてはならないのです。恐れながら総理、「これまでもこれからも、どんなダメージも東京には与えません」発言を、そろそろ与党お得意の〝撤回〟なさいませんか？

余談ですが、「駒沢に飛来した放射性物質」の表、事故後数年間は研究所ホームページにあって誰でも見られたのですが、今はもう削除されてしまいました。今や門外不出のお宝なのです。消したのか消えてしまったのかはわかりませんが、不都合な書類は国も都も隠したり廃棄するのがお得意なのは、皆さんもよぉくご存知ですね。こういうことは他でも起こっています。旧・原子力安全・保安院のさまざまな資料も原子力規制庁に移されましたが、時が過ぎるにつれて、規制庁ホームページから、どんどん消されていっています。消してほしくない資料に限ってです。このことを皆さんに絶対知っておいてほしい、忘れないでほしい。そういえば、2020年の「流行語大賞」の候補に、「桜を見る会」も「東京五輪延期」も「募ってはいるが募集はしてない」も入ってなかったのは、もしやもしや、安倍前総理を忖度《そんたく》した誰かが圧力をかけて「任命拒否」、もとい、削除させたんじゃないでしょうねえ？

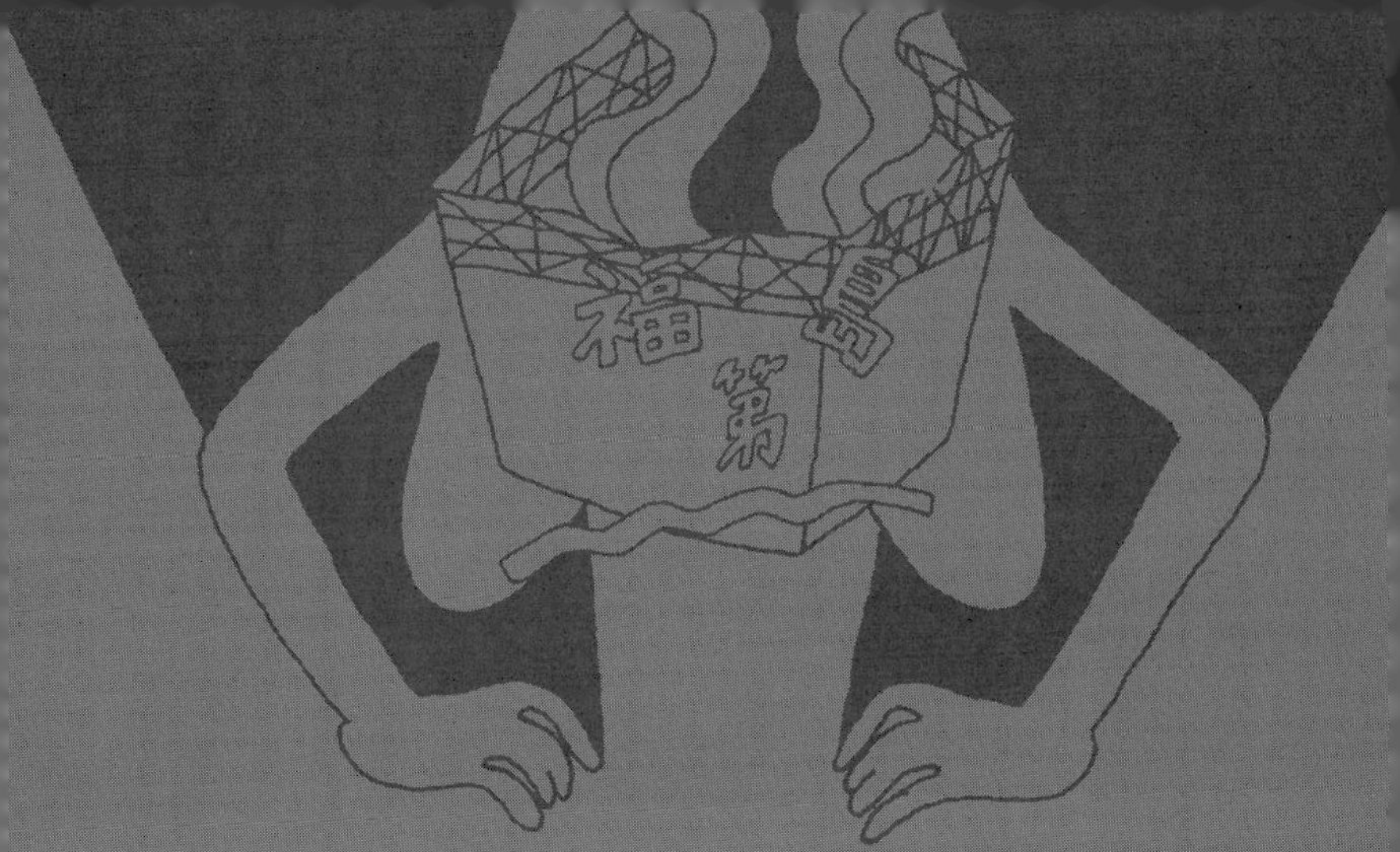

二つ目のごめんなさい

私が事故ると
被害額が国家予算を超える!?

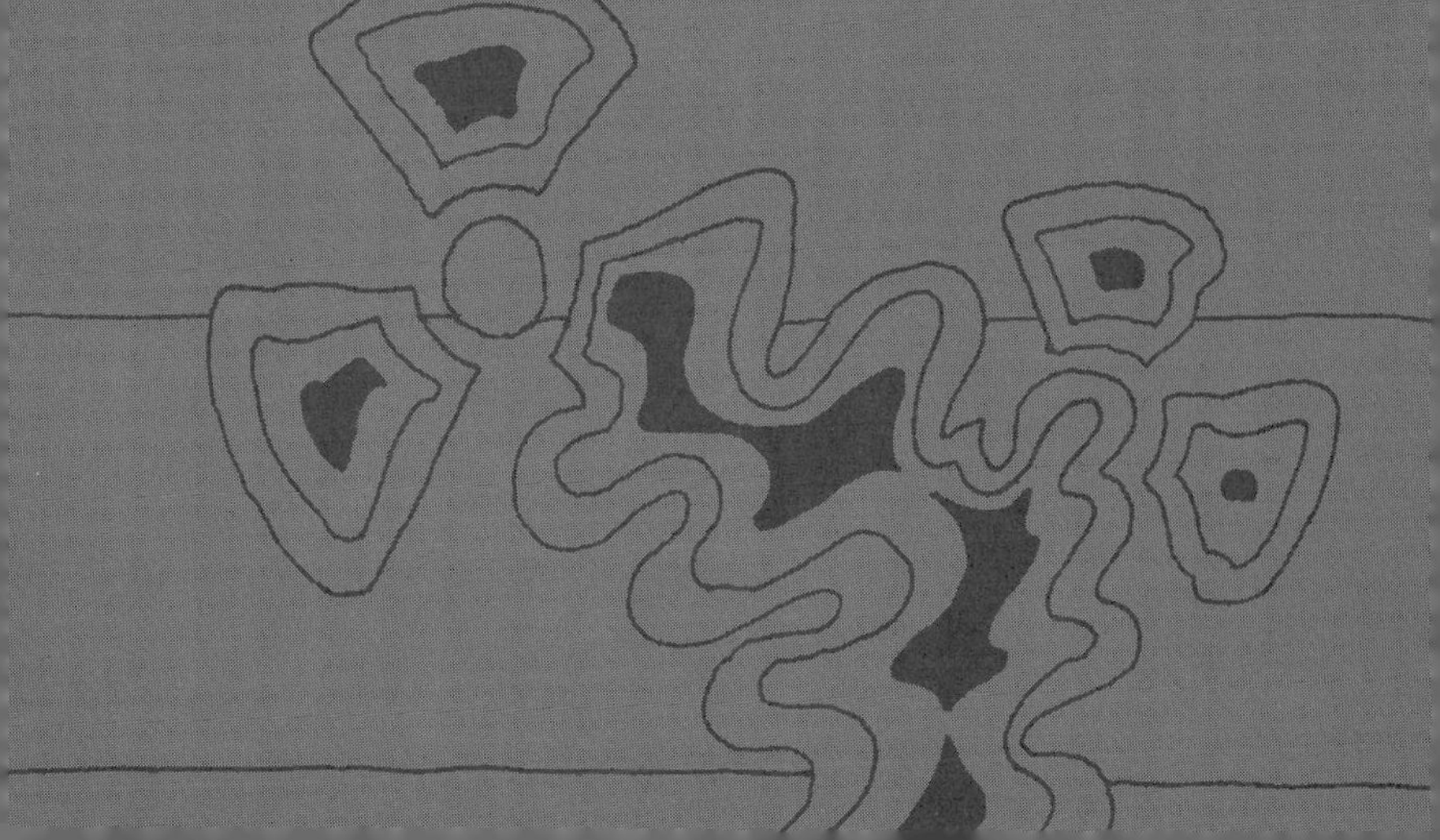

日本に最初の原発ができる前から国が隠した事故試算

私は福島第一原発1号機です。思い返せば2011年、福島で私、1号機を含む3基がメルトダウンして莫大な被害を出してしまいました。あの過酷事故を起こすまで私たち原発は確かにメチャ儲かってた。でも事故を起こしたことで住民の皆さんへの補償や除染などで20兆円以上かかってしまうことを皆さんは知ることとなりました。そもそも私たちの父である国は、原発がひとたび事故を起こすと「20兆円超え」レベルの損害が出ることを知っていたと思います？　答えは……「YES」。重々承知していたのです。いつからって?? 私たち原発が日本に一つもなかったときから。え？「日本に最初の原発ができる前からか」って？

そうなんです。やさしくひもといていきましょう。

あれは東京タワーが完成した翌年の1959年、今の上皇さまが皇太子で、美智子さまとご成婚された年でした。敗戦国日本が高度成長への急坂を猛スピードで駆け上がるまっただ中、そんな時代に日本は『原発』というものを作ろうとしていました。で、万が一その原発がひどい事故を起こしてしまったらどれほどの損害が出るのか、科学技術庁は知っておかねば、と考えたのです。だって日本は世界でたった一つの被爆国。広島や長崎がたった1発の原爆で吹っ飛んだ記憶がまだまだ生々しかったからねぇ。下手したら『原発』は国民の強い反発を受けるどころか、拒絶される。だから事故を起こしたらどうなるか、あらかじめ知っておく必要があったわけ。そこで原発に詳しい原子力産業会議に、事故が起きたらどれくらいの損害が出るか試算させた。出来上がってきた報告書の名前は『大型原子炉の事故の理論的可能性及び公衆損害額に関する試算』。

難しい名前なので、わかりやすく言うと、「大型原発が事故を起こす可能性はあるのか、事故を起こしたら国民にどれだけ損害が出るか損害額を試算しました」。その試算で弾き出された損害額を見て、原発を推進したい人たちは全員、絶句したでしょうね。だって損害額が当時の日本の国家予算を軽く超えていたから。てなわけで国は、最初の原発ができる前から、原発が事故るととんでもないことになると知ってたのさ。そして国は国策原発を続けるために癌《がん》となるこの原発事故試算を隠すしかなかった。原発が日本にまだ一つもない段階でね。

　原発事故を試算させたのにはもう一つ理由がありました。それは「原子力損害賠償法」って法律を作っておく必要があったから。原発を日本に作ったはいいけど、万が一事故を起こしたら、国民やら社会にどう賠償するのか決めておかないといけなかったわけ。原発は国策、だから私たち原発が事故を起こしたら損害賠償するのは国と電力会社。というわけで日本初の原発が完成する前に、原発が事故を起こせば何人死ぬ?大事故なら何人?　どれほどの人が病気になる?　賠償額はいくらになる?　除染費用は?　農業被害や漁業被害がどれほどになる?　全てを書き出し足し合わせ、被害総額を知っておかなければならなかったのです。試算のその中身、実に細やかに場合分けし、緻密に出来上がっていました。試算の対象にしたのは建設が計画されていた日本初の原発、茨城県東海村の東海発電所。稼働後に事故を起こし、

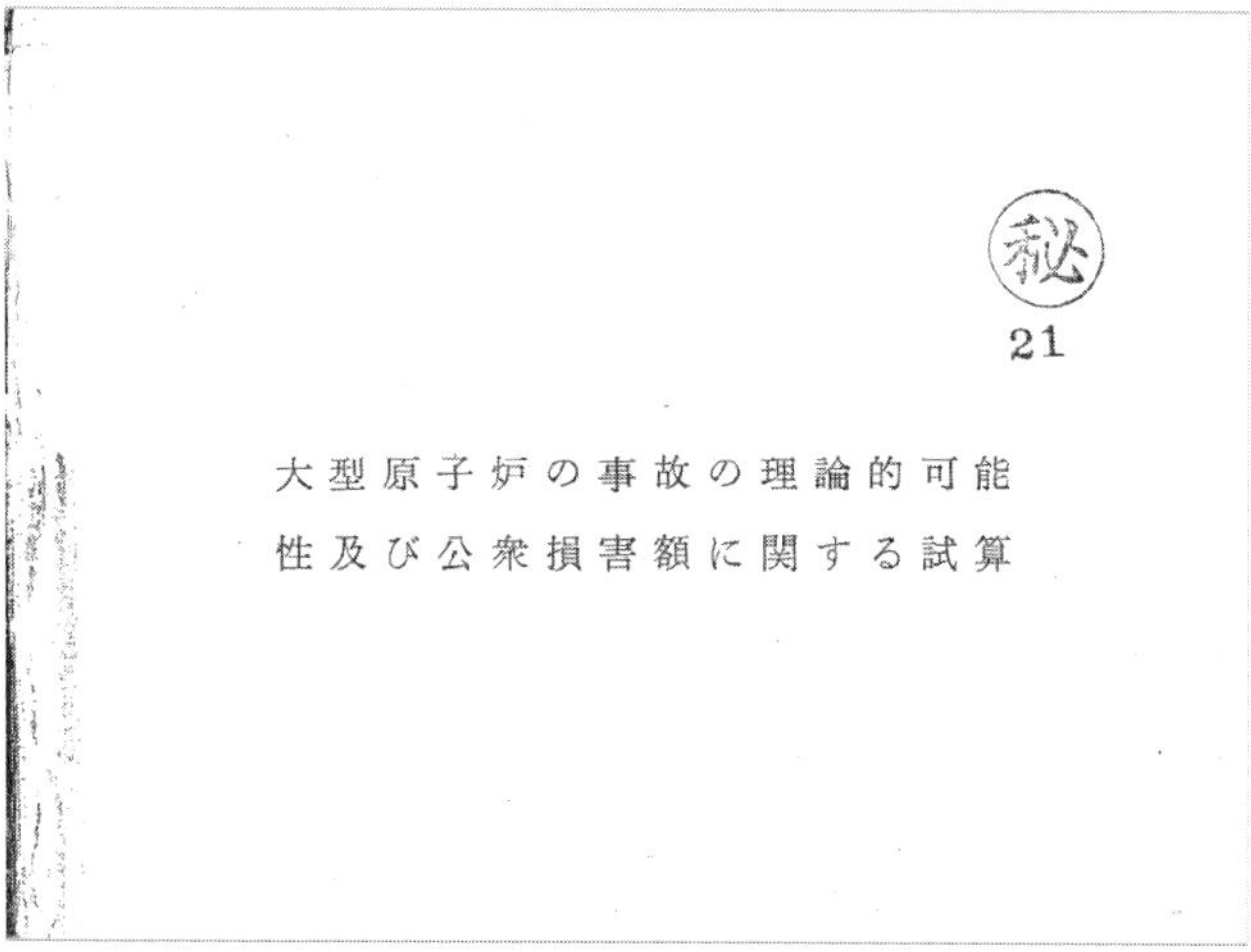
㊙

21

大型原子炉の事故の理論的可能性及び公衆損害額に関する試算

国会に提出されず30年隠ぺいされた被害試算

原子炉の中にある放射能の「2%」が放出されてしまったらどういう被害が出るのかを算出したのです。原子炉の大きさは16・7万キロワット。現在主流の100万キロワット級と比べると6分の1。この「ごく、小さな原子炉の2%」を忘れないでこの先を読んでください。

イラストの右端に書かれた「R◯」が茨城県の東海村に設置されるReactor原子炉。そこから西20キロに昭和34年当時人口10万人の水戸市。そして120キロに人口600万人の東京が描かれています。昭和34年と言ったら60年以上前。そんな大昔にすごくリアルでしょ？ すごいと思うのは日本に原発ができる前から、茨城県東海村で原発事故が起きたら被害は周辺だけでなくて、東京にまで放射能の影響が及ぶことを、あの時代にきちんとわかっていること。だから「東京への被害も含めた試算」をしてある。考えてみて、私の事故の被害が40キロ離れた飯舘《いいたて》村にまで及ぶとは誰も予想していなかったでしょ？ さぁて気になるその損害賠償の総額がいくらだと思う？ 当時の日本の国家予算は1兆7000億円。算出された原発事故の損害額は3兆7300億円。比べてみて。国家予算の倍を軽く超えているでしょ。原子炉内のわずか「2%」の放射

想定する原子炉設置点および周辺の状況

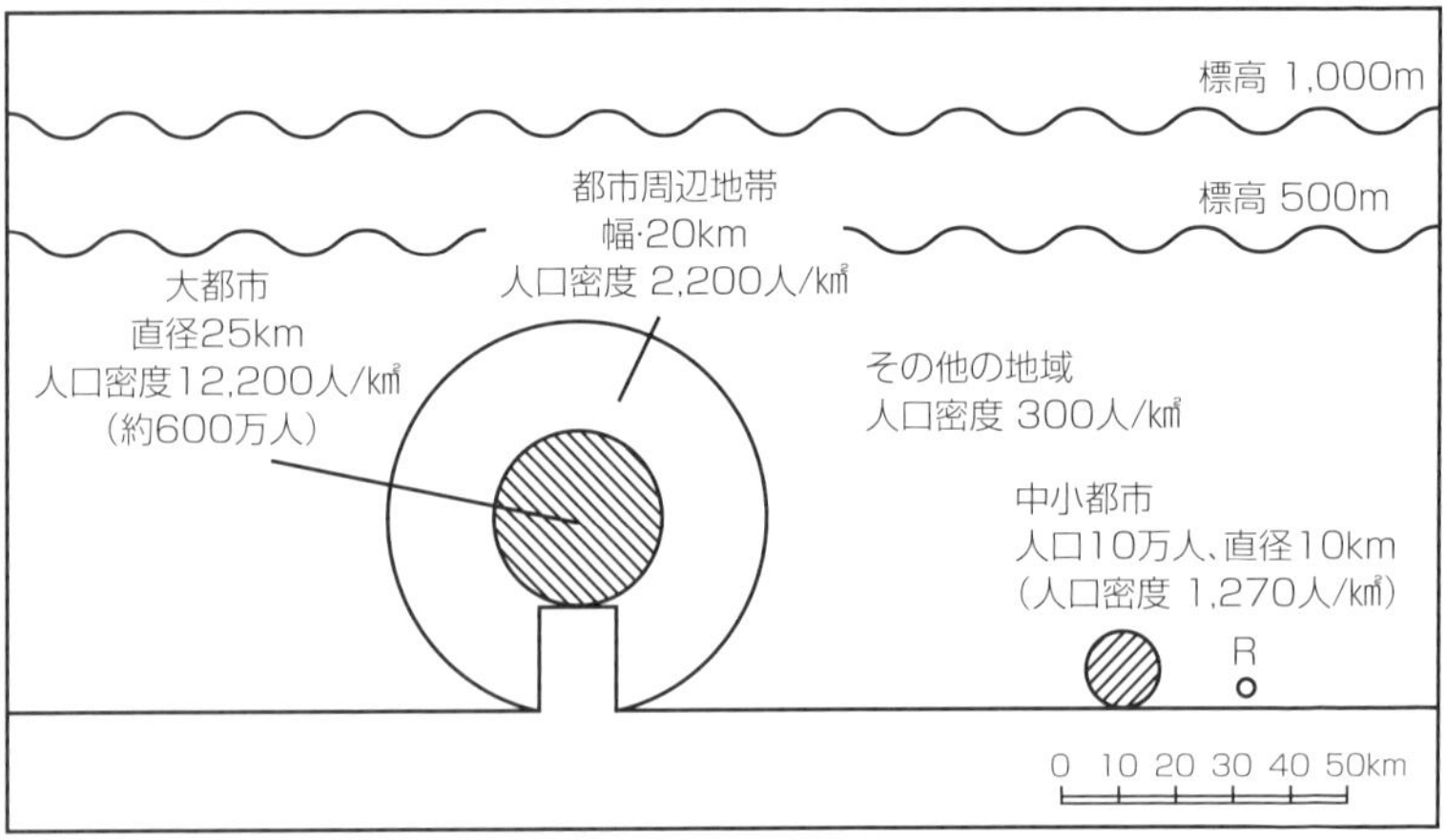

試算より　大都市＝東京　中小都市＝水戸市　R=Reactor 原子炉

能で国家予算の倍以上。当時、国会で審議していた原子力損害賠償法では、用意できる賠償額は最大で50億円。でも損害額はケタが違った。「億」でなく「兆」だったというわけ。そこのあなた、驚きすぎて目ん玉飛び出しませんでした？　現在の貨幣価値に換算すると59兆円。近年の国家予算１００兆円と比べてもその６割。お金だけじゃなくて、死者が出ることも試算してあった。最悪のケースで死者は７２０人、要観察者は４００万人。

　ところで、なぜ試算の基準を原子炉内のわずか２％にしたのかって思わなかった？　５％とか10％とか半分とか全部ではないんだろうって。私の推理はね、「原子炉の半分とか全部出た想定で試算したら被害試算は天文学的数字になってしまった、だから放射性物質の出る割合をどんどん下げて計算し直していった。さすがに１％まで下げると突っ込みどころ満載なので２％にした。それでも被害額は国家予算の２倍超えだった」どう？　私のこの冴えた推理！

　科学技術庁は、あまりに大きな被害額を突きつけられて度肝を抜かれたはず。こんな巨額の損害額を原子力損害賠償法を審議する国会に出せるわけがない。出したら原発計画の全てが吹っ飛ぶ。そこで国は伝家の宝刀を繰り出した。「隠ぺい」。この事故試算の報告書、２４０ページを超える分厚いものだった。だけど国会に提出されたのは報告書の概略をまとめた18ページだけ。具体的な損害額や被害規模が書かれた肝心要《かなめ》の２２６ページは出されなかった。無きものとされた。こうしてこの試算に基づかない賠償法が作られて、私たち原発はどんどん日本中に建てられていった。それから40年たった１９９９年でした。公明党と共産党の国会議員が「原発事故の事故試算」の存在をつかんで国会で公表したのです。40年も、40年も隠して、何食わぬ顔で私たち原発を作り続けてたわけ。報告書の表紙を見るとね、マル秘のはんこがドンと押されてた。

　見つけた国会議員が「何で隠したのか？」と政府に詰め寄ると「40年も前なのでよくわからない」だって。どこかで何度も聞いた感じがする弁明だね。ま、それは置いといて、国が隠した２２６ページの核心部分を、じっくりとご紹介しますよ。スゴいのが出てくる出てくる。

報告書にはこんなイラストが。放射性物質が放射能雲（プルーム）となって大気中を移動して、汚染を広げる様子が60年も前に細か～く描かれていますよ。さらに飛んできた放射性物質をヒトが呼吸で吸い込んだり、汚染された物を食べると、体内に入った放射性物質で内臓が内部被ばくすることも描かれています。その当時から『内部被ばく』は世界の原発推進側にとっていちばん邪魔なものだったの。だからその後、あり

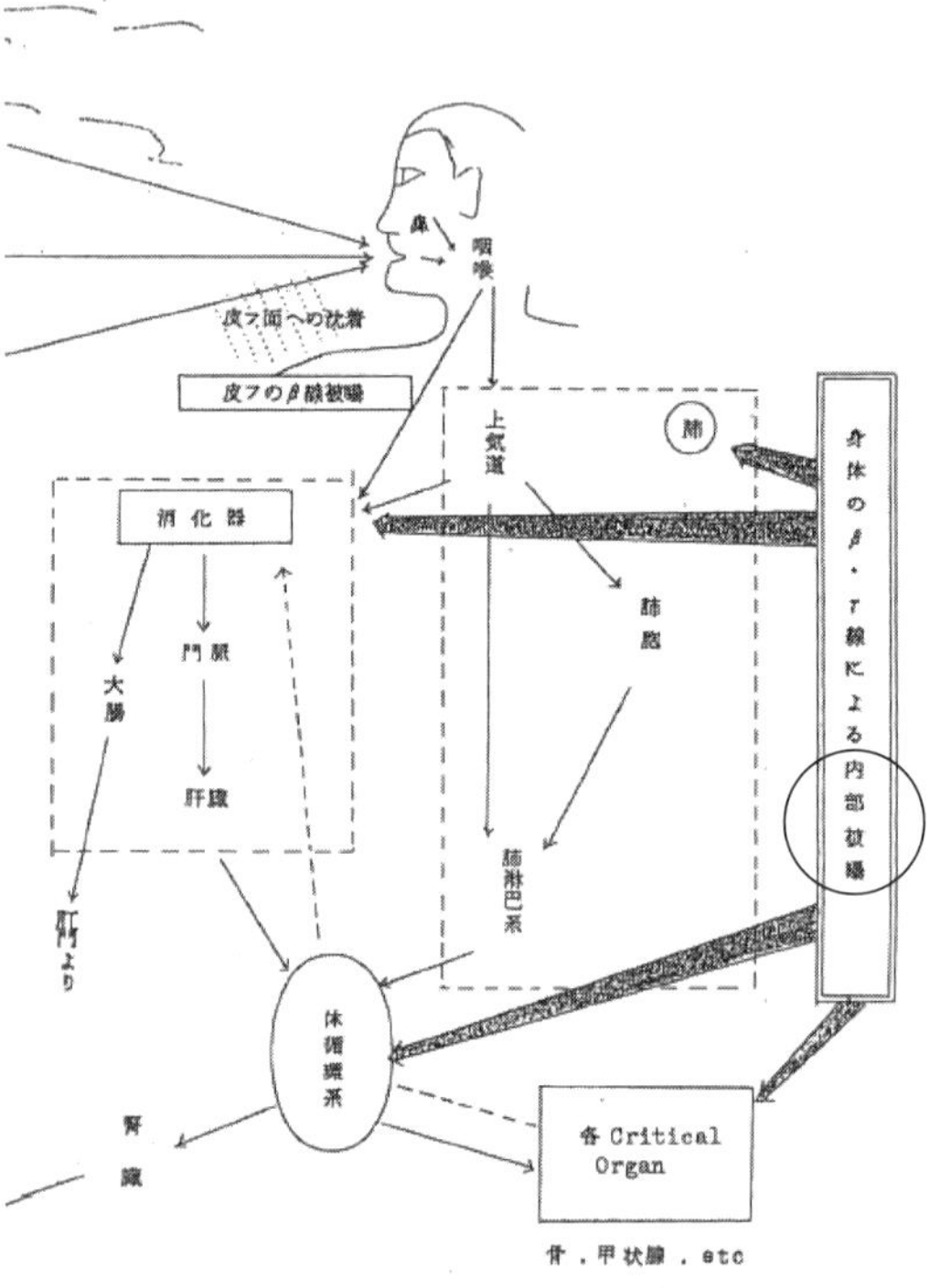

試算より　原発～放射能雲～人体内へ　○印は神恵内

とあらゆる手を駆使して徹底的に「内部被ばく」を無きものにしていったって歴史があるんです。当時の日本は原爆を落とされてまだ十数年。だからこそその辺り、きちんとやろうとしたのでしょうね。もっと驚くべきことは、10歳までの子どもたちを新生児、3カ月、3歳、10歳と細かく4段階に分けて分析しています。それに比べて私の事故では新生児から18歳以下はひとくくりだった。ずいぶんユルくない？　さらに、隠された試算では、放射性物質の種類もストロンチウム、セシウム、ヨウ素と放射能別に分けて、何をどれだけ食べたかによって被ばく量をていねいに推計しています。福島事故ではそんな細かいことは一切なされなかった。60年前の試算、皆さんはすごいと思いません？　試算した人は偉い！！

その偉い人、痒《かゆ》いところに手がとどく具体的なことまで試算していた。何かって？　それはね、葬式代。原発事故でもし住民が死んだら葬式代にいくら払うかまでね。その額、お一人さま5万円也。昭和34年当時の大卒初任給が1万1０００円ほどだからその5倍払うと。葬式代とは書いてあるけど、実際これは亡くなった人への賠償額なんでしょうね。最悪の場合の死者は７２０人なので総額は３６００万円。命の値段を給料５カ月ぽっちで計算してっても被害総額は国家予算の2倍になっちゃうわけね。

そして具体的だったのは生活面だけでなくて、「科学的な面」も。60年も前の報告書に、私、福島第一原発が起こした事故では耳にしなかった放射性物質がたくさん登場します。一気に読み上げますのでよ〜く聞いてくださいね。ジルコニウム、ランタン、ニオブ、セリウム、プラセオジウム、プロメチウム、バリウム、イットリウム、プルトニウム。聞いたことのあるのは胃の検査でお世話になるバリウムと、プルトニウム、あと、ストロンチウムが変身したらなるってさっき勉強したイットリウムくらいでしょ。そんなさまざまな放射能が原発事故で出るって知った上で試算をしてあるってことよね。福島の事故では意図的に国民が耳にする放射性物質の数をなるべく少なくしようとしたのでは？　あなたはどう思われますか？

こうして見てきたように、当時の日本は現代からみても〝緻密《ちみつ》〟な試算をさせていた。でもその結果に驚いて国会には隠した。そして翌年にはしれっと茨城県東海村に日本で初めての原発、東海発電所の建設を始めている。国策という力で強引に原子力の扉をこじ開けていったのです。でもね、この試算から国がただ一つだけ学んだことがあります。それは、「人口密集地のそばには原発を作ったら駄目だ」ということ。だから『原発は辺鄙《へんぴ》なところに建てなさい』という決まりを『原子力の憲法』の中に入れ込んだ。で、茨城の次に建てられた福井県の敦賀《つるが》原発は若狭湾、その次がこの私、福島第一原発1号機。ほら、若狭湾でも福島でも、人里離れた、海岸線に原発は建てられてるでしょ。こうして私たち原発は日本中の「辺鄙な場所」に次々と建てられていったのです。

ここでクイズです。「原発は辺鄙なところに作れ」の他にもう一つ、この隠された試算が産み落とした漢字四文字の〝悪者〟は何？　正解は……「安全神話」。ほら、事故が起きたら国家予算を軽く超えちゃうでしょ。だから「絶対事故は起こらない！　絶対安全！」と「安全神話」を作り上げたのさ。そうやって原発のおぞましさに極厚のフタをした。原発が「とんでもない代物」だと国民に絶対知られてはならんから「安全、安心！」、「そんな事故は日本では絶対に起きない！」と皆さんに刷り込んでいった。皮・肉を通り越して骨に届くほど深～くね。そうして、『明るい未来のエネルギー』のスローガンの下、日本人はみんなこのシナリオにうまく乗っけられて、のほほんと生かされてきたってわけ。もちろんあなたもですよ。

こんなふうに、隠された試算は推進側にうまいこと活用されてたって、皆さんは学びましたね。隠されてきた試算を見つけ出し、国会に出した公明党の議員はこう言ってました。「原発は安全だと思わせ、推進するにはこの被害試算がいちばん邪魔だったのでは？」と。ん～、核心突いてるねえ。国の思惑どおり、試算が隠されたあと全国に原発がすいすい作られていったのだから。さらに言えば、もし当時、特定秘密保護法があってこの試算が特定秘密に指定されていたらどうなっただろう。未来永劫、この大切な事実はこの世に出てくることはなく、国民が知ることはなかったんでしょうねえ……

東海第二原発が事故を起こすと東京23区が帰還困難区域に？

私たちは原発です。隠された原発事故試算で原発は人里離れた場所に建てなければならないと決めたはずでした。なのに東海村の東海発電所の隣に東海第二原発が建てられてしまったのです。すでに原発が建っているという既成事実を盾に、許可を勝ち取ってしまったのでした。

しかもその大きさがハンパなかった。事故試算した東海発電所の7倍、110万キロワット。このデカさの「2％」が漏れてごらんなさい、そしたら現在の首都圏はいったいどうなってしまうか？　事故試算だってざっくり7倍ってことでしょ？　ご当人に詳しく教えてもらいましょう！　東海第二原発さん、聞こえますかぁ？

東海第二原発「初めまして、あたし、茨城県は東海村生まれの東海第二原発。姉貴の11年後、1978年に発電を始めたさ。あたしの誇りは姉貴が日本で最初の原発ってことと、事故を起こしたら国家予算を超えるという『事故試算』のモデルになったこと。あたしは同じ敷地に建てられた『沸騰水型』。福島の姐さんたちと同じ型なの。発電量は110万キロワット、姐さんの軽く倍以上ありますね。若い頃はこの横綱級の巨体で発電しまくって東電さんに電気を売りまくって稼いだ。でも最近気づいてしまったんです。発電を始めて40年たっちゃってたんだって。今やあたしも姐さんと同じお婆原発。人間80年、原発40年って寿命が尽きかけてた。とりわけ関東の人たちに知っておいてほしいことがあるのさ。横綱級の老いぼれが原発事故を起こしたらどうなるか。そりゃ被害額は姉貴とは比べもんにならないってわかるはず。どデカくなるってこと。

私　「あなたも太平洋に面してるから、あの日、津波かぶって危なかったんでしょう?」
東海第二原発　「そうそう。とんでもない事故になっちゃう紙一重だった。けど姐さんらが福島で大変なことになってたんで、あたしのことはまったく報道されんかった。だから誰も知らんかっただろうねえ。あの日、あたしも気の遠くなるほど長かった地震で揺れ続けた。津波もまともに食らった。で、あたしも『外部電源』が切れたのさ。非常用発電機も津波で1つやられた。福島と似てるだろ。生き残った2つの非常用発電機がなんとか頑張ってあたしを冷やし続けてくれた。でもなかなか冷ゃっこくなんねえ。丸4日かかってなんとか冷やしきれた。あたしもマジ危機一髪だった」
私　「冷やすのに失敗してたらあんたにも私たち福島と同じ結末が待ってたんだね」
東海第二原発　「そういうこと。運転員さんたち、みんな寝ないで頑張ってくれた。だけど、いちばんは『運が良かった』んだと思う」
私　「どうして?」
東海第二原発　「だって、あたしは福島姐さんと同じメイドイン・アメリカの原発だからさ。アメリカンの原発と、その後の国産の原発には根本的な違いがあるんだよ。国産原発にあってアメリカ原発にないもの、それは……『地震対策』。アメリカ産には、原発の建物を耐震構造にするとか、地震で揺れても壊れないように補強する、なんて発想はひとっつもない。ゼロ。でもそれは仕方ない。だって、そもそも原発の故郷、アメリカ東部には『地震』なんてないから。だから原発に地震対策なんてするわけもない」
私　「そりゃそうだ」
東海第二原発　「そんな地震対策ゼロのあたしがだよ、身の毛のよだつ激震で大事故にならなかったんだから運がいいというほかないでしょ？　だけどあたしのレントゲン撮ったら見えないところが何カ所も骨折してたっておかしくないよ」

私
「そうだよ。私たちの体内には汚染がヒドくて近づけない場所がたくさんできてて、そういうところは点検しようがない。だから、あなたが１００％骨折してないって言える人はいないもんね」

東海第二原発
「そんなあたしをだよ、原子力規制委員会があと20年間、生きてよし！って決めてしまったのさ。棺桶に片足突っ込んでる、このお婆原発を、だ。人間だって歳をとるといろんなとこにガタがくる。あたしら原発だっておんなじ。たとえばあたしの原子炉。分厚い鋼鉄製だから壊れるわけないと誰もが思ってる。ところがどっこい、核分裂ってやつは鋼鉄だろうが何だろうが、じわ～りじわ～りと気の遠くなる時間をかけて痛めつけるわけさ。原子力ってのは、燃料ウランに中性子をぶつけて核分裂させるんだけど、その弾丸役の〝中性子〟や、核分裂して飛び出してくる放射線が、あたしの鋼鉄の体に猛スピードで無限にぶつかり続ける。すると、鋼鉄がどんなに肉厚だろうがだんだんモロくなるのさ。金属ってのは伸びたり、反ったりして、しなやかなものと思い込んでるだろ。でも長年、放射線や中性子が当たり続けるとしなやかでなくなんのさ」

私
「そうそう。長年、酒を飲み過ぎると肝臓の色ツヤがだんだん土気色になって、やがて肝硬変になってボッソボソになるのとおんなじだ」

東海第二原発
「もろくなった原子炉は危険だって国民に知ってほしい。あと、どんなときが危険かもね。危ないのは、原発に急ブレーキをかけたときさ。原発に異常事態が起こると緊急停止させなきゃだろ。急ブレーキをかけるのさ。すると車とおんなじでグヮ～っと強い負荷がかかる。その負荷が、もろくなってた部分にかかって耐えられなくなる。そしたらどうなる？　鋼鉄の原子炉がボコっと割れてしまう。そうすると原子炉の中の放射能がごっそり出ちゃうだろ。姉貴の事故試算は『２％』が出ただけで国家予算の倍以上。あたしの原子炉がもし肝硬変みたいになっててみろ。再稼働させて、割れちゃったりしたら大変なんだから。知らないぞ。なんせあたしの建つ東海村から30キロ圏内には茨城県民が１００万人も住んでるぞ。それで、東海村から東京23区までは１００キロちょいしかないし。風が北東や東から風速５メートルで吹いてみなさいよ。放射能雲は東京のど真ん中まで20時間で着いちゃうんだから。東京と東海村の間には市町村がひしめいてて、その多くは、原発30キロ圏に住む１００万人の避難先になってる。ってことは、避難先の自治体もみんな放射能で汚染される。避難先としては失格さ。第一そこの住民も避難せにゃならなくなる。さらに放射能雲はどんどん進んでいく。そして、あれよあれよという間に東京23区や首都圏を放射能で塗りつぶす。放射能雲に覆われているときに雨でも降った日にゃ放射性物質が地面に叩き落とされひどく汚染される」

私　「私の事故での飯舘村みたいになるってことね」

東海第二原発　「そんな立地のあたしが20年運転延長に合格したことに、東京都の小池百合子知事が何ていったと思う？　『それは原子力規制委員会が客観的に判断されると聞いています。再稼働の不安についても東京圏を含む住民にしっかりと説明が必要になってくるのではないでしょうか』だと。まるで他人事だっぺ。東海村であたしが事故を起こしてごらん。１４００万・東京都民が命の危険にさらされるっていうのに、『私は関係ございません。国がきちんとやってくださいね』だもんな」

私　「事故が起きて１４００万都民が路頭に迷う前に、都知事が先頭きって動いてくれないものかねえ。福島でおわかりのように、原発の事故って起きてからではもうどうしようもないのだから」

東海第二原発　「都民も都民さ。お～い！　都民の皆さ～ん！　危ないのはあんたたちだよ～！　福島の人みたいに避難せねばならなくなるぞ。あたしの姉貴の事故試算では、東京23区の人口は６００万人で計算してるけど、今は当時の1・5倍の９００万人。福島の避難とはケタが違うぞ。９００万人もどこに逃げる？　首都圏だと３８００万人だぞ。我先に避難しようとするからパニックも絶対起きる。問題は避難民が『１０００万人単位』ってことだ。この狭い日本、どっこも行くとこなんかないぞ。難民になるしかなくなるぞ。日本を捨てて難民になって朝鮮半島や中国大陸へと渡らねばならなくなるんだ。そうするとヨーロッパで難民が入国を拒否されたみたいに、日本人も韓国や中国に入れてもらえなかったりするぞ。『大げさ言うな』って？　こうなることを想定して全国放送のテレビ局が大真面目にもう対策とってるよ。渋谷も赤坂も。あたしの事故で23区が放射能汚染され、全域に避難指示が出る、そうなると東京本社からでは放送も取材もできない、じゃあどうするか、その対策をとっくに決めてあるのさ。それは……『大阪から指令を出す』。政府だってどこかに避難するのさ。東京からは災害対策の指揮とれないからな」

私　「確かに。私たちが事故る前は、東京が非常事態となったときの政府機能の引っ越し予定先は確か福島県だった」

東海第二原発　「笑い話にもならないねえ。同じことは首都圏の県知事さんたちにも言える。千葉県知事さん、東海村からは千葉の方がずっと近い。埼玉県知事も神奈川県知事も栃木県知事も群馬県知事も、千葉より遠いからって油断しないで。みんな五十歩百歩」

あたしは東海第二原発、学校で教えてあげてほしい！（その②）

東京から100キロちょいのあたしが原発事故を起こして原子炉の「2%」の放射能を出したら、放射能雲は1日もあれば東京23区や首都圏を襲うぞってこと。そしたら1000万人規模で避難しなくてはならなくなるぞってこと。以前、鹿児島県の豪雨で110万人に避難指示が出たときどうなったか？　避難したのはわずか数千人だった。なぜなら110万人が避難できる先なんかないってこと。大雨の被害ならまだいい。数日たてば水も引く。だけど原発事故はそうはいかない。放射能は何年も何十年も、長～い間そこに居座り続けるってこと。「2%」はあくまで仮定。爆発して原子炉が破裂したら10%どころか、半分とか全部出ちゃうこともあるってこと。そしたらいったいどれだけの損害を皆さんに与えるか？　ああ想像したくない。自分で自分の存在がそら恐しくなった。あたしの結論は「原発、特にあたしそのものは存在しちゃいけない」ってこと。都民と首都圏の皆さん方の胸に刻んでほしいのは、被害総額を国家予算と比較してる場合じゃない、お金とかの問題でもない、国が破産して日本が終わってしまうぞってこと。

東海第二原発さんありがとう。自分のことだけに具体的でとてもよくわかりました。人里離れた福島に建てられた私と違って、大都市圏に近い原発が事故を起こしてしまうと日本人にとって国家がひっくり返るような事態になるんだって知れてよかった。

皆さん、実はね、2011年に私が事故を起こした頃、私自身も20年延命されようとしてた。事故で立ち消えたけどね。この老原発の延命問題で最近驚いたことがあった。日本の原発の師たる、アメリカで20年どころか「40年延命」して原発80年運転に向けての動きが加速しているんだって。40年が寿命だったのを倍の80年。アメリカではシェールガス開発が成功して安くて大量に採れるようになったので、原子力が苦しいのはわかるけど80年はねえ。肝硬変が肝臓ガンになっちゃう。原発の新設は絶望的だから「40年延命・80年運転」しかないのかねえ。アメリカの原発の断末魔ね。でね、もう一つ心配事ができちゃった。日本の原子力行政ってほぼアメリカの横滑りなのね。ということは、いずれ日本でも40年延長の話をしれっと国は持ち出してくるかもってこと。そのときは皆さんも「#原発運転40年延長に抗議します」って闘ってくださいよ。今やネット上のデモで政治がひっくり返る世の中だとわかったんだから。

次に原発が事故を起こしたら20兆円を超える損害額は皆さんが払うって知ってる?

私は福島第一原発1号機です。さてさて皆さん、次は私の原発事故でどれほどの賠償額や除染費用がかかったか、ってお話をしましょう。政府の試算では22兆円。日本の国家予算が100兆円ほどだから国家予算の5分の1。ある民間シンクタンクは81兆〜35兆円になると2019年に試算しています。事故から10年、損害額は日々膨《ふく》れ上がっています。福島の排気筒の中ほどに亀裂が見つかり、建屋の上に倒れたら一巻の終わりだと切断が決まったり、私《わたし》たちの内部がいつまでも高線量でさまざまなスケジュールが遅れたり、後から後から問題が出てくるからです。先日も2号機の格納容器のフタの上が溶け落ちたデブリ並みにヒドく汚染されているとわかり、デブリを上から取り出せなくなった。これも根本からやり方を見直すことに。今後もさらに費用が膨らむのは確実です。原発が事故を起こすと20兆円超え、ご存知の方は国民のどれほどでしょうかね。ではここで私から皆さんへクイズです。

問題！　私の事故後すでに再稼働している原発が、今後もし私のように事故を起こしたら、「20兆円超えの損害賠償額」は誰が払うでしょうか？

「私は関係ない」って今あなたは、思いました？　ブ――。それは大間違い。払うのは「皆さん」と決まっているのです。話せばちょっと長くなるけど聞いていただかなければなりません。

茨城で原発事故が起きたら被害額は国家予算の倍以上、っていうあの「試算」を思い出してください。日本で国策原発を走り始めさせるためにはまず「原発が事故を起こしたときの損害賠償の法律」を作らないといけなかった。だけど損害額が巨大すぎて、どの保険会社も損害保険を引き受けてくれない。そこで国は苦肉の策を繰り出した。「原発が事故を起こすと賠償額の上限は1200億円。足りない額は国が補塡《ほてん》する。「原子力損害賠償法7条1項」でそう決めるしかなかった。だけどね、ここにまた「トリック」が。それは「国が補塡する」って部分。「国が補塡する」といえば皆さんとは関係ないって聞こえますよね。国の狙いはソコ！

だまされてはいけません。「国が補塡する」の裏にどす黒いものが潜んでいることにあなたは気づきましたか？「国が補塡する」って法律に書かれてるから「国が払う。だから自分たちは関係ない」と思う。ところがそうは問屋がおろさない。税金やら電気代やらに上乗せされて、結局知らないうちに払うのは皆さん、あなたたちなのです。国民みんなに払わせるのです。なのに「国が補塡」しますって。滅茶苦茶ずるくない？

「原発が事故を起こしたら被害額は国民が払う」というこの構造は、私の事故の後も何も変わってきません。

今もルールで、原発事故のために1200億円積み立ててはあるけれど、福島の廃炉・賠償費22兆円と比べたら象とアリ、ケタ違いに足りない。だから引き上げるべきだという意見が渦巻いた。そこで2018年、国は検討会を作って議論はした。でも、ふたを開けてみれば形だけ。結局1200億のまま据え置いた。「次の事故がすぐ起こるわけでもないし、事故が起きても福島と同じ方式で結局は知らないうちに国民が払うんだから、当面この問題はそのままにしておこう」ってことね。それっぽっちじゃ屁の足しにもならないって火を見るより明らかだけどね。私の父、国も母、電力会社もその答申を黙って、いや、ニヤッと笑って受け入れたわ。電力会社は「どれだけ被害が出たってＯＫ！　国民が払うっていう国のお墨付きがある！」って思ってるからね。だから安心してじゃんじゃん私たちを再稼働させていくぞって気、満々ね。このカラクリを知って、穏やかな皆さんもさすがに「こんなペテンを許していいわけがない！」と怒りを覚えたのではないですか？

私は原発、学校で教えてあげてほしい！（その③）

とっても大切なことだから復習しましょう。私が事故ってかかる廃炉・賠償費の試算額は22兆円超。その巨額を結局のところ払うのは皆さんだということ。次の事故が起きても同じ、払うのは皆さんだということ。そのカラクリに皆さんがきちんと気づいていないこと。税金だったり、電気代や送電線利用料に上乗せされること。２０２０年度から一般家庭で年に２５２円を向こう40年払うと決まっていること。電気の検針票にはなぜか内訳が書かれてなくて皆さんの目には入らないこと。東京の民間シンクタンクが、「溶け落ちた燃料を取り出す」or「封じ込める」、そして「トリチウム汚染水を薄めて海に捨てる」or「完全に浄化して海には捨てない」と場合を分けて試算すると経産省の試算の4倍、80兆円にもなったこと。さらにドイツのシンクタンクの試算では５８０兆円とはじき出していること。80兆円になろうが５８０兆円になろうが、払うのは「皆さん」だということ。たとえコロナ不況を乗り越えられたとしても、次の原発事故が起きたら「おしまいＤＥＡＴＨ」ってこと。

学校で教えてあげてほしい 20カ条

その1　原発は一度運転を始めると空へも海へも
いろいろな放射性物質を出し続けること。　30p

その2　茨城の東海第二が事故ると東京23区、首都圏を襲う。
数千万人が避難することになるぞ。　54p

その3　廃炉・賠償費は22兆円超。次の事故でも払うのは君たち。
税金、電気代に上乗せされてね。　57p

その4　志賀、伊方《いかた》、大飯《おおい》の運転差止めを命じた裁判官は、
みんな定年まぢかの人。なぜ高裁でひっくり返る？　66p

その5　人体実験で判明、プルトニウムは一粒で…
多くの放射性物質はどれくらいでどう健康被害を与えるか不明。　88p

その6　ヨウ素は半減期が短い=いい放射能ではない。
短い="強烈"に照射して人を傷つけるぞ。　110p

その7　安全神話を守るためのブレーキがいたるところに用意されているぞ。
でも安全神話で福島第一原発は守れなかった。　117p

その8　教えてあげてほしいのは、原発の語られていない問題点。
それは推進側が知られたくないこと。　130p

その9　世界一厳しいという新基準は福島の原因が不明のまま。
だとすると福島と同じ原因の事故はまた起きるかもしれない。　134p

その10　アメリカでは避難計画がダメだと運転させない。
日本は運転できる。なんでそうなるの？　158p

その11 そもそも避難計画がないと成り立たない産業って、
絶対おかしい！ 他にある?? 161p

その12 受精卵〜赤ちゃんは細胞分裂が激しいから
原発の建設前に食べ物による被ばくを検討。そこにもワナが… 175p

その13 薄めて基準以下にしたから捨ててOKではないぞ。
捨てられた放射能の総量が問題なのだ。 179p

その14 フィルター付きベント装置で『セシウムは99%取りのぞける』
けれど、セシウム以外はダダもれだぞ。 203p

その15 過酷事故は100万年に1度と規制委はうたうけど、
スリーマイルから40年で3回も起きてるのはどうして？ 226p

その16 『石炭火力を9割減らす』、突然の宣言の裏に
すでに新原発の具体的プランが。予算までとってある。 240p

その17 壊れてない原発でも廃炉は大変。
爆発した原発の廃炉がいつ終わるかは神のみぞ知る。 250p

その18 ネアンデルタール人が滅んでから4万年。
核ゴミを10万年後まで管理するってどんだけ〜! 260p

その19 ウソの復習。放射能出すのにクリーン、事故試算隠し、
ミサイル試算隠し、9・11テロ後の対策隠し… 271p

その20 真実が暗闇の底から君たちに聞いてほしいと叫んでいる。 284p

1

取扱注意

（昭和58年度外務省委託研究報告書）

「原子炉施設に対する攻撃の影響に関する一考察」

１９８４年2月
財団法人　日本国際問題研究所

すでに作成されていた、原子炉施設に対する攻撃の影響についての文書

三つ目のごめんなさい

またまた外務省が隠した報告書は、原発へのミサイル攻撃の損害試算

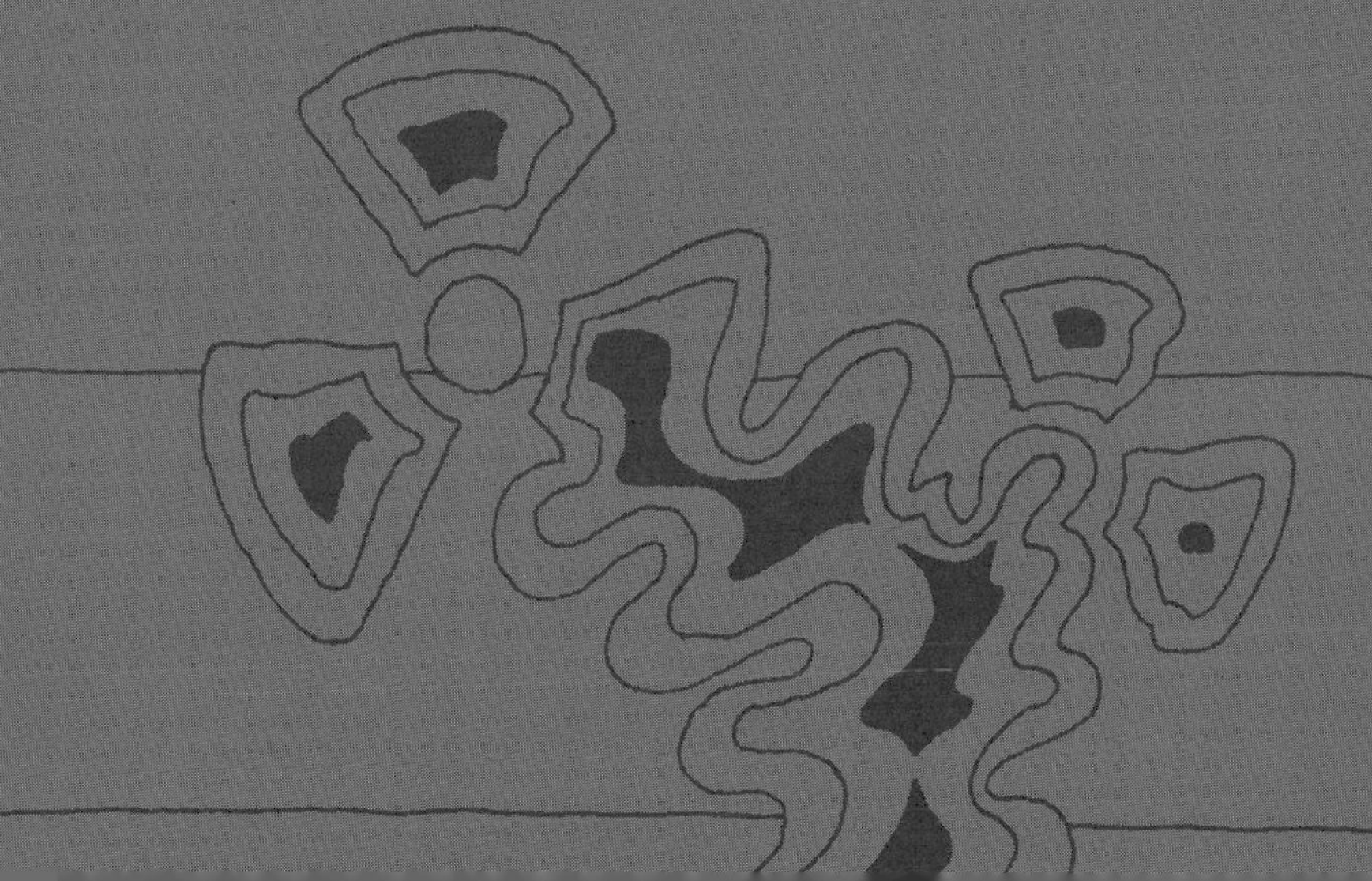

私がテロ攻撃されたら最悪、1万8000人が死亡？

私は福島第一原発1号機です。旧知のノンフィクションライターで原発共通アンケートを電力各社に送りつけた神恵内一蹴《かもえないいっしゅう》は、2015年、外務省へ情報公開請求をし、ある秘密報告書を開示させました。出てきたのは「原発がミサイル攻撃されたらどんな被害が出るのか？」を外務省が試算させた報告書。タイトルは『原子炉施設に対する攻撃の影響に関する一考察』。なんか映画007みたいでしょ。神恵内から詳しく聞いたので、受け売りで恐縮だけど皆さんにお話ししようと思う。すごいスクープよ。まず、そんなものを外務省はいったいいつ作ったのか？ それはアメリカの9・11同時多発テロよりもずいぶん前の1984年。福島生まれの私がまだ11歳の頃ね。その3年前の81年にイスラエルがイラクの原発を攻撃したの。F14戦闘機8機が超低空飛行で国境を越えてイラクに侵入。原発をミサイルで攻撃、こっぱみじんにした。でも幸いだったのは、その原発はまだ核燃料を入れる前だったこと。この攻撃で重大なことが浮かびあがった。それは「原発は攻撃されたら簡単に壊れる」ってこと。

皆さんは、原子炉自体は鋼鉄の塊だから簡単に壊されるわけないと思ってるでしょ。実はそんなことないの。だって、鋼鉄っていってもいっぱい穴があけられている。大量の水を原子炉に入れるための穴は直径が人の背丈ほどだし、核分裂の熱でできた水蒸気を発電タービンに送るための穴、何かが起こったときにブレーキをかける「制御棒《せいぎょ》」を出し入れする多数の穴とかね。「穴だらけの南部鉄瓶」ってイメージ。その穴にたくさんの配管がつながれてないと私たちは発電できない。だから原子炉自体が破壊されなくても、つながれた配管が壊されれば放射能はダダ漏れ。配管に大穴があいたり断裂したら止めようがない。人間で言えば、頸動脈がスパッと切断されたら止血できなくて死ぬのとおんなじ。

外務省がこの試算をさせた当時、日本の原子力総発電量は米・英についで西側で3位にまで急成長してた。

そんな時代にイフクの原発が戦闘機に攻撃され破壊された。外務省は大慌てだっただろうね、日本の原発が同じ攻撃をされたらどうなってしまうか急ぎ調べさせたわけ。出来上がった報告書を見てびっくり仰天だろうね。だってさ、とてつもない被害が具体的に書かれていたから。「最悪の場合、1万8000人が死亡」。戦慄の数字が目に突き刺さったはず。で外務省はどうしたと思う？　隠したって？　ピンポン！　正解。またまた隠したのでした。この報告書も、せっかく作られたのにその後30年以上隠された。日本初の原発の事故試算が隠されたのに続いてね。日本のお役所ってつくづく隠すのがお好きよねえ。最近もそう。防衛省のイラク派兵の日報もそうだった。隠すだけでなく改ざんもするよね。最近の流行りは隠すより手っ取り早い「すぐ廃棄」。「加計学園」関連の総理官邸の面会履歴も、「桜を見る会」の参加者名簿も廃棄。

「原発がミサイル攻撃されたら」の報告書は60ページにわたる詳細なものでした。神恵内の目が留まったのは、書かれていた「取扱注意なるも実質的部外秘」の文字。まどろっこしいけど要は「マル秘」。30年も隠さないといけなかったのには理由《わけ》があった。それは〝オイルショック〟。日本は1973年、中東の産油国に石油を止められ〝オイルショック〟を経験した。石油が生命線の重化学工業は顔面蒼白、街ではトイレットペーパーを買い占めに主婦が殺到。日本中のスーパーから全て消えた。まさに空前絶後。だからまた原油を止められたら人変だってことでイケイケ原発、私の妹たち、福島第一の2号から6号はオイルショック後の1974年から79年までに矢継《つ》ぎ早に建てられた。イラクの原爆が攻撃された81年も、日本中で原発建設ラッシュは続いていた。そんな背景があったから、国は「ミサイル攻撃の試算」が世に出て「反原発運動」を活気づけたくなかったんだ、と神恵内は見てる。そのくらいこの報告書の被害試算は強烈だった。

そのスゴい内容に、私の鋼鉄の肌に毛は生えてないけど、身の毛がよだった。その想定とは、ミサイルを撃ち込まれるのは日本の100万キロワット級の原発。ミサイルで、原子炉を包んで守る「格納容器」が爆破されたら被害がどれだけ出るかを詳しく試算してあった。口にするのもはばかられるほどの被害がいつもどおり、わかりにくく書かれていた。やさしく嚙《か》み砕くと、「格納容器がミサイルで攻撃されて電気系統が破壊されたり、原子炉を止めても出続ける余熱を冷やす系統のどこかが破壊されると、やがて核燃料はメルトダウンしてしまう。その結果、噴出した放射性物質で最悪1万8000人が急性被ばくして死ぬ」んだって。今、出てきた〝急性被ばく〟という言葉。1999年、その〝急性被ばく〟が茨城県東海村で起きています。核燃料を作っていて臨界事故を起こし日本人2人が死亡。この2人が〝急性被ばく〟だった。NHKの看板番組、NHKスペシャルでその事故が特集され〝急性被ばく〟すると、どのように推移して死に至るかを詳しく放送したのさ。それはそれは壮絶だった。被ばくで焼けただれた所に皮膚を移植しても移植しても、溶けてしまい、血も体液もにじみ出てくる。天下の東京大学医学部の医師たちもお手上げだった。最先端医療も歯が立たず、亡くなった。そんな〝急性被ばく〟でだ、原発がミサイル攻撃されると1万8000人も死ぬ。そう外務省の報告書には書いてある。地獄絵さながらの事態になる。さらに、原発の私でさえ知らないことまで調べ上げていた。「事故から100時間を超えると、原発事故の方が原爆よりも残留放射能が多くなる」って。やさしくいうと、放射能が長い間減らないのは原爆よりも、原発事故の方だ、ってこと。「原発事故」の方が原爆よりも「タチが悪い」ってことまで報告書には書かれていたわけ。被害の甚大さもさることながら、原発の私も、世界で唯一の被爆国の国民も知らない、そんな重大なことまでが調査されてたのには驚いた。

神恵内が取材した原子力ムラの研究員が、この隠された報告書を読んで面白い発言をしていました。

「外務省に報告されたのが1984年ですからチェルノブイリ事故の少し前ですね。いちばん驚いたのが、84年に原子炉の弱点がどこかを正確に分析していること。感心しました。特に「熱を取り除く場所を攻撃」すれば炉心溶融を起こせるというシナリオがスゴい。電源を奪ってしまえば原子炉の中を冷やせず、炉心の温度はうなぎ登り。福島の事故と瓜二つです。原発の最大の弱点は「熱」であるということを、当時から専門家はよく知っていたのです」と。さらにこのお人、もう一つとても大切な問題が隠れているって指摘してくれたのです。「日本には、被爆国にとってアレルギーの強い原発を建設するときに作った〝大切な約束〟があります。それは、原子力に関しては自主的に何事も公開しますよ、絶対に隠し事をしてはいけませんよ、という『公開の原則』です。そんな重い約束があるのに、これほど大切なことを秘密にしたのは論外です。『公開の原則』を破るのなら原子力はやめなければならない」って。推進側の人がこういう内容のことを発言し始めたのも、私が原子力事故の最大級とされる「レベル7」の事故を起こしてしまい、それまで原発の安全性を信じていた科学者の目からウロコが剝《は》がれ落ちたんだと、私は思います。

「公開の原則」ってのが出てきたでしょ。この原則は〝原子力の憲法〟の中にあるのね。日本は世界で唯一の被爆国、核に関しては嫌悪感が強い。だから原子力については全てを公開、ガラス張りにしなければならない。透け透けにして全て国民に見えるようにしておかねばならない、そうしないと国民は納得しない。だからこそ作ったいちばん大切な大原則なのに。この報告書が隠されていたことがわかって、大切な大原則を国がしれっと破っていたと「また」バレてしまったわけ。一度ならず二度目よ。

このミサイル報告書を隠しつづけて17年後の1998年、北朝鮮が突然テポドンってミサイルを日本に向け撃ってきた。ミサイルはあっと言う間に本州を飛び越えて太平洋まで届いた。政府も防衛省もあたふたあたふた、何にもできなかった。あの報告書を隠した外務省関係者は脂汗が出ただろうな。「北朝鮮のミサイルが日本列島を越えた」とはどういうことか、皆さんはもう気がついたでしょ。そうご名答。「日本の全ての原発は北朝鮮のミサイルの射程距離内」ってこと。北朝鮮がミサイルで原発を狙ったら「隠された報告書」に書かれたことが起きる。さらに報告書はこうも指摘している。かつ今日の誘導型弾道（ミサイル）のもつ命中精度は極めて高いので、格納容器攻撃が一旦実行されれば、その器壁が破壊される危険性は高いとかんがえねばならない。（外務省の報告より）

ノンフィクションライターの神恵内は以前、初代の原子力規制委員長の田中俊一氏にこんな質問をぶつけていた。「北のミサイルが日本の原発を狙ったら?」と。田中前委員長はどう答えたと思いますか?「北朝鮮のミサイルは命中精度が低いですから、若狭湾にたくさん原発があっても当たりませんよ。そんな小さい標的を狙うんだったら東京を狙った方が早いでしょ」だって。東京を狙う? それアウトですよ、田中前委員長。それに全くの時代遅れ。今や地球の裏側からミサイルをリモコンで操り一個人を狙い撃ちできます。アメリカから狙ってイランの将軍を殺害したでしょ。その辺を知ってか知らずか、大阪のおばあちゃんがたった一人で裁判を起こしました。若狭湾の高浜原発が北朝鮮のミサイルで攻撃されたら大変なことになるから止めろって。おばあちゃん、やるでしょ。残念ながらこの裁判で運転差し止めは認められなかった。でもね、裁判官の判決理由には笑った。「高浜原発を狙ってミサイルが着弾するかは不明」なんだって。田中元委員長とそっくり同じ。私がショックだったのはこの裁判官が子どもの未来を危険に晒す可能性があることに目をつぶったこと。それは勉強不足なのか、政権への忖度《そんたく》なのか、その両方なのか。裁判長、予断をもたず勉強してください。裁判の話が出たので、皆さんが絶対に知っておいた方がいい私のイチ推し、「原発と裁判の話」をします。私の原発事故の後、いくつかの原発裁判で運転停止の仮処分が認められました。でも上告され高等裁判所でことごとく逆転負けになるのが通例です。どうしてでしょうか? それにはこんな背景があるのです。

私は原発、学校で教えてあげてほしい!(その④)

石川県の志賀原発、愛媛県の伊方《いかた》原発、福井県の大飯《おおい》原発、三つの原発運転差し止めを命じた3人の裁判官には共通点がありました。それは定年を目前に控えていたこと。だから左遷なんて怖くない。自分の信念どおりの判決を下したこと。みんな判決の後、なぜか異動したこと。彼らのせっかくの判決はその後控訴されて高裁で全てひっくり返ったこと。それには当時の安倍政権が２０１４年に作った「内閣人事局」が大きく影響しています。これで各省庁の事務次官以下幹部職員、計６００人の人事権が首相官邸に集中し、総理の独断で官僚の上層部の人事を左右できてしまうということ。「総理が気にくわなければ飛ばされる」と、どの省庁も、ひいては裁判官だって忖度しても不思議じゃない。前にも言いましたけど森友学園問題で財務省が総理の答弁に沿って文書を改ざんしたり、防衛省がイラクの日報を改ざんしたり、桜を見る会の招待者名簿をシュレッダーで破棄したり。だから裁判官の人事権を握る法務省の上層部を押さえておけば、最高裁の裁判官すら総理の手のひらの上の駒となりうるのです。皆さんが学校で習った「三権分立」は内閣人事局を悪用すれば死んだも同然。裁判官も政権の意向にそぐわない判決を下したら飛ばされる……、そう思うと思い通りの判決も出せないでしょ。

おまけ。記憶に新しいのは、閣議決定で仲良し黒川検事長を異例の、いや反則の定年延長を認めてしまったこと。さらに検察庁法改正までしようとしたこと。捜査権を持つ最上位にあたる検事総長をも自分の息のかかった者にしようと思ったのかねえ、そこまでやるか安倍晋三前総理。そうしたら、ハッシュタグ#付きの抗議が殺到してこの話は流れ、当の黒川さんも賭け麻雀で辞任。でも不起訴になっちゃうのが「内閣人事局」の威力なんでしょうか。皆さん覚えておきましょう。

経済産業省　2021年2月8日時点

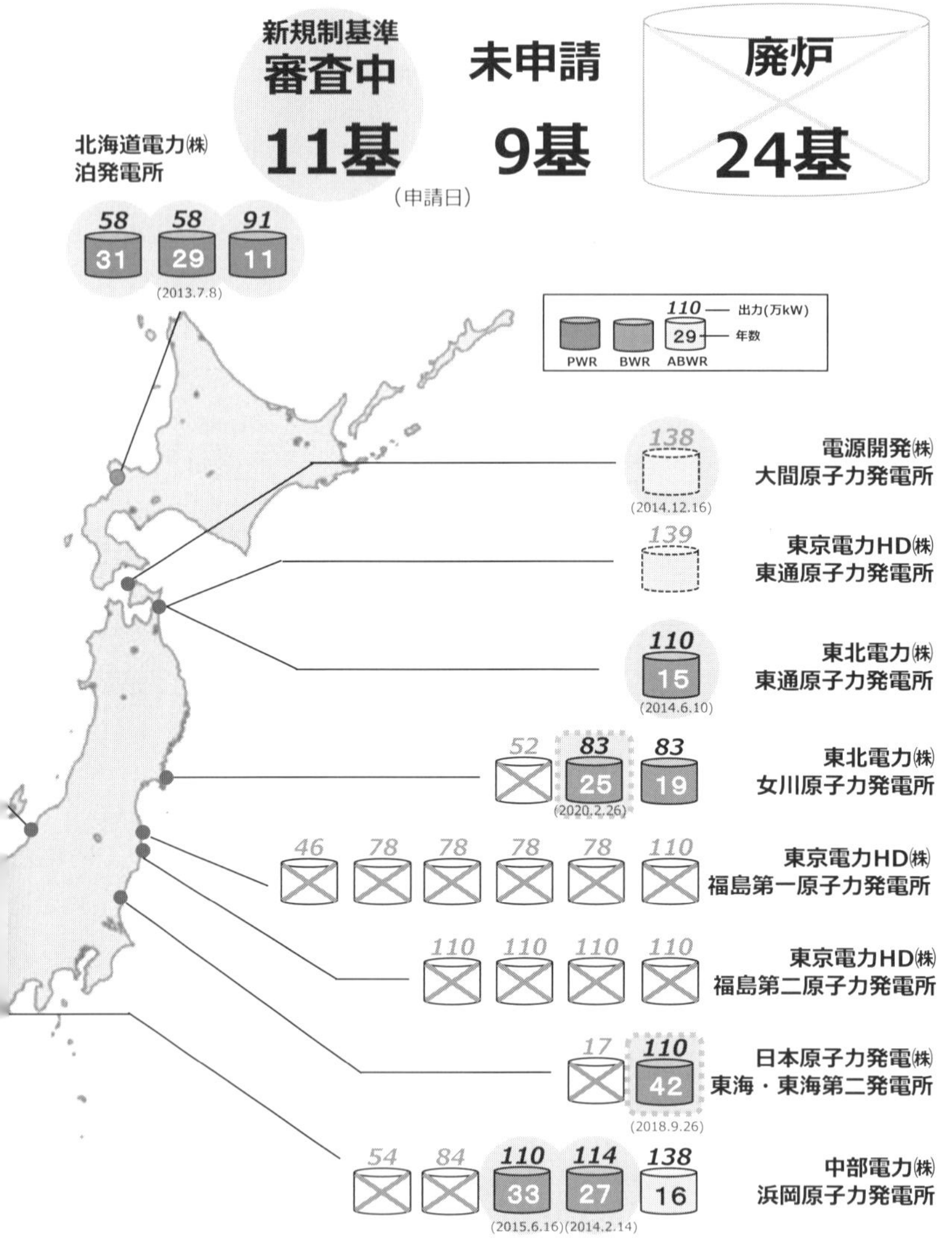

新規制基準
審査中
11基
未申請
9基
廃炉
24基
（申請日）
北海道電力㈱
泊発電所
58 58 91
31 29 11
(2013.7.8)
110 — 出力(万kW)
29 — 年数
PWR BWR ABWR
138
(2014.12.16)
電源開発㈱
大間原子力発電所
139
東京電力HD㈱
東通原子力発電所
110
15
(2014.6.10)
東北電力㈱
東通原子力発電所
52 83 83
25 19
(2020.2.26)
東北電力㈱
女川原子力発電所
46 78 78 78 78 110
東京電力HD㈱
福島第一原子力発電所
110 110 110 110
東京電力HD㈱
福島第二原子力発電所
17 110
42
(2018.9.26)
日本原子力発電㈱
東海・東海第二発電所
54 84 110 114 138
33 27 16
(2015.6.16)(2014.2.14)
中部電力㈱
浜岡原子力発電所

日本の原子力発電所の現状

再稼働
9基

設置変更許可
7基

稼働中 4基 、停止中 5基　　(起動日)　　(許可日)

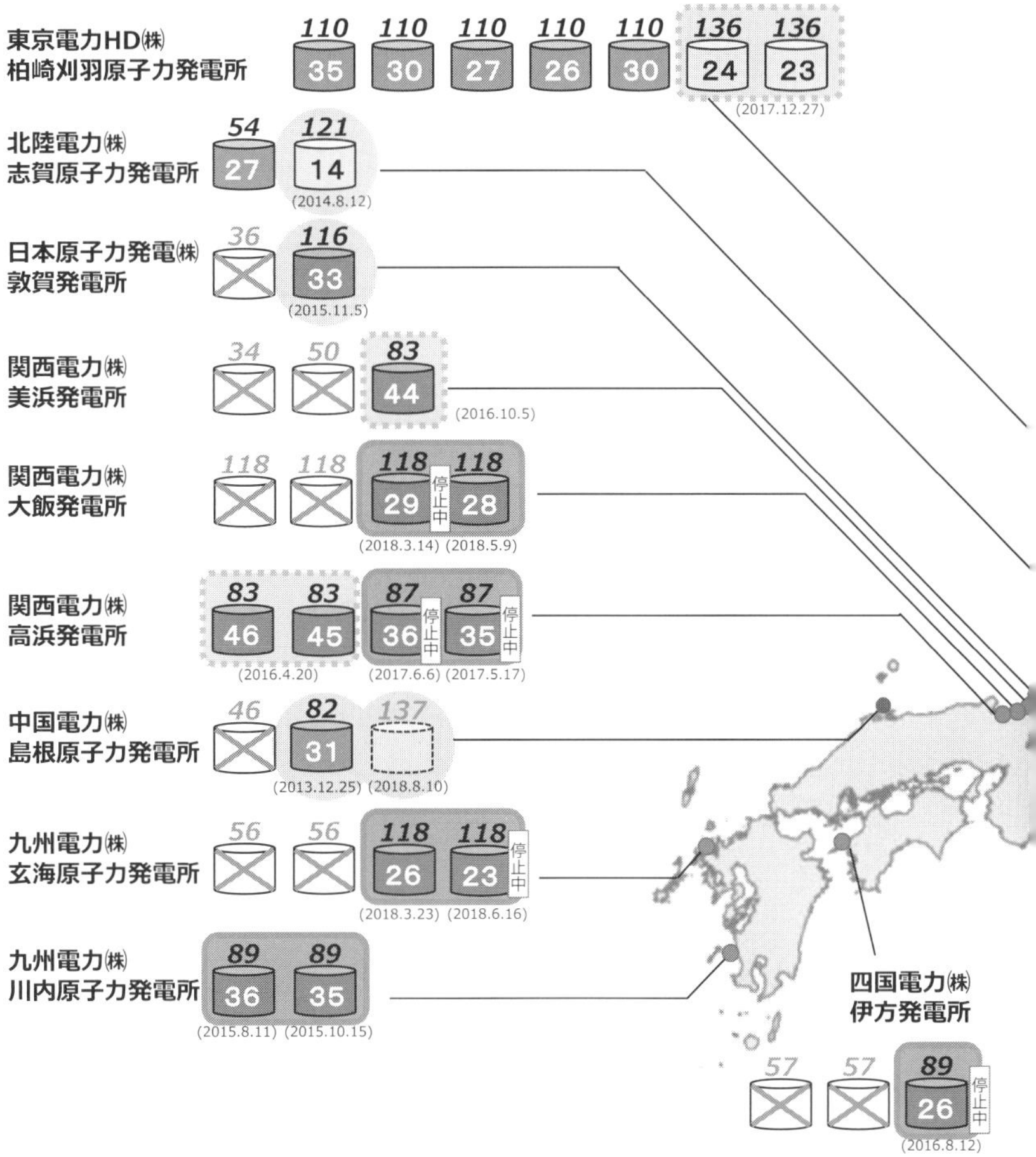

東京電力HD㈱
柏崎刈羽原子力発電所
110 110 110 110 110 136 136
35 30 27 26 30 24 23
(2017.12.27)
北陸電力㈱
志賀原子力発電所
54 121
27 14
(2014.8.12)
日本原子力発電㈱
敦賀発電所
36 116
33
(2015.11.5)
関西電力㈱
美浜発電所
34 50 83
44
(2016.10.5)
関西電力㈱
大飯発電所
118 118 118 118
29 停止中 28
(2018.3.14) (2018.5.9)
関西電力㈱
高浜発電所
83 83 87 87
46 45 36 停止中 35 停止中
(2016.4.20) (2017.6.6) (2017.5.17)
中国電力㈱
島根原子力発電所
46 82 137
31
(2013.12.25) (2018.8.10)
九州電力㈱
玄海原子力発電所
56 56 118 118
26 23 停止中
(2018.3.23) (2018.6.16)
九州電力㈱
川内原子力発電所
89 89
36 35
(2015.8.11) (2015.10.15)
四国電力㈱
伊方発電所
57 57 89
26 停止中
(2016.8.12)

テロが原発を狙ったら

私たちは原発です。原発がミサイルで攻撃されたらどれほど恐ろしいことになるか皆さんは外務省が隠した報告書の中身を知ってわかっていただけたと思います。その上でもう一つ知っていただきたいことがあります。それは、私たちは「テロ攻撃」にもすごく弱い、ということです。「テロ攻撃」……皆さんは世界中が青ざめたあの日を覚えていますよね。アメリカの9・11同時多発テロ。ニューヨークの世界貿易センタービルに大型旅客機2機が大勢の乗客を乗せたまま次々に突っ込んだ。高層階から飛び降りるしかなかった人々が張り出した屋根に打ちつけられる鈍い音が、今も脳裏から消えないと救助にあたっていた消防士が言います。そして双子ビルの摩天楼は崩れ落ち無に帰した。もしあのテロリストに乗っ取られた旅客機が私たち原発に突っ込んだらいったいどうなっていたか、もう皆さんは想像がつきますよね。

9・11テロをアルカイダが計画していた折の「秘められた話」をご披露しましょう。狙われた世界貿易センタービルの他に、実はあるものが標的として候補にあがっていたのです。ビビッときた? そう、それは「原発」。ターゲットはマンハッタンから車で小一時間、40キロしか離れてないインディアン・ポイント原発。狙おうと思えば楽に狙える近さだった。テロを実行したのはオサマ・ビンラディン率いるアルカイダ。その幹部に世界でたった一人インタビューに成功したジャーナリストがいる。その人はエジプト人という情報を得てカイロに飛んだのが神恵内一蹴だった。そのジャーナリストの名はユスリー・フーダ。彼の指定したホテルのカフェで神恵内はそのときを待つ。夕日の中から現れたフーダの第一声はこうだった。「日本人に言いたいことがある。ピラミッド観光でどこでもかしこでもブーブーおならするのはやめてくれ」。神恵内は思わず吹きだした。日本人客の観光しながらのおならにエジプト人は辟易《へきえき》しているんだと彼は言う。フーダはビールを注文し、栓をしたまま持って来るようにと給仕に命じた。「エジプトでは、飲み残しのビール瓶に栓をして冷やして出すからな」と神恵内にウィンクした。神恵内は単刀直入に切り出した。「アルカイダは9・11で本当に原発を狙おうとしたのか」と。目の前で栓をあけさせたビールを旨そうにごくりと飲んでフーダが口を開いた。「アルカイダ幹部は俺にこう言ったよ。『標的として、最初はいくつかの原発を候補にあげたのは事実だ。しかし、原発だとその後収拾がつかなくなる可能性があるので、やめた。今のところは』って」。世界を恐怖のどん底に陥れた9・11のテロリストが原発に「忖度」をしてくれていたのだ。福島《わたし》、思った。日本にはびこる「忖度」と比べたら、なんて素敵な「忖度」じゃないって。残虐なテロリストだけどこの件だけは感謝せねば、と原発の私は思ったのでした。でも最後の「今のところは」というのが不気味でしょ？

今のところはいいけれど、今後も「忖度する」とは限らない、ということだからね。お～怖。

でさ、「原発テロ」って、アメリカだけの話って思ってない？　ブー。ヨーロッパでも原発がテロに狙われていた。2016年の3月、ベルギーで空港と地下鉄で同時自爆テロが起きた。その数日後、自爆して死んだ兄弟が「テロ前にベルギーの原発関係者の日常生活を秘かに撮影していた」とあるメディアがつきとめた。そして「原発関係者を通じ原発や核物質に近づき、核施設への攻撃を検討していた」と報じたのさ。そう、ベルギーでも原発がテロの標的になるかもしれないとあわてたベルギー政府は直ちに対応、国内の原発2カ所計7基の警備を大幅に強化したわ。

欧米でともに「原発がテロの標的」として挙がっていた。もう皆さんおわかりよね、日本の原発はテロに狙われるわけない、なんてもう言ってられない時代になってしまっている。では実際、日本の原子力規制委員会や電力会社は、私たち原発がテロに狙われることを具体的に想定していると思う？　何もしてそうにないって？　日本で、テロを想定した訓練を行った原発がありました。石川県の志賀原発です。本気でテロを想定している訓練かどうか、その内容をのぞいてみましょう。テロ訓練には陸上自衛隊と警察が参加。「マシンガン」を自衛隊だけでなく警察も持っての訓練でした。「警察もマシンガンを持った」のはいい評価してあげてください。拳銃だけでなくマシンガン持ってると本気感増すでしょ。そこまではよかったんだけど、いかんせん訓練に危機感がない。何でかっていうと想定がぬる過ぎ。「武装した集団が日本に潜入したという情報が入った。すぐに警察もマシンガンを持って警備しろ。そして原発内の港に侵入したテロリストを確保せよ」っていう、ま、形だけの訓練だったわけね。テロリストってのは日頃から戦闘訓練を積んでいるツワモノども。そんな簡単に捕まるわけないよね。第一、テロってもんは誰も気づかない間にそぉっと忍び寄ってきて、気づいたときには手遅れってものでしょ。訓練の予定日どおりには来てくれません。ちなみに、訓練でないとき、日本中の原発の警備はどんな感じだと思います？　1年365日、警備してくれるガードマンたちは丸腰。マシンガンなんて訓練のときだけ。そういう普通の日にテロが来たらどうなる？　原発のフェンスの上は鉄条網になってて電流も流されてる。だけど高さはそんなに高くないから棒高跳びの選手ならお茶の子さいさい。そんなことしなくても鉄条網の下のフェンスは普通の金網のところも多い。ペンチで切断できる。訓練された武装テロリストなら楽勝で侵入できちゃう。しかも武装してる。奴ら平気で人を撃つよ。入られたら最後、誰も取り押さえられない。あっという間に原発は制圧される。

じゃあ、アメリカの原発ではそこら辺の危機管理をどうしてると思う？　ハロー、聞こえますか？　カリフォルニアのディアブロ原発さ〜ん！

ディアブロ原発　「はじめまして！　ディアブロ原発です、ヨロシク。ワタシはロサンゼルスから北にクルマで5時間くらいの崖の上に建っています。ディアブロの意味は悪魔です。フクシマさんが知りたいのはアメリカの原発はどんなガードがされてるかですね。ワタシを守ってくれるガードマン、みんなマシンガンで武装しています。ハリウッド映画によく出てくるM3サブマシンガン、ダダダダッてやつです。だからワタシはけっこう安心しています。何人くらいで守ってくれてると思います？　毎日、24時間、150人体制です！　9・11テロの後に、アメリカ政府はシビアなルールを作りました。その一つが「原発は150人が武装して24時間警備せよ！」でした。アメリカにある100くらいの原発のすべてを武装警備員で鉄壁ガードさせています」

私　「アメリカの原発がスゴくうらやましい。でもお金もかかるでしょうね。150人で24時間を3交代だと、1日に必要なのは延べ450人でしょ。月給40万円だとして月に1億8000万。かける12カ月だから年に21億6000万円、これを電力会社が払わなくちゃならないのか。そりゃ大変だ。ねえねえ、ディアブロさんは知ってる？　日本の原発の警備員はみんな丸腰。フェンスも高くない。鉄条網で囲ってはいるけど訓練されたテロリストならどう？」

ディアブロ原発「チョー簡単でしょうね。ニッポンの警備はユルすぎです。危ないです」

私　「9・11テロを受けて、アメリカって国が『原発テロをどう捉えて、どう対応したのか？』詳しく話してくれます？」

ディアブロ原発「OK！　テロの翌年、政府はアメリカ国内の全ての原発にテロ対策を義務づける『命令』を出しました」

私　「具体的にどんな『命令』？」

ディアブロ原発「これから建設する原発は、大型航空機が突っ込んでも壊れない設計にしなさい、というシビアな命令でした。現役の原発には、テロ攻撃されてヒドく破壊されても、メルトダウンだけはさせないようにしなさい。何が起きてもステーション・ブラックアウト・全電源喪失だけはしないように対策しなさい。冷やす機能がコワれても別の方法で冷やせるようにしなさい。それらを全部やりなさい、でないと運転はNO！　でした。注目すべきは『使用済み核燃料プールを冷やす別系統の冷却システム』も要求したのです。それらをアメリカの全原発に命じました。さらに、世界の国々にも同じ対策をとるべきです、とお勧めしました。もちろんニッポンにも。するとニッポンから原子力の安全を担当するお役人がアメリカまで来てレクチャーを受けニッポンへ持ち帰りました。なのにWHY？　ニッポンの原発ガードマンは今もマシンガン持ってないのですか？　アメリカが強く勧めてあげたのになぜ？」

私　「確かに保安院の人がアメリカに二度渡りましたね。そしてアメリカからアドバイスを持ち帰ったままではよかったのだけど、国に報告しないでこのアドバイスを闇に葬ってしまったのです。理由は『日本の原発ではこういうことは絶対起きない』っていつもの安全神話を持ち出してね。せっかく持ち帰ったアメリカの貴重なアドバイスをなかったことにした。こんなにおかしなことが日本国民の知らないところで起きてたの。原子力推進サイドが絶対やっちゃいけないことを知らん顔でやってた。こういう隠し事、日本ではこれまでも何度もあったのです」

ディアブロ原発　「リアリー？　世界のたくさんの国はこのアドバイスを受け入れました。お金はスゴくかかりましたけどね」

私　「もし、この対策を日本がとっていたら、私、福島第一原発の事故は防げたって指摘する専門家も少なくないの。事故調査委員会の報告書にもそう書いてあるし」

ディアブロ原発　「アメリカの元・原子力規制委員長もそう言ってました」

私　「後の祭りだねえ」

ディアブロ原発　「オー、同じです、英語でもThe day after the Fairって言います」

私の事故は原発のアキレス腱を世界中に知らせてしまった

私は福島第一原発1号機です。チェルノブイリ原発と私は、世界で2つしかない「レベル7」、最悪の原発事故を起こしてしまいました。その他にもう一つ懺悔《ざんげ》しないといけないことがあります。それはテロリストに決して知られてはいけなかった「原発のアキレス腱」をいくつも教えてしまったことです。本当にごめんなさい。アキレス腱、その一つが「全電源を喪失するとメルトダウンする」つまり「冷やせなくなったら原発は終わり」ってこと。今ごろテロリストは、堅固な原子炉を破壊しなくてもいいんだ、全電源を喪失させればいいのか、とニヤニヤしてるかも。福島では高圧線の鉄塔が地震で倒れた、だから鉄塔や変電施設もアキレス腱だと教えてしまった。他にも「冷やせなくなったら原発は終わり」ってことだから、冷却関係の装置や配管を破壊しても原発を破壊したのと同じ、これもアキレス腱でしょ。そういう装置や配管、鉄塔や変電設備なら壊すのに「大型旅客機はいらない」。ダイナマイトとか通常爆弾でOKってことも教えちゃった……。

もう一つ教えてしまったアキレス腱が「使用済み核燃料プール」。使い終わった燃料棒は何年も高熱を出し続けるので原子炉から取り出してもプールで冷やし続けないといけない。原発の中にプールがあるなんて、2007年に中越沖地震が新潟県の柏崎刈羽《かしわざきかりわ》原発を襲うまでは関係者以外誰も知らなかった。そのとき、原発内で波打った水がバシャバシャ飛び出る映像がテレビで放送されて、原発内にプールがあることが世の中に初めて知られたのさ。そして福島第一原発事故のとき、私の妹、4号機のプールがヤバかった。工事のために使用中だった燃料棒を548体、全て4号機から抜いてプールに入れたので満杯状態だった。使用中の燃料棒は使用済みの燃料より熱（崩壊熱）を大量に出すので、他の姉妹のプールの4倍も水温が高かった。4号機のプールの水がいちばん早く蒸発して1535体の燃料棒が露出すると予想された。そして、もし核分裂が始まり臨界が起きることになったりしたら、下手をすれば小さな核爆発が連鎖して大爆発する可能性があった。そうなったら、出るかもしれないセシウムの総量は、チェルノブイリ事故で出た量の少なくとも10倍。しかも悪いことに4号機は水素爆発で建屋が吹き飛んでいた。だからプルトニウムやウラニウムなど猛毒の放射性物質もそのまま大空に吹き上げられることになるとアメリカの専門家は分析していた。アメリカが日本にいる米国民を80キロ退避させたのは私たち3基が爆発した事故より「4号機の燃料プールを恐れた」からだった。でも奇跡的に危機は回避された。工事のために普段なら溜めていなかった大量の水が、理由はわかっていないけどプールに流れこんでくれて冷やし続けてくれたみたいなの。運がよかったとしか言いようがない。本当に神様、ありがとうございました。

どう？　すごい「アキレス腱」でしょ？　ということは、例えばプールに割れ目ができたり底が抜けたりして水が漏れたらさあ大変。漏れる以上に水をじゃんじゃん足せなければ燃料棒を冷やせなくなってアッという間にメルトダウンね。「核燃料プールも冷やせなくなるとアウト」ってこともテロリストに教えてしまったのです。さらに厄介なのは、プールのある場所。原子炉はテロ攻撃を受けたとき、強い格納容器が包んで守ってくれるけど、核燃料プールは原発の建屋の中にはあるけど格納容器の外。格納容器に守られていない。しかも最上階にあって、4号機は水素爆発で建物がふっ飛んだでしょ。燃料プールは丸裸。海からバズーカ砲やロケットランチャーで狙われたらおしまい、っていうことも教えてしまった。アキレス腱を知ってしまったテロリストは中央制御室を占拠するまでもない。そうしなくても原発を壊滅させる方法はいくらでもあるってこと。壊れた原発であろうとなかろうと、「テロリストにとって、日本の原発は丸裸だ」ってことを皆さん、知っておいてくださいね。光を当てないといけない大切なことでしょ。れいわ新選組の山本太郎党主がかつて国会で「原発がテロ攻撃にあったらどうするか？」って質問したら、政府は「そうした事態は想定していません」って答えたの。総理、いつも想定外でなく、国民の命のかかるこの問題こそは事前に、ご想定のほどよろしくお願い申し上げます。

　テロの話はここらでおしまい、ではなくてもっと怖いテロがある。「サイバーテロ」。原発のコンピューターにサイバー攻撃をしかけて原子炉を暴走させる……。ＳＦのようだけど今や大あり。テロは原発に近づかなくてもできるってわけ。複数の専門家がひどく心配しています。実際２０１４年４月、お隣韓国の原発ではコンピューターシステムにハッカーが侵入。韓国政府は「それによって原発の制御システムに影響が出ることは１００％ない」と答え続けたけど、否定すればするほどねえ。官邸の皆さん、原子力規制委員会の皆さん、「原発へのサイバー攻撃」はもちろん想定内ですよね？　とっくに効果てきめんの対応策を打ってくれてますよね。あ、そう言えば、２０２０年の10月末に規制委員会がサイバー攻撃されましたよね。皆さん知らないでしょ。その後、攻撃から３週間以上たっても外部からのアクセスを遮断し続けていて、メールのやりとりさえできませんでした。それで「ご連絡は電話かＦＡＸでお願いします」だって。笑っちゃいけないけど、ホントにホントに大丈夫ですよね⁇　総本山の規制委員会がサイバー攻撃でやられたら、末端の私たち原発のサーバーなんてテロリストからしたら赤子の手をひねるようなもんじゃないですか？　委員長、お答えください‼

　え〜い、最後にテロより怖い話。「獅子身中《しししんちゅう》の虫」ってことわざをご存知？　敵は自分の内にいる、ってアレ。例えば、私を廃炉してくれている作業員だとか、日本中の原発の運転員だとか、そういう人の中の一人が豹変して突如、狂気の人となったら……。ここ数年、普段は普通に見える人が突然、凶悪犯罪をいくつも起こしているでしょ。相模原の障害者施設での大量殺人を起こす元職員がいたり、スクールバスの生徒を刺しまくる者がいたり、ドイツでは航空機の副操縦士が機長を追い出し急降下、乗客を道づれに自爆させたし。そういう人が私たち原発の中で一人でも出たらどうなりますか？　そうなったらどうしようもないのが私たち原発なのです。

原子力発電関連年表

	日本	世界
1941年		アメリカで世界初の原子力による発電成功
1945年	広島・長崎に原爆投下される	
1946年~		米軍が原爆実験で人体実験　アトミック・ソルジャー
1954年		世界初のソ連・オブニンスク原子力発電所稼働
1956年	原子力委員会が発足	
1957年	ノーベル物理学賞・湯川秀樹　原子力委員を辞す	
1958年		米ロスアラモス研究所で臨界事故　1人死亡
1959年	原発事故試算を隠ぺい	
1960年	日本初の東海発電所　建設開始	
1961年	原子力損害賠償法制定	
1963年	鉄腕アトム　テレビ放映開始	
1966年		米エンリコフェルミ高速増殖炉で炉心溶融で閉鎖
1970年	大阪万博で原発の電気で「原子の灯」ともる	
1973年	福島第一原発1号機稼働	
1979年		米スリーマイル島原発でメルトダウン事故
1981年		イスラエルがイラクの原発をミサイルで破壊
1984年	外務省の原発ミサイル攻撃試算隠ぺい	
1986年		ソ連チェルノブイリ原発爆発
1989年	福島第二原発3号機　過酷事故	
1991年	美浜原発2号機　過酷事故	
1993年		米プルトニウム人体実験をスクープ
1999年	東海村で臨界事故　2人死亡	
1999年	隠された原発事故試算が国会提出	
2000年		9・11同時多発テロ　原発がターゲットの案に
2004年	美浜原発3号機　過酷事故　5人死亡	
2011年	福島第一原発事故	ドイツ・スイスが脱原発を決定
2012年		古里原発（韓国）全電源喪失
2015年	福島県の検査で子供の甲状腺ガン86人判明	
	隠ぺいされた原発ミサイル攻撃試算が明るみに	
2016年	核燃サイクルの要、高速増殖炉もんじゅ廃炉決定	台湾が脱原発を決定　ベトナムへの原発輸出頓挫
2018年		トルコへの原発輸出頓挫　サウジで太陽光最安値2.5円/kw
2019年	イギリスへの原発輸出断念し日本政府の全計画が頓挫	
	全世界の再生エネが原発発電量を超えた	
2020年度	一般家庭の電気代に原発事故時の賠償上乗せ	
2020年	福島県の当時18歳以下の甲状腺ガン202人に	
2020年	六ヶ所再処理工場が新規制基準に合格	

神恵内作成

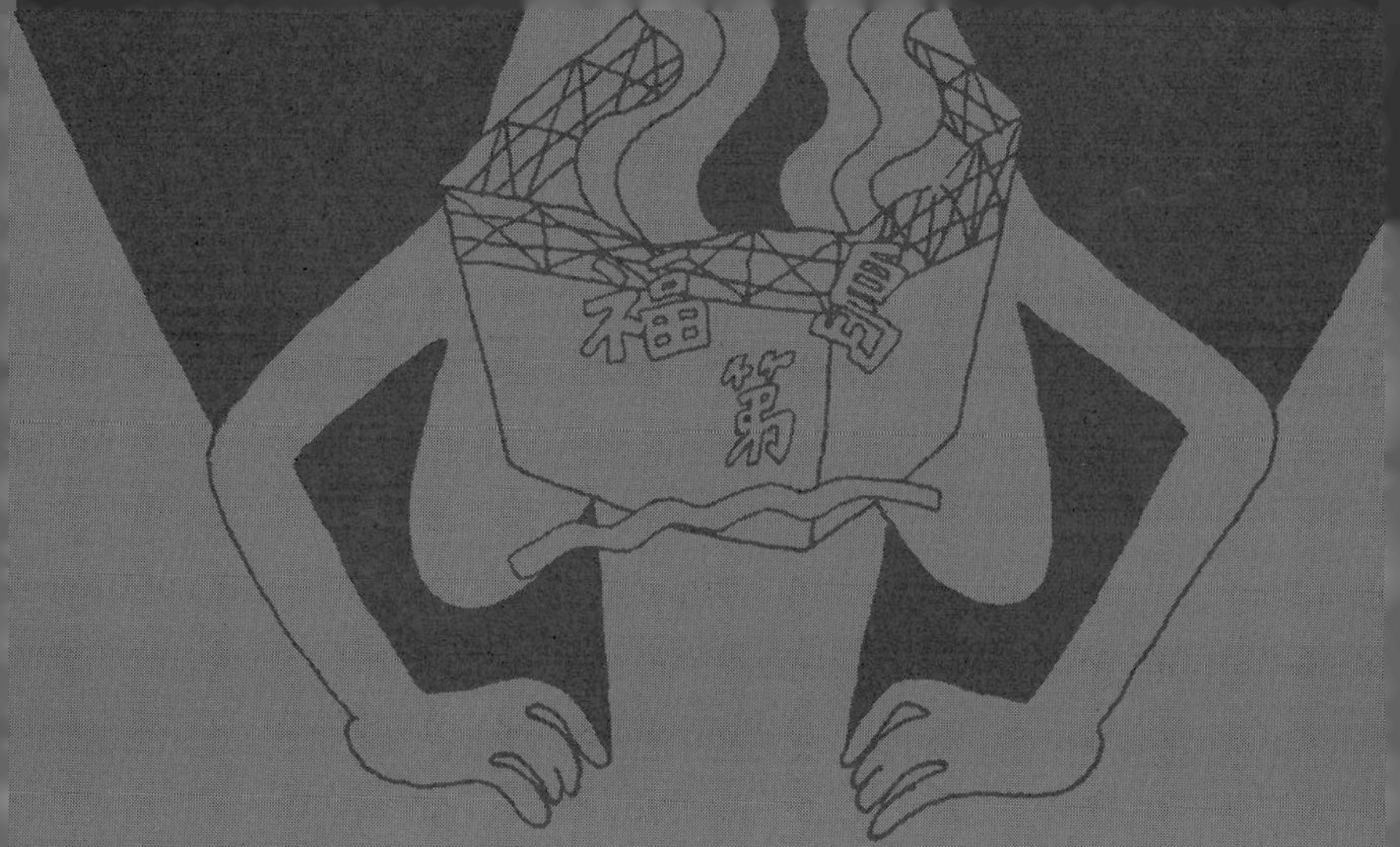

四つ目のごめんなさい

私が出す何十種類もの放射能。
人体への影響が未だわからない

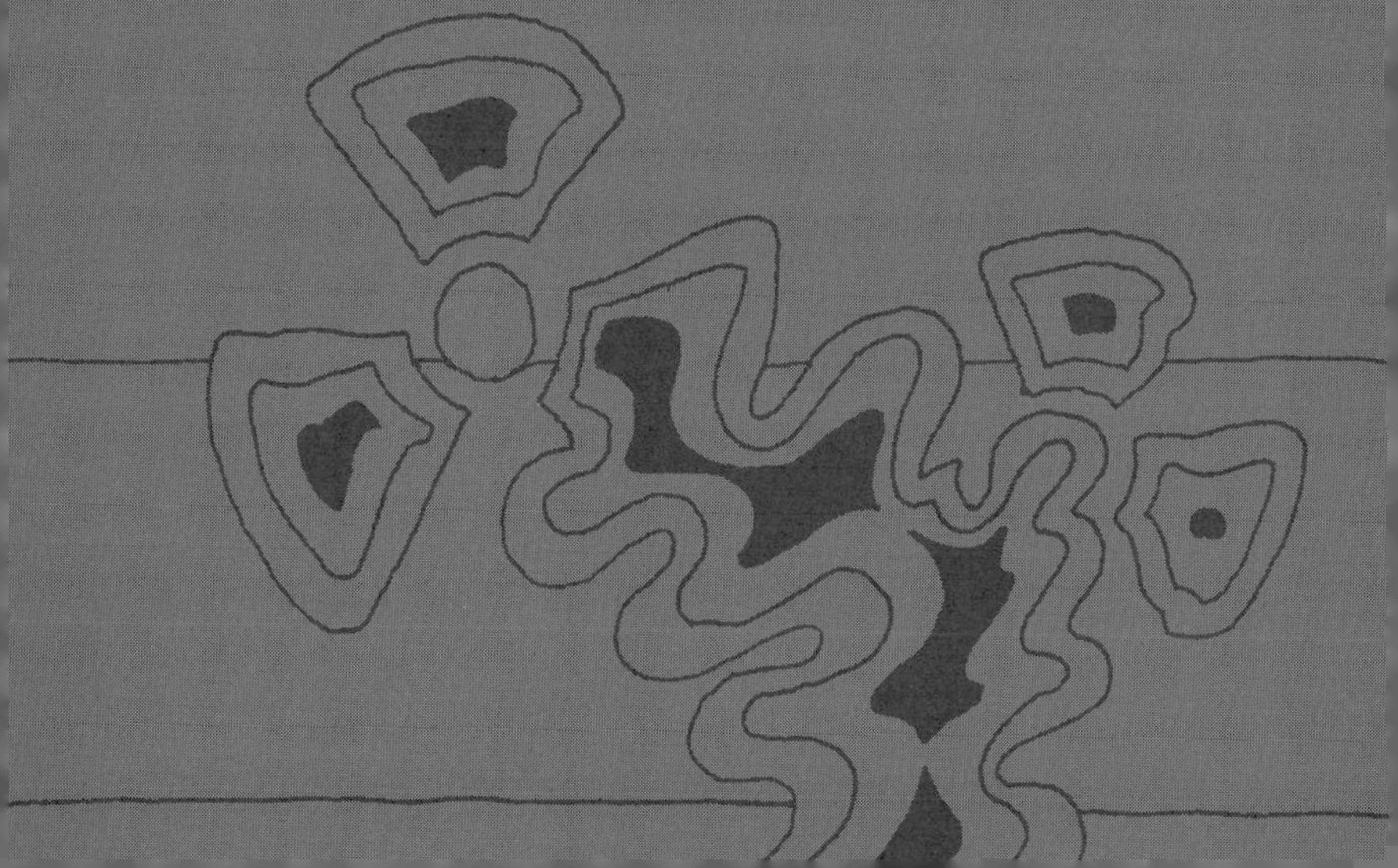

アトミックソルジャーたちの呪われた人生を忘れてはいけない

私は福島第一原発1号機です。ここで復習クイズ。私が出すのは、放射性セシウムと放射性ヨウ素の2種類だけではありません。主なものだけで何種類？　正解は……64種類。細かく分類すれば数百種類の放射性物質が出来てしまうのです。ではここからは、そのさまざまな放射性物質が皆さんの体にどういう影響を与えるのか、どこまでわかっていて、どこからわかっていないかというお話をします。環境省などは「人体に影響があるのはヨウ素131、セシウム137と134、ストロンチウム90の4種だけ、他に出ている多くの放射性物質は量が少ないから問題ない」、と謳《うた》っています。でもそれは、放射性物質のほとんどが、「体内にどれだけ入ると、人体にどのような影響が出るか科学的にわかっていない」ので、皆さんの意識を4種類だけにフォーカスさせているのです。突っ込まれると都合の悪い残り60種類には目を向けさせない、国の常套手段と見破れましたか？

とにかく原発である私を動かすと原子炉内に数百種類の放射性物質がどんどん溜まっていく。これが「死の灰」。ルビジウム、ニオブ、テクネチウム、ロジウム、銀、等々。「銀」は、あの金銀銅の銀。「放射性の銀」まであるのです。福島から出たと証明された放射性銀は、北は北海道の泊《とまり》原発、西は韓国の沿岸部で見つかってる。こんなものじゃない。カドミウム、スズ、アンチモン、テルル、バリウム、セリウム、プラセオジウム、プロメチウム、サマリウム、ユウロピウム、ガドリニウム、テルビウム、プルトニウム、アメリシウム、キュリウム等々、目が回るでしょ。3・11以降、皆さんが一度も聞いたことのない名前ばかりじゃない？　驚いたことに、そのほとんどの種類が、人体にどれだけの量が入るとどんな害を与えるかわかっていない。わかっていないと政府が言わないのは、得体の知れないものを発表すると種類が多いだけにパニックをあおる、ってな理屈でしょうね。ニュースでも報じない。国も推進側もメディアも、都合の悪いものは「言わない」、「触れない」、そう学習してきましたよね、皆さん。わからないものを、わからないと言わない、これって恐ろしくないですか？　張本人の私だからこそ、問題はヨウ素、セシウムだけじゃない、って強く訴えたい。

人体への影響がわかっているのは一握り。いちばん有名になった「ヨウ素」は甲状腺に溜まって甲状腺ガンの原因になる。あと「セシウム」は筋肉に溜まる。それから「ストロンチウム」。骨に溜まって白血病や悪性リンパ腫の原因となると福島事故の後、少しだけ報道されたわ。でも、このストロンチウム、チェルノブイリと比べると出た量が少ないって理由で、皆さんの視界から早々と消されました。でもこれも怪しいんだな。セシウムやヨウ素が出す放射線は「ガンマ線」、簡単に測れる。でね、ストロンチウムが出すのは「ベータ線」。このベータ線は測定がすごく大変でそこがネック。当初、水産庁が時折、福島沖の魚のストロンチウムを測ったけど、測るのが大変でやりきれなかった。そこでセシウムがこれだけ出たらストロンチウムはこれくらい出る、という比率で計算することにした。つまり実際は日々測っていない。測るのが大変だからって理由で測らないのはなしよね。測らなかったら本当に量が少ないかどうかわからない。新型コロナのPCR検査を日本は絞っていたため全体の感染者数がわからなかったのと同じだと皆さん思いませんか？

人間への害が未だにわかっていないさまざまな放射性物質。でもその害の多くを突きとめた国をあなたは知っていますか。それは日本に原爆を落とした国、アメリカ。どうやって……？　それは「25万人ともいわれる人体実験」によってです。いつの話かというと、太平洋戦争で日本が負けたすぐ後のこと。私が生まれる、さらに四半世紀前の歴史に埋もれた真実を、ノンフィクションライターの神恵内《かもえない》が嗅ぎつけていました。彼は1枚の写真を私に見せながら沈んだ声で教えてくれました。

広島・長崎に原爆を落としたアメリカ軍は〝あること〟を知りたくて知りたくてしょうがなくなったといいます。それは、原爆を落とした直後にその爆心地に兵士を送り込んだら戦えるかどうか、でした。そこで何も知らない若い兵士たちを使ってネバダ州の核実験場で人体実験を重ねていたのです。「放射能は怖くない」……兵士たちはそう教えられていました。軍は原爆を爆発させ、目の前に立ちのぼるキノコ雲めがけて兵士たちを突入させたのです。数年間続いた人体実験で送り込まれた兵士、その数、実に25万人。放射能の溢《あふ》れかえる爆心地へ送り込まれた兵士は〝アトミックソルジャー〟と呼ばれました。作戦中すぐに出る急性被ばくの症状、例えば下痢や脱毛は確認できますが、ずっと後で出る病気は把握できません。そこで軍は、アトミックソルジャーが軍を辞めて故郷へ帰った後も、彼らの追跡調査を続けていたのです。何年、何十年も秘密裡に。除隊後、健康を害した若者たちは働けないから当然、貧乏。だから退役軍人なら誰でも診てもらえる軍の病院に必ずやって来る。軍は年月が過ぎるにつれて被ばく兵士たちはどんなふうに具合が悪くなっていくか調べあげていきました。さらに彼らが白血病やガンになって死ぬまでリサーチは続けられました。あの兵士は何年後に白血病になり何年で死んだ、とか、何ガンになって何年で死んだ、とか。放射能が

キノコ雲に突入させられる若きアトミックソルジャーたち　Prelinger Archives より

どのように人体に影響するのかデータを集めていったのです。だって人工的な放射性物質が人間にどう影響するかは「人体実験」でしかわからないではないですか。大勢の兵士たちは自分たちがモルモットにされたことを知らないまま死んでいきました。身よりのない兵士の遺体は研究のために解剖されたと考えるのが妥当でしょう。しかし、あることがきっかけでアトミックソルジャーたちは自分たちの呪われた人生を知ることとなるのです。

それは退役から数十年後に開かれた同窓会でした。バラバラに故郷に帰ったアトミックソルジャーたちが集まった会場で兵士たちは誰もが言葉を失ったのです。トムもロイもガンで死んだ、ジョンは白血病で死んだ、あいつもか、あいつもか……とにかく大勢が死んでいました。脳裏に浮かんだ答えはみな同じ。「あのときキノコ雲に突入させられたせいだ」。絶対許せないと思いました。アトミックソルジャーたちは自分たちに残されたパワーを振り絞り、国に賠償しろと闘いを挑んだのです。長年にわたる裁判の末、ついに兵士たちが勝利。兵士たちが賠償を受けるまでに「人体実験」から40年もかかったのです。除隊後に生まれた彼らの子どもたち、その多くにも小児ガンやさまざまな原因不明の健康障害が現れたのですが、賠償が認められたのは自分たち一代限りだったのです。

ケネディ大統領が大気圏内核実験を中止したのは自分たちの核実験がアメリカの子どもを被ばくさせてしまったから

私は福島第一原発1号機です。「人体実験」でしか放射能が人体にどう影響するかわからない、と私は死ぬ間際になってようやく知りました。それでいろいろなことが腑に落ちました。ストロンチウムは「骨や歯に溜まる性質で、骨髄に入り込むと出ていきにくい」となぜわかっているのか、そして「骨髄をガン化させ白血病や悪性リンパ腫を引き起こす」となぜわかっているのかをよく理解できました。さらに「ストロンチウムが骨に溜まり白血病になる」とわかったことが「米ソ冷戦を大きく動かす」ことにつながります。このことを調査するため、ノンフィクションライターの神恵内はかつてアメリカ・ボストンを取材していました。神恵内が訪ねたのは、マサチューセッツ工科大学にあるジョン・F・ケネディ博物館。神恵内の狙いは、パレード途中に暗殺された第35代アメリカ大統領とストロンチウムの深い関わりでした。

その昔、アメリカとソ連（現ロシア）は、どっちの国がたくさん核弾頭を持っているかで世界のトップを争っていました。そんな中、1963年にアメリカとソ連が「大気圏内でもう核実験をするのは、どっちもヤメようよ」っていう禁止条約に署名したのです。犬猿の仲だった米ソが、この条約で合意することになったのには深い理由《わけ》がありました。実は、世界中で核実験が繰り返されるにつれて、子どもたちの白血病やガンがスゴい勢いで増えていきました。アメリカで調査が行われ、アメリカ軍が南太平洋のビキニ環礁で行った水爆実験で空高くばらまいた放射性物質が、気流にのってアメリカ本土にまで飛んできていたとわかりました。ビキニだけでなく、ネバダ州の核実験場からも大量の放射性物質がまき散らされ、合衆国内に大量に降り積もっていたのです。アメリカの子どもの白血病が増えたのは汚染された牧草を牛が食べ、その牛のミルクをアメリカの子どもたちが飲んでストロンチウムを体内に取り込んでしまったからではないか？　アメリカの学者たちはあることに気づきました。ストロンチウムは骨に溜まる、だったら乳歯にも溜まる。乳歯であれば、人体実験しなくてもいい。抜けた歯を調べればストロンチウムが溜まっているかどうかわかるぞ、と。人海戦術で子どもたちから抜けた乳歯をかき集めました。その数、10万本。予想は……的中していました。10万本の多くに放射性ストロンチウムが溜まっていたのです。自分たちの核実験で自国の子どもたちを被ばくさせていたのです。まさに自業自得でした。ここで登場するのが第35代アメリカ大統領のジョン・F・

ケネディです。このときはまだ上院議員でした。ケネディはこう訴えました。「地球の表面におけるストロンチウム90の濃度は、地球の他のどの地域よりもアメリカ合衆国が高い。つまり、私たちは最も危険な場所にいるのだ」と。その後大統領になったケネディは、大気圏内で核実験をしてはならない、という禁止条約をソ連やイギリスと結ぶ決心をしたのです。そこでアメリカ国民に向けてテレビでスピーチしたのです。神恵内はケネディ博物館に遺されていたそのスピーチ動画を探りあてました。

以下、ケネディの演説です。

「この条約は、放射性降下物の恐怖と危険から世界を救うための第一歩となります。核実験を始めた当初から年月がたつにつれて核爆弾の威力は急速に増大しました。それにつれて人間にとって危険な放射性降下物の量も急速に増えています。核保有国によって核実験が無制限に続き、そこに汚染を封じ込めるのが得意でない他の国々、中国、インド、パキスタンなどの実験も加わり、我々が吸っている空気はますます放射能で汚染されていくでしょう。その場合であっても一部の人は、『骨のガンや白血病、肺に放射性物質を取り込んだ子どもたち、孫たちの数は、自然の健康リスクと比べると統計的に少ないように思える』と言うでしょう。しかしこれは自然の健康リスクではない。統計上の問題でもない。たった一人の命を失うことや、我々がいずれ死んだ後に生まれるかもしれないたった一人の障がいを持った子どもの誕生さえも、アメリカ国民全員が懸念すべきなのです。将来、我々の子どもや孫たちが無関心でいられるような、単なる統計上の数字ではないのです。大気圏内核実験は、すべての国民の空気を汚染します。誰の同意もないままにです。だから、大気圏内核実験を続けることは、核保有国はすべて邪悪だと世界に感じさせることになります。大気圏内核実験を阻止することで世界中でよりきれいな空気を吸えるようになることを願います」。

なんという名演説でしょう。誰かにさんに聞かせてやりたい。神恵内はノンフィクションライターとして、「ケネディ大統領の英断で、核大国・米ソ英の大気圏内での核実験は終わり、この条約を結ばない中国などが実験を続けたのでゼロにはなならないが、大気圏に放射能がばらまかれることはその後激減した」ことを伝えてくれたのです。

地獄の王プルトニウムを私たちは福島に出したか?

私たちは原発です。「放射能の人体実験」を行ったのは米軍だけではありません。アメリカ政府も行っていたのです。その闇を暴いた本が『プルトニウム・ファイル』。書いたのはジャーナリストのアイリーン・ウェルサムさん。彼女は、アメリカ政府が「18人の社会的に弱い一般人」にプルトニウムを注射したことをつきとめたのです。それでわかったのが、プルトニウムは「100万分の1グラム」で肺ガンを起こす猛毒物質だということ。半減期が2万4000年。ということは人間の生きる時間からすれば永久に放射能を出し続ける。そんなことからついた名前がプルートー、「地獄の王」。プルトニウムがこの世でいちばん危険なものといわれるのにはこういう背景があったのです。そのプルトニウムは、元々自然界には存在しない。人間が核分裂をさせた結果、地球に生み落としてしまったのです。

この本でアイリーンさんはピューリッツァー賞を受賞しました。それなのに、その後も、原爆を開発した研究者や医師たちが全米各地でさまざまな放射性物質を使って「人体実験」を続けていたのです。73人の障がい児に放射性物質入りのオートミールを食べさせたり、800人を超える妊婦にビタミンカクテルと偽って放射性〝鉄〟の入った飲み物を飲ませたり、例を挙げればきりがない。自分たちが作り出した放射性物質が人体にどう影響するか知りたくて知りたくてたまらなかったのでしょうねぇ。そこで社会的に弱い者や、自分が診ている患者たちを使って人体実験を繰り返す……体にどう悪いかわかっている放射性物質の裏には、そうしたムゴたらしい歴史が隠れているのです。現在まだわかっていないさまざまな放射性物質も、人体に対する影響や、どれくらいの量で体のどこにどんな悪影響を与えるかは「人体実験」をしなければわからない。だからわからずじまいなのです。コレ覚えておいてほしい。そうだ、例外が一つあった。レントゲン検査で使われていた造影剤の「トロトラスト」。医学的に薬品として承認されていました。この放射性物質、長年使われていたのだけれど、肝臓ガンを引き起こす「悪者」だとわかり使用禁止となりました。ま、これも言うなれば人体実験で判明したのと同じですがね。

さてここでクイズ！「地獄の王」からその名がついた「プルトニウム」を、私たち福島第一原発4姉妹は、ばらまいた、○か×か？　知らない？　そうでしょうね。だって私が爆発した後ほとんど報道されなかったから。正解は……○。国は「大熊町夫沢《おっとざわ》からプルトニウムが見つかった」と発表しています。「私のものと思われるプルトニウム」を見つけたのは、日本におけるプルトニウムの第一人者、金沢大学の八馬元正義先生。その彼が「かつての水爆実験で日本に降ったものではない、福島の事故のものだ」と鑑定しているから、私たちから出たプルトニウムに間違いないです。皆さんごめんなさい。えっ証拠？　性懲りのない方まだいらっしゃったんだ。わかりました。見つかったプルトニウムがビキニの水爆実験のものだったらその中に絶対あってはならないプルトニウムがあるんです。本来のプルトニウム２３９は半減期が２万４０００年でしたよね。でもその一族にプルトニウム２４１ってのがあって、なんと半減期がスゴく短く14・4年。ということは、ビキニの核実験は50年も前だから、半減期14・4年のプルトニウム２４１が存在するわけありませんよね？ところがそのプルトニウム２４１は飯舘《いいたて》村で見つかっています。ご理解いただけました・よ・ね。だとすると、「微量だ」と強調することでプルトニウムの存在を私の原発事故から消し去ったのではないのか？　だからニュースにもならなかった。でもプルトニウムってどれほどで肺ガンになるんだっけ……？「１００万分の１グラム」でしたね。だったら「微量」でも大変だってことでしょ。間違いない。「微量」

を強調して臭いものにフタした。それにホントに微量だったかも怪しくないだろうか？

この問題、マムシの神恵内が突き止めていた、さすがね。福島県内のプルトニウム調査結果を、規制委員会の前身、保安院が発表していました。私たち福島第一原発が出してしまったプルトニウムは、1.200.000.000.000ベクレル。1兆2000億ベクレルだと。100万分の1グラムで肺ガンになるというのに、この1兆2000億ベクレルって「微量」？　小泉進次郎環境大臣でも当時の世耕経産大臣でもお答えくださいな。「重いから飛ばないので安全です」とも言ってましたが、その後、福島原発のプルトニウムがハワイやロッキー山脈で発見された報告もあるのですよ。皆さんは、私、1号機の爆発の映像を覚えてます？透明な感じで空気が動いてその後、白い煙が地面を這うように流れた。でも妹3号の爆発は違ったでしょ？

下の方でちらりと赤い炎が見えた後、黒い煙が真上に不気味に立ち上がった。キノコ雲に見えたと科学ジャーナリストの倉澤さんも青ざめた。三女は実はプルサーマルといって、使用済み核燃料を再処理して取り出した「プルトニウム」を混ぜたMOX《モックス》燃料を使っていたのです。なおさらプルトニウムの姿を消したいと推進側は思う、と皆さんは思いませんか？

私は原発、学校で教えてあげてほしい！（その⑤）

人はどの放射性物質の放射線を、どれくらい浴びたり体内に取り込んだら、どんな被害をこうむるのか？多くの放射性物質は研究さえされていないこと。わかっているのは放射性ヨウ素・セシウム・ストロンチウムなどわずかで、それ以外のほとんどの放射性物質の影響はわかっていないこと。それをいいことに、悪者はヨウ素・セシウム・ストロンチウムでその他の核種は出た量が少ないから気にしなくていいと国が国民に説明してきていること。「調査されていない、わからない、測らない、大丈夫」っていうのは科学的でなく、おかしいってこと。わずかにわかっている放射性物質の人体への影響には驚くべき歴史があること。プルトニウムは肺に入るとガンになるとわかっているが、これにも恐ろしい歴史があること。なぜわかったか？　それはアメリカがプルトニウムは人間にどう影響するか知りたくて「一般人」をターゲットに「人体実験」したからだってこと。１００万分の１グラムが肺に入っても肺ガンになるとわかっていること。内部被ばくは被ばく線量が低くても、そんなの関係ない！　ってこと。ここんところは学校どころかニュースでも生神アキラさんの番組でも教えてくれないので、心にメモしてくださいね。

2011年9月30日
文部科学省による、プルトニウムの
核種分析結果について

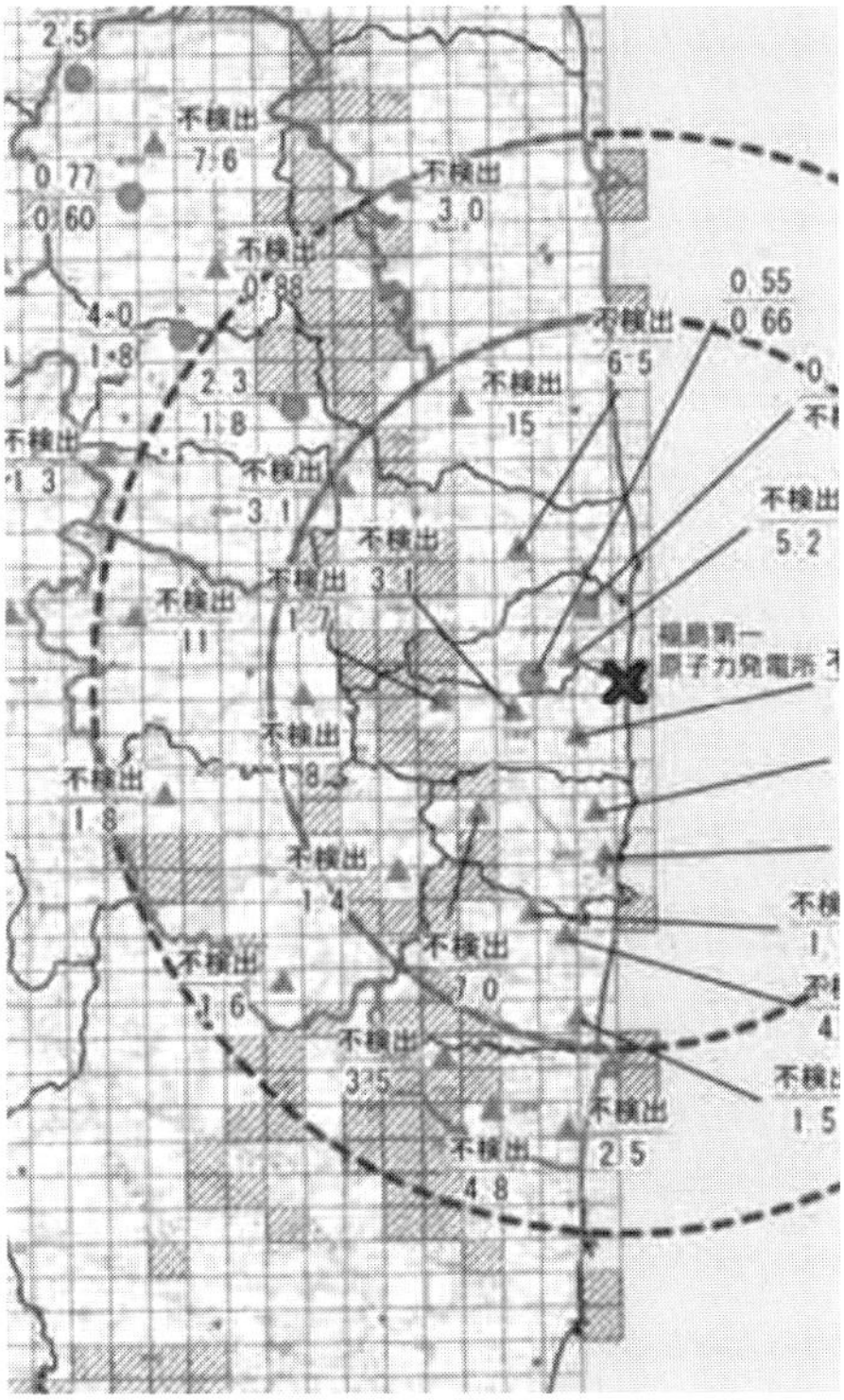

●■福島第一原発事故に伴い新たにプルトニウム２３８，２８９＋２４０が沈着したと考えられる場所

トモダチ作戦で米空母が放射能雲に突入し米兵が……

私は福島第一原発1号機です。私が爆発事故を起こしたちょうどその頃、津波の被災地・三陸沖にアメリカ軍が一目散に駆けつけて、精力的に支援してくれたことを覚えていますか？　名前はそう、トモダチ作戦。アメリカは日本のトモダチということで助けてくれたのです。その中心だったのがアメリカ海軍の原子力空母ロナルド・レーガンの乗組員たちでした。そんな恩人に私が災いを降り注いでしまった話をしないわけにはいきません。頭を下げるくらいでは足りません。土下座をしても足りない、そんなヒドい目に遭わせてしまったのです。ごめんなさい、空母レーガンの皆さん。

トモダチ作戦、米軍が凍える津波被災者に毛布、水、食料を届けてくれ、みな感謝感激だった。そんな米軍の兵士たちに私がいったいどんなヒドいことをしてしまったのか。それは……、私の出した放射能雲（プルーム）が空母ロナルド・レーガンを直撃して呑み込んでしまったんです。それから数年たった頃でした。乗艦していた

三陸沖を航行する米空母ロナルド・レーガン　提供 Navy Mil

多くの米兵が「健康を害した」「重い病気になった」、「それは被ばくのせいだ」と訴えて集団訴訟を起こしたのです。その数、実に４２０名。そのときすでに亡くなった人も……。彼らは東京電力や、私を作ったアメリカの原発メーカーGEを相手に集団訴訟を起こしたのです。「アメリカは何でもかんでも裁判だ裁判だっていう国だから、貧しい米兵たちがお金が欲しくてウソ言ってるんだろ」、と疑う人もいるだろうね。まずその疑いを晴らしておきましょう。空母ロナルド・レーガンは米海軍の船だから航海日誌を毎日細かくつけています。その航海日誌をマムシの神恵内は米軍のサイトで手に入れていました。

トモダチ作戦の期間だけで実に10センチを超える厚さ。その航海日誌にはちゃんと「プルーム（放射能雲）に突入」と、「プルーム（放射能雲）から脱出」とが、日時と場所とともに記録されていました。

私の出したプルームに空母レーガンが突入したことの間違いない証拠でしょ。まだまだ証拠はた

ENTERD NUCLEAR RADIATION PLUME= 放射性プルームに突入

くさんある。トモダチ作戦の訴訟団に参加していた複数の元米兵の証言。空母の艦内アナウンスで艦長がこう言ったのだと。「こんばんは、ロナルド・レーガンの諸君。こちら艦長だ。現在福島第一原発の原子炉がメルトダウンして放射能が大量に漏れている。そのために水飲み場から水を飲まないように、シャワーは浴びないように」って。艦長は間違いなくそう命令したと、ちょうどシャワーを浴びていた何人もの水兵が証言している。将校たちも同じ証言をした。何カ月間も３０００人以上が洋上で任務にあたる原子力空母は、飲み水やシャワーも海水をくみ上げて脱塩して使う。もし周りの海が放射能で汚染されていれば乗員は汚染された水を、飲んだり体に浴びて被ばくしてしまう。それ以外にも、訴訟を起こした兵士の何人かは医師から放射能が原因で病気になったという診断書も提出している。「金目当て」じゃないかと思った方、疑いは晴れました？

ではトモダチ作戦で被ばくしたと訴える米兵たちの証言をもとに、プルームに呑み込まれた空母ロナルド・レーガンで何が起きたか、振り返っていきましょう。私が水素爆発した翌日の3月13日早朝に空母ロナルド・レーガンは宮城県金華山沖に到着。大海原は流されてきた家の瓦礫や車、漁船などで埋め尽くされていました。直ちにトモダチ作戦を開始。飛行甲板では米兵たちが津波をかぶって凍えている日本人に届けようと、大量の毛布、ありったけの食料、水などを輸送ヘリに積み込んでいく。大勢並んでバケツリレーのように。物資で満タンになるとヘリは次々に津波被災地へ飛び立っていった。離着陸担当の兵士がテキパキと誘導する。この日の午後2時に福島で最初のベントが行われ、大量の放射性物質を私の１２０メートルの排気筒から放出。日付からするとこれが空母レーガンを丸ごとすっぽり覆ってしまったようです。私が出してしまった放射能は31種類だと原子力安全・保安院は発表しています。ヨウ素、セシウム、ストロンチウム、バリウム、テルル、ルテニウム、ジルコニウム、セリウム、ネプツニウム、プルトニウム、イットリウム、プラセオジウム、ネオジウム、キュリウム、アンチモン、モリブデン……頭痛くなるでしょ、ここでも聞いたこともない名前がズラズラ出てきて。ということはだよ、米兵さんたちは同時に31種類の放射能をまとめて肺に吸い込んだってことだろ。でもちょっと待って。保安院は31種類と発表したけれど、本来、私たちが原子炉で生みだす放射性物質は主に64種類。ということは保安院があげていない、キセノン、ガリウム、ジルコニウム、テクネチウム、プロメチウム、クリプトンとか、もっとたくさんの「名前も知らない放射能」がプルームに入っていた可能性は大。ホントは64種だったんじゃない？　きっと64種類吸っちゃったと私は思う。

こんなに多くの種類の放射能を同時に吸い込んだことのある人って今の世界には彼ら以外いない。歴史上でも、ホヤホヤの爆心地に突入させられた「アトミックソルジャー」と、チェルノブイリ爆発の復旧作業員リクビダートルと、広島・長崎の爆心地にいた人くらいだろうねえ。米兵の皆さん、誠に申し訳ありませんでした。何度も言いますが、どの放射能を吸えばどんな変調が体に出るか、何の病気になるかはわかっていません。米兵たちの集団訴訟を裁く裁判官だって知る由もありません。知っているのはアトミックソルジャーの人体実験で機密を得たア

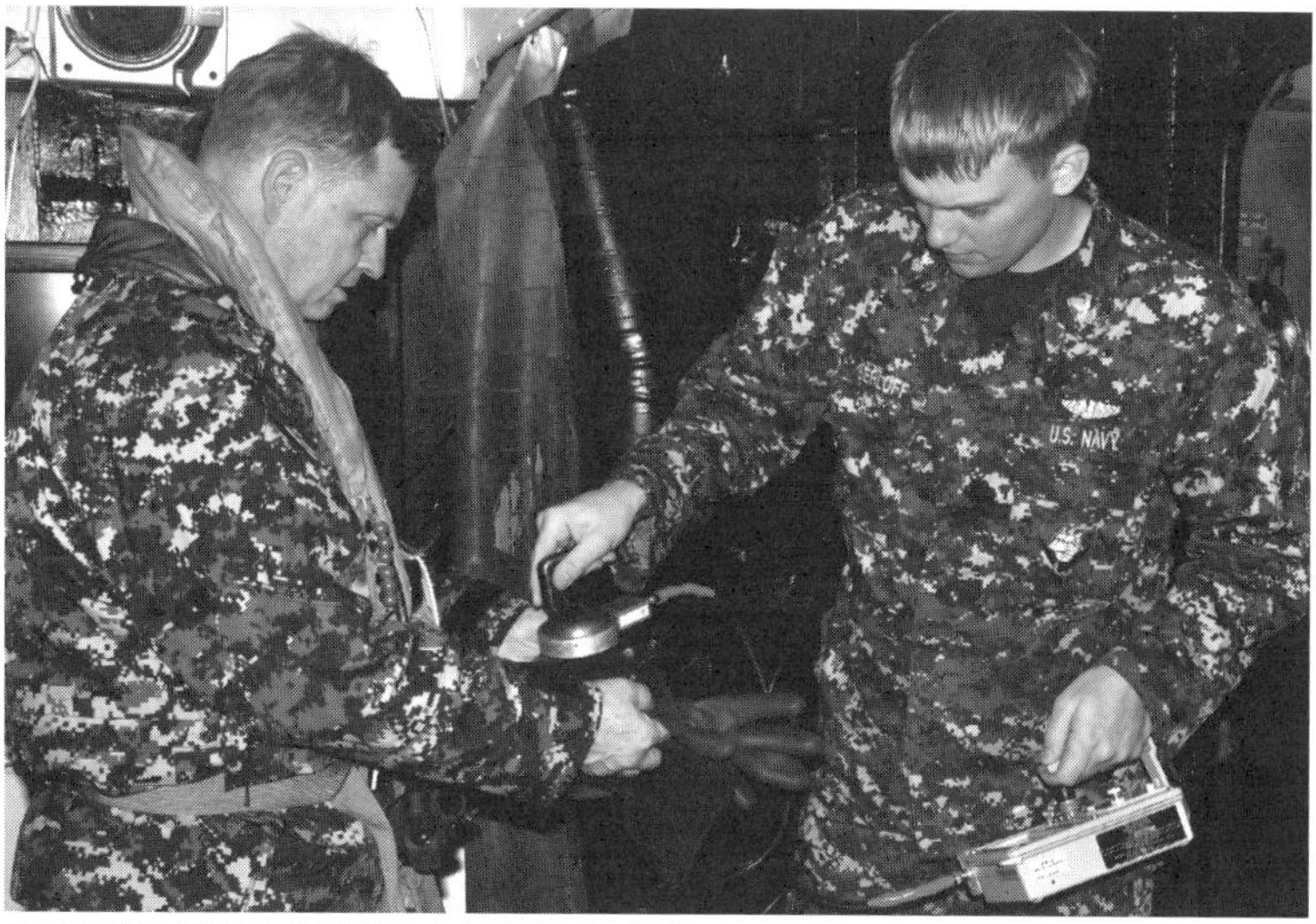

その日甲板から船内に入る時行われた線量検査　提供 Navy Mil

メリカ軍の中枢だけですから。

わからないことだらけの「放射能の人体への影響」。その中で、わかっていることもいくつかあります。人が放射性物質を鼻から吸い込むとどうなるか、とかね。放射能の小さな粒子が呼吸で鼻から吸い込まれると鼻の中の粘膜にくっつきます。くっついた場所で放射線を出すから鼻血が出る。あれ？　グルメ漫画『美味しんぼ』の雁屋哲先生が福島の鼻血問題を描いて日本中から大バッシングを受けたじゃない、と思いましたか？　でも実際問題としてはね、「空気中を漂っている放射性物質を吸い込んで鼻の粘膜につくと鼻血が出る」は科学的ＦＡＣＴなの。私の地元、当時の双葉町長もたびたび鼻血を出してね。それで、鼻血が出るのはウソじゃない、本当だって知ってほしくてやっていたことがある。それは鼻血が出るたび血の付いたティッシュペーパーを一つずつ袋に詰めて、日付を書いてずっと保管していたの。事態が落ち着いてからでいいので、そのティッシュを調べれば放射性物質が検出されるはずだと。ホントあのバッシングは誰が火をつけたのか、得体が知れないわね。それはおいといて鼻の続き。鼻から吸いこまれた放射能は気管を通って肺にいきます。大きめの放射性物質は肺にくっついて放射線を出し、その周りに内部被ばくを起こす。ガス状の放射性物質や、ごく小さい放射性物質は肺胞から血管に入ってしまう。すると血管を通って全身の筋肉や臓器に運ばれて、溜まった場所で内部被ばくを引き起こす。放射性物質によって体から出ていくまでの期間が違います。例えばセシウム１３７は半減期30年あまりですが、１１０日あれば体から出ていきます。溜まった場所によっても違います。いちばん厄介な場所が骨髄。骨髄に入るとなかなか体外に出ていかず、長く内部被ばくし続けて、白血病を引き起こす。アメリカの子どもたちの「乳歯」のところでお話ししたとおりです。

さてプルームを吸った米兵の皆さんがその後どうなったかに戻りましょう。兵士たちに症状が出たタイミングはいろいろでした。空母でプルームに呑み込まれてすぐ症状の出た兵士もいれば、作戦が終わってアメリカへ戻る航海の途中だったり、アメリカに帰国して年月がたってから健康を害した人もいました。症状もさまざま。こうして健康被害を訴える人が日増しに増えていきました。そして驚かないでください、トモダチ作戦から６年半の間に９人が死んでしまいました。もちろんアメリカ政府も米軍も放射能のせいで死んだとは決して認めません。９人の死因は「白血病」「さまざまなガン」「滑膜《かつまく》肉腫」等でした。死んだ９人のうち１人は赤ちゃん。トモダチ作戦から帰国した兵士の妻が妊娠して生まれました。小児ガンでした。ヒトの生殖細胞が放射線で傷つけられると、染色体の異常や遺伝子に突然変異が起きることがわかっています。多くは奇形となり流産しますが、生まれることも。そうした場合、重い病気を持って生まれます。その兵士は悔いています。赤ちゃんが死んだのは自分が被ばくしたせいだ、放射線が精子のＤＮＡを傷つけたからだと。

　他にも私の原発事故のせいで病気になったと訴えている多くの兵士たち。「東電がメルトダウンの情報を早く出してくれていたら被ばくはしなかった。被ばくして病気になることもなかった」、これが彼らの訴訟を起こした理由です。あの大津波のとき、助けに来てくれた４００人を超える米兵たちにそんなことが起きていたなんて、どれほどの日本人が知っていたでしょうか？　なぜ多くの人が知らないのでしょう？　それは日本のテレビや新聞が伝えてこなかったから。神恵内をはじめノンフィクションライターが書いたものを読む人は一握りだからねえ。

　でも、トモダチ作戦で苦しむ兵士たちの話を聞いて、ある人が直ちにアメリカ・サンディエゴへ飛びました。その人は元総理の小泉純一郎氏。裁判に参加している10名の米兵に会って、一人ひとりから直《じか》に聞きたかったのです。カリフォルニア州で裁判を起こした兵士たちは、体調が悪い中、貴重な証言をたくさんしてくれたといいます。小泉元総理は真摯《しんし》に耳を傾け、日本人のために頑張った貧しいトモダチが、治療費もままならず亡くなったり、何年もたつのに苦しみ続けていることを知ったのです。話を聞き終え開いた記者会見で小泉元総理はこう語りました。「彼らの訴えにウソはないと確信した。日本が彼らに何もしないのは人間としてどうかしている。日本国民として恥ずかしい。兵士たちはいろいろ言いたいんだろうけど、日本に対して恨みがましいことは全然言わなかった」、大粒の涙をこぼしながら。皆さんは総理を務めた男が退任後、公の場で涙を流すのを見たことありますか？　ないですよね？　そんなお宝ニュースなのに、日本国内で報じられることはなかった。多くのメディアが取材していたにもかかわらずです。私たち原発が「生まれて以来ずっと放射能を出してきたことが皆さんに知らされない」その構図とまったく同じだ、と思いませんか？

どうしてかねえ。それが日本のメディアだとしたらそんなメディアいらないと皆さんは思いませんか？

日本へ戻った小泉元総理は、直ちに講演会を日本各地で開いてトモダチ作戦の米兵たちの惨状を伝え、講演会への参加費をかき集めました。そしてそのすべてを兵士たちの治療費として渡すことにしたのです。賛同者は多く、またたく間に数億円が集まりました。すでに兵士たちへの治療費支給は始まっています。それが唯一の救いです。

総理まで務め、原発を普通に推進していた小泉元総理が、なぜ会見でボロボロ泣いたのか？　いったい兵士たちは何を語ったのか？　それを突きとめたくて、ノンフィクションライターの神恵内はサンディエゴに居残り、兵士たちに改めて話を聞くアポをとりつけたのです。トップバッターは420人の訴訟団の団長を務めるリンダという若い女性兵士。まだ幼い子どもがいるシングルマザーでした。

神恵内　「あなたが訴訟団に入ったのはなぜですか？」

リンダ　「もしトモダチ作戦の被ばくのせいで自分が重い病気になって死んだら、遺された息子は独りで生きていけない、だから訴訟団に入りました」

神恵内　「まだ小さいんですね？」

リンダ　「そう。1歳半」

神恵内　「日本の沖で放射能雲プルームに呑みこまれたときの話をしてくれますか」
リンダ　「最初のプルームが来たとき、ワタシたちはみんな船の外、飛行甲板にいました。雪が降ってて、とても寒かった。ジェット機は1機も飛ぶ予定がなかったので飛行甲板上は凍えるほど。それはまさに突然でした。熱い空気のデッカいかたまりがやってきて、私たちを呑みこんだ。すると口の中にブラッド、血の味がした。アルミホイルを噛んだみたいな味でした」

複数の兵士を取材するうちに神恵内が驚いたのは、「血の味」の証言がリンダひとりだけではなかった点。何人もの兵士や、複数の将校も〝血の味〟〝金属の味〟がしたと証言したのです。実は、私の地元・飯舘村の女性も〝金属の味〟がしたと訴えています。歴史的に見ても、ヒロシマに原爆を落としたB29の搭乗員も金属の味がしたと証言しているし、スリーマイル島原発事故のときも、風下に住む人たちが〝金属の味〟がしたと証言しています。これだけ証言が揃うと、何十種類もの放射性物質の混ざった放射能の味は、血の味、金属の味がする、きっとそうなんだと私は思います。これは人体実験されたわけではないので、あくまで私の推論ですが。

神恵内　「リンダ、他に特徴的な何かが起きませんでしたか？」
リンダ　「プルームに突っ込んだその日は女性トイレに行列ができた。トイレに間にあわないで下痢しちゃった娘もいた。娘って言っても皆、屈強な兵士なんだけどね」
神恵内　「それは強い被ばくによる急性障害の疑いが強いですね。短時間に強い放射能を浴びると最初に胃腸系に現れると以前取材で聞いたことがあります」
リンダ　「私も下痢した。急性障害だったんだね。下痢だけじゃない。あの日以来、オシッコも漏らした、何度もね。

それに、肛門から大量に出血した。さすがにヤバイと思ったね』

〝尿失禁〟に〝お尻からの出血〟、神恵内が取材したリンダ以外の複数の兵士も同じ症状を訴えていた。空母ロナルド・レーガンが私の放射能雲・プルームに呑み込まれた生物学的な証拠だと神恵内は直感した。

ひどいことになった兵士もいた。海兵隊のハントはアメリカに戻ってしばらくして、急性白血病になったという。

神恵内「いつ、急激に体調が悪化したのですか?」

ハント「艦を降りて1年半後でした。突然体重がドンドン減り、倦怠感が激しく、目が見えなくなりました。病院に行くとすぐ血液検査。普通の人の白血球は1万~2万ですが、私は33万6000でした。幹細胞移植を受け回復しましたが、今も経過観察中です」

ハントの場合は複数のドクターが放射線の影響だと診断書を出している。もう一人、空母レーガンの水兵だっ

甲板の放射能汚染を洗浄する米兵たち　提供 Navy Mil

たホルダーはこう証言した。「スゴ～く腹が痛い、胸も痛い。誰かにナイフでグサグサ刺されてるみたいにイタイ。体を小さく丸めて耐えるしかないんだ……ＷＨＹ？なぜだかわからない」これと類似する証言は一人じゃなかった。何人もが同様の激痛を神恵内に訴えたんだ。兵士のエアーは、「プルームに突入して３日目に手首から肘まで腕がパンパンにふくれ上がり５倍の太さになった。痛みはなかった。医者は原因不明だと。今は脊椎癒着で一日中イタイ、骨がイタイ。肛門から血が出る。１ブロック歩くとクタクタになってしまい、丸１日休まないと動けない……」、と。たくさんの兵士にこのだるくて動けない症状があって、怠けているとみられて困ると皆、訴えていた。「しんどくて子どもと遊んでやれないんだ。なのに怠けていると言われて苦しい」って。兵士たちの重なる証言を聞いた神恵内の脳裏にあるものが浮かんだ。それは「原爆ぶらぶら病」。広島原爆の後、「だるくて、しんどくって何もできない」と被爆した多くの方が訴えた。だけど怠け者だ、とか仮病だ、と言われて長年苦しんだ。戦後ずいぶんたってから「原爆ぶらぶら病」と名付けられて、放射能との因果関係は明らかではないけれど、原爆の後遺症と認められたのだ。トモダチ作戦の兵隊さんのだるくて何もしたくないって訴えは「原爆ぶらぶら病」に他ならないのではないか。神恵内は取材メモに書いてあった「原爆ぶらぶら病」を荒っぽく消し、こう書き直した。これは「原発ぶらぶら病だ！」。

神恵内「セリーヌは民間人だけど、トモダチ作戦にはどうかかわったのですか？」

セリーヌ「米艦隊に給油する艦で働いていて、プルームに呑まれました。東北沖で被ばくした直後からいろいろなことがワタシの体に起きました。月経の異常出血が何カ月も続いたので船を降り、婦人科に行きました。そうしたら検査で異常な細胞が出て、医者は出血も痛みも止められなくて。結局、子宮を全摘出するしかないと診断されました。オペを受け、もう子どもを産めなくなりました。今まで生きてきた中で最悪です。友だちにはみんな子どもがいます。トモダチ作戦で被ばくして子どもを産むことを奪い取られました」

セリーヌは嗚咽《おえつ》しながらさらに証言を続けた。

セリーヌ「その後、ワタシは〝体内に入った重金属を取り出す治療法〟を受けました。その結果を見て最初は何が何だかわかりませんでした。ワタシの体内から、鉛、アルミ、セシウム、ガトリニウム、タリウム、スズ、そして驚いたのはウランまで出てきたのです。医師の説明を聞いて目の前が真っ暗になりました。人体からウランが出てくるなんてあるのですか?」

神恵内「聞いたことありません。人体からウランが検出されるなんて……」

セリーヌ「これは医師の診断書です。ここに、ほら、セリーヌ・ゲティスの症状は『放射性物質と重金属によるもの』と書いてあるでしょ」

神恵内は、返す言葉が見つけられなかった……。

次に話を聞いたのは1日遅れて到着したサイモン大尉だった。妻が押す車椅子で現れた彼の両脚は膝から下がなかった。

サイモン大尉「プルームに呑まれて8カ月後でした。脚が紫色になり、氷のような冷たさなのに焼けつく感じになりました。医師がいくら治療をしても進行しました。結局、ワタシは両脚を膝の上で切断する手術を受けるしかなくなったのです。放射線が誘発する〝神経障害及び筋肉の疾患〟と診断されました」

と、彼は膝を包んでいた保護カバーを外し、切断した両脚を見せてくれた……

神恵内「……」

トモダチ作戦の訴訟に参加したのは下級兵士だけではなく、このサイモン大尉も含め将校も参加していました。大尉より位《くらい》の高い「少佐」も。コリンズ少佐は女性で、こう語った。「私はキャリアがあるから手厚い米軍の医療を受けることができるが、部下の若い兵士たちは軍を除隊すると泣き寝入りするしかなくなる。だから自分が裁判に出ることで部下たちも裁判に参加しやすくしてあげたかった」と。アメリカ人は合理的でドライだと思っていた神恵内は、部下のために出世を投げ出した少佐の人情に思わず目頭が熱くなった。

兵士たちの訴訟はその後どうなった？

帰国後も、神恵内は東電やGEを相手としてこの裁判がどう進んでいったか取材を続けていたのよね。訴訟を起こして2年余り、裁判はどうなったの？

神恵内「OK。裁判はカリフォルニア州で行われてきた。兵士たちの訴えに対して、東電の弁護団はこう主張したんだ。『トモダチ作戦に参加した米軍艦船は合計25隻、海上だけで1万7000人を動員しているのに、空母ロナルド・レーガン以外の艦船で不調を訴える者がほとんどいないのはおかしい。空母レーガンと共にプルームに突入したなら他の艦船からも訴訟に参加する者も多いはずだ』とね。確かにいいところ突いてきた。ところが、空母以外の乗員で訴訟に参加した人もいるのさ。人数はわずかだが、ある『共通点』があった。急性白血病になった海兵隊員ハントの乗っていたのは『強襲揚陸艦《きょうしゅうようりくかん》』というヘリコプターの空母。海面から甲板までの高さが空母レーガンとほぼ同じ。もう一人、子宮摘出した民間人、セリーヌが乗っていた給油艦もレーガンの甲板くらいの背丈なのさ。彼女はそのいちばん高い展望デッキで放射能雲プルームに呑み込まれたと証言してる。放射能雲・プルームって、雲だろ。数千度にもなったアッチッチの原発が出したんだから、レーガンとぶつかったときでもある程度の温度があって海面スレスレでなくレーガンの甲板くらいの高さに浮かんで流れていったんじゃないか？　訴訟団の団長、リンダが興味深い証言をしていた。「最初のプルームが来たとき、私たちはフライトデッキにいた。雪が降ってものすごく寒かった。ジェット機は一機も稼働していないのに突然、巨大な熱い空気の塊がやってきて私たちを呑み込んだ」。ほら、巨大な熱い空気の塊、放射性プルームはプカプカ浮いてたんだよ。ま、証明のしようはないがね。だけど海抜の高いところにいた人だけが健康を害したのは事実なのさ」

私「空母ロナルド・レーガンの兵士ら４２０人が、10億ドルの医療ファンド設立と裁判をアメリカで行うことを求めて、東電や原発メーカーＧＥを訴えた裁判、その後どうなったの？」

神恵内「一審では、この裁判は日本ではなく、兵士に任務を命じたアメリカでやるべきだという判決が出て、訴訟団は大喜びしたんだ。当然、東電は控訴。２０１９年になってアメリカの司法は『そもそもこの裁判を管轄すべきは日本で、アメリカではない。だから兵士たちが訴えたければ日本に行って裁判しなさい』とひっくり返してしまったのさ」

私「一審で勝っても、控訴審でひっくり返る。日本の原発訴訟とおんなじね」

神恵内「訴訟団の兵士たちのほとんどは体調を崩し、仕事もろくにできない。だから日本で裁判するぞと思っても、渡航する金がない。それにもっと厄介な壁が彼らを邪魔することになる」

私「厄介な壁って？」

神恵内「胸クソ悪くなるような日本の裁判規則だよ。日本じゃ、損害賠償請求しようと思ったらけっこうな額の『訴訟費用』を払わされる。その額は『賠償請求する額』によって決められてとにかく高い。一億円の賠償を求めるなら32万円。彼らが求めたのは10億ドルの医療ファンド。だとすると訴訟費用どれだけ払うことになると思う？　3億だよ3億。それだけ払わないと裁判を受けられない。めちゃくちゃだろ？」

私「何それ？　一人あたり70万円も払わないと裁判を受けられないの？　貧しい兵士たちにそんな大金あるわけないじゃないの」

神恵内「だろうな。アメリカで裁判すれば1セントも払わなくてすむのにな。この判決で彼らに残されたのは……『泣き寝入り』だけさ。なんでひっくり返ったかわかる？　東電はこの判決を勝ち取るために、ギャラも腕もロスでいちばんの弁護士会社を丸抱えして、鉄壁の弁護士軍団を作りやがった。この物量作戦で『トモダチ作戦で傷ついた米兵たちの願い』をぶっ潰した。汚ったねえだろ？」

私「そんなのあり？　国に支援されてないと倒産状態の我が母、東電が、目ん玉が飛び出る高額の訴訟費用を一流弁護士会社に払ったってわけ？　それ絶対おかしい」

神恵内「大手企業が自分を守るときの手段は、洋の東西を問わずこれが当たり前なのさ」

ん〜〜、私の母はそんなにタチが悪かった？　いや、長年、タチ悪かったんだろうねえ。そう言えばそう、もう一つ母のスゴくタチの悪い噂を聞いたわ。実は東電は私の事故を起こした直後、「賠償」に関して3つの誓いを掲げた。1・最後の一人まで賠償貫徹　2・迅速かつきめ細やかな賠償の徹底　3・和解仲介案の尊重　心から反省している殊勝な会社みたいでしょ。なのにここ数年、原子力損害賠償紛争解決センター（A

DR）っていう公の機関が出した仲介案をことごとく拒否している。ひどすぎない？　娘としては恥ずかしすぎる。しかも母は、私がばらまいた放射能は「無主物」、つまり「持ち主のいない物」だから回収責任はないという宣言まででした。屁理屈こねて、放射性物質をばらまいた責任と放射能を回収する責任を認めなかった。どの口が言うか、でしょう。こんなとき、人間の娘なら母親に向かってこう言うんだろうね、「このクソババ！」。

さらにもう一つおかしなことがある。国の支援でやっと存続している母が、東海第二原発の新規制基準適合のための工事費を「1900億円」も支援するんだと。他社の原発に1900億ですよ？　アベノマスクの450億円の4倍も。東海第二原発っていったら、事故を起こしたら東京23区全員避難の可能性がある茨城県のあの原発。そこに1900億円出してあげて、危険極まりない被災ポンコツ原発を動かそうとしている。そんな金があるんだったら、期限が切れたから出ていけと言われている自主避難の人の家賃を、母さん、出してあげなさいよ。自主避難している人たちは、好き好んで故郷でない場所に住んでいませんよ。放射線に対して感受性が高い子どもをなるったけ被ばくさせたくないと、働くお父さんと離れて暮らす道を嫌々選んでいるのですよ。私の事故さえなかったらそんな選択することもなかったのだから。福島の人に大迷惑をかけてる加害者の私としては、これだけは母、東電に言いたい。「東海第二に1900億は絶対おかしい！

母さん、たとえ東海第二が事故を起こして東京23区の住民全員に避難命令が出て、それで福島《わたし》の何十、何百倍の被害が出たとしても、心の中じゃ、どうせ国民が電気代で払ってくれるから懐は痛まない。だからオッケー！って思ってるのではないですか？　私には、そうとしか思えません」。

皆さんは冷静に見てどう思いますか？

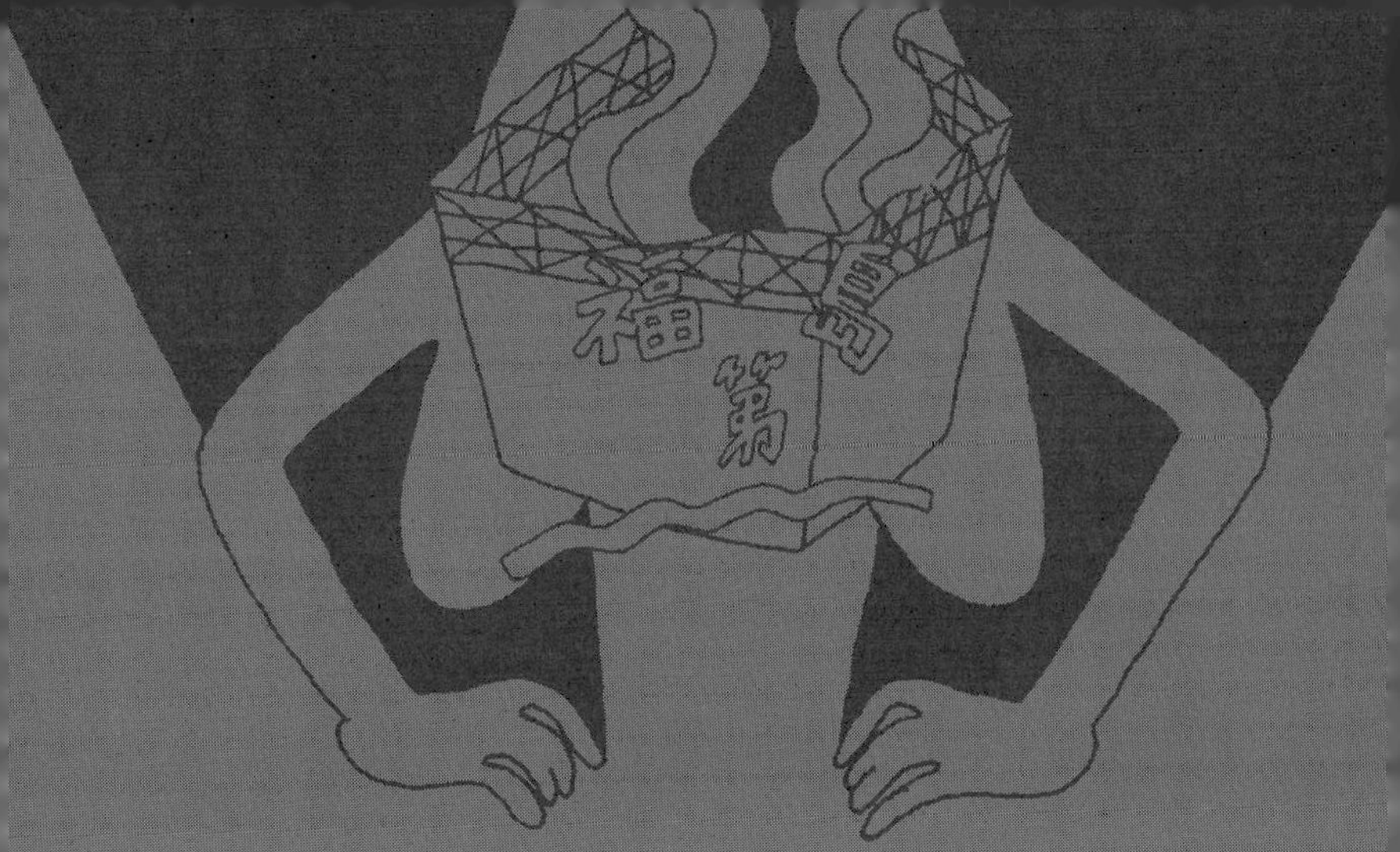

五つ目のごめんなさい

子どもたちへ、
将来を心配させてしまって
ごめんなさい

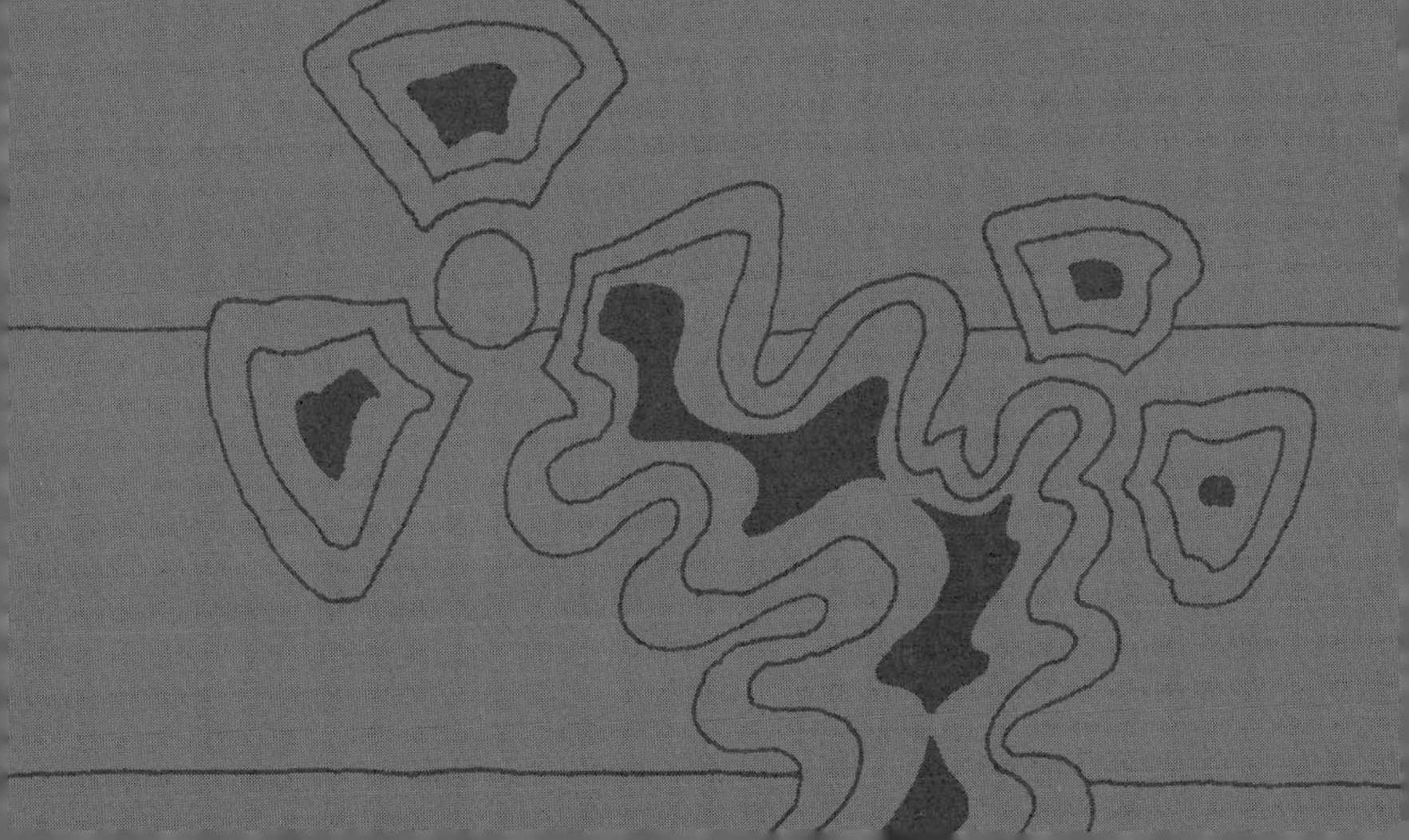

半減期が短いと「早くなくなるからいい放射能」、という印象操作

私は福島第一原発1号機です。私が大事故を起こした福島で200人以上の子どもたちが「甲状腺ガンの悪性、または悪性疑い」と診断されました。これはご存知ですよね？　え？　もう記憶が定かでない？　忘れた？　福島県は子どもたちの甲状腺ガンは「放射線の影響とは考えにくい」と相も変わらずオウム返し。ですから皆さんもたいしたことはなかったんだ、とうまいこと刷り込まれてしまいましたかね。

甲状腺ガンの原因となるのは「放射性ヨウ素」。私の事故の後、日本人なら、小学生からお年寄りまで覚えました。そして、放射性ヨウ素の半減期は約8日と短いので2カ月ほどでなくなってしまう。これも覚えましたね。覚えた皆さんは「そうそう、放射性ヨウ素の半減期は8日だから、早く消えてなくなってくれるいい放射能だ。人間に悪さをする前になくなるもんね」と今日までそう信じて疑わなかったのではありませんか？　でもね、ここにもトリックが。「半減期が短い」からっていい者なんかじゃないよ。じゃ悪者かって？　そう、悪者。半減期が「短い」のには短いなりの科学的理由があるのです。なぜ早くなくなるのか？　それは、放射線を一気にガ～っと出して、どんどん壊れていく、だから早くなくなる。目をつぶって想像してみてください、自分の体内を。あなたに入り込んだ放射性ヨウ素が放射線をガ～っと出して崩れながら、出された強い放射線はダ～っとあなたの体を被ばくさせていく。短い代わりに凶暴！　あなたの体のどこかを強烈に被ばくさせてしまう。それが「半減期の短い放射能の正体」。ヨウ素は早くなくなるから、半減期が30年のセシウムよりタチがいい放射能だと信じていたのなら、あなたは原子力を推進させたい側の思うツボにはまっていたということです。呼吸によって吸い込んだり食べ物で取り込んだヨウ素は甲状腺に集まる、これはわかっていること。なくなってしまうまでの2カ月間、甲状腺の中で強烈な放射線を出し切ってしまう。このことをお願いだから知ってください。皆さんが本来知るべき大切なこと、危険なことを、なるべく

知らないままでいてくれるように、いろいろなことが周到に用意されているとしたら……恐ろしい？　恐ろしくない？

原子力ムラの頭の切れる人たちはソラ恐ろしい。打てる手は全て打ってある。福島県や国は「チェルノブイリと比べて福島から出た放射能は少ないから、子どもの甲状腺ガンは放射線の影響とは考えにくい」と言い続けている。でも、その裏では、ソラ恐ろしい人たちが国民の知らないところで音を立てずに動いている。

新型コロナウィルスでお馴染み、あの「世界保健機関WHO」に二度にわたって圧力をかけていた。WHOが世界に向け公表した「フクシマの甲状腺被ばく推計」。それを、そんなに高いハズがないだろう、と国が圧力をかけた。WHOに金を出している強みでね。新型コロナ禍のとき、中国がWHOに圧力をかけたあの感じ。まず2011年の年末には、WHOが「300〜1000ミリシーベルト」と報じていた浪江町《なみえ》の乳児の甲状腺被ばく線量を、日本政府が要請し「122ミリ」まで下げさせた。そしてもう一つ、東京・大阪の乳児の甲状腺被ばく線量もWHOが「10〜100ミリ」と推計していたのを「1ミリ以下」、つまり100分の1に下げさせた。これを朝日新聞が報じたのさ。「またまた朝日新聞はそんなでっち上げを言うか」、とお怒りの方、キッチリした「証拠」があるので、落ち着いてもう少しだけおつきあいください。その証拠の出元は「米国・国防総省」。どう？　ぐうの音も出ないんじゃない？　東京、神奈川には、米国大使館があったり、大勢のアメリカ人が住んでたり、また横田、厚木、横須賀には米軍基地があるでしょ。だから当然、アメリカは東京・神奈川の各地で放射線量を調べていたわけ。出された結果は過激だった。「1歳児の甲状腺被ばく線量」は、都心にあるアメリカ大使館で「14ミリシーベルト」、横田基地でも「14ミリシーベルト」。マイクロシーベルトじゃないの、ミリよ、ミリ。マイクロの1000倍よ。国防総省の発表を聞いた上で、あなたはアメリカの発表と日本政府の発表、どっちを信じますか？

国も福島県もチェルノブイリと比べれば私が出した放射能は格段に少ない、だから子どもたちの甲状腺ガンは放射性物質によるものとは考え難い、と繰り返してきました。最悪のレベル７の原子力災害を起こした私が出した量は本当に少ないのでしょうか？　世界初のメルトダウンを起こしたスリーマイル事故と比べてみましょう。アメリカのエネルギー環境調査研究所の発表では、福島から出たセシウムなど放射能はスリーマイルの「14万～19万倍」。これってスゴくない？　あ、そうか、だから福島とスリーマイルは比較されないんだ、ってわかるでしょ。

じゃ今度は、広島に落とされた原爆とも比べてみましょう。政府の調べでは、福島第一原発１～４号機が放出したセシウム１３７は１万５０００テラベクレル（テラは1兆）、広島原爆が89テラベクレル。ということは、私は「広島原爆１６８発分のセシウム」をばらまいてしまったのです。日本中の皆さん、重ね重ねごめんなさい。同じことはヨウ素１３１にも言えます。私たち福島４人姉妹合わせて広島原爆約２・５個分出してしまいました。政府が「放出量が

資料８

米国防総省：東京圏の甲状腺被曝線量

WHO2013年報告で1mSv未満とされた東京圏の1歳児の被曝量について、米国防総省の推計は
■東京都心（米国大使館など）14mSv
■横田基地（東京都）14mSv
■厚木基地（神奈川）12mSv
■横須賀海軍施設（神奈川）12mSv
■キャンプ富士（静岡）6mSv
■百里基地（茨城）27mSv
このことからも、元々のWHO草案では東京1歳児で10mSvを超えるレベルであったという朝日新聞の報道は信頼できると考えられる。

http://www.ourplanet-tv.org/?q=node/1475

百里基地　（茨城県）　**米国防総省による甲状腺被曝線量**

計測地：銚子港、石岡市、水戸市、つくば市、百里基地、成田

新生児～１歳未満
全身：0.14 rem　(1.4 mSv)　　甲状腺：2.30 rem（23.0 mSv）
１歳以上２歳未満

ごく、少ない」と目を向けさせなかったストロンチウム90だって広島原爆約2・4個分。何と比較するかによって、世間に与えるイメージは簡単に操作できるってわかるでしょ。まあ何事も自分にとって都合のいい方と比較するのは、世の常ですから。何も疑わないで、ぼ～っと生きてるとやられっ放し、ってことになります。

最近になって、どうして初期検査をやらなかったかがわかる重要な書類が、いろいろ出てきました。そこから何がわかったか。20キロ圏内の人は放射能が来る前に避難が完了したので、その人たちは「計らなくて大丈夫」という「ことにした」こと、だから30キロ以上離れた人を測ればいい「とした」こと。しかも「ヨウ素の半減期が8日と短いので〝急いだ〟のに、調べたのはわずか千人ちょっとだけ」だったこと。これはいったいどういうことかと追及されると、関係者から出てくる言葉は例にもれず「記憶にありません」でした。「記憶にございません」は戦後最大の疑獄・ロッキード事件以来、政治家や証人喚問の証人ばかりでなく、日本全国「都合の悪い人」の守り神となったからねえ。さらに、スゴイ書類も見つかった。そこには、私が爆発したとき、双葉町で外遊びしていた「女の子に100ミリシーベルトを超える被ばく」があった、と記録されていた。甲状腺に100ミリシーベルト被ばくするとガンのリスクが増えるとされていて、これまで国は「100ミリシーベルト以上被ばくした子どもは確認していない」としてきたのです。書類が見つかったのは放医研（放射線医学総合研究所）。20キロ圏内の人は放射能が来る前に避難が完了した、とずっと公言していたのに、避難完了なんて全然してなかったとわかっちゃったわけね。当時の双葉町長も「この時点でたくさんの住民がまだ何も知らずに町にいた」と証言している。政府は「避難は完了していた」ことにしたいんだろうけど、実際は相当数の人が逃げ遅れていたのです。とすると、この人たちはヨウ素を大量に浴びた可能性が大。もし浴びたとすれば、それがわかる「ヨウ素の特徴」をお教えしましょう。髪の毛や洋服に付くとスゴく「べたべた」して、一度や二度洗っても取れない。当時、20キロ圏内から脱出する際に検査する放射能測定所の係員はこう言っていた。髪についた「べたべたするもの」の線量が高いので除染しようと何度も洗ったけど取れない。仕方なく放射線量は下がらないけど通した」って。脱出するときにそんな記憶がある人はいませんか？ また「白い綿のようなものが降ってきた。雨ガッパに付いたらカッパが溶けてきたので手で振り払った」って証言もある。誰かそんな経験をした人いませんか？ 体を壊した人いませんか？ いたら必ず私まで連絡してほしい。

大切だから何度も繰り返しますよ。２０２０年8月の段階で手術した子どもは２００人。福島に甲状腺ガン、悪性疑いの子どもたちを含めると２４６人。それなのに、今も「福島第一原発から出た放射能の量が少ないからその影響とは考えにくい」と主張している福島県民健康調査検討委員会。東京オリンピックは復興五輪。復興したからやる五輪に子どもの甲状腺ガンがいてはならないんでしょうけど。あれ、待てよ。新型コロナウィルスの感染者数が多くなってしまって東京オリンピックが開けなくなる。だから延期が決まるまでＰＣＲ検査も極力絞られて受けさせてもらえなかったのでは？ そんな話、よく聞きませんでした？ な～んかさあ、構図がソックリだと思いませんか？ 皆さんはどうジャッジしますか？

私は原発、学校で教えてあげてほしい！（その⑥）

放射性ヨウ素は半減期が短いからって、いい放射能ではないこと。短いのは〝強烈〟に放射線を出すからってこと。だから体内に取り込んでしまうと、想像する以上に危険だということ。危険ですぐなくなってしまうからこそ事故の後、大急ぎで被災した人を調べなければならなかったこと。このことはチェルノブイリ事故の調査に関わった人間なら皆知っていること。なのに調査に加わっていた福島県民健康調査検討委員会の座長・山下俊一博士が、ヨウ素の初期被ばく量調査をやめさせ、大がかりに調べさせなかったこと。「それはなぜ？」を皆さんも考えなければいけないこと。チェルノブイリでは大がかりに35万人も調べ、20年かかってやっと放射性ヨウ素が原因とわかったと山下氏もよくご存知だということ。なのに調査をやめさせた理由が「調べることが県民のストレスになるから」だったこと。「放射線の影響は、実はニコニコ笑ってる人には来ません。クヨクヨしてる人に来ます」と豪語して福島を回ったのもこの人だということ。福島県で最初の子どもの甲状腺ガンが見つかったとき、事前に秘密会議を開き、「ガン発生と原発事故との因果関係はない」とすりあわせをしてから委員会で発表させたこと。秘密会議の存在を口止めしていたこと。それが後にバレたこと。あ〜あ、そんな輩《やから》は万死に値するってこと。そんな輩ってだあれだ？　皆さん、名前覚えましたよね。……。

隠す、なかったことにする、米ソも日本も一緒だね

私は福島第一原発1号機です。福島《わたし》が原発事故を起こした後、「測るべきものが測られない」と「測られるべき人が測られない」、この2つが福島で起きていました。これとおんなじことが、スリーマイル島原発事故後のアメリカでも、チェルノブイリ原発事故後のソ連でも起きていました。偶然ではありません。どこの国だって「どんなことがあっても国民や世界に知られたくないことは、誰が何と言おうが決して認めない、隠す、なかったことにする」のではないですかねぇ。日本の原発の師、アメリカではスリーマイル島原発事故の後どうだったのか？　ご当人にお話をうかがいます。アメリカ東部・ペンシルベニア州のスリーマイルさん聞こえますか？

スリーマイル　「はいはい。フクシマさん、あんた、あの爆発で半死半生なだけあって、顔色が土気色だよ」

私　「まあ、あの世と今の世をいったりきたりしてる身なんでね。意識のしっかりしているうち話を聞かせてくださいな」

スリーマイル　「じゃ、急がにゃね。思い起こせばワシが商業炉として世界初のメルトダウンを起こしてもう40年かねえ。1979年にアメリカ東部でワシが事故を起こした後に、我が国アメリカは『死傷者ゼロ』と強調し続けた。あれは核大国のプライドを守るためだった」

私　「あれま、ソックリおなじだ。日本が声高に唱えたのも『急性被ばくで死んだ人はゼロ』だった。原発関連死は数千人にもなるのにね」

スリーマイル　「実際はな、アメリカの疾病対策センターCDCが全米でガンの統計をとっておった。ワシのあるペンシルベニア州は2011〜15年の甲状腺ガン発症率が全米2位、ガン全体では3位と良くない上位にラ

ンクインしてるんだ。何が原因か考えても、ワシがかつて出した放射能しか思いつかん。でもな、アメリカ政府はワシの事故直後に『スリーマイルでの放射性物質の放出量はとてもとても少ない』と言い続けた。しかもだ、地元住民の被ばく調査を『一切、行わなかった、NEVER！』」

私　「私の事故では、国がやらないで福島県に丸投げしたけれど、一切検査しなかったアメリカと比べれば、子どもたちの健康調査をしただけ日本はましなんですね？」

スリーマイル　「YES、と言ってあげたいが、まやかしじゃ。フクシマの調査は「やってる感」を出したんじゃろ。ニッポンらしいやり方じゃないかい。スリーマイルではとにかくひどかった。世界一の原発大国のプライドを何としても守らにゃならんのだからな。アクシデントなんて起こさない、起こしてもとても小さい、としたかったに違いない。事故から40年以上たった今も、健康被害を訴えているスリーマイル島周辺の住民が、実はかなりたくさんいる。だがな、元になるリサーチをしていない、データもない、だから住民の叫びは決して届かない、NEVER。それが狙いだったとワシはみていますよ」

私　「そのお話を聞いてこう思いました。福島で私の事故直後の検査を縮小したのは、アメリカを『原発の師』とあおぐ日本が、スリーマイル島事故でのアメリカの動きを参考にしたのでは、と。ま、原発可愛やのDNAは洋の東西、瓜ふたつってことですね。いずれにしてもスリーマイルさんや私が放射能を出したのは事実で、出した放射能はタチが悪いのも事実です。どこがと言うと、被ばくした人が将来ガンになっても、そのガンに福島印の放射能のせいです、とか、スリーマイル印の放射能のせいです、とは書かれていないところですね。つまり私たちのせいでガンになったと証明できないってところが、タチが悪いのです。だからこそアメリカも日本も『本来認めるべきことをニヤっと笑って認めない』のだと思えてしかたないのです。そこらへんを私と同じ史上最悪、レベル7の原発事故の先輩、チェルノブイリさんにもお話を聞いてみたいです。ウクライナのチェルノブイリさん、つながってますか?」

チェルノブイリ原発　「ド〜ブルデン、お初にお目にかかる。自分はソ連の最新鋭機だったチェルノブイリ原発4号機。長いのでチェルノと呼んでください。あんたたちが話していた日米で起きたのと同じことが、自分が大爆発した後、ソ連でも起きていた。原発事故を調査したいのに調査に入れなかった世界的機関があったのだ。それは新型コロナでもお馴染み、WHO・世界保健機関。世界の健康に関わるものといえば何と言ってもWHO。本来ならばこの機関が世界を代表して調査に入り、正確に報告するのが当たり前。しかしながらチェルノブイリで自分が壊滅的な爆発をした後、WHOは動けなかったのだ。原因は組織間の上下関係。WHOの上に位置するのが世界の原子力を推進する国際原子力機関IAEA。IAEAとしてはWHOがチェルノブイリで正しく調査し大きな健康被害が発覚すると、安全安心と謳《うた》ってきた原子力推進サイドの面目は丸つぶれとなる。一方、我が父たるソ連は核大国だ。我が国の最新型の原発が起こした事故の被害が大きくてはこれまた面目丸つぶれ。我が国とIAEA、両者の利益が重なったのだ。結果、チェルノブイリ事故はIAEAがしっかり調査するのでWHOは来る必要なし、と決められた。という経緯もあってIAEAは正しく調査したのか? 具合の悪い調査結果まですべてを世に出したのか? どれをとっても闇の中と言うしかない」

私　「聞けば聞くほど、どこの国も都合の悪いことは、徹底的に潰すんですね。やり口がそっくり」

チェルノブイリ原発　「鏡をみている心境だ、まさに相見互いということですな」

私から出た放射能で人体への影響は出ているのか？

私は福島第一原発1号機です。国も福島県も東電も、私の放射能の影響で国民の健康被害が出ているとは口が裂けても言いません。だって因果関係は絶対に証明できないって自信満々だからです。なので私なりに客観的な情報から私の出した放射能が日本人に影響しているかどうか探ってみます。私がいちばん心配なのは子どもたちへの影響。私の爆発による被ばく調査は、本来なら国がすべきですが、おかしなことに福島県が行うことに決まっていました、知らない間に。で、福島県は県民健康調査検討委員会を作って18歳以下の子どもたち33万人の甲状腺検査を始めました。県としては2011年、12年、13年、14年くらいまでは原発事故の影響は出ないだろうけど、不安解消のため健康調査をしましょう、くらいで余裕しゃくしゃくだった。で、2016年に最初にやった検査の結果が出ました。甲状腺ガンの悪性、ないし悪性疑いの子どもがドッカ〜んと116人。そのうち102人の子が手術を受けた。医学の常識では「小児甲状腺ガンは100万人に1人」。調査した33万人は100万人の3分の1だから0.3人。つまり1人すらガンにならない勘定でしょ。それなのに「116人」がガン。100万人なら351人。350倍よ。常識的にみて明らかに異常事態でしょ。普通ならしらばっくれるのは無理。でも強引にも程がある。検討委員会が振りかざしたのが、皆さんを煙に巻く科学の剣《つるぎ》。調査で多くの子どもたちにガンが見つかったのは放射線によるものではなく、〝高精度スクリーニングによる過剰診断によるもの、悪さはしない〟と発表した。「高精度スクリーニング」「過剰診断」、はい、出ました！　いつもの難しい表現ね。やわらかく言うと「チェルノブイリの時代よりエコー検査機器の性能がものスゴくあがったので、見つからなくてもいいガンがたくさん見つかっただけですよ」ってこと。でもよく考えてみて。「悪さはしない」と説明しているのになぜ、102人もの子どもを手術したの？　しかも執刀したのは県側、福島県立医大の責任者、鈴木眞一医師。鈴木医師は「手術の必要があったので手術をした」と明言していますよ。まったくもって不可解。子どもたちの家族の中に「この検討委員会はいったい誰のための委員会なの？」という疑問が大きく膨《ふく》れ上がったのです。皆さんは甲状腺ガンってやつは手術を受けたらハイ終わりと思っていませんか？　そうじゃないんです。子どもたちは、この先一生、ホルモン剤を飲み続けなければならないんです。ご存知でした？　国策・原発の事故なのだから、県ではなく国が責任をもって、子どもたちの甲状腺ガンの原因が私たちの放射能によるものなのかどうか、定かにしてもらいたい。でないと、私たち事故を起こした当事者として、きちんと子どもたちにお詫びすることができません。

話を進めましょう。１００歩譲って検討委員会が言うとおり「過剰診断で悪くないガンを見つけてしまった」のだとしましょうか。検討委は「甲状腺ガンはゆっくりガン」と説明していましたね。だとすると、初回の検査で何でもなかった子どもには、「ゆっくりガン」なのだから2年後に行った2巡目の検査で何の問題も起きないはずですよね。ところが、初回の検査で何も怪しいものがなかった子どもたち15万４６０５人の中から2巡目の検査で62人、62人もが、「甲状腺ガンまたは悪性疑い」と診断されたのです。成長が遅いはずの甲状腺ガンが、何もなかった状態から2年という短い期間でガンになっていたの。「ゆっくりガン」なんてとんでもない、「猛スピードガン」じゃない。検討委員会の皆さん、こうなった以上、「過剰診断」の言い訳は金輪際《こんりんざい》、通用しませんよ。さらに、同じことが3巡目の検査でも起こったわけ。2巡目でも何も怪しいものがなかった子ども10万８７１８人のうち7人が、またまた「悪性または悪性疑い」と診断された。２０２０年8月までに総計２４６人の子どもたちが「悪性または悪性疑い」、そのうち２００人が手術を終え、経過観察がなんと４２２７人。本来ならばここらで勝負あった、となるんでしょうが、それでも推進したい側の人たちは不都合な真実を徹底的に認めないって、皆さんはもう重々おわかりですよね。ご想像どおり3巡目の後も、検討委員会は「子どもたちのガンが放射線によるものだとは考えにくい」と連呼。それならば検討委員会は、子どもたちに説明しないといけない！　なぜゆっくりガンなのに前回、前々回の検査で何も怪しいもののなかった子どもたちがわずか数年でガンになったのか、その理由を。絶対しなきゃダメだと私は思います。でも、してない。学術会議の任命拒否の理由を説明しないのと同じです。説明しないばかりか、福島県は子どもの甲状腺検査を近くやめようと動いています。これ以上やると墓穴を大きくするばかりだからですか⁉

私は原発、学校で教えてあげてほしい！（その⑦）

広島・長崎に落とされた原爆で20万人以上がその年の暮れまでに死にました。そんな日本に原子力発電のレールを敷くのに必要不可欠だったのが〝安全神話〟だったこと。平和利用と銘打つだけでは足りず、日本の原発は絶対、安全、安心。この〝安全神話〟を日本列島の隅々にまで刷り込まない限り、世界で唯一の被爆国に国策原発を推し進めることはできなかったこと。だから、たとえ事故が起こってしまったとしても、被害は絶対に大きくあってはならないこと。そのためのブレーキ、被害を大きく見せないブレーキが、いろいろなところで踏まれる仕掛けになっていること。スリーマイル島原発事故が出した放射能の量と私の出した量は比べないようにしていること。私が危なくなって、最初は「メルトダウン・炉心溶融」と発表したのにその後は「炉心損傷」と言い換えられたこと。でも、私の事故では、用意周到のブレーキはどれも利かなかったこと。あれよあれよという間に、私のお腹の中はズタズタの多臓器不全、メルトダウンしてしまったってこと。10年たった今も3万5千人を超える住民が避難を続けたままだという哀しい事実を学校で教えてあげてほしい。

「私、子どもを産んで大丈夫ですか？」泣きながら訴えた女子中学生

私たちは原発です。「ある女子中学生の話」をしましょうね。少女のことを教えてくださったのは原発の配管のプロとして私たちを建設してくれたり、20年間も面倒をみてくれた平井憲夫さんです。私の定期検査にやってきた平井さんは、そのとき、自分が長く生きられないことを知っていました。「私は内部被ばくを100回以上もして、ガンになってしまいました。ガンの宣告を受けたとき、本当に死ぬのが怖くて怖くてどうしようかと考えました。でも、私の母がいつも言っていたのですが、『死ぬより大きいことはないよ』と。じゃ死ぬ前になにかやろうと。原発のことで、私が知っていることをすべて明るみに出そうと思ったのです」そう決意して、誰が読んでもわかるように、原発の正体をやさしい言葉でわかりやすく一気に書き遺すことにしたのです。そして、それを書き終えると平井さんは20世紀が終わる頃、亡くなられました。平井さんが書かれた私たち原発の「知らされてこなかった大切なこと」はとてもたくさんあるのだけれど、彼が「他の話は全部忘れていいので、この話だけは絶対忘れんでくださいよ」と強く念を押した話が「女子中学生のお話」です。平井さん自身、その少女の話を聞いて大変ショックを受けたと書き遺されています。時は1990年にさかのぼります。その少女は北海道の小樽からさらに西に進んだ、泊《とまり》原発の近くに住んでいました。泊原発1号機はすでにできていて、2号機の試運転が始まった頃でした。少女は原発の町で行われた平井さんの講演会に来ていました。「原発は大人の問題ではない、子どもの問題だ」と考えて少女は参加したのです。気候変動のグレタ・トゥーンベリさんより20年も前に。主催が教職員組合だったので小中学生の親、先生方もたくさん来ていました。平井さんの講演が終わり質疑の時間が始まったときでした……

「中学2年の女の子が泣きながら手を挙げて、『私は泊原発のすぐ近くの共和町に住んで、24時間被ばくしています。原子力発電所の周辺、イギリスのセラフィールドで白血病の子どもが生まれる確率が高いという

のは、本を読んで知っています。私も女の子です。年頃になったら結婚もするでしょう。私、子ども産んでも大丈夫なんですか?』と、瞼を熱くして三百人の大人たちに問いかけているのです。でも、誰も答えてあげられない。『原発がそんなに大変なものなら、今頃でなくて、なぜ最初に造るときに一生懸命反対してくれなかったのですか? まして、ここに来ている大人たちは、二号機も造らせたじゃないですか。たとえ電気がなくなってもいいから、私は原発はいやだ……二基目が出来て、今までの倍、私は放射能を浴びていく。でも私は北海道から逃げない』って、心の底から訴えました。私が『そういう悩みをお母さんや先生に話したことがあるの』と聞きましたら、『この会場には先生やお母さんも来ている、でも、話したことはない』と言います。『女の子同士ではいつもその話をしている。結婚もできない、子どもも産めない』って。担任の先生たちも、今の生徒たちがそういう悩みを抱えていることを少しも知らなかったそうです」

時は流れ、あれから30年。この少女はどうしているのでしょう……彼女は大学進学を機に故郷を離れ札幌へ。その後、結婚。女の子のお母さんになっていました。

母「ホントびっくりしたわよ。『電気なんていらない、私は、原発はイヤ』だなんてミクが私とおんなじこと言うんだから。30年前のあの夜を思い出しちゃった」

ミク「あの夜って?」

母「泊原発の講演会で、私が大人たちに文句をブチまけたさぁ」

ミク「やるじゃん。ママいくつだった?」

母「14かな。あんたと同い年だ」

ミク「前にパパがね、『ママは子ども産まないって決めてたんだ』って言ってたけど、なんで私を産んだの?」

母「あの晩大人におもいっきり怒りをぶつけた私も気づいたら大人になっていた。この問題は私の代じゃ終わらない。だからあんたを産んでミクって名前にしたの」

ミク「未来でミク……そういうことだったのか」

母「うそだよ～。パパが子どもが欲しくて欲しくてたまらんかったのよ～」

ミク「マジむかつくんだけど……」

女子中学生は法廷での証言を外された、その陳述書とは

私は福島第一原発1号機です。あの少女が泣きながら訴えた泊原発の講演会から21年後、私は爆発してしまいました。それを受けて、北海道の泊原発の再稼働を阻止しようと札幌の600人が裁判を起こしました。そこでおかしなことが起きたのです。訴えた600人の中に1人の女子中学生がおりました。その子は記者会見で顔も名前も出してこう訴えたのです。「もし泊原発で同じような事故が起こったら、北海道は食糧基地どころか、人の住めない土地になるので、私たちの未来のためにも、環境を守っていただきたい」って。数年たってこの少女が高校生になった頃には、訴えた人数は北海道内外合わせて1200人を超え、要求も泊原発1号機から3号機まですべて廃炉に、という裁判に発展していました。札幌地裁での口頭弁論のときに、訴えている2人が意見を述べることになっていて、その1人が高校生になったあの少女でした。しかし直前になって彼女は証言台に立てなくなった。裁判長によって認められなかったから。なんで？　って彼女が食い下がると裁判所は「事前の協議で、成年なら認めると言ったはずです」とすげないお返事。高校生として原発に対する意見を述べたいと裁判に参加しているのに、未成年だからダメだと。裁判長、あなたは今

でもその判断が正しかったと心から思っていますか？　原発の私が言うのもなんですが、勇気をもって手を挙げた少女の思いを語らせる場も与えず、葬っていいのですか？　その子は悔しかったんでしょうね、用意してあった陳述書を口頭弁論が終わった後の報告会で朗読しました。日本中の裁判官、電力会社の人、中でも原発に携わっている人、再稼働に向けて私たち原発を審査している人々、また、原発の電気を長年使ってきた皆さんも、ぜひ、彼女の声に耳を傾けてほしい。

原告意見陳述要旨（2013年9月15日）

原告　●●●●

　2011年3月の原発事故は私が描いていた夢ある人生をたたき落としました。

原発の出した放射能で「直ちに健康に影響はありません」と繰り返すテレビの声を聞きながら、「直ちに」ってことは時間がたてば影響するんだ、と私は不安で吐きそうになりました。「海に出た放射能も薄まるので問題はない」、ただ国の発表をそのまま垂れ流しに報道するのを私たちは見続けるしかない、信じるしかない。でもそれは国が最初から日本国民を計画的にだまそうという流れが始まっていたのだと思います。私はそれまで日本は優しい国だと思っていました。しかし今はなんて残酷な国かと思います。私は原発が爆発してから2年、この時代にどうして生まれてしまったのか、と何度も何度も悔やみました。

（中略）

国も電力会社も、あれだけ放射能をまき散らしておいて今も原発を続けようとしています。そんなに経済が大切なのですか？　私には故郷の自然や幸せな日々の方が断然大切です。もうすでに放射性物質による健康被害は出ていますよ。否定ばかりしていますが、本当は知っているのに、ないことにしているのではないですか？　大人たちはたとえ放射能で汚染されたものを食べてガンになって死ぬことになっても、放射能のせいではない、寿命だと思って死んでいくのでしょうね。どうしてこんな肝心な問題を後回しにできるのですか？

放射能の影響が出るのはずっと先、大人たちはそれより前に死ぬから関係ないとでも思っているのですか。この先何が起きてもどうせ自分が死んだ後だから、どうなってもいいと思っているのでしょう。自分たちだけ長い間いい思いをしておいて、子どもの未来を散々なものにして恥ずかしくないですか。罪悪感はないのですか。私は原発事故の前のように、何も心配せず食べたいものを食べ、行きたいところへ行ける、そんな人生をずっと送れると思っていました。（中略）

ドイツは福島原発の事故を機に脱原発を決定しました。なぜだか知っていますか？　チェルノブイリはソ連の人間が起こしたので仕方ないけど、フクシマはあの几帳面《きちょうめん》で優秀な日本人が起こした。日本人でもコントロールできないのが原発だからドイツはやめることにしたのです。これほど悲惨な事故を起こしておいて、日本にはやめる勇気ないんですか？　命より何より経済を最優先し原発をなし崩しに動かそうとする、いえ大飯《おおい》原発はすでに再稼働させてしまっている。世界一厳しい新規制基準を通っているので安全！と理屈を謳《うた》って原発を動かし続けようとするその精神が理解できません。さらに大事故を起こした経験があるからこそ大丈夫、と臆面もなく日本の原発を輸出しようだなんて鬼畜《きちく》です。日本はこんなだらしない国だったんですか？　人間としていちばん大切なものを捨ててしまったのですか？　いい加減目を覚ましませんか。（中略）

私たち子どもにとって大人が作ってしまった54基の原発はとっくに背負いきれない重荷です。それを世界に輸出してさらに増やすつもりですか。

原発が爆発して2年後の２０１３年に、この女子高生がピュアな感性で書いた心の叫び。読み終えた今、皆さんは何を感じていますか？

復興五輪！　までに復興したことにしたいんだな

私たちは原発です。戦後、高度成長の時代、資源のない日本にとって夢のエネルギーともてはやされた「原子力」、そして「原発」。大阪万博では福井県の敦賀《つるが》原発で発電した電気を万博会場に送り、原子力の灯を展示しました。それほど「大切なこと」だから文部省も科学技術庁も学校で子どもたちに原子力をたっぷり教え……てこなかったのです。不思議でしょう。福島で私が爆発するまで、小、中学校の学習指導要領に「原子力」も「原発」も出てきたことは一度もありません。戦後まもなく文部省が学習指導要領ってものを作りはじめて以来ずっ〜とです。おかしくない？　って思いませんか？　そのきな臭さを嗅ぎつけて、あのマムシの神恵内《かもえない》一蹴が深く取材していました。

神恵内「ホント怪しさ全開だよね。『原子力』を教科書に入れなければいけないと原子力学会がやっと言い出したのがフクシマの事故から5年たった2016年だった。で、2018年の改訂でようやく中学校の理科の学習指導要領に入った。でもスズメの涙程度。小学校の指導要領には相変わらず『原子力』も『原発』も出てこない。その代わりというか、文科省は震災の年に小中高校生に向けて『放射線副読本〜放射線について考えよう〜』ってのを出したんだ。当初は希望した学校だけへの配布だったけど、文科省が突然方針を転換、改訂した最新版を全国の小中高に配り授業で使えって圧力というか、働きかけ始めた。なんで？　って文科省をつつくと「小学生向けの副読本には『重要な狙い』があるからです」って言うんだな。何が重要なんだと切り返したら、それは「放射能に絡む〝いじめ〟をすべての子どもに伝えるため」だって抜かしやがる。〝いじめ〟対策？　なわけないだろ、キレかけたよ。だってさ、いじめ記述なんてほんの少しだぜ。肝心の放射線についても表面をなぞっただけ。なのに断言してあるのが『放射能による健康被害の実態はない』ってところ。これだろ？　文科省の『重要な狙い』って。原発事故の『悲惨さ』も、放射能の『問題点』もちっとも出てこない。どれくらいの人が、どれだけのエリアが、どれだけの生き物が、被害を受けたかにも触れられていない。『放射性物質が大量に降った地域では避難を強いられました』とだけ書かれていて、原発事故被害全体を、『避難した人』だけに限定してある。頭にくるのは、改訂されるたびに事故の深刻さを伝える部分が減っていくんだよ。例えばな、中高生向けの副読本じゃあ、福島の事故が世界水準で最悪の『レベル７』だとわかる内容だったのに、改訂後は『レベル７』の部分がカットされてるって具合。『避難指示区域の地図』もカット。さらに『県が行う内部被ばく測定では全員、健康に影響が及ぶ数値ではなかった』とフェイクの記述まで載ってた。トランプ大統領のいうフェイクじゃない、ホントのフェイクだ。何が間違いかって、『県』は内部被ばくの測定なんて行っていない。やったのは『国』だ。それに全員といったって、国がヨウ素の測定をしたのは30キロ圏外でわずか１０００人ちょっとだけ。しかも即、打ち切りやがった。チェルノブイリじゃあ35万人調査したんだぞ。なのに日本は１０００人。大事なことはカット。大事なことはカットするし、間違えも放り込んで文科省が何を子どもたちに伝えようとしているか見え見えだろ？　『もう福島は大丈夫です、問題などありません』ってことさ。狙いは福島の子じゃない。福島の実態を痛感してない、全国の子どもたちに刷り込みたいのさ」

私「何としても『復興は進んだ』と刷り込みたいという政府側の思いが、あなたの取材を知れば国民の皆さんにも透けて見えるでしょうね。同じようなことは復興庁もやってるわ。復興庁も子ども向けに小冊子を出しててね、タイトルは『放射線のホント』。復興庁が子どもたちや親御さんたちに覚えてもらいたいことが書かれている。狙いは『わずかの放射能は健康に影響ない』ということ。

冊子には子どもたちが信じたらとんでもないことになってしまうことオンパレードなの。行くわよ、スゴいんだから。『100～200ミリシーベルトの被ばくの発ガンリスクの増加は野菜不足と同じ程度ですよ』『福島原発事故の放射線で、周辺の人々の健康に影響が出たとは証明されていません』『ふるさとに帰った人たちにも日常の暮らしが戻りつつあります』。どうこれ？」

神恵内　「復興庁のくさい狙いがプンプンする。日常の暮らしが戻った、なんてこれこそフェイクだろ」

私　「そうそう、帰還ＯＫになった町でも戻ったのはお年寄りばかりでわずか5％くらい、子どものいる家庭はその多くがＮＯですよ。どこのお役所も、福島の原発事故で出た『放射能の人体への影響は全くなかった』ことにしたいのが丸見え。あきれてものも言えない」

神恵内　「文科省や復興庁だけじゃない。東京都もだ。都も復興五輪をかかげてオリンピックを招致するだろ、だから、もう原発事故の放射能は問題ないって刷り込みたいのは同じさ。で、高校生向けの『2020年、東京と東北で会いましょう』って冊子を作って配布した。ガク然としたのは、その中で原発事故になんにも触れてなかったことだ。なぜかと都に問うたらこう返事された。『津波と同じく、原発事故はデリケートな問題なので被災者に気を遣いました、だから記述はないのです』。おいおい、小池百合子都知事、頼むよ。でもここで都にとって予想外なことが起きたんだ。逆に福島県の方からクレームが来た。『ちょっと東京さん、厳しい現実もきちんと書いてほしいんですが』とね。これ笑えるだろ」

私　「笑える、笑える。私たちの廃炉作業が5年も遅れていることも、未だに3万5000人以上が避難生活をしていることも、都が見せたい復興の姿とはかけ離れているから載せるわけにはいかない、そういうことだもんね。でもさ、原発事故後の経緯をよく知ってる福島県の子どもたちには見せられないんだろうねぇ。文科省にしろ復興庁にしろ、すぐに化けの皮がはがれてしまうから。実際、福島の二本松市は、放射能に関する出張授業をもう6年もやってる。その授業の内容はとても真摯《しんし》。『放射線は目に見えないけど体の中に入ると悪さをします』と原発推進側が忌み嫌う内部被ばくにも踏み込んでいます。『放射線に当たると細胞はケガをする。細胞君はケガを治そうとするけれど、中にはうまく治らずに悪者に変身し、それが増えると病気になります。だから放射線を避けるための勉強をして自分の身を守ってね』と、きちんとしたことを教えて回っている。そしてその授業の最後はこうしめくくられるの。『セシウム137は半減期が30年、10年たったけれど、あと20年かかってやっと半分。その頃君たちは大人。自分の子どももいるかもしれない。自分の子や孫の代まで気をつけないといけないから今、学ぼう』。この授業を受けた子たちが国の作った副読本を読んだとしたら、どんなリアクションするのか、私、見たくてたまらない」

神恵内「今度、見せに行くかな」

神恵内がニヤリと笑った。

神恵内「それからもう一つしれっとやろうとしてた悪事があってさ」

私「悪事なの？」

神恵内「あんだけヒドけりゃ悪事さ。復興五輪を開催するのに政府にとっていちばん邪魔なのものをみんなが知らないうちに大掃除しようとしてたのさ」

私「いちばん邪魔？　大掃除？」

神恵内「復興五輪にＮＧなのは、県内の放射線量が高いって目につくことだろ？　だから、数字で目に飛び込んでくる放射線量のモニタリングポストが邪魔でしょうがないわけさ。そこで政府が何食わぬ顔で決めようとしたのが、『モニタリングポストの撤去』。県内にある３０００台のうち、放射線量が低い場所の２４００台、全体の８割をオリンピックの年の３月までに撤去する方針を発表したのさ。子どもがいるお母さん方は猛抗議した。だって、まだあんたの廃炉作業は続いているだろ。何が起きても不思議じゃない。線量がもし跳ね上がったら何かが起きた、ってわかるのになぜ撤去するのか、って。よく考えたら、線量の低いところっていうけど、東京と比べれば十分に線量は高いんだから」

私「相変わらずズルいねえ、原子力規制委員会。とにかく、お母さん方、ホントよく頑張ったわ。神恵内さん、またよろしくね」

神恵内「おう」

皆さんは、国が復興五輪のためにいろいろシコシコとやってるっておわかりいただけましたね。でもまだあるわよ。それは「避難住民を帰還させる」こと。国は福島の避難指示解除を着々と行ってきたわ。まだ早過ぎるのでは？　というタイミングでね。帰還困難区域も一部解除を始めた。二度目の東京オリンピック開催に向けて、「ほら、避難した住民も故郷へ帰還してるでしょ、だからオリンピック開ける」と言いたいんだろうねえ。でも住民は故郷に戻ってホントに大丈夫なの？　そこんところを明快にわからせてくれる人にご登場いただきましょう。原発ジャーナリストでお笑い芸人のおしどりマコちゃんです。前にも登場してくれたでしょ？　東電をタジタジにさせた、え？　忘れた？　お笑い芸人だけど医学部中退の明晰な頭脳の持ち主でとことん原発事故を猛勉強し東電を震え上がらせた強者《つわもの》、思い出した？　ではマコちゃんヨロシク。

マコ「またまた出ました、おしどりマコで～す。避難指示を解除した地域に住民が戻って健康的に大丈夫かどうか。私が、原発ゼロに向かうドイツで取材したときでした。ドイツ連邦放射線防護庁のお役人がバッチリわかる説明をしてくれたのです。まず私が『日本では原発事故の後、住民が故郷に帰っていい放射線のレベルが年に20ミリシーベルトと決められて、もう問題ないので、戻りたい人は戻ってよい、ということになっている』と防護庁の方に伝えたんですね。すると『ホントか？　それは事実か？』とメチャメチャ驚いたんです。なんで驚いたか、ドイツでは『年に20ミリ』は原発作業員が1年間に受けていい線量の上限なんだって。それはドイツで言うと〝原発の中に小学校を作る〟のと同じ意味なんだ、と鼻息が荒いんです。『本当に年20ミリか？　子どもも妊婦もか？』と何度も私に聞くんです。『ホントです。ホント』と言うと、彼は『日本国民はそれを受け入れたのか？　ドイツ国民は断固許さない』って。日本でもこのことに抗議して辞任した人がいます。政府で原発事故の相談役を務めていた小佐古敏荘内閣官房参与。東大出身、専門は放射線安全学。ドイツの役人さんとまるでおんなじことを言ってたんです。『私は、乳児や幼児や小学生に年20ミリシーベルトというのは絶対許せません。自分の子どもをそういう目にあわせるのは絶対嫌です。受け入れることができませんよ、私』と会見で泣き崩れたんです」

私「ドイツと日本の専門家が同じ抗議をしたんだね」

マコ「『年に20ミリ』というのは非常事態なので特例として決めた数字。福島事故の前は『年に1ミリ』だったから一気に20倍。特例とは言っても、『年20ミリ』というのはレントゲン技師さんとか放射能関連の仕事をしている人の年間リミット。そのお仕事でお金を得ているから、普通の人には認められない『年間20ミリ』が認められているんです。病院のレントゲン室なんかで『放射線管理区域』という看板を見たことありませんか。その区域の中ではお水を飲んでもダメ、おしっこしてもいけないのでトイレもありません。そんな特例の『20ミリ』、平時の20倍も被ばくをする場所へ、住民の皆さん、帰ってよし、ですよ！　ドイツのお役人さんが『本当に年20ミリか？　子どもも妊婦もか？』って何度も聞いた意味がおわかりいただけるでしょう？　妊婦さんのお腹の中の胎児も赤ん坊も子どもも、どんどん細胞分裂して大きくなるので、被ばくに敏感なんです。放射線でＤＮＡに傷ができたりすると、遺伝子情報を間違えて細胞分裂を繰り返してしまうんです。赤ちゃんや子どもたちには何の罪もないでしょ。これが『年20ミリで住民を戻す』ことの正体です。放射線防護のプロが涙を流して反対するわけです。そしてそのまま20ミリが今もまかり通っているのです。原子力の国際機関ＩＡＥＡでは『非常時には1～20ミリの中のなるべく低い値に設定しなさい』という決まりがあります。なのに日本はいちばん高い20ミリに決めてしまった。子どもは細胞分裂が活発なので、放射線の及ぼす悪影響は少なくとも大人の3倍と言われています。我が子がまだ小さくって放射線について勉強された親御さんたちは、だから避難指示が解除されても故郷に帰らないんです。すると今度は、自主避難の人の住宅の支援を打ち切る、って別の圧力をかけたんです。」

私「ヤな感じ」

マコ「さらに、20ミリよりもっと高い放射線量で『帰還困難区域』となっている場所にも着々と住民を返そうとしています。4～5年前から『特定復興再生拠点』ってのを作り始めました。国がお金を出して帰還困難区域のごく狭いエリアだけ除染して人を戻そうというのです。線量のバカ高いところを無理やり除染して『ホラ、こんなに下がったから、このエリア内だけは生活しても問題ない』ってね。これの延長線上にオリンピックの聖火リレーがあるんです。復興五輪の聖火リレーは福島をスタートさせて福島を駆け抜けるって触れ込みですよね。実はこれにも裏があるんです。リレーって言うんだから走ったら次の人に聖火をつなぐと普通は思いますよね。ところがそうではないんです。各帰還困難区域にある『特定復興再生拠点』や『常磐線の駅』のまわりの除染された数百メートルだけ走ります。で、除染していないところまで来ると、『車に』ランナーと聖火は乗ります。放射線量の高い帰還困難区域はスキップするんです。そして次の『特定復興再生拠点』に着くと車を降りて聖火ランナーを走らせ、除染してないところまで来ると、また車でスキップ。飛び飛びなんです。ちっともリレーじゃないでしょ？　これをＮＨＫでも民放でも編集してつないでオンエアします。そうすれば、福島の帰還困難区域と言われた大熊町も双葉町も浪江町も切れ目なくみんな人が住めるようになったって見えちゃうでしょ。コレ知ってました？」

私　「飛び飛びリレーかあ。地元の私が知らなかったんだから、、国民のほとんどが知らないでしょうねえ」

マコ　「延期になった東京２０２０が開催されたら聖火リレーやるでしょ。ニュースで見たら、『飛び飛びリレー』思い出してくださいね」

私　「聖火飛び飛びリレー、忘れません。マコちゃん、ありがとう」

原発のプロがガンで亡くなる前に明かした、私たち原発の正体

私は原発、学校で教えてあげてほしい！（その⑧）

子どもたちに教えてあげてほしいのは、原発というものの問題点。それは推進したい側が知られたくないこと。具体的には、私たち原発はいったん動き始めると、どこかが故障したとしても放射能汚

染がひどすぎて人が近づけないこと、そんな危険なところがた〜くさんできてしまっていること。そういう場所で問題が起き修理しようとすると、人体の安全のため決められた線量を守るには、たった数十秒しか現場にいられないこと。そんなことは掃いて捨てるほどあったこと。なのに、そういうことがほとんど伝えられたり、報じられたり、教えられて来なかったこと。そこに、国民の目を向けさせなかったこと。

今、学校で教えてあげてほしい、その⑧でお話ししたことを裏づけてくれるエピソードを、ガンで亡くなられたあの原発の配管のプロ、平井さんがとても具体的に書き遺してくれていました。

「稼働中の原発で、機械に付いている大きなネジが一本ゆるんだことがありました。動いている原発は放射能の量が物凄いですから、その一本のネジを締めるのに働く人30人を用意しました。一列に並んで、ヨーイドンで七メートルくらい先にあるネジまで走っていきます。行って、1、2、3と数えるくらいで、もう線量計のアラームがビーッと鳴る。（中略）ネジをたった1回、2回、3回締めるだけで160人分、金額で400万円くらいかかりました」

原発を止めて修理すればいいじゃないか、って思うかもしれませんが、止めようが止めまいが放射線量が高い場所は高いまま、事態は変わらないのね。それに電力会社はできるだけ私たち原発を止めたくないのです。平井さんはこう語っています。「それは原発を一日止めると、何億円もの損になるからですね。だから電力会社は出来るだけ止めないのです。放射能というのは非常に危険なものですが、企業というものは、人の命よりもお金なのです」と。

本当に1日何億の損？って思いますよね。今も、再稼働に躍起になっている電力会社ですが、1基再稼働すると1年に改善される収支は1000億円だと言います。単純に365日で割ると2・7億円。ほら1日止めれば確かに数億円の損となるでしょ。平井さんが皆さんに伝えようとした「私たち原発の正体」、最後の最後、こう締めくくっています。

「皆さんは、原発が事故を起こしたら怖いのは知っている。だったら、事故さえ起こさなければいいのか。平和利用なのかと。そうじゃないでしょう。私のように、働く人が被ばくして死んでいったり、地域の人が苦しんでいる限り、原発は平和利用なんかではないんです。それに、安全なことと安心だということは違うんです。原発がある限り安心できないのですから。（中略）それに、その核のゴミや閉鎖した原発を管理するのは、私たちの子孫なのです。（中略）だから、私はお願いしたい。朝、必ず自分のお子さんの顔やお孫さんの顔をしっかりと見てほしいと。果たしてこのまま日本だけが原子力発電所をどんどん造って大丈夫なのかどうか。事故だけでなく、地震で壊れる心配もあって、このままでは本当に取り返しのつかないことが起きてしまうと。これをどうしても知ってほしいのです。原発がある限り、世界に本当の平和は来ないのですから」

こう書き遺して平井さんは1997年の冬、旅立たれました。それから14年後の3月、平井さんが息を引き取るまで心配していた原発大事故が現実となってしまうのです。残念ながら、起こしたのはこの私です。ごめんなさい、平井さん。ごめんなさい、世界中の皆さん。

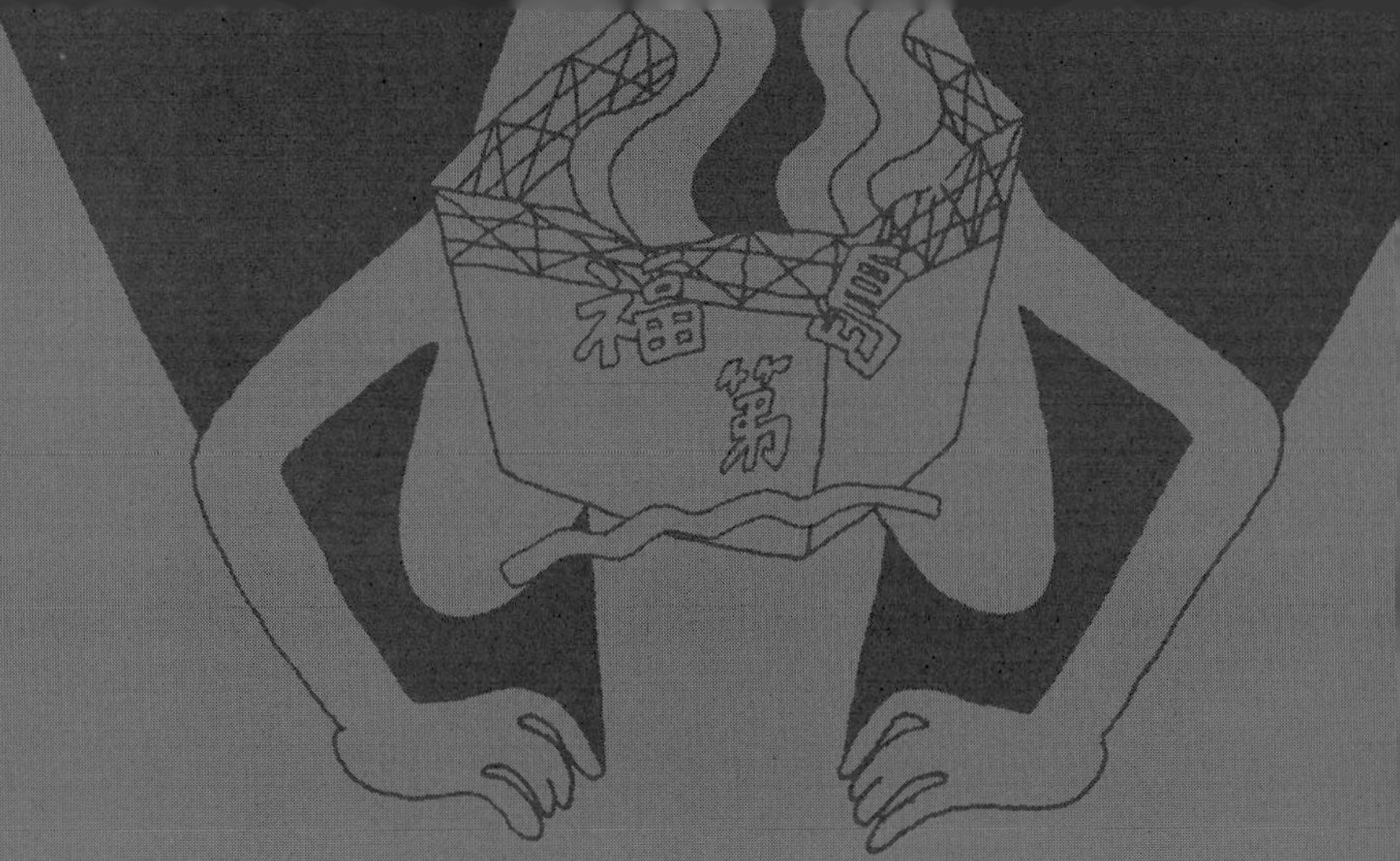

六つ目のごめんなさい

西日本や韓国の原発が事故ると大変よ

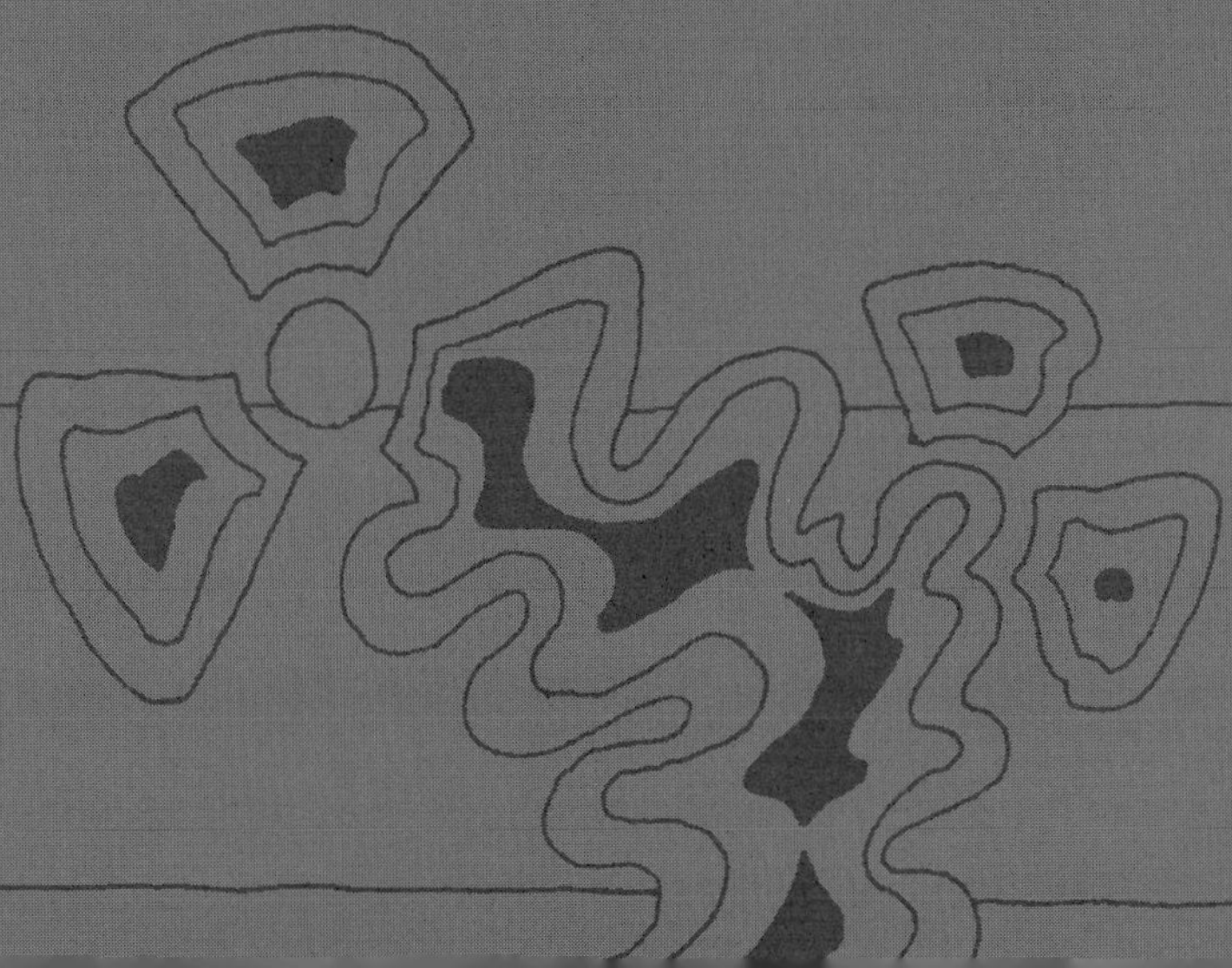

新規制基準には福島事故の原因が反映されていない

私は福島第一原発1号機です。私が爆発した後、原子力規制委員会は新しい審査基準を作りました。その規制委にある質問をすると、面白いことがわかります。その質問は、「福島第一原発の事故の原因は何ですか?」。委員の誰一人答えられないでしょうね。だって答えが出ていないのだから。福島第一原発事故を受けていくつもの事故調査委員会（国会・政府・民間など）ができて調べたのだけれど、これだ！という原因は見つからないまま尻切れトンボで終わってしまったわけ。規制委員会は「福島第一原発事故の原因究明は、将来放射線量が下がって原子炉内を見ることができるようになってから……」と悠長《ゆうちょう》なことを言ってる。というか、そう言う以外に手がないのね。

> **私は原発、学校で教えてあげてほしい！（その⑨）**
>
> 安倍前総理がご自慢の世界一厳しい新規制基準は、肝心な原発事故の原因がわからないままで作った基準だということ。ということはその新基準では「福島第一原発の事故と同じ原因で起きる事故は防げる」という保証はないってこと。いちばん肝心な〝原因〟が抜け落ちている新規制基準は、どう考えても欠陥商品だってこと。そんな基準に合格した原発を、そもそも再稼働していいのか、きちんと考えて、しっかり声を上げないといけないって思いませんか?

「新規制基準には他にも問題点がある」と原子力推進サイドの人たちでさえ声を上げていますよ。日本原子力研究開発機構（ＪＡＥＡ）の元研究員は「例えば航空機事故があった場合、事故原因が究明されないまま、同じタイプの飛行機を飛ばすということは、ふつう考えられないわけですね。事故の本質を解明するってことはとても大切なのに、臭いものには蓋《ふた》をするような格好で、解明しないで再稼働を急いでいる」、こうバッサリ切り捨ててます。でもこの考え方は皆さんも納得いくでしょ？　また原発建設で重要な役割を果たした電力会社のＯＢも「再稼働をするのに不可欠なのは、福島第一原発の事故原因を特定することですね。その肝心な事故原因が特定されないままで裁判が行われ、安全審査が行われ、再稼働へ進んでいて、これがおかしくなければ何がおかしいといえるのでしょうか」。ごもっとも。だから規制を担《にな》う原子力規制委員会ではなく、原発「推進」委員会ではないのかってイヤミがよく世間で飛び交うわけね。「推進」委員会だって言われるのはこれだけじゃない。例えば「原発寿命の延長」の問題。原発推進サイドは、普通は40年の原発の寿命をもう20年延ばしたいのだけれど、あくまで「例外中の例外」って言ってたわけ。なのに、あっという間に関西電力の美浜《みはま》原発３号機をはじめ４基も延長を認めてしまったのさ。「言うこととすることが違う」ってのはまさにこういうことでしょ。「例外中の例外」と言ってた舌の根も乾かぬうちにね。そこまで臆面もなくやるのは国のエネルギー計画で原発が全体の20％～22％と決めてあるからだね。特例でも何でもいいから定年を延長して、年寄り原発のケツ引っぱたいて働かせないと国の目標が達成できない。だから原子力「推進」委員会はとってもやさしいよ。40年の寿命までに時間がない原発には、順番を繰り上げて審査もしてあげて合格もさせる。まさに大出血大サービス。「推進」委員会と電力会社、阿吽《あうん》の呼吸でしょ。

でもね、国も電力会社も肝心なことに思いが及んでない。それはね、棺桶に片足突っ込んでる私たち老原発が体を壊したらえらく大変だぞってこと。原発も人間も歳とってガタが来はじめると、その先は急坂を転がり落ちるように弱っていく。それに、そもそも老原発をもう20年動けるようにするのにいくら金がかかると思う？　10億とか20億じゃない。1基2000億円。先頃、年金生活のお年寄りがこの先生きていくのに2000万円足りないって大騒ぎしたけど、老原発は2000億、おったまげる数字さ。アベノマスクに使った5倍。そこまでしてでも老原発を働かせたいのが電力会社なんですよ。あなたも「そっか、そんだけお金をかけても儲かる仕組みなんだ」とご理解していただけた？　その仕組みで私たち原発は電力会社を長年潤わせてきたわけさ。打ち出の小槌《こづち》ってやつね。振れば振るほどお金が湧き出るのだから。運転したら放射能をまき散らす？　そんなことなどどうでもよくてどの電力会社も再稼働させたいのさ。

そういうわけだから、他にもおかしなことはい〜っぱいあるのよ。紙一重で東日本壊滅を免れた福島《わたし》には『免震重要棟』があったからやっとこさ乗り切れた。それなのに、九電の川内《せんだい》原発（鹿児島）では、免震重要棟を作るってことで審査に合格したのに、再稼働した途端『免震棟はや〜めた。耐震にする！』って変更宣言。普通だったら規制委員会は合格を取り消すでしょ。ところが変更をあっさり許可して、おとがめもなし。オドロキ、モモノキ。だったらってことで、他の原発も右へ習え。一斉に真似をした。東北電力の女川《おながわ》原発（宮城県）、東通《ひがしどおり》原発（青森県）、中国電力の島根原発（島根県）も免震から耐震に変更してしまった。いいのかあ、ホントにそれでいいのかなあ……知らないぞぉ。私たち姉妹をなんとか抑え込めて、日本て国が終わらなかったのは免震重要棟のお蔭だと、当事者の私は信じて疑いません。免震を耐震にしてしまっていいのか？　あなたはどう思いますか？

放射能は天気予報で、雨雲の流れる方に流されていく……その先に？

私たちは原発です。おかしなことだらけの中で、私たち原発が生きてきたことをわかっていただけましたか。その上で、日本の天気のお話をします。え？　なんで天気？　って思うわよね。でも大いに関係あるんです。テレビの天気予報を思い出して。雨は低気圧の移動につれて日本の西の端、九州からだんだん関西、中部、関東って、東へ東へ移動して太平洋に抜けるでしょ。ということは、もしも日本の西の方にある原発が事故って大量の放射能を空へ噴き出したらどうなる？　放射能雲・プルームは天気の流れと同じで東へ東へ流れていくってことでしょ。こりゃ大変だって皆さん気づいた？　私の事故後、再稼働した原発を思い出してみて。九州、佐賀県の玄海《げんかい》原発でしょ、鹿児島県の川内《せんだい》原発、四国・愛媛県の伊方《いかた》原発。再稼働した多くが西の原発。事故を起こしたら……恐ろしいことになるわねえ。福井県・若狭湾にある大飯《おおい》原発や高浜原発の名前が挙がらなくて関西電力の担当者さんはホッとした？　そうは問屋が卸さない。冬に吹く北西からの季節風は若狭湾から関が原を通り、名古屋周辺によく大雪を降らすでしょ？　ということは……逃がさないわよ、関電さん。あんたのところもアウト。で、もう一つ思い出してほしいことがあるのね。東日本大震災の後、すぐに静岡県の浜岡原発を当時の菅直人総理が強引に止めさせたよね？　なぜ？　なぜ浜岡原発だけを菅総理は止めたと思う？　「低気圧は西から東へ必ず流れる」を浜岡原発に当てはめてみて。答えが見えてきた？　ヒントは浜岡原発の東に何があるか？　答えは……在日米軍基地。神奈川県には横須賀基地、厚木基地、東京都には横田基地。中国・ロシア・北朝鮮ににらみをきかせる重要な基地が浜岡原発の東に集中しているわけ。私が爆発してすぐアメリカはね、米国民を福島第一原発から「80キロ」以上離れるように命じてる。日本は20キロ待避なのにアメリカは80キロだった。面積で言えば16倍も避難させたってこと。

皆さんは、アメリカってとても慎重なんだなあと思った？　違う違う。慎重なんじゃなくって、それは放射能の怖さをアメリカがいちばんよく知ってるから。静岡の真ん中、御前崎に近い浜岡原発から横須賀基地までは160キロ弱だから浜岡が事故を起こすと極東防衛に必ず影響する。そこでものスゴ〜い圧力を裏で日本政府にかけた。「浜岡原発だけは止めないと日米安保条約で日本を守れなくなるぞ」と。それで菅総理は浜岡原発を止めさせた。ま、これはあくまで私の推理だけどね。でもイケてる推理でしょ？　あなたはどう思いますか？

だから韓国沿岸の24基の原発が事故ると日本がヤバイ

私は日本の原発です。日本の西側にある原発がヤバイことがわかった上で、九州のさらに西には何がある？　韓国よね。その韓国にも原発が24基、海岸沿いに建っています。日本の西にある原発が危ないんだったら、韓国の原発も危ないってことになるわよね？　ジェット気流に乗って黄砂もPM2・5も中国から韓国を超えて日本へ飛んできてるでしょ。韓国の原発が事故ったら……？　韓国の原発に話を聞くしかないわね。

私「対馬海峡の向こう側、日本海に面する韓国・古里《コリ》原発さん、アンニョンハセヨ！」

古里「アンニョンハセヨ。韓国で最古参の原発、コリと申します。わたくしがヒドイ事故を起こしたら韓国にどんな被害がでるか研究した博士がいます。なぜかというと、わたくし2013年に全電源喪失をやらかしてしまったからです。危なかったのです。それを受けて、アメリカの核物理学者・姜《カン》政敏《ジョンミン》博士が、わたくしが過酷事故を起こしたら何が起きるかシミュレーションしてくれたのです。すると、博士も想像してなかった結果が出てしまったのです」

私「ま、まさか……」

古里「はい、そのまさかです。わたくしたち古里原発は新古里原発と合わせて7基。朝鮮半島の南東部、釜山市の海沿いに並んでいます。博士の事故のシナリオはこうです。『韓国で最も多い使用済み核燃料を貯蔵している古里原発3号機。その使用済み核燃料プールの冷却機能が失われたとします。すると水がどんどん蒸発していき、やがて使用済み核燃料がむき出しになり火災が発生。さらに建屋内に充満した水素ガスが爆発。使用済み核燃料に含まれる大量の放射性セシウムが大気中に放出される』というものでした。そして博士はこの事故が起きると放射能はどのように流れるかを計算しました。事故発生は2015年1月1日という過去に設定。なぜ過去か？ 過去だと事故が起きた日から1週間分の『実際の天気、風向き、風速』の本物の気象データを使えるからです。その方が、放射能がどこをどう流れ、どう汚染するか、よりリアルにシミュレーションできるからです。放射線防護の国際基準なども加味しました。そして避難を余儀なくされる地域の『面積』と『人口』を割り出しました。さらにセシウム

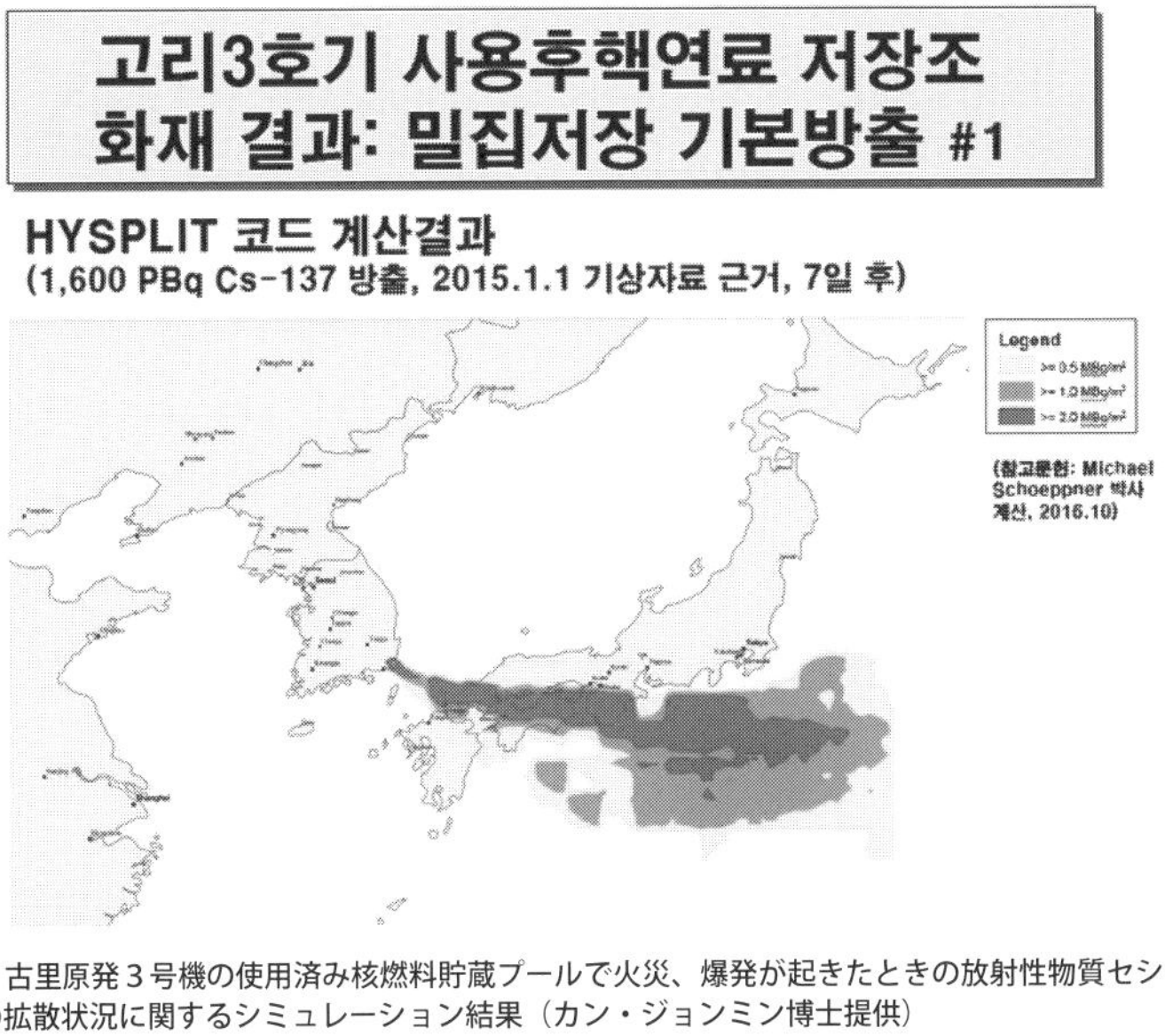

韓国・古里原発３号機の使用済み核燃料貯蔵プールで火災、爆発が起きたときの放射性物質セシウム137の拡散状況に関するシミュレーション結果（カン・ジョンミン博士提供）

137の半減期30年を過ぎても『避難し続けなければならない地域』も割り出しました。そうしたら、とんでもないことが明らかになったのです。最も大きな被害を受けるのはわたくしの建つ韓国ではなく、『日本』だったのです。最悪で日本の面積の6分の1。そんなに広範囲が30年を超えても避難対象地域になるという結果が出たのです。シミュレーションとはいえ、日本の皆さん、大変申し訳ないです。姜《カン》博士のはじき出した結論は、『避難しなくてはならない日本人の数、最大2830万人。30年が過ぎてセシウム137が半分になっても避難し続けないとならない日本人、最悪1840万人』。これは東京都と千葉県の全人口が避難する規模……」

私「1月のシミュレーションだから冬の季節風が北西から吹いてくる。冬でないことを祈るしかないですね。でも雨雲は年中西から東へ流れるから、いずれにしても韓国も含め、日本の西の原発で事故が起きると日本列島は大変なことになることを実感できました」

古里「さらに言えば、中国の原発も東シナ海に面して43基、建っていますからね」

私「そうか、中国原発もだ。事故を起こすと偏西風や対馬海流に乗って放射能汚染がもれなく日本にやってくるわけね。クワバラくわばら。古里さん、カムサハムニダ！」

東京から60キロ、39万都市の目の前に浮かぶ原発が事故を起こすと？

私たちは原発です。もう一つ、事故を起こしたら超、超、ヤバい原子炉が日本にあること、ご存知……ないわね。その原子炉があるのは東京からスゴく近いところ。東京駅から電車に乗って行ける。横須賀線に乗って南へ60キロ、時間にして1時間20分。60キロって、前にお話しした東海第二原発と東京との距離の半分。近いでしょ？　大学にあるような小さい研究炉とかではないのよ。私、福島第一原発1号機が46万キロワットだから、私の半分弱の立派な原子炉ですよ。その正体は……アメリカ海軍の原子力空母ロナルド・レーガン。津波被災地を助けてくれたトモダチ作戦の、あの原子力空母。神奈川県の人口39万人都市・横須賀市の目の前に、発電量21万キロワットの原発がぷかぷか浮かんでるってわけ。横浜からなら15キロ。皆さんは覚えていますか？　日本の原発は「あの隠された原発事故試算によって、人のいない辺鄙《へんぴ》なところに作るようになっていった」ことを。なので横須賀に原発、これって掟破りですよね。横須賀市の米軍基地に浮かんでるロナルド！同じ原発のよしみでいろいろ教えてください。

ロナルド「ワタシは、ロナルド・レーガン。大統領の名前をつけてもらった原子力航空母艦です。ニッポンの皆さんにはトモダチ作戦でツナミ被災地を支援したことで覚えてもらえているでしょうか。ワタシにはツイン・リアクター、原子炉が2つあります。出力は2つ合わせて21万キロワット。小さめだけどパワフル。軍艦なので長い間港に寄らなくても戦えるように、普通の原発とは燃料の濃縮度がまるで違います。普通の原発のウラン濃縮度は3〜5％、BUT原子力空母用は95％。濃い〜でしょ？　原爆並みに濃くしてあります。だから何かが起きてしまったときには危険度は断然高いです。フクシマの原発事故で起きたのは水素爆発でした。BUT、ワタシの場合は核爆発になってしまいます。でもそうなること、ニッポンの人誰も知らないネ。ヨコスカに住んでる人たちも『チェルノブイリは怖いけれど、横須賀の空母も怖いの？』ってくらいの危機感なのです」

私「核燃料が凄く濃くて、無寄港でずっと航海できるってことは、原子炉内に溜まる死の灰も、私たち原発とは比べものにならない、極悪ってこと？」

ロナルド「ザッツ　ライト！　ゴクアクヒドウです」

私「いろいろ知らないことばかりでした。ロナルド、サンキュー」

ロナルドの話を噛み砕けば、アメリカ軍も、日本人に知らないでおいてもらった方がいいことは長年伏せてきてたってことだね。日本の原子力推進の人たちが「原発は運転したら自動的に放射能を空へ海へ出しますよ」ってことを日本人に言わないできたのと同じ。でも人口が密集する首都圏近くの原子力艦が事故を起こしたら、それこそとんでもないことになる。実際30年ほど前、横須賀で原子力艦が事故を起こしたら横須賀や横浜、東京にどんな被害が出るか、その試算もされているの。その被害たるや恐るべきものだった。なんで皆さんが知らないかはいつものとおりね。

デイビス・レポートの驚愕の被害試算

私は福島第一原発1号機です。では、『横須賀での原子力艦の事故試算』を紐解いていきます！　横須賀の事故試算がされたのは1988年。私は71年生まれだから、じゃんじゃん稼いでた17歳。ちょうど原子力空母が米軍・横須賀基地に配備される噂が広まった頃ね。当時、横須賀では原子力の空母や潜水艦がやってきて事故を起こしたら大変なことになるって不安が高まってた。そこで市民団体がアメリカの科学者に『横須賀で原子力艦が核事故を起こしたらどのような被害が出るか』を試算してもらうことにしたの。お願いしたのは、米カリフォルニア大の環境科学者ジャクソン・デイビス博士。その道の第一人者の彼は、アメリカでも原子力艦が事故を起こしたらどうなるかを試算して評価を得ていました。それで白羽の矢が立ったわけ。横須賀の事故試算の報告書は彼の名前をとって『デイビス・レポート』。その内容はショッキングを通り越していたの。このレポートを掘り起こしたのは、そう、あの神恵内《かもえない》一蹴。ご本人から話が聞きたいと、アメリカの別取材の帰りに足を延ばしたんだそうだ。

神恵内「初めましてデイビス博士！　レポート拝見しました。戦慄の連続でしたが……」

デイビス博士「もう30年になりますかね。ワタシがお願いされたのは『東京からも近いヨコスカに停泊中のアメリカ軍の原子力艦船で原子炉がメルトダウンしたら何がどうなるのか？』というものでした。計算のベースにしたのはアメリカ原子力規制委員会NRCの当時の最新の計算式。NRCがアメリカの原発が事故を起こしたらどんな被害が出るかを計算するのと同じ式を使いました。ニッポンは人口密度がものスゴく高いです。ヨコハマ、カワサキ、トーキョーへと放射性雲・プルームが流れたら、住民にいったいどんな被害を与えるか？　急性被ばくで何人が死ぬのか？　地域経済や国家経済に重いダメージを与えるのか？　その答えを出すためにワタシは一つのシナリオを立てました。『ヨコスカの米軍基地に停泊中の軍艦で原子炉アクシデントが起きた。それは4時間続いた。その結果、放射性雲・プルームが出た。風は一年でいちばん多い向き、南からの風。その風に乗って放射能は東京の方角、北へ流れた』このシナリオで計算した『結果』はとてもとても恐ろしいモノになりました。放射能はヨコスカからヨコハマ、カワサキ、トーキョーへと北へ進みながら扇のように広がっていきました。そしてついにトーキョー23区が汚染されます。放射能雲・プルームはたくさんの種類の放射能のMIXジュースです。それが首都圏エリアをヒドく汚染し、放射能が多くのヒトを死にいたらせます。その範囲はヨコスカから50キロ以上に及びます。東はチバ、西はヒラツカ、北西はハチオウジまで死者が出ます。急性被バクし短期的に死ぬ人は約2万４０００人。その後の1年で死者は5万１０００人増え、死者のトータルは7万５０００人の予想となりました。広大なエリアで工場も、商店も、農業もすべてダメになります」

神恵内「7万5000人が死ぬ……。放射能をいちばん知る国の正式な計算式で出した結果ですよね？」

デイビス博士「オフコース」

神恵内「実に衝撃的な試算です。そんな試算が日本人の知らないところで存在してたんですね」

デイビス博士「発表当時は、いくつかの新聞には載ったんですがね……」

神恵内「なんか日本って国じゃ、最初の原発事故試算、ミサイル攻撃の事故試算、9・11テロの後アメリカが推した原発への対策命令、肝心なことは漏れなく隠せ、潰せって見事に一貫してやってきたんだってわかりました」

デイビス博士「アメリカでも同じです。核関連では歴史的にみて、多くのことが隠されてきました。核関連施設や原発ではアメリカ国民に隠し事をしなければやってこれなかった。それが偽らざる真実です」

神恵内「デイビス博士、サンキューソーマッチ」

デイビス博士「ユーアーウェルカム」

ところで皆さんの中には『デイビス・レポートなんて、いい加減だろ。死者が7万人超え？　恐怖ばかり煽《あお》るな！』とお怒りの方もいらっしゃるのでは？　ちょっとだけデイビス博士を援護射撃させてくださいな。博士はチェルノブイリ原発事故が起こったことを受けて、1986年から1989年にかけて、たくさんの国から依頼され原発事故被害を試算しています。オーストラリア、イタリアなどの政府機関・団体から依頼を受けて同様の試算を完成させ、各国で評価を得ました。何度も言いますが、この道で世界の第一人者です。それでもまだ信じられない、って方いらっしゃいますか。わかりました。そんな方でもデイビス博士を信じたくなるお話をしましょう。

それは彼の母国アメリカでのお話。西海岸の素敵な坂の街、サンフランシスコは皆さんご存知ですよね。

そのサンフランシスコ市を、核ミサイルを積んだ米軍の戦艦ミズーリが母港にしようとしたのです。だけど住民が強く反対。デイビス博士に『被害試算』を依頼しました。その『試算』が米軍の計画をストップさせたのです。核大国であるアメリカ国民もデイビス博士を信頼していたことがこれでおわかりいただけま……せんか。ではもう一つ、1982年にアメリカの原子力規制委員会NRCが発表した米国内の全原発の事故試算があります。アメリカ中すべての原子力発電所の一つひとつを試算したのです。例えばニューヨーク・マンハッタンから40キロと近いインディアン・ポイント原発が事故を起こすと、初期死亡者数が4万6000〜5万人、被害者数が14万人〜16万7000人、ガンによる長期的な死亡者数が1万3000〜1万4000人と予測しています。この試算をしたのもデイビス博士なんです。NRCに頼まれ「ヨコスカで使ったのと同じ計算式」を使ってアメリカ中の全原発を試算し、出た結果をNRCが認め公表しているのです。これにかなう反論がありますか?「ずいぶん古い基準を基にしているな。今はもっと新しい計算式になっている」と文句を言う方もいるでしょうかね。いいえ、核大国アメリカの当時の最新の計算式で計算し、アメリカが国として発表したのですよ。まだ何か?

話を横須賀に戻します。日本にある米軍基地は治外法権です。だから原発事故に関する日本の規定は当てはめられません。日本国内では原発事故で即、避難するのは5キロ圏内ですが、米軍ルールは違います。アメリカの決まりでは原子力空母が事故を起こすと1キロ圏内がすぐ避難、そして1〜3キロ圏内が建物の中に待避すると決められています。だとすると避難するのは米軍基地内だけ。日本ルールで即避難の5キロ圏内に住んでいても、横須賀市民には米軍から避難指示は来ない。ということは避難すらできない。

「政府が米軍空母の配備を認めたのだから、国の責任で米軍に、横須賀市民には日本ルールを適用するよう要求してほしい」と市民団体が訴えているんだけど状況は何も変わっていない。政府が米軍に働きかけた様子もないし、30キロ圏内の避難計画を作れという指示もない。放射能が来る前に飲んでおかないといけない安定ヨウ素剤が事前に住民には配られていない。私の事故の後、国内の全原発では5キロ圏内の住民にはヨウ素剤が事前に配られてるのにね。ヨウ素剤を横須賀市ではどう配ることになっているか？　原子力空母で事故が起きると、市職員がヨウ素剤の備蓄場所へ向かい、手分けして28校の市立小学校に運んで住民に配ると決まっています。呑気でしょう？　私は遠い福島から祈っています。くれぐれも横須賀に空母が停泊中、原子力事故を起こしませんようにって。夏場は太平洋から首都圏に向かって季節風が吹く日が多いのです。そんなときに原子力空母が事故ったらマジで首都圏は壊滅……「日本に原発ができる前から隠されたあの原発事故の被害試算」。あれで日本という国がが学んだのは「人口密集地の近くに原発はあってはならない」ということでしたね。それに当てはまらない原発が首都圏まで１００キロほどの東海第二原発と、60キロの原子力空母なのです。

当のアメリカ軍は原子力空母が横須賀基地で原発事故を起こしたら日本政府や横須賀市に対して何をどうするんでしょう？　実はアメリカは「もし軍の原子力艦が、世界のどこかで核事故を起こしたらどうするか」をちゃんと決めているのです。再び原子力空母ロナルドさん、教えてください。

ロナルド　「フクシマさん、この問題、軍の機密にあたります。ですからあなたに教えると軍法会議でワタシはおしまいDEATH。ですがワタシ最近歳をとって独り言多くなりました。独り言をツイートしちゃうかもなあ、でもあくまで独り言ですからね。ブツブツ……アメリカ太平洋軍統合司令官通達、『核兵器の安全確保』という書類が存在してたなあ。その中にスゴいことが書かれていたなあ。なんだっけかなあ、『外交的配慮から核事故は最大限隠せ』だったかなあ？」

私　ひぇ！　か、か、核事故を隠せ、ですか⁇　だったら横須賀の米軍広報官が、原子力事故なんて決して起きていません、と説明しても嘘八百の可能性大！　ってことですね？　もっと独り言聞きたいなあ……」

ロナルド　「う〜ん、核事故が起きたときは、通常の高性能爆薬で起きた事故として扱え！って書いてあったかなあ。なんかもう一つあったなあ、核兵器事故、原子炉の事故の証拠をできるだけ速く〝すべて〟回収しろ、いや消し去れ、だったかなあ……」

私　「なるほど、そういうことですか。原子力艦で事故が起きて、出してしまったプルトニウムを吸ったとしても即死はない。数年後に肺ガンで死ぬんだろうけど、誰も『あの事故のときに吸ったプルトニウムで死んだのだな』とは見分けられない。医者だろうが核物理学者だろうが。私の事故で出したプルトニウムかもしれないからね。恐ろしい国だよ、ロナルド、あんたの国は」

ロナルド　「怒らないでください。独り言でずいぶん漏らしてあげたんだから」

私　「でもさ、証拠を回収しろって、放射能は無理でしょうが？」

ロナルド　「イエス、マーム！　そのとおりですネ」

七つ目のごめんなさい

米国ではダメダメな避難計画だと原発は働けない。けど日本は……？

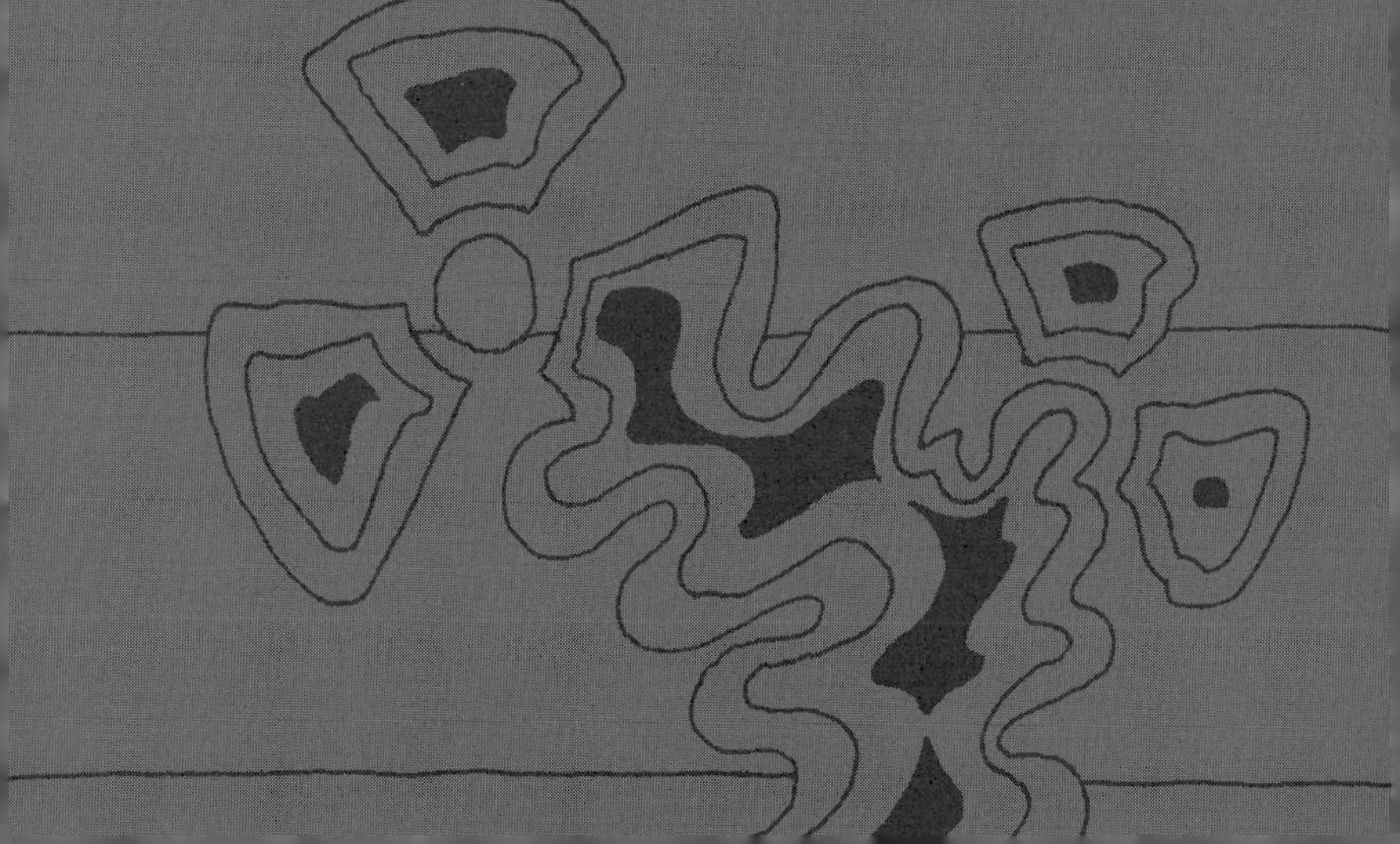

原発を作ったのに使わないまま廃炉にしたアメリカ

私は福島第一原発1号機です。原発という国策を行ってきた国は、アメリカもソ連も日本もなるべく被害を小さく発表しようとしてきたことはここまでに学びましたね。例えば私の事故から10年近くたった今も申し訳ないけれど3万5千人を超える方々に避難生活をさせてしまっている。だけど日本の最新の「エネルギー基本計画」を見ると避難者数は2万4千人と書かれています。そのカラクリは、避難区域外から自主避難している人を数に入れてないから。原発被害が少なく聞こえる方の数字を使っているわけね。重ねてお詫びします。もう一つ原発として白状しておきますね。それは私が福島で事故を起こす前の原発避難訓練の話。実は、自治体が避難訓練をきちんとやりましょうと住民を参加させようとしたら「原発で事故が起きるというのか」と言って反対されたのです。誰にって？　国だよ。日本政府にだよ。それも長年。国策ってのは徹底してるでしょう。

さて、福島で私が爆発を起こしてしまったために、全国であるルールが生まれました。それは、原発から30キロ圏内の自治体が「避難計画」を作らされるというもの。お金も時間も各自治体に大層負担させてしまいましたね、申し訳ありません。また、私たちの両親である電力各社と国になりかわりましてもお詫び申し上げます。でもです、ご苦労かけて避難計画を作っていただいたのですが、日本では「せっかく作ったその避難計画では実際はどうやっても逃げきれない」とわかったとしても残念ながら原発は運転できるのです。なぜかというと避難計画を担当するお役所と、原発を審査して運転OKを出すお役所が別々、よく聞く縦割り行政の弊害っていうあれ。じゃあ、日本の原発の師たる、アメリカではどうなってるか？　アメリカの規則では「実際にうまく避難できる避難計画でないと原発は動かしてはいけない」と、きっちり決められているのです。なんでそうなるのかって？　何度も言うけどアメリカって国は放射能の怖さをいちばん知ってるからだろうね。大切な人の「命」の扱いが日米で違い過ぎでしょ？　この日米の違いを皆さんにわかってもらえるある原発のエピソードを紹介したくなったわ。それはアメリカ・ニューヨーク州に作られた新品の原発のお話。せっかく完成したのだけれど、命の大切さを考えて一度も使われないで廃炉にされたの。それはニューヨーク・マンハッタンからブルックリンブリッジを渡ったロングアイランド、その島を車で1時間走った避暑地の物語。そこに生まれた悲運の少女原発、ショアハム。その数奇な運命……。ショアハムって名前は建てられた郡の名前。ショアハムに切ないストーリーを話してもらった。

私　「はじめましてショアハム、コロナ禍でニューヨーク州は大変だったでしょう？　地元ショアハム郡はどうだった？」

ショアハム原発　「ハーイ！　ワタシが悲運の『美』少女原発だったショアハムです。ここはNY州の避暑地、日本で言えば、ジョン・レノンが愛した軽井沢みたいなところです。だからコロナ対策でロックダウンされ観光客がまったく来なくて経済的に大打撃。コロナ感染者も死者もたくさん出て、散々でした」

私　「それは大変なときにお邪魔しちゃったわね」

ショアハム原発　「気になさらないで。だってワタシは生まれつき開店休業、じゃなかった閉店廃業ですから」

私　「座布団一枚！　って言ってもわからないね。話したくない過去だと思いますが大丈夫？」

ショアハム原発　「使われることなく廃炉が決まってハートブレイクしたのはもう30年以上前。なので心の傷は癒えました。なんでもお話しするわ」

私　「じゃさっそく聞きますよ。なぜ、あなたはせっかく出来上がったのに発電することなく廃炉になったの？」

ショアハム原発

「あの頃、ワタシはまだ生まれたばかりのピッカピカ。命の輝きが溢《あふ》れていたわ。ワタシのような出来たての原発を使わないで廃炉にしたのには、ある『理由』があったの。それはロングアイランドの地形が関係していました。『ロングアイランド』は文字どおり『長〜い島』、東西に１９０キロもあるのです。ワタシが建てられたのはその、ど真ん中。ワタシが完成して住民たちは、はたと気づいたの。細長い島の真ん中でワタシが原発事故を起こしたら、その先に住んでいる人たちは逃げられないぞって。それで、住民と電力会社との間ですったもんだが始まったのです。結局どう決着したかというと、ちょうどその年、１９８６年だったかな、ソ連でチェルノブイリ原発が大事故を起こしたの。するとロングアイランドの住民74%が原発反対に回りました。こうしてワタシ・ショアハム原発は１９８４年に完成したけれど、その5年後、一度も発電することなく廃炉と決まったのです。住民のために頑張ったのが当時のクオモNY州知事。クオモ？　聞いたことがある名前でしょ？　新型コロナ対策で頑張っている現クオモNY州知事のお父さんです」

私

「へえ、そうなんだ。世襲政治家でもアメリカはさすがやるわね。日本の世襲議員に爪のアカを飲ませたい。ショアハム、日本にもロングアイランドと、スゴく似た立地の原発があるのね。原爆を落とされた広島から海を挟んで反対側にある伊方《いかた》原発っていうんだけど、佐田岬半島という小枝のように細長い半島の途中に建てられたの。立地があなたとソックリでしょ。でもね、半島の細さがロングアイランドとは比べものにならないのね。ロングアイランドの幅がお相撲さん、スモウレスラーだとすると、佐田岬半島は激ヤセのパリコレモデル。いちばん幅の狭いところはたったの８００メートル、1キロないの。ロングアイランドはいちばん細いところでも16キロあるから、２００分の1よ！　世界中探し回ったって、こんなに極細の半島は見つからないいんじゃない。こんなに極細だから避難できる道は一本しかない。あとは断崖絶壁の海沿いにある細い道ばかり。ねえショアハム、あなたと伊方原発、どっちの避難が難しいと思う？」

ショアハム原発　「う〜ん、世界には上には上がありますネ、参りました。でもそんな場所なのに何十年も、原発を運転してこれたんですね。うらやましい……私もニッポンで生まれたかった……」

私　「生まれたのに、生きられなかった、その恨みであなたは生き霊《りょう》となって成仏できないでいるのね。爆発して生ける屍《しかばね》となって宙をさまよっている私と似てる。じゃ、似た者同士、あなたより過酷な立地の伊方原発ご本人に話を聞こうよ」

ショアハム原発　「はい、ぜひ」

私　「伊方原発さん、今お時間ありますか？」

伊方原発　「は〜い」

私　「ニューヨークからお客さんを紹介させてください。こちらがショアハム。立地があなたと似てる人で２人は似た者同士よ」

ショアハム原発　「ハジメマシテ」

伊方原発　「はじめまして。私が最小幅８００メートルの極細半島の途中に建てられた伊方です。ショアハムさんのロングアイランドは平らな島だと聞いています。でも佐田岬半島は極細な上に断崖絶壁だらけ、険しいです。地盤ももろくて、災害マップを見ると土砂崩れが起きる危険な場所の印だらけで真っ赤っか。もし大きな地震が起きて私が事故を起こしたら、半島の道は土砂崩れで多くの場所が寸断されて、間違いなく避難できなくなるでしょう。住民からも不安の声がたくさん聞こえてきます。私の建っている場所より半島の先に住んでいる人は５０００人。その５０００人の避難計画を愛媛県と伊方町が作るには作ってあります。だけど、住民たちはその計画で本当に安全に逃げられるとは全然思っていません。地元名産、ちりめんじゃこを揚げた『じゃこカツ』屋のおばちゃんは、『原発事故が起きて津波が来たら、どこにも逃げようがないから死ぬるしかないのんよ』って苦笑いしてました」

ショアハム原発「ジャコカツ？　なんですか～？」

私「いいの、わかんなくて」

伊方原発「県の避難計画が、原発より先に住む半島の住民をどう救出するかというと、『漁船であれ、モーターボートであれ、そこら中の船をかき集めて漁港に送り込む。砂浜で船が近づけなければ自衛隊のホバークラフトを上陸させる。そうやって海から住民5000人を避難させる』、愛媛県の中村知事はこの計画なら大丈夫だと自信満々です。地震と津波で伊方原発が事故を起こしたら、港も浜も使いものにならないことは3・11で日本中の誰もが思い知ったはずなのに。それに海が荒れることだってあるでしょ。陸上からの避難計画ももちろん作ってあります。救援バスを原発の先まで大量に送り込むのです。しかしこちらも穴だらけ。原発の先まで住民を助けに行くときも、住民を乗せて脱出するときも、バスは事故が今まさに進行している私、伊方原発までわずか1キロの道を、『えいやッ』って目をつぶって走り抜けるしかない。大型バスが通れるのはその道しかないんです。ところが、住民たちは県や電力会社からこんな説明をされています。『住民がバスに乗って原発の脇を通り過ぎるときにはまだ放射能は出ていない』『放射能はすぐには出ないので大丈夫』これって何の根拠もないでしょ。私が将来事故を起こしたとして、どのような経過で事故が進展していくかは誰にもわかりませんから。もちろん私自身もです」

私「そうよねえ。私が事故ったときも、私がいついつ爆発するとか誰一人予想できなかったものね。ＳＰＥＥＤＩ（スピーディ・緊急時迅速放射能影響予測ネットワークシステム）っていう優れものの予測システムがあって、放射能が私からどう流れるか、事故からどれくらいの時間で自分たちの町に放射能が来るか予測できていた。なのに、双葉町や大熊町の人たちには知らされなかった。なんでかというとね、当時の総理補佐官が『市民がパニックになるのを恐れたため知らせなかった』と後日答えているわ。最近、新型コロナの専門家会議でも同じことが起きていた。香港大の研究チームが、『44％が症状が現れる前の人から感染した』『無症状の人が感染させている』と推定していたのに『国民がパニックを起こしかねない』と削除された。一緒でしょ。避難で大切なのは事故を起こしてどれくらいの時間で放射能に襲われ、どれくらい危険になるのかってことよね。私が事故を起こしたときはメルトダウンが始まるまでとても早かった。わずか2時間。あっと言う間に事態は悪化した。そして水素爆発が起きた。ということはね、佐田岬半島で避難バスは事故を起こした伊方原発の横をすり抜けて住民を迎えに行けたとしても、戻ってくるまでに事故が急速に深刻化すれば、バスは高濃度の放射能のまっただ中に突入してしまう恐れは高いと見ておかないといけない。私の福島事故の後、県内のほとんどの道は避難する車で翌朝まで大渋滞。国道も県道も市道も農道も抜け道も。これが極細の佐田岬半島だったら、具体的にはどんなことになってしまうんだろうねえ、伊方さん？」

アメリカよりもっと細い半島に建つ日本の原発が事故ると……

伊方原発「避難で大型バスが通れる道は一本だけ。半島の中央を貫いて原発のすぐ脇を通る。地元の駐在さんが何かあると『必ず大渋滞するんよ』といつもぼやいています。あと、避難計画では大型バスが大挙救出に来てくれることになっているのですが、来ないケースもあるって住民は知らされていません。実はバス会社と県は〝覚書〟で、『運転手が累積1ミリシーベルト以上被ばくする場合はバスを出さない』と取り決めているのです。住民たちが不安のどん底で待ちわびる希望のバスは、事故がヒドいと来てくれない。これって避難計画として成立していませんよね？」

ショアハム原発「NO WAY、ありえません」

伊方原発「もっと深い問題もあります。それは、伊方原発の避難計画には『最悪のケースが起きたらどうするのか』が全く想定されていないのです。最悪のケースとは、『半島の途中で伊方原発の炉心溶融《ようゆう》が急速に進む中、半島のいちばん先にある大きな港もいくつかある漁港も津波でやられて使えない、一方、半島の付け根は土砂災害で通行止め。そうなると住民全員がメルトダウンが進む半島に缶詰状態になってしまう』というケースです。そうなったら成すすべなし、お手上げでしょ？　中村愛媛県知事に最悪の事態の想定についてメディアが尋ねたんですね、するとも『佐田岬半島に住民が完全に缶詰になってしまうことはですね、そこまで僕は考えていない』とあたふた。頼みますよォ、県知事」

私「伊方さん、とにかくお手上げになってしまうありえない避難計画でもあなたは運転できるんだよね」

伊方原発
私　「はい、お蔭さまというか……」

「日本はできてアメリカではできない。はてさて、どうして日本とアメリカでこれほど違うんだろう？　ショアハム、日本の子どもたちが誰一人落ちこぼれないように説明してもらえますか」

ショアハム原発
「鍵は1979年にメルトダウンを起こしたスリーマイル島原発事故ですね。アメリカはこの事故をとても問題視しました。ソ連と張り合う核大国・原発大国のメンツにかけて、原発事故で多くのアメリカ国民が死んだりしたら世界で赤っ恥をかくからです。そうならないために、スリーマイルの教訓を活かして徹底した対策をとったのです。まず、アメリカの原子力の憲法にあたるルールを大幅に変えました。そして強制力を持つ原子力規制委員会NRCを作りました。NRCのグレゴリー・ヤツコ元委員長はこう言っています。『スリーマイルで世界初のメルトダウンが起きた後、原発が事故を起こしたとき『何がいちばん大切か？』その『何が』を変えました。それまでは『経済』でした。しかし本当にいちばん大切なのは『住民の命』です。その命を守るにはどうしなければならないか？　作った避難計画で住民が安全に避難できなければなりません。そのためにFEMA（フィーマ）という組織が作られました。フィーマは、『原発を持つ電力会社に州と地方自治体と協力して緊急時の避難計画を作りなさい』と要求します。そして出来上がった『避難計画』を検証します。フィーマが『その計画ではダメだ』と判断すると、NRCは電力会社に原発稼働のライセンスを与えないのです。フィーマはそういう権限を与えられているのです。そういうルールができた後、ワタシの建つショアハムの自治体はワタシの避難計画を作ろうとしました。季節ごと、悪天候の場合、風向きなど21のケースに分けて綿密に慎重に検討したのですが『ショアハム原発が事故を起こしたら、住民を安全に避難させることは不可能』という結論に達したのです。というわけでワタシはピッカピカの新品なのに一度も発電しないまま人生を終えたのです。元NRCヤツコ委員長はこうまとめています。『原発事故の避難計画で最も大事なのは、原発が建っている自治体の判断です。自治体がその避難計画では自信を持って住民を救えないと判断すれば、その原発は閉鎖されなければいけない』と」

私

「ヤッコ元委員長、いいこと言うわねえ。彼の言葉を、避難計画を作った愛媛県知事と伊方町長に聞かせなきゃだわ。中村愛媛県知事さ〜ん、伊方町長さ〜ん、皆さんが作った避難計画は自信を持って実行できますかぁ？　住民の命は守れますかぁ？　答えは？　ん？　あれ？　耳を澄ましても答えが聞こえてきませんよ〜。ま、こういう都合の悪いときのお約束は、『ノーコメント』でしたね。このヤツコさんの大切な言葉をもっと広く、原発を担当する経産省のお役人や、原子力規制委員会の委員や、避難計画を担当している内閣府のお役人たちに耳かっぽじって聞いてほしいものだわねえ……あ、それは無理だった、だって彼ら聞く耳もってないから」

ショアハム原発

「アメリカの原子力規制委員会NRCが『実際にちゃんと避難できる避難計画でないと原発は動かさない』というルールをスリーマイルの事故を教訓にしてビシッと決めてある、ココです、ここぜひ、注目してほしいです。ニッポンの皆さん。そういうわけでワタシは生き霊になってしまいましたが、今はそれで良かったと思っています」

私

「日本にとっての原子力の師アメリカは、スリーマイル島、チェルノブイリという2つの原発の事故から確実に学び取って歩みを進めているのね。どこかの国とはまるで違うわね」

私は原発、学校で教えてあげてほしい！（その⑩）

アメリカの原子力規制委員会は、原発の安全対策と、住民の避難計画、その両方が大丈夫でないと原発運転の免許を与えないこと。一方、日本は、避難計画がうまく機能しなくても原発は運転してもよいこと。それはなぜか？　原発の安全基準を審査するのは原子力規制委員会で、避難計画は内閣府。いつもお決まりの縦割り行政の弊害だということ。そもそも安倍前総理は、原発を審査する新規制基準を『世界一厳しい規制基準』とことあるごとにうたい、『その規制基準を通った原発は粛々と再稼働させる』と述べたけど、原子力規制委員会の田中委員長（当時）は『審査には適合しましたが、これで安全とは申し上げられない』と語り、両者が嚙み合わなかったこと。一方、アメリカのＮＲＣの元委員長・グレゴリー・ヤツコ氏は『世界一厳しい基準などどこにもありません。地震の多い日本の原発では地震がない国の原発より厳しい地震基準が決められますが、だからといってその基準が原発をより安全にはしないのです。広大なアメリカと違い、狭い日本で原発事故が起こると原発付近の何十万、何百万の住民が避難を強要されることを認識しないといけません。それを理解した上で、政府が決めるのでなく、日本の人々が、日本のエネルギーとして原発を使うのか使わないのか、自身で決めることです』と語ってくれたこと。子どもたち、いつも教えてあげたいことがたくさんありすぎてごめんなさい。

なぜ30キロ圏内の市町村は避難計画を作らされるのに、再稼働で意見を言えないの？

私たちは原発です。『またか』って言わないでくださいよ。『避難計画』にはもう一つ大きな問題が起きているんです。それは原発が再稼働するとき、「ＹＥＳ・ＮＯ」を言える権利はどこにあるかって問題。どうしてそんな問題が起きているかというと、それは福島事故の後にできた新しいルールと、50年前に原発ができ始めた頃の古いルールとが混在してしまったから。わかりにくいので整理しましょう。福島《わたし》の事故後、全国の原発から30キロ圏内にある自治体は避難計画を作ることを義務付けられた、これが新しいルール。そして、再稼働するときに拒否したり意見を言えるのは原発が建っている県と市町村に限られている、これが古いルール。ここまでいい？

そんでもって審査に通った原発が再稼働をする段になると、50年前に作った古いルールがしゃしゃり出てくる。「ＹＥＳ・ＮＯ」を言えるのは県と立地自治体だけだと。かたや避難計画を作らされた自治体は、自腹で作らされたんだから、再稼働に対して「ＹＥＳ・ＮＯ」を言わせろってなる。新旧２つのルールがここでぶつかる。私、福島第一原発としては30キロ圏内のたくさんの自治体に大迷惑をかけたので「再稼働にＮＯ」と言える権利を認めてあげてほしい。それに原発事故の深刻な被害を受けるのは原発が建つ自治体と同じだとわかったんだから。そんな中、一歩進んだところがあるの。それは首都圏からいちばん近いあの東海第二原発。従来なら茨城県と東海村だけに認められていた再稼働時の事前了解権を、日本で初めて原発30キロ圏の周辺五市にも認めたのです。なんでだろうねえ？　原発の私にもわからない。でも原発が建っていない周辺の自治体も口が出せるのは確かです。まあでも「拒否権があるかどうか」ではもめてた。東海第二の副社長が「周辺五市に拒否権はない」と口走ってしまい炎上。それでその発言を撤回したって裏話がありました。日本にはたくさんの世論調査があります。ＮＨＫのものとか各テレビ局や各新聞社・通信社のものとか。

これらのほぼすべてで国民の6割強が再稼働に反対してるのはご存知ですね。しかし国はこれらの声には耳を貸さず、「経済最優先」ということで再稼働を進めています。これは米軍基地建設についての沖縄の県民投票とソックリ。7割が反対したのに、国は「沖縄県民に寄りそい」と口では言いながら埋め立てを粛々と続ける。東北電力・女川《おながわ》原発でも同じ臭いがプンプン。女川原発は仙台から東へ50キロ、ここでも今の避難計画では避難できないと再稼働に反対している住民が多いのね。11万人を超える人が署名して、女川原発再稼働の是非を問う住民投票を求めた。11万という数は住民投票を求めるのに必要な人数の3倍。なのに、県議会は「多様な意思を正しく反映できない」とか理屈をつけて住民投票の要求をはねつけた。「多様な意思を正しく反映できない」、はぁ？　何言ってるんだか意味不明。これって学術会議の任命拒否問題で菅総理が連発した「総合的、俯瞰《ふかん》的」と一緒でしょ。県議会の過半数をしめる自民党は「再稼働はこれからも国が責任を持って判断すべき」だって。国じゃないでしょ、県民の代表たる県議、あんたたちが責任持つべきなんじゃないの？　誰のために県議してんだい？って原発の私でもヤジ飛ばしたくなっちゃう。でも、もし住民投票ができたとしても先は明るくないだろうね。だって、沖縄の辺野古《へのこ》基地の県民投票と同じこと。「基地建設反対」が過半数を占めても「それがどうしたの？」と基地建設は進むでしょ。「再稼働反対」が過半数を占めても、「それがどうしたの？」としらばっくれて再稼働を粛々と進めていくと思わない？　それが皆さんが与党に選んでいる方々のいつものやり口ですよ。

私は原発、学校で教えてあげてほしい！（その⑪）

そもそも避難計画がないと運転できない私たち原発という産業って、絶対おかしい！ってこと。

そんな産業は世界中くまなく探しても『原発』だけしかない。みんな、ここテストに出ますよ！

八つ目のごめんなさい

放射能は、
まやかしだらけでごめんなさい

トリック、『アルファ線は紙で止められる』で内部被ばくを抹殺する

私は福島第一原発1号機。私がばらまいた放射能の中で、政府が人体に影響すると重視したのは2つ。放射性セシウムと放射性ヨウ素。「ガンマ線」っていう放射線を放ちます。「ガンマ線」って貫通力がと〜っても強いのね。「ガンマ線」を止めるには鉛の板や分厚いコンクリートが必要なことは皆さんもいつのまにか覚えちゃったでしょ。「ガンマ線」の他に、紙一枚で止められる「アルファ線」、薄い板一枚で止められる「ベータ線」がある。つまりアルファ線、ベータ線はともに貫通力は弱いってこと。

セシウムやヨウ素の出す貫通力の強い「ガンマ線」は体に悪くて「悪者」、そして紙一枚で止められる「アルファ線」や体内で2ミリくらいしか飛ばない「ベータ線」は「いい者」のようにとれる説明が、長年されてきました。福島《わたし》の事故のずっとずっと前からです。でもここにあるトリックが隠されていたのです。思い出してください。アメリカが人体実験を行って判明し

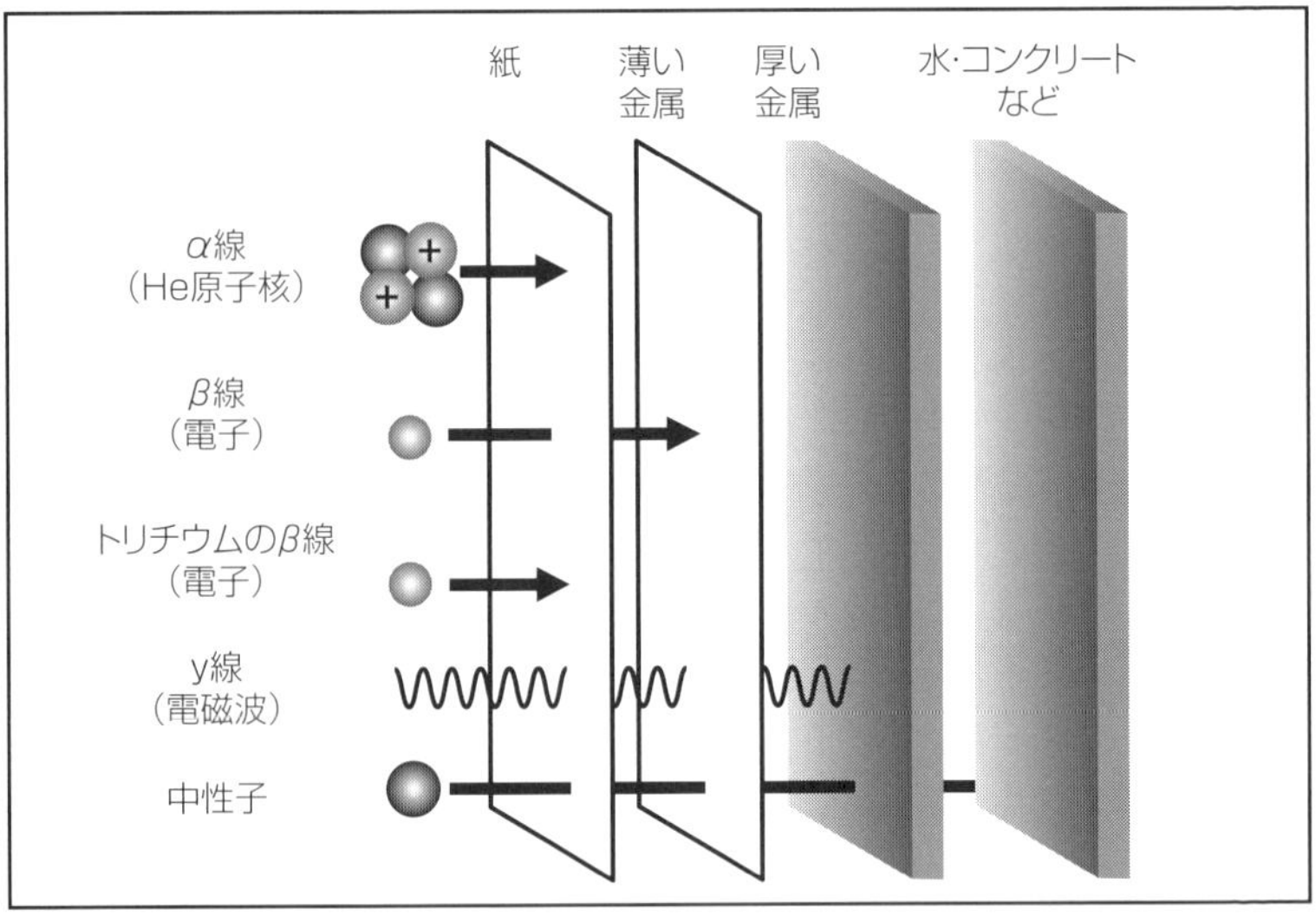

資源エネルギー庁HPより

たプルトニウムは人体に最悪の放射性物質でしたよね。ここで○×クイズ！　魔王プルトニウムが出す放射線はガンマ線である、○か×か？　みんな○って答えたんじゃない？「ガンマ線」は鉛でないと止まらない強力な放射線なので、魔王が出すのは「ガンマ線」だと考えて。ブッブー！　正解は、紙一枚で止められる「アルファ線」。あれあれ？　紙しか通さないから問題ないんじゃない？　って思っちゃうよね。でもプルトニウムは体内、特に肺に入り込むと強い発ガン性があるとアメリカの人体実験でわかったんだったよね。なぜ紙で止められるのにガンになるのか？　そこなんです。皆さんが知るべきこのいちばん大切なことこそが、実は原子力を推進したい側が皆さんにいちばん知られたくないことなのです。

プルトニウムの「アルファ線」が紙で止まるのになぜ肺ガンになるのか？　想像してください、「あなたがプルトニウムを吸い込んでしまった。その一粒が肺にくっついた。するとプルトニウムはアルファ線を出す。でも紙で止まる。ということは、プルトニウム一粒がくっついたすぐ周辺の組織だけに集中砲火を浴びせることになる。その点だけがずっと被ばくし続けるのでそこがガン化する。だからプルトニウムを肺に吸い込むといずれ漏れなく肺ガンになる。一粒であってもガン化させてしまう。はい、あなたは間違いなく肺ガンになりました!!」。この説明で、紙で止まる「アルファ線」は、突き抜けてしまう「ガンマ線」より逆にすごくタチが悪い、って皆さん、おわかりいただけました？　この事実は、100ミリシーベルト以下は人体に影響を与えるとは考えられない、と言い続けている原子力推進サイドの主張を根底からひっくり返すことになるでしょ。低線量なんてもんじゃない、一粒でもガンになるという、最たる証拠だから。プルトニウムの半減期は2万4000年、だから人生の長さからすればなくならない。皆さんの体内にある限りアルファ線を出し続け、その場だけ被ばくさせ続ける。「アルファ線は紙で止まるからこそタチが悪い」ってわかっていただけましたね。

もうひとつ、薄い板で止まる「ベータ線」も同じ理由でタチが悪い。「ベータ線」は体内でくっついた周辺半径2ミリ以内の部分だけを攻撃する。「ベータ線」を出す放射能で人体への影響がわかっているのが「ストロンチウム」。その性質はカルシウムに似ているので体に入ると骨髄に集まるんだったわね。2ミリほどしか飛ばないということは骨髄の狭いエリアを集中的に被ばくさせ続ける。ストロンチウムの半減期は29年弱。骨髄に入ると体から出にくい性質。しかも白血病を引き起こすことがわかっている。体の中に入ってしまうと、貫通力が弱いことが逆に体に悪いんだと「アルファ線」と「ベータ線」で重ねて皆さんにわかっていただけたと思います。

だからこそ推進したい側は、悪者は貫通力の強い「ガンマ線」なんだと思わせたい。「アルファ線」は紙で止まる、「ベータ線」も2ミリしか飛ばない、だから体内に入っても体を貫通しないから問題視しなくていいと思わせたい。そうやって「内部被ばくは問題ない」と思わせないといけないからです。この図式を世界中に浸透させなければならなかったんでしょうね。しつこいけど繰り返しますよ。プルトニウムは、体内に一粒入るだけで「アルファ線」が周辺を集中的に被ばくさせるから肺ガンになる。この「内部被ばくが人体にもの凄く悪影響を与えること」こそ世界で原子力を推進してきた側がいちばん知られたくなかった、いや今でも知られたくないことなのです。

そのために「紙で止まる」、「板で止まる」、という説明をした、そして広めた。うまいこと考えたものでしょ。私たち原発を進めていくためには「内部被ばく」をなんとしても、いえ死んでも世界中の人々に知らせてはならなかった。「内部被ばく」の真実は広島原爆の被害でも伏せられた。そして私の事故の後もね。北海道の東乃医師は長年、強い放射性物質を体内に敢えて置いて放射線治療してきたその道のプロです。その彼が力説するのが「内部被ばくこそ放射線の悪影響の核心だ。内部被ばくとは臓器に放射能が埋め込まれること」なのです。それなのに世界のルールを決める放射線防護委員会ICRPも、国際原子炉機関IAEAも、ともに原発推進を目的としているので、都合の悪い「内部被ばく」はスルー。高い放射線をある程度以上浴びたり、一気に大量に浴びないと放射線障害は出ないと今も言い続けているのです。

ここまで、「内部被ばく」ってスゴく危ないと学んできました。でもそれを知らされていない多くの若者がここ数年、危険なツアーに出かけています。それは事故を起こした私、「福島第一原発の廃炉見学ツアー」。確かに私の構内は除染が進んで、原子炉建屋内部や線量の高いところ以外はマスクや防護服をほとんど着用しないでいいレベルまで下がってきてはいます。安倍前総理も私を訪れ、スーツ姿、マスクなしで見学し「復興は進んでいる」とアピールするニュースが全国に流れました。年間トータルで私の廃炉見学ツアーにどれくらいの人数が来てると思う？　1万人以上よ。社会科見学ということで中高校生が多いの。でもね、あるとき1号機の建屋をおおってあったカバーを外したら放射線量が跳ね上がったのさ。今でも線量のヒドく高い場所はたくさん残っている。つい最近も2号機の格納容器のフタの上が超汚染されていると判明。4京ベクレルも。4兆の1万倍。こんなのが強い風が吹いたら飛散する。私たちがプルトニウムをどれだけ出したか覚えてる？　1兆2000億ベクレル。プルトニウムが構内にあってもおかしくないよ。「内部被ばく」のことがわかった今、皆さんは、お宅のお子さまに福島第一原発を見学させようと思いますか？

わかりにくいのがベクレルとシーベルト

私は福島第一原発1号機です。そう言えば、私は原子炉から放射性物質が漏れることを防ぐ「五重の壁」に守られているから安全、安心、と推進側は念仏のように唱えてきました。安全神話の根幹だった「五重の壁」ってそもそも何なのか、少しだけお勉強タイム、我慢してください。一重目が燃料ペレット。ウランを焼き固めてあるので飛び散らない。二重目が燃料被覆管《ひふくかん》。ペレットを並べて特殊な金属で巻いてあるので壁となる。三重目が厚さ15～30センチの鋼鉄製・原子炉。四重目が原子炉を収納する鋼鉄製の格納容器。厚さ3センチの鉄板の回りを2メートル厚のコンクリートで固めてある。五重目が原子炉建屋。5つも並べられるといかにも堅固そうでしょ。でもさ、その「五重の壁」は私の事故では5つすべて役に立たなかった。五重の壁は幻想だったことがよ～くわかったのでした。「五重の壁」と同じように「原発の危険性に対する国民の関心」にも何重もの壁を築いてブロックしてきていたのです。思い出してみてください。原発は運転すると漏れなく放射能を空に海に捨てることには口をつぐんできたでしょ。紙でアルファ線は止められるから悪くなさそうと思わせたり、半減期が8日ほどですぐなくなるからヨウ素はいい放射能みたいに印象操作したり、国民を無知に閉じ込めておく壁が何重にも張り巡らされていた。この際だから、こういう「国民を無知にしておく壁」を徹底的に明るみに出しておかねばと、事故った私は思うのです。

このたぐい、まだまだあります。わけわからない最たるものが放射能の単位、「ベクレルとシーベルト」。福島で私が事故を起こした後にニュース・新聞で出てきたけど、何がどう違うのか？　どちらが人体に悪いの？　比較していい？　いけない？　肝心なそのへんがわからない人が今でも多いのでは多いのでは？　じゃ、まず「ベクレルとシーベルト」は何が違うか？　それは放射能の「量」か「人体への影響の大きさ」か、なのです。「ベクレル」が放射能の量ね。「シーベルト」が放射能が人体に与える影響の大きさ。皆さんこのくらいの説明では、まだ混乱から抜け出せませんね。

まず「ベクレル」をわかりやすくするために「お米」でお話ししましょう。私が福島で事故を起こす前、全国で皆さんが食べていたお米にどれくらいの放射能が含まれていたか。環境放射能を長く分析してきた日本食品分析センターが調べていた結果は、全国60カ所の米に平均1キロあたり0・012ベクレル。で、原発事故の後、国は食べ物の基準を緊急事態ということで変えました。食べ物1キロあたり100ベクレルより少なければ食べてOKという基準にね。事故前のお米と比べると、事故後は1万倍。1万倍の放射能まで食べていいと決めたわけ。1万倍も食べていいの? 誰だってそう思うわね。ここにもいつものカラクリ。100ベクレルまで食べていい、と言われてもピンと来ないけれど、「事故前の1万倍まで食べていいことにした」って言われると断然、危機感が湧くでしょ。そうさせたくないのよ、推進側はね。だから「事故前の1万倍」とは言わない。皆さんは「事故前の1万倍」こっちを頭に入れておいて。

さて1ベクレルという放射能の量がどんなもんか、それは「1秒間に1本の放射線を出す量」。では現在食べていいとされている上限の1キロあたり99ベクレルのセシウムを含むお米をあなたが100グラム食べたとしますよ。するとあなたの体の中でどんなことが起きるか? 想像してみてください。食べて呑み込んだお米からはあなたの胃や腸の中で1秒ごとに9・9本、まあ10本ね。10本の放射線が飛び出すわ。そして消化して吸収されるとセシウムは主に筋肉に溜まるから、筋肉の中から毎秒10本の放射線を出してあなたの体を貫く。覚えてますね、セシウムが出すのはガンマ線、貫通力が強い。鉛や厚いコンクリートでやっと止められるってこと。だからガンマ線はあなたの体を突き抜ける。その貫く一瞬だけ放射線が通った軌跡を被ばくさせて体の外へ。1秒に10本だと1分間ではおよそ600本、1日に86・4万本のガンマ線が体内を突き抜ける。

セシウムの生物学的半減期(体外に排出されることなどを考えに入れての半減期)は大人で約70日。単純計算で1日86・4万×約70日で「6000万本」。それだけのガンマ線が70日間に細胞やDNAに傷をつけます。100グラム1回食べただけでそれほどだから、毎日朝昼晩3食そのお米を100グラムずつ食べ続けるとどんだけ~ってことになる。厚労省の専門家はこう言うでしょうね、「人間の細胞は傷ついたときには修復機能をもっているから大丈夫です」と。確かに、修復する酵素が働いて傷ついた部分を取り除きDN

Aの情報で修復することがわかっています。でもね、「ごくまれに修理ミスが起こる。そういう修理ミスがガン化の引き金になる」ってことは説明しないのよね。福島の事故の後、この修理ミスの説明はひとっつも出てこなかったでしょ。どうしてだろうねえ？　あと、復習するわよ。「受精卵、胎児、赤ちゃん、子どもは細胞分裂が激しいので、傷ついたところが修理される前に傷ついたまどんどん細胞分裂するからヤバい」んでしたよね。なのに放射能は子どもや妊婦に危ないという話もほぼ出てこなかった。

次に「シーベルト」。吸収した放射能に、放射能の種類ごとに決められた係数をかけたもの、って説明書きにあるんだけれど、ちんぷんかんぷんね。人体への影響を示す単位のシーベルトがいちばんスッキリしない単位なの。東電のホームページに、ベクレル（Bq）とシーベルト（Sv）の換算例ってページがあって、（例1）100ベクレル／kgの放射性セシウム137が検出された飲食物を1kg食べた場合の人体への影響の大きさは、100×1.3×10のマイナス5乗＝0.0013ミリシーベルトって説明があるの。消費者庁「食品中の放射性物質に関する広報資料」から引用してある。ほら、いつものやり口でしょ？　0.0013、少数点の後に0が2つもついてるから人体への影響はすごく少なそうでしょ？　でも思い出して。私たちの身のまわりで使ってたのはミリシーベルトだった？

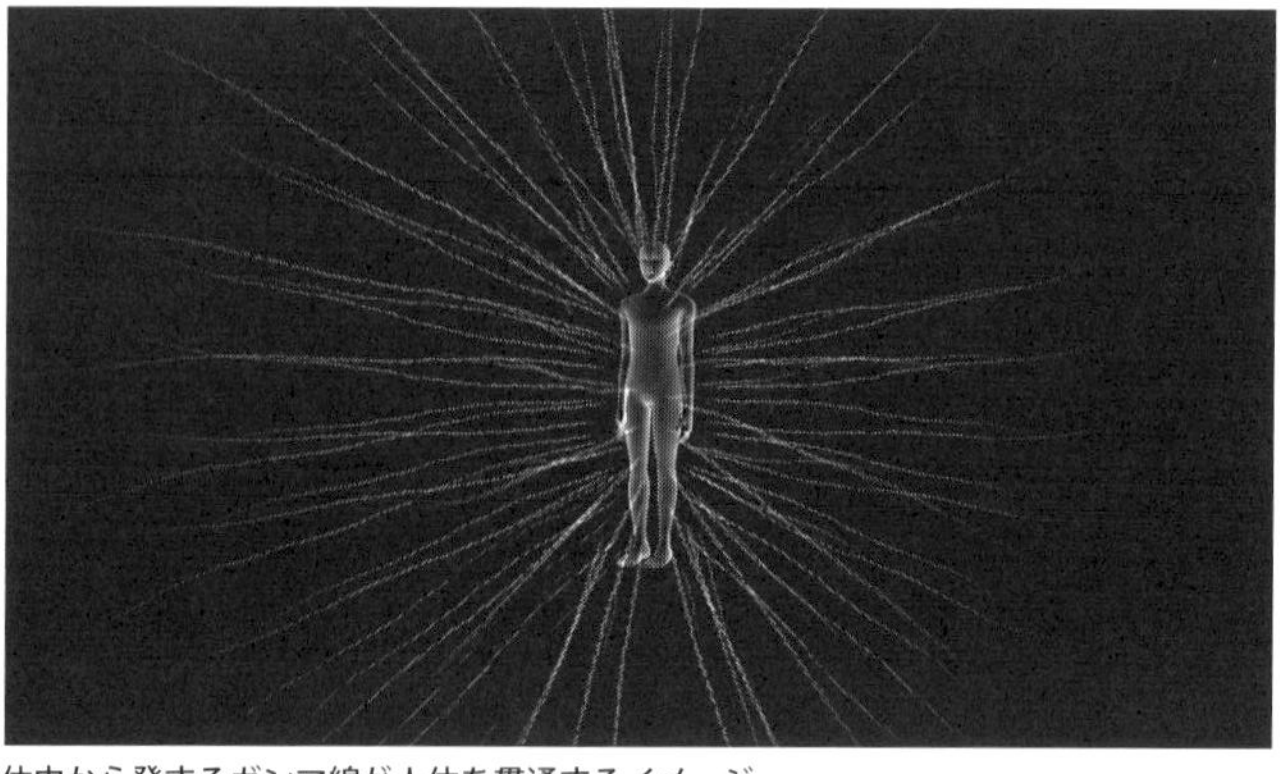

体内から発するガンマ線が人体を貫通するイメージ

マイクロシーベルトじゃなかった？　マイクロってのは1ミリの1000分の1。1000倍すればマイクロシーベルトになる。じゃ、0・0013ミリシーベルトを1000倍すると、1・3マイクロシーベルト。あれれ？　国が除染を実施しないといけない線量は0・23マイクロシーベルトでしたよ？　1・3マイクロシーベルトって本当に食べて大丈夫か不安になるわねえ。この数式の実態を見ちゃうと、私には子どもはいないけど、いたら100ベクレルに近いものは絶対に食べさせない。

さらには、この「ベクレル」「シーベルト」の2つで放射能の単位は終わりではないの。何かを調べようとすると、出てくる出てくる、いろいろな単位が。その一つが「キュリー」。あのノーベル賞をとったキュリー夫人の名がついた単位ね。「グレイ」というのは体に吸収した放射線量。だけどさあ、シーベルトと何がどう違うの？　シーベルトになんで統一できないの？　ってならない？　さらにまだあって「CPM」に「CPS」。CPMのMはミニッツのM。1分あたり何回放射線が出ているか。CPSのSはセカンド、1秒あたりに何回か。わっかりにくいでしょ？　それでもってこのCPM、CPSにも都合のいい使い方があるのよね。1分あたりの単位CPMで数値が高いなとなれば、単位を1秒あたりのCPSで発表する。すると数値は60分の1になるんだから。汚染を低そうに感じさせられるってわけ。

実はこれはベクレルでも言える。こちらは海水の量でごまかすのね。海に放射能が漏れたとき、海水1トンあたり1万ベクレル漏れましたというところを「1立方センチあたり0・01ベクレル漏れました」って発表するのさ。1立方メートルに1万ベクレルだと多いと受け止められるぞ、と思うと、1立法センチいくらと言い換えるのです。1立方センチは1立方メートルの100万分の1。だから1万ベクレルも100万分の1になる。で「1立方センチあたり0・01ベクレルです。十分低く問題ありません」と発表する。ほとんど無くなってしまった感じがしませんか？　そう印象づけるのです。常套手段です。数字に弱い方も、ついてきてくれましたか？

『国民を無知にしておく壁』は、放射能は見えない、見えないと刷り込むこと

私たちは原発です。私たち原発が生まれてこのかた、「放射能は見えない、臭わない、味もしない」と世間では何かにつけて言われ続けてきました。でもここにも「国民を無知にしておく壁」が人知れず立ちはだかっていたのです。確かに、私が事故で出してしまった放射性物質は、必死に避難する住民の目には映らなかったでしょうね。でもちょっとした技術で放射能は可視化できる、つまり目に見えるのです。古くは第二次世界大戦直後の１９４６年夏、南太平洋・ビキニ環礁で行われた核実験で「放射能は見えました」。作戦名はクロスロード。日本の戦艦長門をはじめ敗戦国から接収した軍艦を集めて標的にし、原爆を落としたのです。その直後、実験海域で獲れたフグを医療用のレントゲンフィルムの上に載せてみました。すると被ばくしたフグが放った放射線がフィルムを感光させ、その魚体が映像として浮かび上がったのです。

放射線を発した部分は白く写りました。強く汚染された海藻を食べたため頭から腹にかけて白く、フグの形が絵の

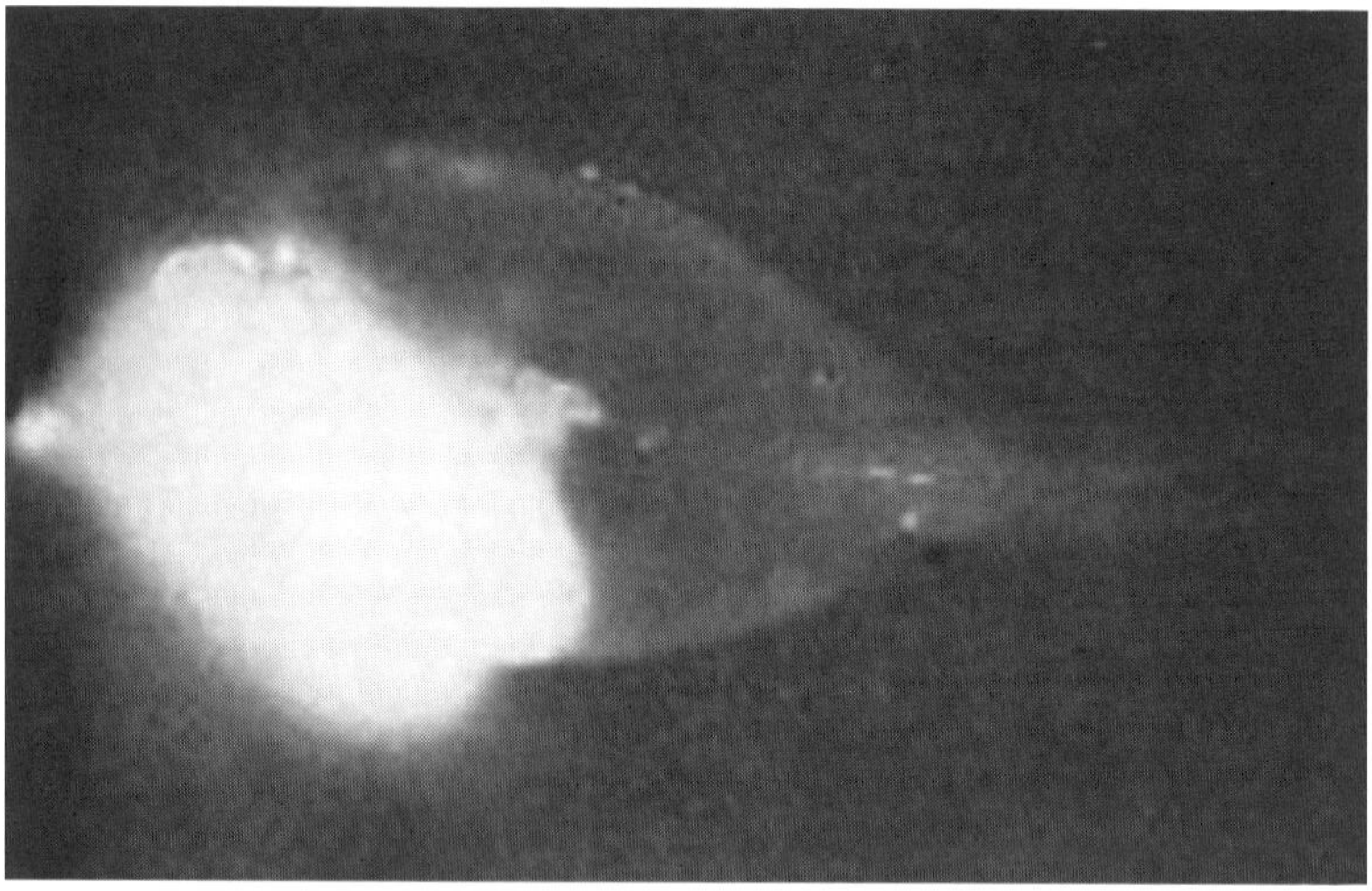

フグの放射線像　　Operation Crossroad The Official Pictorial Record より

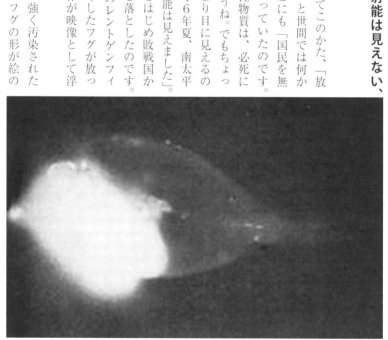

ように目に飛び込んできたのです。ここでまたまたクイズ！

　原爆実験後は汚染がものすごいから放射能は見えたが、私が原発事故で出した放射能の程度でも像は浮かび上がる、○か×か？　正解は……○なんです。実は１９８０年代に医療用レントゲンの１００〜１０００倍の感度を持つ「イメージングプレート」が開発されたのです。ごく微量の放射線でも当たった部分が感光し写ります。これが「オートラジオグラフィー」という技術。浮かび上がったのが「放射線像」、放射能が見える証ね。９０年代になるとこの技術は広く使われるようになったわ。農業では品種改良とかに。ほかにも、化学、工学、生物学、医学、非破壊検査と広く利用されていった。だけどその後も、テレビでも新聞でも本でも「放射能は見えない」とされ続けた。なんでだと思います？

　これは私が爆発した２０１１年11月に、福島県飯舘《いいたて》村で採取したもみじの葉っぱ。それをオートラジオグラフィーにかけて見えた「放射線像」。うっすらだけど葉っぱの形が写ってるでしょ。これは根から吸い上げた放射性物質が葉脈を通って葉全体に行き渡っているということ。人間で言うと内部被ばく。もし葉が内部被ばくしていなければ、葉っ

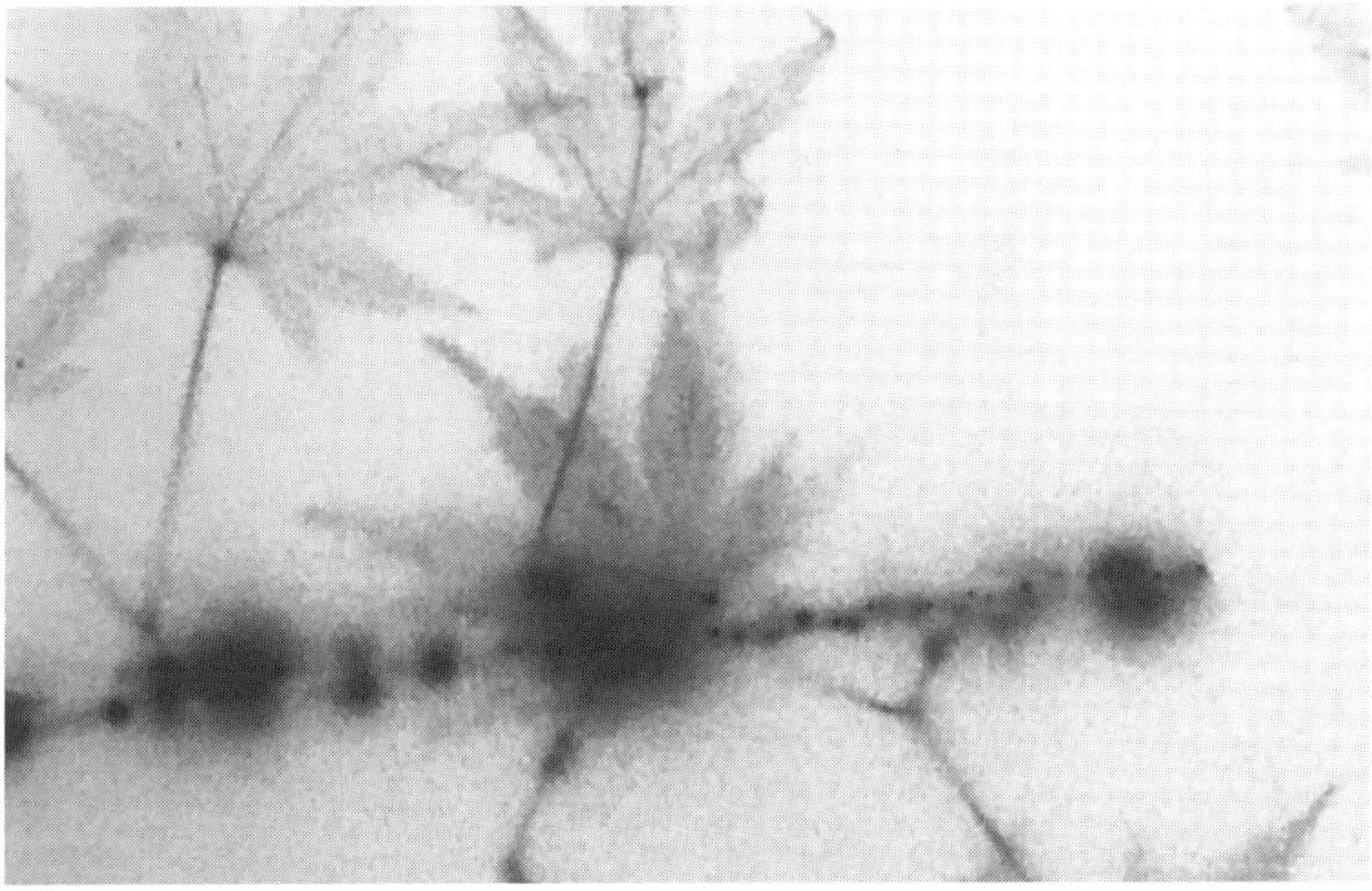

2011 年 11 月に福島県飯舘村で採取したもみじの放射線像　提供 森 敏東大名誉教授

ぱの形は決して浮き上がらない。なんにも見えないの。小枝にくっついた黒い大きな塊は空から降ってきたフォールアウト・放射性降下物。こちらは人間で言うと外部被ばくってこと。私が事故を起こしたときは、福島はまだ冬の終わり。もみじは葉を落としていたのね。だから小枝にはフォールアウトが付いているけど、春になって生えた葉には付いてないのがわかります。

もみじの葉以外にも、つくしもへびもカエルもいろいろなもので放射能は見えていた。でもね、私が爆発した2011年以降も「放射能は見えない」はそのまま世間で生き続けた。なんで？　幅広い分野で放射能を見られる技術が活用され続けて30年もたとうというのに。おかしくない？　おかしいと思うことにはこの世界、何にでも裏があるのです。原発を推進する側には、放射能は国民に見えてはいけないのです。見えるととても都合が悪いですから。「これはどういうことだ？　人体に影響があるだろ？　どんな影響か説明しろ！」、知らないでいたから上がらなかった国民の声が公然と上がってきてしまいますから。ここでも「国民を無知にしておく壁」が「放射能は見えない」をガッチリ守っていること、皆さんにはくっきり見えましたね。

原子力推進の世界的機関の言うことと医学界が言うこと、どっちがホント？

私は福島第一原発1号機です。私がバラまいてしまった放射性物質が人体にどんな影響を与えるか？　原子力を推進する側と医学界で意見が真っ二つに分かれているって皆さんはご存知？　たとえば、妊婦さんへのレントゲンやCT撮影で是非が分かれます。皆さんに赤ちゃんができたとします。赤ちゃんがお腹にいると、少々何かがおかしくても産科の先生はレントゲンを撮ろうとはしないでしょ。それはお腹の赤ちゃん、特に妊娠初期の胎児は細胞分裂がとても激しいので、ごくわずかの放射線でも大きな影響を受けるって世界中の産科医も、妊婦さんたちもよくご存知だから。胎児よりもっと放射線の感受性が高いのは「受精卵」。受精卵は放射線で遺伝子に傷がつくとすることが多く、たとえ流産を免れても、奇形や先天性障害を抱えて生まれてくることが多いのです。推進側が言うように「人間には放射線を浴びて遺伝子が傷ついてもその傷を修復する力をもっていて治してくれる」、それは事実です。でも、特に受精卵の細胞分裂は倍、倍、倍と短時間でどんどん増えていくので、修復する力が働く前に細胞が分裂します。すると遺伝情報が傷ついたままで複製されてしまう。だから流産することが多いのです。

産婦人科の壁に書いて貼り出してはいないけど、鉄板の掟だね。でも原子力を推進したい側は、数枚のレントゲンでは線量が十分に低いので妊婦さんでも問題ない、としてるの。冷静に考えれば誰でもわかるこの非常識が、推進する側の人には常識なんだろうね。これと同じ問題が、新型コロナウィルスのときにも起きてたでしょ、「経済」をとるか「命」をとるか、って。推進側は経済をとるに決まってる。経済に重きを置くか、命に重きを置くか、コロナ騒動で皆さんが身に染みて感じたとおりじゃないですか。医学界にも推進側に立つ人はいます。東大病院の高名な放射線科の医師は「妊婦のレントゲン検査は全く問題ない」と言い放ってるわ。「自分の娘が妊娠中でもレントゲンが必要なら受けさせます」と。でもこれには続きがあったの。「でもCTは受けさせません」って、だめじゃ〜〜ん。

私は原発、学校で教えてあげてほしい！（その⑫）

受精卵、胎児、赤ちゃん、子どもは細胞分裂が激しいから、放射線の影響を受けやすいこと。だから、どの原発も作る前に、平常運転すると出てしまう放射能で原発周辺の幼児や乳児が受ける放射線量をそれぞれ分析していること。たとえば海に出てしまう放射性ヨウ素での被ばくは、海藻を食べる場合はいくら、食べない場合はいくら、と細かく分けてあること。成人の被ばく量と並べてあって成人の方が少なく見えるけれど、実はここにも数字のマジックが潜んでいること。
成人は9・9×10のマイナス2乗と書き、幼児は3・0×10のマイナス1乗と単位を違えてあること。9・9の方が3・0より大きいので大人の方が何倍も被ばくすると錯覚させられるけれど、だまされてはダメ。10のマイナス2乗は100分の1だから大人の9・9は0・099なの。で、10のマイナス1乗は10分の1だから乳児の3・0は0・3。単位を合わせて素直に比較すればホントは幼児の方が3倍も多く被ばくするってこと。ものは言いようとはいうけど、被ばくの量もこんなまやかしで平然と印象操作をやっていることを、子どもたちに教えてあげてほしい。

よう素による実効線量評価結果(1号、2号及び3号炉合計)

(単位:μSv/y)

		成人	幼児	乳児
a. 気体廃棄物中のよう素による実効線量※		4.2×10^{-1}	1.5	1.2
b. 液体廃棄物中のよう素による実効線量	海藻類を摂取する場合	9.9×10^{-2}	3.0×10^{-1}	3.8×10^{-1}
	海藻類を摂取しない場合	9.8×10^{-2}	2.3×10^{-1}	1.7×10^{-1}

「泊原発平常運転時における発電所周辺の一般公衆の受ける線量評価について」より
ラインマーカーは神恵内

薄めて捨てろ? 福島原発トリチウム汚染水は大丈夫?

私は福島第一原発1号機です。皆さんもいろいろ学んできたので、そろそろ上級編へ進んでみますか。もう大丈夫、難しそうだけれど皆さんなら理解できます。上級編、それはトリチウム汚染水。日本中の漁連を騒然とさせている「トリチウムを除去できない汚染水」を、もう敷地にタンクが建てられないという理由で薄めて海に捨てようとしている問題、ご存知ですよね。

電力10社に対しての共通アンケートで「空へ、海へ放射性物質を捨てていますか？」という質問をしたノンフィクションライターの神恵内《かもえない》一蹴を思い出してください。今まで原発は絶対安全、安心、と思って生きてきたのに、私が事故を起こしてしまいさまざまな疑問が湧いた人々に代わって、電力10社に素朴な疑問をぶつけたのでしたね。

放射能を空へも海へも「出す」と全10社が答えて神恵内は仰天したのですが、もう一つ全10社が「出す」と答えたのが「トリチウム」でした。福島の汚染水の中に含まれる62種類の放射性物質を取り除ける装置（多核種除去装置ＡＬＰＳ《アルプス》）でも取り除くことができないのが「トリチウム」。水の親戚みたいな放射性物質で水と分けられないのです。私の敷地内にぎっしり建てられたタンクに貯められていてその量は１２３万トンを超える。で、もうタンクを建てる敷地がなくなってきた、このままでは廃炉作業に支障が出るという理由で歴代の原子力規制委員長も「海に捨てるのがいちばんの解決策」と公言してきた。本当にタンクの敷地のせい？　敷地なら私の周辺の帰還困難区域の山々を買って造成すれば済むんじゃない？

１９７０年代にオイルショックが起きたときは、備蓄用に超大型タンクを開発し、たくさん作って対応できた。北海道苫小牧にある石油備蓄基地に大型タンクがいくつ並んでいると思う？　55基。じゃ、今福島第一に溜まっている汚染水を入れるのに大型タンクがいくつあれば足りると思う？　……11個。11個で10年分。予算だって薄めて捨てるより格安でできると試算もされている。やろうと思えば費用面からも技術面からも問題ないはずよね。トリチウムの半減期は12・３年だから１００年保管すれば放射能は１０００分の１に減少する。それまで大型タンクに溜めおいてから捨てれば、漁業者さんへの風評被害もきれいさっぱり消え去るのです。それでも海に捨てるというなら、それは最初から答えありきってことですね。

さらに、あきれるのが、「トリチウムは今までも世界中の原発が長年薄めて捨ててきたから問題ない」っていう主張。神恵内が電力10社のアンケートをもとに捨てられたトリチウムの量を合計すると、日本の全原発で1年に105兆8000億ベクレル。「トリチウムをどう処理して捨てていますか？」という設問には、東京電力と中国電力の2社だけが正直に「海水で薄めて捨てる」と答えています。残り8社は「濃度を管理して環境に放出」と答えた。「濃度を管理」するとはどうすること？　やわらかく言うと、トリチウムは取り除けない。だから海水で薄めて濃度を下げる。で、規制基準以下になるよう管理しているということ。結局、言い方は違えど「すべての電力会社が海水で薄めてトリチウムを捨ててきた」ってこと。「濃度を管理して環境に放出」と答えたのは「薄めて捨てるという表現はできるだけ避けたい」のではないかと神恵内は分析していた。

でも薄めて基準以下にしたら捨てていいの？　とあなたは素朴に思いませんでした？　公害でたとえるとよくわかるわ。日本で最初に公害と認定されたのは水俣病。工場からたれ流された水銀が魚介類に濃縮されて、それを食べた人が奇病にかかった。薄めて基準以下にしたらOKだとしたらどれだけ水銀が入っていても「薄めて濃度管理し基準以下」にして捨ててきたんだから、水俣病の責任はない、ってことになるわね。でも皆さんよく考えて。たとえ薄めたとしても元々の量は減るわけではないのです。「いえいえ、そうじゃない」と電力会社は言うでしょうね。「トリチウムは水銀と違って体に悪いモノでないからいいんですよ」とね。　あれ？　本当にトリチウムは体に悪いモノではないとわかっているのですか？

放射性のトリチウムは分けられない、だから捨てるしかない、だったら「トリチウムは人体に問題がない、よって捨てていいのだ」という筋書きに原子力ムラのあんたたちがしたのではないですか？　トリチウムが体に悪いかどうかは後でお話ししますけど、その他のさまざまな放射性物質だって、どれだけ体内に入ると問題が起きるか研究されてもいないのに、経済優先の推進側は「いくら以下は捨てていい」と何の根拠もない基準を勝手に作って長年捨ててきています。あなたは「薄めて捨てる」はいいと思いますか？　ダメだと思いますか？

私は原発、学校で教えてあげてほしい！（その⑬）

1970〜80年代、日本に導入された初期の原発はまだまだ発展途上で、かなりの量の放射性物質を野放図《のほうず》に空や海にまき散らしていたこと。気の遠くなるような量だったこと。世界で唯一の被爆国として、こんなに放射能を捨てるのは胸が痛んだのか、減らす努力はしたこと。例えば、1998年、放射性の希ガスを活性炭などで捕まえる装置を開発し、その量はある程度減ったこと。でもそれでは規制基準以下にならないものだから、風を大量に送り込む装置で濃度を薄めて「ほら捨てていい基準以下でしょ」として捨ててきたこと。海も大量の海水で薄めて捨てたこと。とは言っても、長年にわたって放射性物質が空や海に捨てられ続けていることに変わりはないってこと。問題なのは「濃度基準以下だからOKではなくて、捨てられた総量が問題だ」なのです。「他の公害は全て総量規制」だと法律で決まっているし罰則もある。私の事故後、放射能汚染も公害に認められはしたけれど、総量規制もなければ、罰則もないままだってこと。ここんところ、特に子どもたちに教えてあげてほしい。

なぜアメリカは飲料水のトリチウム基準が日本の13倍も厳しい？

私は福島第一原発1号機です。原子力規制委員会の初代委員長・田中さんは、私の敷地に貯まる一方の汚染水の問題で常々こう発言していました。「トリチウムは世界中の原発や核関連施設が長年捨ててきたものだから福島の汚染水も薄めて捨てさせてもらいたい」と。田中さん、ずっと捨ててきたから問題ないってのは乱暴じゃありませんか？　科学的にトリチウムが人体に無害なら問題ないのでしょうが本当にそうだとわかっているのですか？　古くは１９７４年に徳島で開かれた日本放射線影響学会で「トリチウムは極めて低い濃度でも染色体に異常を起こす」って発表されていますよ。しかもこれを発表したのは、当時放医研・遺伝研究部部長だった中井斌《さやか》さんですよ。

現行のルールでは、捨てていいトリチウムは1リットルに6万ベクレルまで。福島の汚染水には1立方メートルに13億ベクレル以上が含まれていて、これは捨てていいとされる濃さの約22倍。だから現・規制委員長の更田《ふけた》氏が言うようにトリチウムが悪者でないのなら、海水で22倍に薄めれば長年そうしてきたのと同様に海に捨ててもいいことになるわけ。なのになぜ電力各社はあのアンケートで『薄めて捨てている』とは言いたくなかったのだろう？　何かがある、ってピンときました？　トリチウムって本当は人体に危険だって知っているからではないのか。

この疑問、誰なら明快な答えを知っているだろうねえ。やっぱり放射性物質を軍事目的で世界一研究してきたアメリカだね。よし、あのもの知り原発さんに教えてもらおう。

私「メルトダウンの大先輩、スリーマイルさん、単刀直入におたずねします！　アメリカはトリチウムが危険かどうか知っていますか？」

スリーマイル島原発「まあまあ、そうあせらんで。ワシもな、1999年にメルトダウンしてしまったときにな、トリチウムで大変だったんだ。ニッポンの原発とは違って内陸に建てられたワシは、海水ではなくて川の水で冷やす原発じゃった。事故の後、川の中に浮かぶスリーマイル島でも『トリチウムを含んだ汚染水』が9000トンも溜まってしまった。何とかせねばならん。それで電力会社がどうしたかというとな、ワシを冷やしてくれてきた目の前の川に『薄めて』捨てようとしたんだな。すると下流の住民が猛反対した、。そんで断念したって歴史があるんじゃ。フクシマさんよ、アメリカは核大国。その国の住民が反対するんだから『トリチウムは悪者』だという証拠があるんでは、と思うたかな。ビンゴ、正解じゃ。で、どうしたもんか考えた電力会社はな、スゴイ作戦をとったのさ。大金をかけて9000トンの汚染水をすべて『蒸発』させた。川にではなくって、空に捨てたんじゃ。蒸気は見えんし、どこへいったかもわからん。だから住民も反対しようがなかった。それで何とか決着したんだがな。ま、ここまでの話だけではトリチウムが悪者かまだハッキリせんだろ? ハッキリさせたきゃ、こう考えてみりゃええ。もし我が母国アメリカがトリチウムが人体に悪いと知っていたらどうするか? 自国民は守るだろうから、悪者とわかっておれば規制するはずじゃろ。世界のそういう基準を決めるのはWHO世界保健機関。飲料水1リットルあたりトリチウム1万ベクトルまで飲んでいいと決めてある」

私「日本ではWHOの基準より少し厳しくて7000ベクレルまで飲んでいいことになっています」

スリーマイル島原発「もしアメリカがだな、トリチウムが悪者だと知っとれば、間違いなくWHOの基準より厳しくするはずだろ? さあてどっちだと思う? アメリカで飲んでいいのは1リットルあたり……740ベクレルまでじゃ。つまりWHOの基準の実に『13倍以上も厳しく設定』してあるということさ。13倍だぞ」

私　「黒だ！　トリチウムは黒ですね。でもこの基準、民間とかが決めてないでしょうね？」

スリーマイル島原発　「決めたのはアメリカ環境保護庁というれっきとしたお役所じゃ」

私　「あちゃ～。真っ黒。地元福島の漁連の知り合いに教えてあげなきゃ」

スリーマイル島原発　「最後にもう一つ耳より情報を差し上げよう。アメリカではな、原発周辺の住人がトリチウムのせいでガンになったと、長い歳月、多くの裁判を起こしてきているぞ」

私　「なるほど、トリチウムはベータ線を出す。ベータ線はその周辺数ミリだけ集中的に被ばくさせてしまうんだった。それでアメリカじゃあトリチウムでガンになったと、たくさん裁判おこしてるんですね？　日本政府や東電の言ってることと全く違う。それに、日本ではアメリカで飲んじゃいけない基準の13倍も濃いトリチウムの入った水を飲んでいいことになってるわけでしょ……『トリチウムは危険でないので薄めて捨てさせて』なんてとんでもないんだ。これ以上の確固たる証拠はないですね」

スリーマイル島原発　「世界中でいちばんアメリカが放射能を知っておる、ま、そういうことじゃな。ニッポンの子どもたちに教えてやってくれ」

私　「はいッ。サンキュー　ソー　マッチ。また教えてください、お達者で」

熱いうちにおさらいしておくよ。トリチウムは日本では有害でないと説明されてきたけど、アメリカは飲料水のトリチウムの基準を世界基準より13倍以上厳しくしてあった。アメリカ人が飲む水だけ厳しくしてある。それが何を意味するか。アメリカは「トリチウムは人体に危険」だと知っている。それ以外にない。「トリチウムは人体に問題ない説」は黒だ！　とあなたも確信したのではないですか？　確かにアメリカの原発も、日本の規制委員長が言うように過去にトリチウムを薄めて捨ててきたのは事実。でも人が飲むとなると話は別、ということね。人体の中じゃ薄まらないから規制を厳しくしてあると考えるのが自然です。「アメリカはトリチウムが人体に危険だとわかっている」、ご納得いただけましたか？　そうしたら次は、世界の最新科学でトリチウムが、人体に悪いとわかっているのか、いないのか？　わかっているのならどう悪いのか、知りたくなるわね。このテーマにうってつけの人に来てもらったわ。医学部中退、お笑い芸人にして原発ジャーナリスト、おしどりマコちゃん！

マコ「はい、世界の最新の科学的研究でトリチウムは『危ない』ってことがわかってきてますよ。汚染水を海に捨てたい規制委員長や原発を推進したい側は知っていたとしてもお口にチャックでしょうけどね。でもね、とっくの昔に推進側が墓穴を掘っていたのを見つけました。推進側が作った原子力辞典『ATOMICA』をめくると、『トリチウムの生物影響』って項目があります。そこに推進側が自ら『トリチウムは危険だ』、としっかりと書いてあるのです。タイトルは『有機結合型トリチウムの危険性』。やっちゃってるでしょ。『有機結合型』というのは難しそうだから一般人はわからないとタカをくくっていたのでしょうかね。でも意外と簡単なので説明をチョっとだけ聞いてくださいね。人間は有機物でできています。その有機物の中に誤ってトリチウムが入ってしまうのが『有機結合型』です。ATOMICAには『有機結合型トリチウム』にどんな危険性があるかハッキリ書かれています。『動物実験で、骨髄の血液を作る細胞に障害をおこしたり、人が長期間摂取すると重大事案が発生することがわかっている』って。では、なんで有機物の中にトリチウムが入ってしまうと危ないか？　をわかりやすく説明しますね。人間は炭素と酸素と水素が結びついた有機物でできています。おなじみ遺伝子情報のつまった『DNAも有機物』なので炭素と酸素と水素などが複雑に結びついてできています。トリチウムは水素にそっくりなのでDNAの中に水素と間違えられて入り込んでしまいます。何年かたつとあることが起きます。トリチウムの半減期は約10年。10年の間に徐々に半分が崩壊していきます。放射線を放って崩壊したトリチウムはどうなるか？　トリチウムではない別の物質に変身するのです。それは『ヘリウム』。あの吸うと声が低音に変わるヘリウムに変わってしまうのです。するとＤＮＡはどうなると思いますか？　ＤＮＡは炭素と酸素と水素が合体してできていましたよね。その水素がヘリウムにすり替わってしまうと有機物のつながり『水素結合』が壊れてしまう。つまりＤＮＡが壊れてしまうのです。ＤＮＡが壊れると、遺伝子情報をきれいに伝達したり複製したりできない。恐ろしいことになりそうでしょ。トリチウムが有機結合型トリチウムになると毒性が1万倍になることも報告されています。福島に溜まった『トリチウム入りの汚染水を捨てたら風評被害になるからやめろ』って福島漁連だけでなく日本中の漁連が反対していますが、今、ご理解いただけたように『トリチウムは科学的に悪者』だとすれば風評被害ではありません。れっきとした実害です。その実害の素、元凶が太平洋に捨てられることになります。遠く台湾、韓国などアジア各国が反対しているのはそういうわけなんです。そのトリチウムをプランクトンが取り込み、魚がプランクトンを食べ『有機結合型トリチウム』になったたんぱく質を人間が食べる……また、流したトリチウムは福島沖に留まるわけもありません。だって２０１１年の事故の後、太平洋に流れ出た放射能がどう流れたか覚えている方も多いでしょう。北は北海道根室沖まで、南は伊豆諸島まで。対岸のアメリカ西海岸にまで届いて太平洋がまっかっかになっていた地図を思い出してください」

さすが、おしどりマコちゃんね、今までのモヤモヤが一気に晴れました。アメリカの飲料水の規制が世界水準より13倍も厳しいということでも、最新科学でも「トリチウムは安全なモノではない」と自信を持って言えたところで、一つ白状しましょう。これはほとんどの人が知らない。原発には私と同じ沸騰水型と、震災後に先に再稼働している加圧水型２つのタイプがありましたよね。ここでクイズ。このどちらかがトリチウムを「10倍」も多く出すんです。さて10倍出すのはどっち⁉　正解は……「加圧水型」。先に再稼働している方です。なぜかと言うと、私と同じ沸騰水型は陸上に作るので大きくていい。だから原子炉にブレーキをかける制御棒の数を多くできる。だけど加圧水型はもともと、空母や潜水艦に積むためにコンパクトに設計されたのね。なので制御棒が減らされた。つまりブレーキの利きが悪いってこと。そこで制御棒の代わりにブレーキかけてくれるホウ素って物質を原子炉に大量に放り込む。するとブレーキはかかるんだけど、ホウ素に中性子が当たると、残念。トリチウムが大量にできてしまうのです。そのことは原発を建てる前からわかっているので、ルールとして一年に捨てられるトリチウムの量も、最初から加圧水型は沸騰水型の10倍までＯＫとなっているのです。「すべて結論ありき」ということ、あなたは合点していただけましたか？

えっ？　トリチウム以外にもいろいろ放射能が残ってた、でも捨てる？

私は福島第一原発1号機です。そうこうしてるうちに、私の敷地に溜められてきたトリチウムしか残っていないはずの処理水に、半減期が１５７０万年ともものすごく長いヨウ素１２９や、名前をほとんど聞かなかったルテニウム１０６、テクネチウム99などが取りきれず残っていることがわかったのさ。そんな折、経産省がトリチウムを海に捨てることの住民への説明会を開いた。予想どおり荒れたねえ。「やっと漁業ができるようになってきたときになぜ捨てる？」とか、「風評被害が必ず出る、受け入れられない」って怒号が飛び交った。でもね、田中さんから規制委員長を引き継いだ更田《ふけた》さんという委員長がね「そういう他の放射能が残っていても、薄めて決められた濃度以下にすれば問題ないんだ！」って言い放ったのさ。さらに「世界中でずっと海に捨ててきたからトリチウムは悪者ではない！　汚染水と呼ぶな、処理水と呼べ！　六ヶ所村・再処理工場ができたらもっとスゴい量が出るんだから」って言い放った。ん〜〜規制委員長、つい本音が出たんだろうね。お見事な屁理屈。この屁理屈を補強するためか、六ヶ所村・再処理工場の新規制基準審査にもしれっと合格を与えちゃった。もっとスゴい量が出る再処理工場が合格、それに比べれば福島のトリチウム水なんぞ屁みたいなもんですよって。こんな人がどうして原子力の規制委員長なんだろうね。原発お婆のこの私だって、あきれて笑っちゃったわよ。皆さん、この更田《ふけた》という名前を覚えておきましょうね。

ところで、さっきの更田委員長の「再処理工場の方がものスゴい量のトリチウムを捨てる」って発言、聞き捨てならないって思わなかった？　規制委員長がスゴい量を捨てると豪語する、再処理工場。再処理工場っていったい何をするところなの？　っていう方のために「再処理」をおさらいしておきましょう。①使用済み核燃料を切り刻んで硝酸で溶かす②その中から新たに燃料に使えるプルトニウムを取り出す③その代わりに、放射性物質が入り乱れる「高濃度汚染廃液」もできちゃう。で、実際問題、再処理工場が出してしまうトリチウムの量は、原発が出す量と比べると「途方もない量」。六ヶ所村の工場が動いたらそこ一カ所で、今、私の敷地に溜まっているトリチウムの総量の10倍もが「毎年、海に」捨てられる。さらに総量以上のトリチウムが排気筒から「毎年、空に」捨てられる。それに加えて、大量のその他の核種、なかでも半減期が永遠というか1570万年のヨウ素129が約500億ベクレル、海や大気に放出される。ハンパないでしょ、恐るべし「再処理工場」。しかも、毎年〝地獄の王〟プルトニウムを7トン、そして生まれてしまう高濃度廃液をガラスで固める「ガラス固化体」を1000本産むのです。プルトニウムが地獄の王なら、2分も人がそばにいると死んでしまう、ガラス固化体は〝地獄の女王〟だね。

そんな再処理工場を作る段階で怪しいことが起きていたのを、またまたお手柄、ノンフィクションライターの神恵内が突き止めていた。時は1988年にさかのぼるわよ。

六ヶ所村・再処理工場の申請前の図面から消えたモノ

私たちは原発です。神恵内が辿り着いたのがこの図面。１９８８年12月、私たち原発が使い終わった「使用済み核燃料」を再処理する工場を青森県六ヶ所村に作るのにあたり、青森県知事が県議会に出した準備段階の建屋配置図です。

よく見ると、「トリチウム処理施設」と「クリプトン処理施設」とが書き込まれています。つまり処理施設を作ろうとしていたのです。ということは「トリチウム」も「クリプトン」も有害だと、工場を作る側が考えていたということになります。さらに神恵内は、図面の日付から４カ月後に出された正式な申請書にも辿り着いた。その図面を見て彼は目が点に。トリチウム、クリプトンの処理施設が２つとも消え去ってた。必要だから作ろうとしていたものが消えた……トリチウムは怪しいと取材を続けてきた神恵内。疑念は確信に

青森県議会に出された準備段階の図面

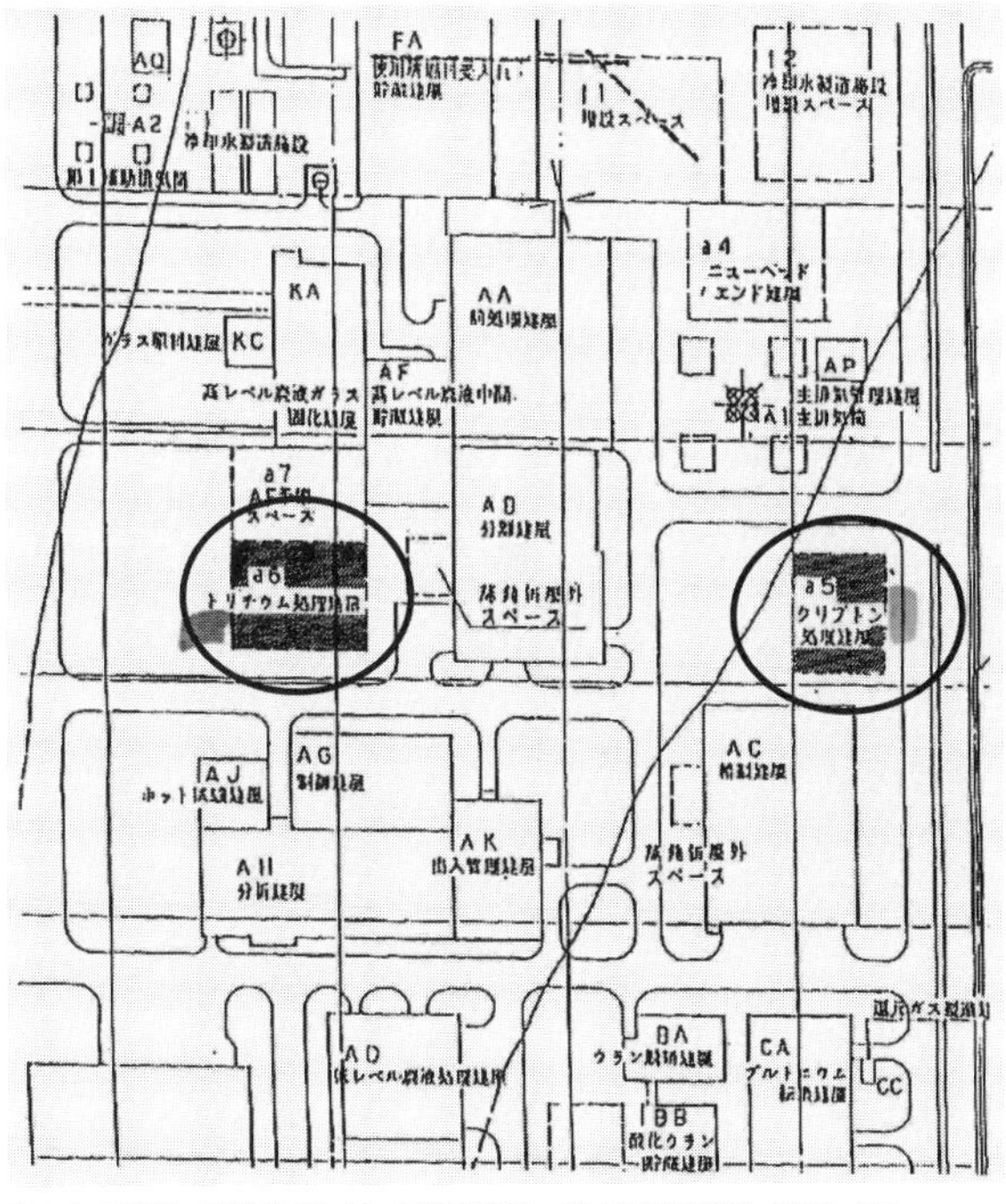

高木仁三郎著『核燃料サイクル施設批判』（7つの森書館）1991より
○印は神恵内

変わった。そして2つの処理施設を追いかけると、東海村にある国の機関、日本原子力研究開発機構JAEAで長年クリプトンを取り除く研究をしていたことに行き当たった。やはり「クリプトンは危険」、だから取り除く研究をしていたのは間違いない。推進サイドの作った原子力辞典ATOMICAにもこう説明されていた。「原子炉内でできる放射性の希ガスはフィルターなどで容易に除去できないため外部被ばくの原因となる」、つまり希ガス「クリプトン」は推進サイドもきっちり危険とわかっていた。そして、長年の研究の末、クリプトンを取り除ける技術もきっちり完成させていた。なのに施設が図面から消えたのはなぜか？取材で明らかになったのは、クリプトンを取り除くのに電気代が月2000万円もかかるという事実だった。施設が消滅したのは莫大なコストのせいだが、そうとられたくない。そこで「いつもの伝家の宝刀」を抜いたのではないか。「クリプトンは人体には影響がない（ということにして）、だから除去はしなくていい」と。そう、歪曲という名の魔刀をね。その後、推進側は「クリプトン」の説明をこう変えた。「クリプトンは不活性で有機物と結合しないので人体に影響はありません」と。

では､トリチウム処理施設はなんで消えたのか？　神恵内がつかんだ情報では､イギリスから横やりが入ったのだという。イギリスは日本の使用済み核燃料を長年再処理してきた。もし日本の再処理施設にトリチウムの処理施設を作られてしまうと、イギリスではトリチウム処理施設がないまま稼働し、長年トリチウムを捨て放題だったとわかってしまい「再処理」が窮地に立たされる。だから「そんな施設を作った日にゃ、日本の使用済み核燃料をイギリスで再処理してやらないぞ。処理で出た高濃度廃液をガラス固化体にしてやらないぞ」と裏で圧力をかけた。神恵内もまだ裏が取りきれていないのだが､どうです皆さん、なんか信ぴょう性高くないですか？　当時、六ヶ所村での再処理工場建設には反対運動も強かったから、認可申請の段階でトリチウムもクリプトンも無きものにしておいた方がいいと誰かが判断し、水面下で消し去ったのではないか。そう考えると、皆さんのもやもやがスッキリ晴れませんか？

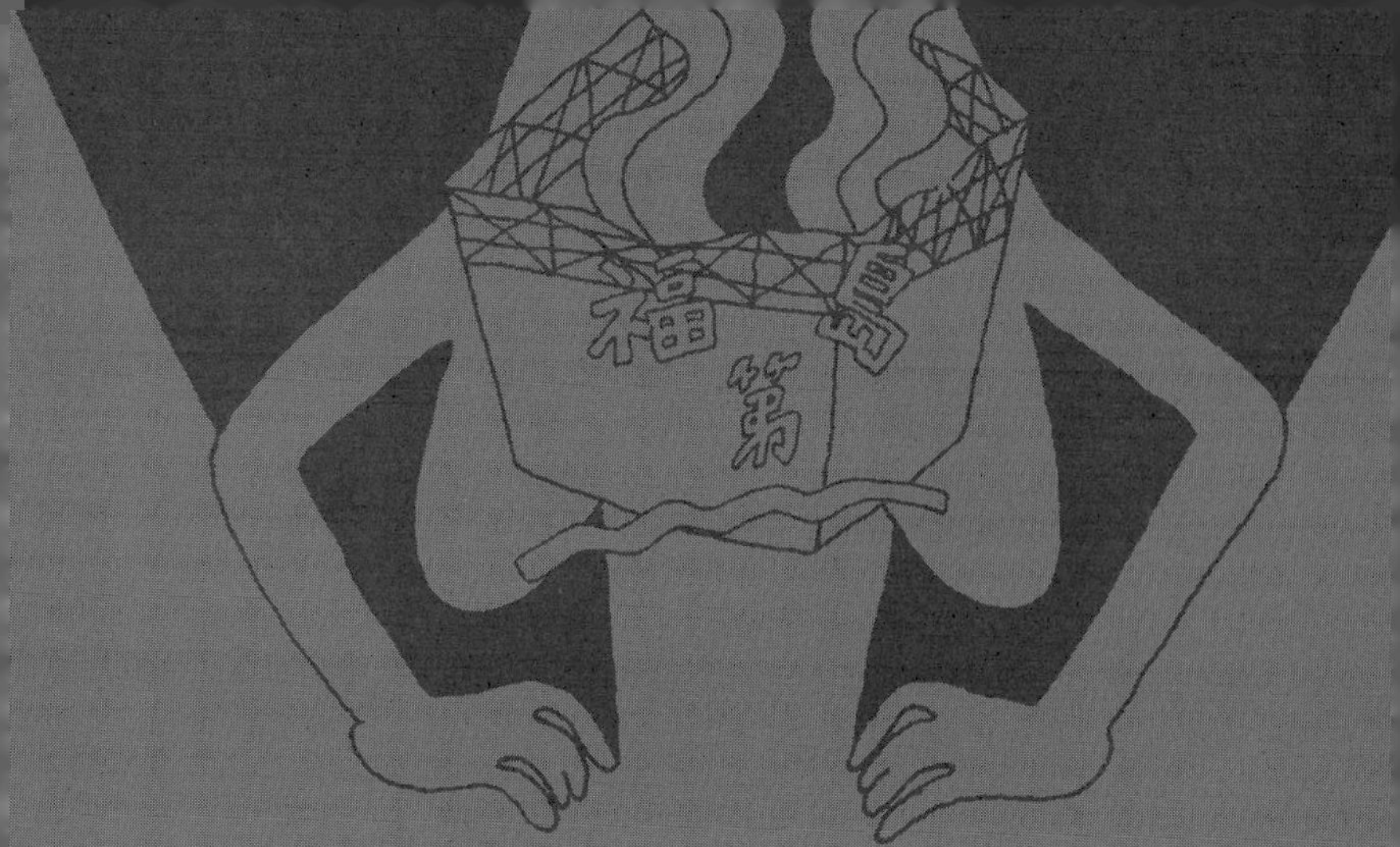

九つ目のごめんなさい

国策原発も、
まやかしだらけでごめんなさい

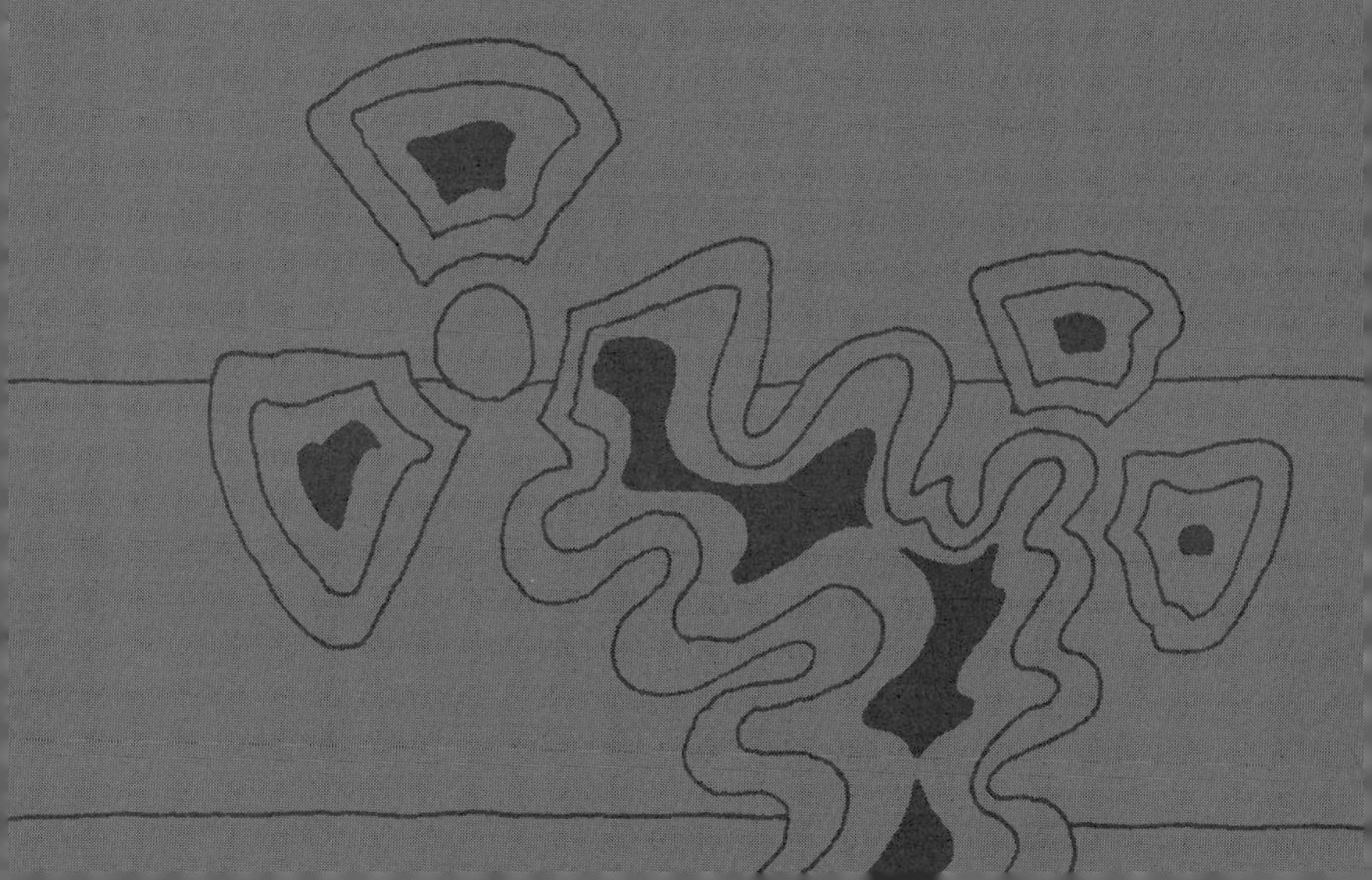

知られたくない側は、こう説明して知られないようにした!?

私たちは原発です。もし原発のことで他人に知られたくないことがあって、それを何としても知られたくない。そんなとき皆さんならどうしますか。調べられてもわからないようにする。真相に辿りつけないようにする、ですよね。でも東電が知られたくなくて煙に巻いていた痛点をこじ開けた人がいましたね。お笑い芸人で原発ジャーナリスト、おしどりマコちゃんです。東電の記者会見に出続けて、「放射能は爆発事故を起こしたときだけでなく、それ以降ずっと途切れることなく毎秒毎分毎日、出続けていた」こと、つまり推進側が真相に辿りついてほしくないところをこじ開けましたね。「真相に辿りつけないようにする」推進側のやり方をいちばん身をもって体験しているマコちゃんに、再び説明していただきましょう。

マコ「私も東電の会見に出始めた頃は、彼らの『数字の表現』が特殊でチンプンカンプンでした。あれは、福島事故から4カ月たった7月に毎時10億ベクレルの放射能を出し続けていることを東電がやっと認めたときでした。私、『では、爆発1カ月後の4月にさかのぼるとどれだけですか?』とたたみかけたんです。東電の会見担当者は苦し紛れにこう答えました。『毎時2・9かける10の11乗ベクレル出ています』と。それってなんぼ? それまでにも何度も聞かされた『特殊な数字の表現』でした。どうやら東電は都合が悪いとき、漏れた放射能が多いのか少ないのかわかりにくい表現で説明するんだな、とこの頃ぼんやりわかり始めていました。これ、東電の常套手段だったわけです。10の11乗というのは10×10×10×……と10を11回かけて1000億ということ。2・9かける1000億は2900億ベクレル。みんながわかるように最初から『2900億ベクレルが1時間ごとに出ている』と答えればいいのに、絶対そうはしない。2900億ベクレルを言い換えて「2・9かける10の11乗ベクレル」と発表するわけです。それって何⁇　多いの？　少ないの？　訳わかりませ～ん、となるでしょ。これが原発を推進する側の狙いなのです。ズルいでしょ。単位や数字のトリックなどさまざまなことを連携させて、よりわかりにくくしてます。巧妙です。『原発は難しすぎてわからん！』とサジを投げさせるのが狙いだ、と気づいて私はムカつきました」

私「確信犯ね。間違いない。ほかにもズルいところってありますか？」

マコ「それは電力会社のホームページですね。『ホームページで説明してあります』と言われて探そうとしてもすんなり辿り着ける人はいませんよ。私も苦戦しますから（笑）。知りたいことほどホント見つけにくいところに置いてあります。置こうとしない限り置けない巧みなところにね。でも今は、どこであれ、説明があるだけましなんです。ホームページのない時代にはいろんなことが闇の中でした。たとえば、今はホームページで原発周辺にいくつもあるモニタリングポイントで測った放射線量をリアルタイムで公開しています。でもホームページのない時代には放射能が漏れても知らぬ存ぜぬで押し通してきました。これに対して人々は地道な調査を重ねて、『見えなくされていた事実』に少しずつ光を当てていきました。排気筒から放射能をずっと捨てていることも見つけました。すると電力会社は仕方なく『希ガスを減らす特殊な装置』を開発し原発に取り付けたのです。その効果で希ガスの量は減りました。でも神恵内《かもえない》の行った原発共通アンケートの東電の答えにはウソが潜んでいたのです。『希ガスの中にあるクリプトンはその装置の上流にはあるが下流にはない』と答えたのです。でもこれは真っ赤なウソ。クリプトンの半減期は約10年。わずかの時間、活性炭に吸着させて装置の中に留めおいたくらいではなくなるワケがないのです。東電がウソつき体質になってしまっているのか、それともアンケート調査を実施したのは原発事故から間もなくだったので、『希ガスもクリプトンもシロウトにわかるわけない』という思い上がりがあったのか、そのどちらか、または両方だと思います。修羅場を数々くぐってきた神恵内は『希ガスを減らす装置』のことを調べ上げた上で質問を投げていたのです。この装置を開発したのは東電の系列会社ですが、神恵内は原発メーカー日立も同じ装置を開発したことを突き止めていました。その会社報にも『その装置ではクリプトンは取り除けない』と書かれているのです。ごていねいにグラフまで添えて。クリプトン85だけ水平に書かれています。それはこの期間じゃ減らないってことです」

私「私、原発ですけど何一つ、母親をかばえるところがありません。マコちゃん、ありがとうございました」

原発は、公害や環境関連法の適応除外だった

私たちは原発です。さっき電力会社に「確信犯」って言葉を使いましたけどね、じゃあ、今度は国が「確信犯」的にそうしていたと思われる大きな問題に光をあててみるわね。

それは「公害」。日本は太平洋戦争に負けた後、高度成長を急ぎすぎて数々の公害を起こしました。水俣病は企業が海に垂れ流した有機水銀が原因でした。四日市ぜんそくは煙突から空にまき散らした大気汚染物質が原因でした。その後、国は水俣病も四日市ぜんそくも公害と認めます。そして大気汚染防止法や

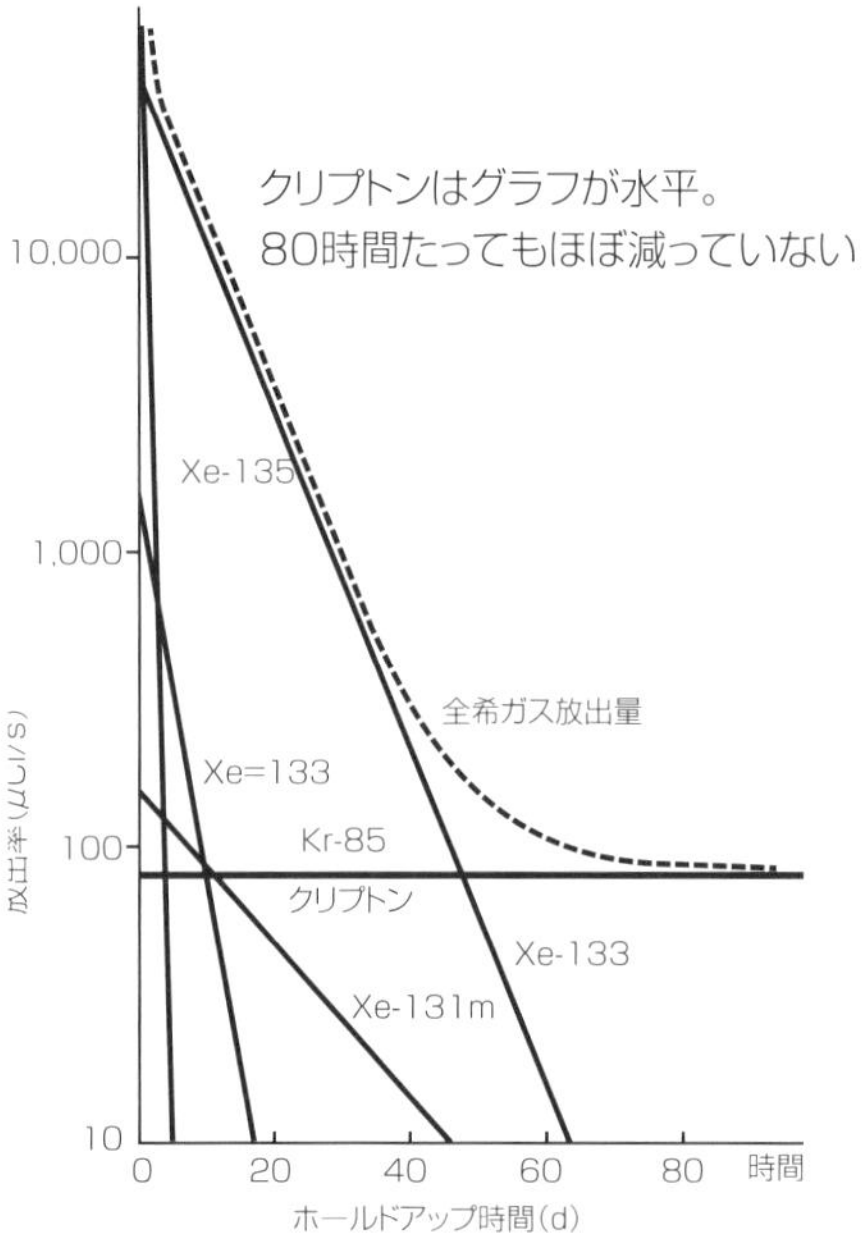

日立評論より

水質汚濁防止法を作ったのです。汚染物質を環境に捨てないように法律で厳しく規制したのです。二度と公害を起こさないために。水銀や窒素酸化物などは基準を超えると、企業は責任を問われます。排水、廃液、排気で人の命が奪われたり健康を害したときは、その企業は「損害に故意や過失がなくても」、損害賠償責任を負うと法で決められています。そんな法律があるから、２０１１年3月、私が福島で爆発して大量の放射能を空や海にばらまいたとき、当然、大気汚染防止法や水質汚濁防止法に引っかかる、と私は思ったのです。水銀や、ばい煙よりもっとヤバい放射性物質を大量にばらまいてしまったから。ところが、「放射性物質」は公害の2つの法律、大気汚染防止法と水質汚濁防止法、どちらからも外されていたのです。つまり東電は公害の法律では「損害に故意や過失があろうがなかろうが損害賠償責任を負わない」ということなのです。その理屈がとんでもない。「国策原発は絶対安全、安心」、「放射性物質」は絶対出ない、出ないものを規制する必要はない、だから「規制の対象外」としたんだって。あきれてものが言えないでしょ。この点を各方面から突っ込まれた国は事故の2年後、しぶしぶ大気汚染防止法と水質汚濁防止法を改正しました。「放射能をばらまいたことは公害」だとね。けれど、それはうわべだけだった。どの放射性物質をどれだけ出したらダメ、という具体的な制限値も罰則もなんにも決めなかった。出ました、これが国の「確信犯」。てことは、私の次の原発事故、つまり放射能の「公害」を起こしても、電力会社は罰を受けない。そしてそんないちばん肝心なところが法律から抜け落ちているのをこれ幸いと、国も電力会社もしれっと再稼働を進めてるってわけ。早く法律の中に「これ以下にしなさい」「これ以上出したら、こういう罰則です」みたいな総量規制と罰則をちゃんと作らないと絶対ダメ!!　担当省庁は環境省！　小泉元総理の息子、小泉進次郎大臣、上っ面《つら》だけでなく、親父さんのように魂込めてきちんとやって。あ、ちょっと偉そうすぎましたね……。これだけは政治生命をかけて必ず作らなくてはだめですよ。さて原発事故が形だけですが「公害」と認定されていたことを皆さんと共有したところで、改めまして申し上げます。国民の皆さま、先般は「公害」を起こしてしまい、大変申し訳なく思っております。ごめんなさい。私の起こした福島の原発事故は、日本三大公害で知られる、水俣病、四日市ぜんそく、イタイイタイ病と、並べたくない肩を並べてしまったのです。「フクシマ原発公害」なのです。日本三大公害は私をもちまして「日本四大公害」になったのです。今後はご承知おきくださいい。教科書審議会の皆さん、教科書にも「日本四大公害」、加筆をお願いします。

原子力の憲法から知らない間に消された『地震』『津波』の文字

私たちは原発です。延期された2020年の東京オリンピック。そのひとつ前の東京オリンピックが行われた1964年、国は、私たち原発を作るに当たって原子力の〝憲法〟を作りました。それが「原子炉立地審査指針」。また難しそうな名前でしょう。それは置いといて、憲法にあたる法律だから基本的に「更新対象外」と決まっていて更新してはいけません。なのに、その「原子力の憲法」から福島《わたし》が事故を起こした後のどこかの時点で、国民が知らない間に、文言が消されてたり改訂されていた。それも、消えた言葉は「地震」「津波」「洪水」「台風」そして「活断層」。どれも原発事故と絡めると重要そうなワードが消されていた。きな臭いでしょ。

文科省のホームページに「原子炉立地審査指針及びその適用に関する判断の日安について」は現在もあるのね。これは原子力の憲法の解説書。書かれた日付を見ると「昭和三九年五月二七日」、書いたのは「原子力委員会」とある。ところがそこに書かれている内容は昭和39年のものではない。原子力の辞典ATOMICAを見てみると、この憲法「原子炉立地審査指針」はハッキリと「更新対象外」と書いてあるのに、その隣の欄に更新年月日が2012年9月と書いてある。「更新対象外」の憲法が、私が原発事故を起こした2011年の翌年、12年9月に更新されていたわけ。なんで私の事故の翌年なんだ?

その3カ月前の2012年6月時点ではどう書かれていたかというと、「大きな事故の要因となるような事象、例えば、立地場所で極めて大きな地震、津波、洪水や台風などの自然現象が過去になかったことはもちろん、将来にもあるとは考えられないこと。これは例えば隣接して人口の大きな都市や大きな産業施設があるかとか、陸、海、空の交通の状況などの社会環境や、地盤が軟弱といった自然条件を考慮することである」となってた。ところが更新された後は傍線部分がカットされていた。カットされてこうなった。「大きな事故の誘因となるような事象が過去においてなかったことはもちろんであるが、将来においてもあるとは考えられないこと。また、災害を拡大するような事象も少ないこと」、なんだかすっかすかになっちゃってるでしょ。地震、津波、洪水や台風といった具体的な表現が雲散霧消、消えてなくなった。では逆にカットされたところだけを並べてみるわよ。「例えば、立地場所で極めて大きな地震、津波、洪水や台風などの自然現象が」「これは例えば隣接して人口の大きな都市や大きな産業施設があるかとか、陸、海、空の交通の状況などの社会環境や、地盤が軟弱といった自然条件を考慮することである」。カットされたのはどの部分も原発事故に関わる肝心な部分だと、皆さんは思いませんか？　それらが知らないうちにごっそり消されていた。それやっちゃダメでしょ。地震と津波で私たち福島第一原発が大事故を起こした以上、この指針から「立地場所で極めて大きな地震、津波、洪水や台風などの自然現象が過去になかったこと」を消してはならない！って誰が考えてもわかるだろうに。どうして更新対象外の憲法を知らないうちに改ざんしたのか。想像するにこういうことだったのではないでしょうか。「起きないはずの原発事故が起こってしまったのでメディアがいろいろほじくり返すだろう。歴史を調べれば簡単に、「私が立地している福島で、平安時代に貞観《じょうかん》地震という大地震が起き大津波に襲われていた」とかいくつも見つけるだろう。そうすると、「そんな場所には原発を建ててはいけない」と憲法に書いてあるのに建設を許可していたことがバレてしまう。それはヤバイ、消そう。もっと言えば、いや待てよ、これは福島だけの問題でなくなってしまうぞ。日本全国

54基の原発すべてでこのことを過去にさかのぼって調べられるととんでもないことになる。だから、国民も国会議員もメディアも、原子力の憲法「原子炉立地審査指針」の文言の詳細は知るわけがないから、知られる前に憲法であろうが都合の悪い箇所は急いで消してしまえ！」となったと考えるのが自然じゃないですか。じゃ、誰が消した？　原子力の憲法を更新した日時を見ると犯人が浮かび上がってきます。日付は2012年9月。12年9月にあるものが日本にできています。それは「原子力規制委員会」。タイミング、どんぴしゃ。福島第一原発のことをいろいろな事故調査委員会が調べまくった後でした。そこで調査を通して突っ込まれてヤバいと思った箇所を、新しい原子力規制委員会ができるにあたってどさくさに紛れて削除しておこう、更新しちゃえ！ってなったのではないか。憲法の文言を消せるのは「原子力規制委員会」か、その前身の「原子力安全・保安院」だけ。もし保安院がやったのなら規制委員会がその後気づくはず。気づけば元に戻すはず。なのにそのままにしてある。ということは、犯人は「規制委員会」しかあり得ない、ですよねえ。原子力の憲法を知らない間に改ざんする、これって森友学園問題に関して安倍前総理に忖度《そんたく》して経産省が公文書をどんどん改ざんしたのと酷似してると思いませんか？　この原子力の憲法の改ざんも「省いただけでこれは改ざんでない」、と経産省の公文書のときと同じ言い訳をするんでしょうかねえ。どうなんですか、更田《ふけた》委員長？　でもさ、どうして大手メディアの記者さんたちはこの点を突っ込んでくれないの？　東京新聞の望月衣塑子記者みたいな土性骨《どしょうぼね》の据《す》わった人はおらんのかねえ！

活断層でアメリカでは2つ廃炉になっていた

私は福島第一原発1号機です。私の事故の後、日本では原子力の憲法を知らん間に改ざんして原発と地震や津波との関係を消し去ろうとした跡を皆さんに見ていただきました。それに対して、日本にとっての原発の師、アメリカでは全く逆の対応をしていました。なぜ日本の先生なのか、覚えてる……？　そう、私、福島第一原発1号機はメイド・イン・USA、東電がアメリカから輸入したんでしたね。原発メーカーGE（ジェネラル・エレクトリック）社製。GE社は私を日本に建てるにあたって、アメリカ人原発技術者たちを福島へ送り込んだ、大勢ね。だって日本人は原発ってものを見たことも建てたこともないんだもの。彼らは東電や、今後自分たちも原発を作っていきたい日本のメーカー、例えば日立や東芝にいろいろ教えたの。私が完成してアメリカ人が帰国した後は日本人が運転もメンテナンスもしなければならないからね。そんなアメリカに、地震大国日本こそが知っておかないといけない貴重なエピソードがあるんです。日本の原子力の憲法を書き換えた方、よ〜く聞いてくださいよ。それはアメリカ西海岸のお話……。

カリフォルニア州サンフランシスコから北へ80キロ、車で1時間くらいのところに小さな岬があります。太平洋を臨む岬の名前はボデガヘッド。その岬の先端にポツンと、まん丸な池があり、かわうその親子が仲よさそうに泳いでいました。対岸まで100メートルほどでしょうか。実はこの池は自然のものではありません。その昔、人工的に掘られた穴。巨大な穴を掘って「何か」を収めようとしていたのです。それは……「原子炉」。穴の底に原子炉を据えて地下原発を作ろうとしていたのです。ときは1963年、日本でいうと昭和の東京オリンピックの前の年。原子炉を入れる竪穴《たて》を12メートルまで掘り下げたときでした。穴の底に見つけたくないあるモノを発見してしまったのです。それは「活断層」。建設責任者は青ざめました。「活断層」といえば日本の専売特許かと思いきやアメリカにもあるのです。まさに原子炉を設置する岩盤に、あろうことか小さな「活断層」を見つけてしまった。さらに悪いことに、この穴から西に300メートル、太平洋の海底にはアメリカ大陸に沿って長さ1300キロにも及ぶサンアンドレアス断層が走っていたのです。その巨大断層はとても活動的、サンフランシスコは何度も大きな地震に見舞われてきていたのです。電力会社P

G&Eの社長は苦悶し脂汗流しただろうね。その翌年、社長が下した決断は……「ボデガ原発の建設を中止する」でした。社長は「住民の安全について大きな問題をかかえたまま原発を作るのは、我々で最後にしたい」と語ったのです。穴からわずか80キロには、ゴールデンゲート・ブリッジ。その先にはあの霧の都サンフランシスコ。もし原発建設を強行して事故を起こせば、大都市の住民に放射能被害が及ぶことは明らかだった。風は1年を通してボデガからサンフランシスコの方へ流れることが多い。その風で霧が流れつく先が霧の都サンフランシスコなのですから。

どうです、このお話。社長の決断、カッコよくないですか？　核大国、アメリカ。放射能の怖さをきちんとわかってるからできる判断なんでしょうね。私の知る限り、原発の師アメリカには活断層が見つかって廃炉にした原発が、もう一つあります。同じカリフォルニア州の「フンボルト・ベイ原発」。こちらは稼働中に活断層が見つかって廃炉としました。建設中と稼働中、アメリカは、活断層で原発を2つもやめている。

振り返って日本。日本は地震大国で、活断層の巣窟って言われるほど活断層だらけ。私の事故後、日本中の原発で、原子炉の入った建屋の下や敷地内を活断層が通っている、いないですったもんだでした。福井県の敦賀《つるが》原発は原発の真下に活断層があると規制委員会に認定され、いったんは廃炉が決定と報じられた。けれど、電力会社（日本原子力発電株式会社）がブツブツ言い続けて、いつの間にか再調査に持ち込んでしまった。しかも震災から9年たって禁じ手まで繰り出して、規制委員会を激怒させた。過去に規制委に出した地質データをこっそり80カ所も書き換え、新たに審査用資料として提出していたのだ。それも、前は「未固結」、固まっていないとしたのを「固結」と正反対に書き換えてあった。そこまでやるかあ？　そう、やるのよねえ。日本原電は規制委にこう答えた。「悪意はありませんでした」と。この日本原電、１９８０年代には冷却水漏れを隠したし、その後もデータ改ざんした前科があるのね。原発維持のためならなりふり構わない日本原電のどす黒い「体質」が、またあらわになったのです。伝染するんだねえ、政府が同様のことをやって平気な顔をしていれば、下々も、政府がやってるんだから自分も、って。でもってニュースはさ、例によってそんな大事なことをほとんど伝えない。やっても15秒。「大丈夫なのこの国は？」ってヤンキー娘だった私は思いますよ。「活断層で原発やめました」、こんな美談がアメリカに2つもあるっていうのにね。

防潮堤を高くしても原発は守れない

私は福島第一原発1号機です。原発推進派は、私の事故は地震ではなくて津波で起きたことにしたくてしようがないみたいなんですね。なんでかというと、もし私が、津波が来る前に「地震」で壊れていたとすると、それまでの規制基準自体が不十分だったことになってしまうから。「そこを調べて」と国会の事故調査委員会が問うと、東電は「放射線量が高くて今は調べられないからわからない、将来、線量が下がったら」と答えるのです。そこがわからないのに規制委員会は全電源を失ったのは津波のせいだとして、新規制基準で防潮堤を高くすることに力を入れてきた。そうそう東海第二原発でも防潮堤を高くすることに躍起《やっき》になっています。東海第二、覚えてますね？　東京から100キロ余りのところにあって、原発事故を起こすととんでもない被害が首都圏にまで及ぶという原発。東海第二さん、そのあたり教えてくれます？

東海第二　「東電さんは会社が違うのに、あたしにすんごく優しいんだな。だって国が支えなきゃ潰れてた東電さんが、あたしを動かすための莫大な対策費用を出してくれるってんだから。普通ならあり得ねえさ。いろんな人たちが怒ってんぞ。いけねえ、余計な話をしちゃったね。高い防潮堤を作る話だったね。あたしを動かすには、津波が防潮堤を越えて敷地に入ってこないようにしなきゃなんないのさ。世界一厳しい新規制基準は、高い防潮堤さえ作れば津波は防げると考えてる。でも思い出してみろ。あの岩手県で万里の長城と呼ばれてた田老《たろう》の防潮堤を。山のように分厚く高く作ってあったけども、津波はやすやすとぶち壊した。釜石の沖に作られた湾口防波堤も厚さ5メートルもあったのにポキリと津波にへし折られた。原子力規制委員会が想定した、東海第二を今後襲う津波は最大17・1メートル。だからあたしの海側に高さ20メートルを超える防潮堤を作っていく。でもな、厚さはどんだけと思う？　3・5メートル。津波の底力を思えばぺらっぺらの薄っぺら。新潟県の東電・柏崎刈羽《かしわざきかりわ》原発に完成した防潮堤はいちばん高いところの厚さはたったの1メートル。も～っと薄っぺら。大丈夫かあ？　それに津波は一波だけじゃなかったぞ。思い出してみろ、津波の一発目をなんとか高さで止めても第二波、第三波は前の波を踏み台にしてどんどん高さを増したぞ。そんで引き波はビルを根こそぎ倒した。東日本大震災のときはそれがわかってなかったもんなあ。建設工学や土木工学の計算は机上《きじょう》の空論だった。だから、電力会社に「新しく作る防潮堤こそはポキリと折れない、大丈夫！」って言われてもやっぱ計算上だからなあ信頼できっかって思ってしまう。こんな年寄りでもわかることを、天下の東京大学とかを出た秀才さんたちがわからんはずねっぺ。だいたい、17メートルの津波が来る場所の原発に再稼働のお墨付きを与えるのはいかがなもんかとあたしは思う。あたしの親、日本原電の社長にこう言いたいのさ。「社長さんさぁ、あたしが事故ったら東京界隈の数千万人にどんだけの被害が出るか、ってとこまで思いが及んでおりますか？　社長さんが再稼働させようとしてる原発はな、福島同様、あの地震と津波の後、冷やせなくてメルトダウンをしかけた原発だぞ。冷やすのに3日半もかかってやっとこさ難を逃れた原発だぞ、作って42年のポンコツ原発だぞ、そこんとこ、もういっぺん考えてくだされ」

私

「そうそう、2021年には関西電力の44年超え老朽原発、美浜《みはま》原発3号機と46年超えの高浜1号機の再稼働ラッシュが予定されてる。あんた含めて老害・三ババトリオだ」

東海第二「福島の婆さんには言われたくないね」

私「はは、ホントだ」

東海第二「もう一つ言わせて。あたしからほんの数キロのところに昔使っていた再処理工場があんだ。900トンくらいの使用済み核燃料を再処理したけど、もう使ってなくてな。でもその地下には今も、再処理で出た高濃度廃液がたっぷり(430㎥)貯まったままだ。本来ならガラス固化体にしなくてはなんねえ極悪の代物が地下に液体のままあんだぞ。しかもそこは高い防潮堤なんてありゃしない。丸裸だ。あたしが大津波で事故ったら、ここも完全アウトさ。高濃度廃液だって冷やし続けなきゃなんない。距離の近いあたいと再処理工場が原子力複合災害を起こしたら誰も近づけなくなる。このダブルパンチを喰らったら関東は壊滅してしまうぞ。こういう命に関わる大事なことも関東各地の知事さん、まったく知らんと思う」

私「知らないだろうね。原発事故から10年たっても原発絡みってホント知らないことだらけ。防潮堤でいえば、私たち福島第一原発には防潮堤なんかもともとなかった。知らなかったでしょ? だから廃炉中の今、津波が来たらまた大浸水して大量の汚染水を海に垂れ流すことになる。でもまったく放ったらかし。私たちは『廃炉中で原発ではない』んだと。だから防潮堤を建てろ、ってならないんだって。変てこな理屈でしょ? ところが2018年に国が『北海道東部沖の千島海溝沿い超巨大地震が想定される』って発表してね。そしたら東電はようやく重い腰を上げて私たちの海側に高さ11メートル長さ600メートルの防潮堤の計画を立てた。2年後、国が最新の計算をしたら、津波は13・7メートルって3メートルも高くなってしまったのさ。東電の計画だと津波は軽々越えちゃう。でもね、東電は痛くも痒《かゆ》くもないの。だって防潮堤は計画だけでまだなんにも建ててないから。図太いわよ、原発を10基以上産んできた私の母親・東電は」

東海第二　「敦賀の妹をなんとか蘇生させるために、活断層のデータを正反対に80カ所も書き換えて規制委に出したあたしの母と、どっこいどっこいだ」

私　「何言うの、うちの母のウソは可愛いウソよ、そっちのは大ウソじゃない」

東海第二　「同じ穴のムジナでしょうが」

私　「……」

『フィルター付きベント』も人心を巧妙にコントロール

私は福島第一原発1号機。私の事故対応の中で出てきた「ベント」という言葉を覚えていますか？　メルトダウンが進む中、放射性物質が格納容器に漏れ出して、その圧力で私の格納容器が破壊するほど膨《ふく》れ上がりました。しかも圧力を下げないと原子炉を冷やす肝心な水を注入できなくなったのです。格納容器が破裂すると放射性物質がダダ漏れになる。それを防ぐにはガス抜きをして圧力を下げるしかなくなった。放射能たっぷりのガス抜きを。これが「ベント」です。3月12日午後2時過ぎ、私、1号機からベントで大量の放射能が空へとまき散らされたのです。本当にごめんなさい。

「福島第一原発にフィルター付きベント装置がついていれば、ばらまいた放射能を少なくできたのに」という反省から、新規制基準では再稼働をする原発には「フィルター付きベント」をつけなさい、と義務づけたのです。新潟にある東電の柏崎刈羽原発の6号機と7号機には「フィルター付きベント」の設置が終わり、事故を起こした型の原発として初めて安全審査に合格しています。電力会社のうたい文句は「フィルターが付いたのでセシウムは99%取り除ける」。皆さんは「もうこれで「ベント」しても放射能は出ないんだな、これで一安心」ってなりますよね。でもそういう気にさせられたら推進側の思うツボ。ここにもまた「まやかし」が潜んでいるのです。もう一つの悪者「ヨウ素」や他の放射性物質も取れないのでダダ漏れなのです。

私は原発、学校で教えてあげてほしい！（その⑭）

フィルター付きベント装置で「セシウムは99%取り除く」と東電の資料には書いてある。けれど、セシウム以外に出る放射性物質については何も書いていないってこと。どんな放射性物質がフィルターで濾《こ》し取れず、大気へ出ていってしまうか？　まるで説明がないってこと。もしセシウム以外も取り除けるなら、「プルトニウム、ストロンチウムも取れます」とか書くはずだけど、どこにも書かれていないこと。それって、そのフィルターでは取れないってこと。悪者として学んだ「ヨウ素」は排気筒から出ると書いてある、つまりそのフィルターでは悪者ヨウ素は取れないということ。濾し取れないそれ以外の放射性物質は「そのまま捨てる」ってこと。それを「セシウムだけが悪者と刷り込み、それを99%取り除くんだから安全と思わせる」いつものトリックでやり過ごそうとしていること。だから「フィルター付きベント装置を付ければ安全、再稼働していいですよ」、ではないということ。結局ベントすればセシウム以外のヨウ素を含む60種余りの放射性物質の多くが大空にまき散らされるのに変わりはないこと。「セシウム以外のさまざまな放射能がどれほどの量で人体にどう影響するかも、多くがわからないままだ」ということも学んできたわね。わかってないから出していい、は大間違いだということです。それを頭に焼き付けておいてほしい。私は原発です。重ね重ね、ごめんなさい。

車も運転できない人をF1カーに乗せる？ 青森・大間《おおま》原発の恐怖

私は福島第一原発1号機です。爆発事故を起こしたお婆原発です。今、廃炉スケジュールはどんどん遅れていて、私はまだ廃炉の入口にいます。時間は途方もなくかかると思いますが、いつかは消えていきます。けれどまだ建設途中の原発が日本にはあります。なので未来の心配な話をしておきましょう。突然ですがここでクイズ！　問題、皆さんは、マイカーを運転できない人が運転する大型バスに乗れますか……？　危ないからイヤよね？　私はイヤだ。

青森県、津軽海峡をのぞむ大間。本まぐろで有名なその地に建設中の大間原発は、世界でどこもやったことのない新形式の原発です。しかもその世界初の原発を運転するのは、原子力発電を一度もやったことのないJパワー（電源開発）という会社。世界のどの国もやったことのない新型の原発がどんな原発かを知ったら、よくそんな会社に運転を許可したなと思うはず。正気か？ってね。今までの原発と何が違うと思う？

私たち従来の原発はウランで作った燃料で発電する。でも大間原発は燃料がまったく別物。「プルトニウム」とウランを混ぜたMOX《モックス》燃料だけで発電するの。今までも「プルサーマル」といって、MOX燃料を少し混ぜて発電する原発は何基かありましたが、ここはMOX燃料100％。そこが「初」なのです。

再処理工場って使用済み核燃料を再処理して「プルトニウム」を取り出すんだったわよね。日本はこれまでに47トンもプルトニウムを持ってしまったの。広島原爆600発分ね。だから溜め過ぎると「原爆の材料」となるから世界から文句を言われる。なんとか減らさないといけない。そこで国は「プルトニウム」入りのMOX燃料を作り、普通の原発に何割か入れて発電してプルトニウムを減らそうとしてきた。でも、実はこれってスゴく危険なの。どう危険か？　例えると、石油ストーブにガソリンを入れて燃やすようなものね。今ある原発は純粋にウランだけを燃やす設計。プルトニウムを燃やすようにはできてない。プルトニウムは核分裂の力がウランと比べると「ケタ違いに大きい」、だから暴走する危険性があるの。これまでMOX燃料を混ぜる原発でも最大30％。それをだよ、大間原発はMOX燃料１００％で運転するっていうの。それなら確かにプルトニウムの減りは早いんだろうね。MOX１００％用に原子炉を設計してあるとは言ってるけど。アメリカでさえMOX１００％なんて原発はやったことがない。だからそんな大間原発に何かトラブルが起きても、世界中のどこにも何の経験値もないのね。何時間冷やせなくなると危ない、とか、暴走したらどうやったら止められるか、とか危機対応のマニュアル自体が存在しない。危険すぎて世界のどの国もやらないのがMOX１００％の原発なんです。そんな大間原発を原発・若葉マークの電力会社が運転する。やめてって皆さんは思わない？　ちなみに日本の師、アメリカは２０１４年、とっくにMOX燃料から撤退している。その理由は経済性がないこともあるけど一番は「危険」だから。さらにMOX燃料は使い終わった後「冷やすのに３００年」かかる。普通の使用済み核燃料は10年ほどで冷えるのと比べるとケタ違い。３００年ってイメージ湧かないでしょう。富士山が最後に噴火したのは１７０７年、江戸時代の宝永の大噴火。それから現在まで、ずっと冷やし続けないといけないってことですよ。３００年つつがなく冷やし続けるって、誰が保証してくれるのかねえ。それと、冷やしてる間に出す放射線量も破壊的。ガンマ線70倍、アルファ線15万倍。運転時に出すトリチウムも１００倍です。厄介なことだらけだろ、このMOX燃料ってやつは。アメリカを含め世界中がとっくにあきらめた特殊な原発を作って今も発電しようとしているのはお恥ずかしいけど日本だけ。こんな事情を知った上で、あなたはこのバスに乗りますか？　それともこのバスを作らせませんか？

MOX燃料の話が出たついでに、皆さんに代わって原発の私が、電力会社と規制委員会に文句を言ってさしあげましょう。まず電力会社から。特に九州と関西にお住まいの皆さん、よぉく聞いてくださいな。九州電力と関西電力の2社はＭＯＸ燃料を混ぜて発電をしてきました。だから将来、ＭＯＸ燃料を再処理する予定です。具体的な計画はまだ何もありません。だって冷え切って再処理できるまでに３００年かかるから。でも３００年先の「ＭＯＸ燃料のための再処理工場」を作るコストが、皆さんの払う電気代にすでに乗っけられてしまっている。気づいてました？　払わされてるのに知らない人だらけじゃないかしら？　普通の使用済み核燃料の再処理工場もまだ延期延期で完成してないのに、具体的計画のないＭＯＸ燃料の再処理工場にかかるお金を電気代に乗せて集金し始めてたってこと。皆さんにきちんとした説明も了解もなくね。その総事業費は12兆円と試算されていて、今後、他の電力会社も右へならえで電気代に上乗せするんだそうな。だから日本中の皆さん、気をつけなさいね。知らないと電力会社、丸儲けよ。次は、規制委員会への文句。更田委員長、ご自慢の「新規制基準」ですが、プルサーマル発電と使用済ＭＯＸ燃料の危険性について何ら考慮されていません。それでいいわけないですよね。実際プルサーマル発電で合格した佐賀県の玄海原発の審査書を穴があくほど見てみたけど、「プルサーマル」も「ＭＯＸ燃料」も一言も出てきませんよ。要するにＭＯＸ燃料で運転したときの影響評価を全くしていないってことじゃありませんか？　これって審査の重大な欠陥じゃありませんか？　更田委員長、答えられますか！

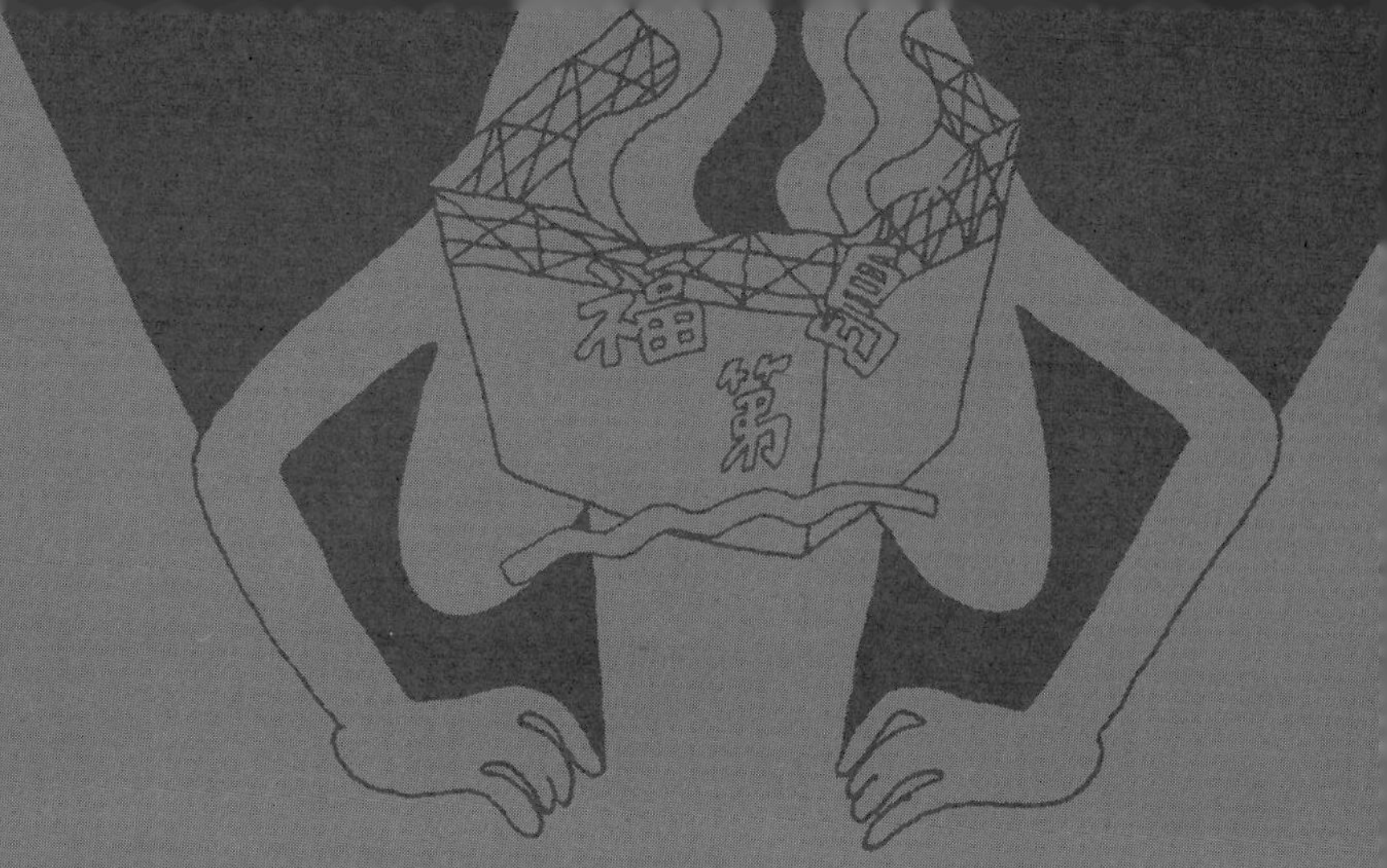

十個目のごめんなさい

ヨーロッパの新原発と比べ貧弱すぎてごめんなさい

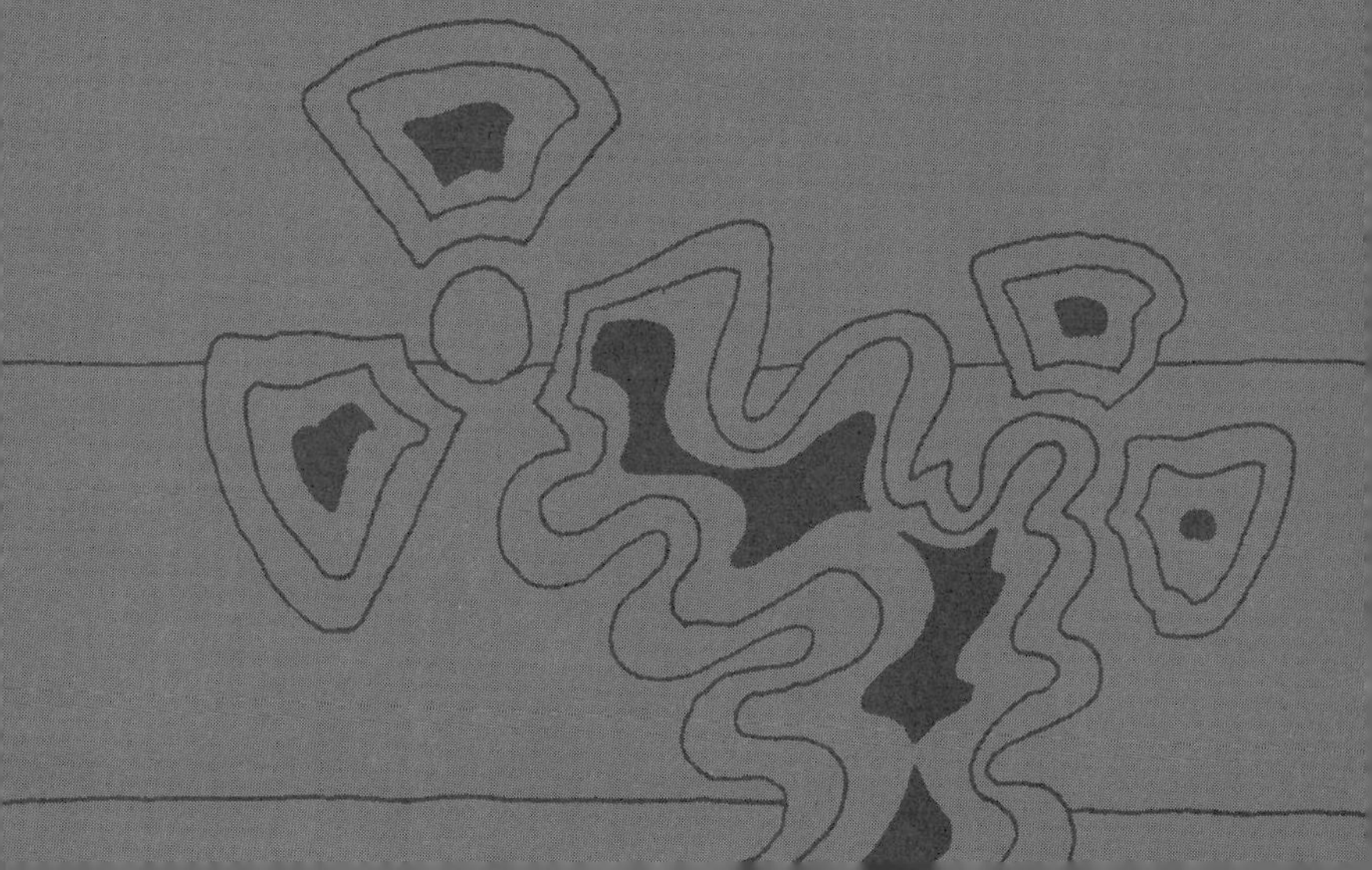

日本の原発輸出が全て空中分解してしまった理由《わけ》

私は福島第一原発1号機です。福島《わたし》の事故の後、世界の原発がどんな影響を受けてどうなったかここで整理しておきましょう。ドイツではメルケル首相が脱原発に舵を切りました。日本が原発のお手本にしてきたアメリカでは？　原子力規制委員会NRCが「福島の事故を受けて安全対策を強化しなさい」と命令しました。もちろんそれには巨額のお金がかかる。するとね、アメリカのいくつもの電力会社が、運転していい免許期間がずいぶん残っている原発を、次々と廃炉にすると決め始めた。実はね、アメリカの原発は私の事故の前から風向きが悪くなってた。米国内でシェールガスという新しいエネルギー源が開発されて、それが大量にあってべらぼうに安いときた。それまで安いと言われてきた原発の電気代はシェールガスに逆転された。そんな折に私の事故で安全対策費をさらにかけなければならなくなった。そろばんを弾いてみるとシェールガスよりかなり割り高になるとわかってしまったわけ。前に証言してもらったカリフォルニア州のディアブロ原発もそれが原因で廃炉になると決定したのです。

私　「ディアブロさん、まだ運転していい免許期間は残っていたんだよね？」

ディアブロ　「ハイ。ワタシたち双子原発は2基とも廃炉と決められてしまいました。電気代で立ちうちできなくなったのもそうですが、もう一つ決定的な要因がカリフォルニア州ではありました。再エネの新しい法律ができたのです。2030年までに電力会社が電力の50%を『風力や太陽光』など再生可能エネルギーにしなければいけない、という法律です。それを達成するには私たち原発を廃炉にした上で、同時に再生可能エネルギーを増やして50%にするしかないのです」

私　「再生可能エネルギーを2030年に50%？　カリフォルニアの目標、高いわね。日本のエネルギー基本計画では同じ２０３０年に22～24%。カリフォルニアの半分以下ですね。でもディアブロさん、ぶっ壊れた私と違ってまだまだピンピンしているのに墓場行きとはお気の毒、ご愁傷《しゅうしょう》さま」

ディアブロ「仕方ないです。ワタシだけでないし。同じカリフォルニア州のサンオノフレ原発も廃炉だし、アメリカ中西部のケワウニー原発は免許を20年残しているのにクビ。クリントン原発も、クアド・シティーズ原発２基も、そして東部のオイスタークリーク原発も、フィッツパトリック原発も、ピルグリム原発も、採算が合わなくてクビ連発。これがアメリカの原発事情です。ビックリしました?」

私「ビックリなんてもんじゃないわ。日本の原発の師、アメリカがこんなことになっていたなんて。だって、そんなニュース日本じゃ流れないから。なんでかなあ? 原発を日本に導入した当時の科学技術庁長官の正力松太郎は、世界一の発行部数を誇る読売新聞の社主。だから大手メディアがそういう記事は扱わない堅固な体制を早くから作ってしまったのかねえ。それとも原発推進を掲げる総理への忖度? よくメディアの社長さんたちと食事会して仲良しだものね。ごめんごめん、ぼやいちゃった。ディアブロさん、ありがとう。安らかに眠りについてくださいね」

ディアブロ「アスタラビスタ ベイビー 地獄で会おうぜ」

では、次はフランスね。料理はフレンチ、ワインはボルドー、グルメな国フランスは電力の８割近くを原発でまかなう原子力大国でもあるの。そのフランスでも私が事故を起こした後、方針を大きく変えたわ。再生可能エネルギーを増やして原発の電力を５割まで下げると決めた。フランスには原発が60基ほどあるんだけれど、まずは18基を廃炉にする。このニュースも日本ではＮＨＫがＢＳでちょこっと報じたけれど、地上波ではどこも報じなかった。ま、いつものことだけどね。フランスで廃炉にならなかった原発の多くも古くて、残りの寿命はそう長くなかった。それはわかっていたので新たに原発を作ろうとしていた。だけど私の事故のせいで原発の安全対策費が膨張。原発の建設費がそれまでの3倍、1基1兆円を超す事態になってしまった。そのあおりを受けてフランスで建設中のフラマンビル原発3号機は完成予定が何度も遅れて、2007年の建設開始から14年がたとうとする今も完成していない。この先、古い原発は死んでいき、新しい原発は建てるのがものスゴく難しい。もう、今ある原発の数を保てないことがわかってきたの。それに輪をかけて、風力発電や太陽光発電の電気代がどんどん安くなって逆転現象が起きた。それでフランスも方針を変えるしかなかったわけ。

そんな世界情勢の中、2018年の暮れだったわ。当時の安倍政権が「成長戦略の柱」とうたってご自身がTOPセールスしていた世界への原発輸出計画がすべて、水の泡になってしまった。まず、台湾。台湾では日本の原発メーカー日立がピッカピカの原発2基を完成させていたの。でもね、私の事故を受けて国民の反対が激化、運転しないまま凍結された。お次はベトナムとリトアニア。両国とも、日本政府との間で原発の輸出が決まっていたのね。なのにベトナムは国会議決で中止、リトアニアは住民投票で中止となった。急ブレーキをかけたのは、そう私の事故。その流れはアメリカでも。原発メーカー「東芝」が経営危機でアメリカの原発事業から撤退した。もう一社の原発メーカー「三菱重工」はトルコで原発建設を断念。これも建設費が高騰したため。そして締めは、2018年末に「日立」がイギリスへの原発輸出計画を凍結した。インドもダメになり、これで安倍前総理が推していた輸出計画は、すべておじゃん。皆さんは原発輸出がこんなに中止になっていたってご存知でしたか？　いつものことだけど、こういうのはこの国ではニュースにしないから。

安倍前総理は腹わた煮えくりかえっただろうねえ。私のせいで原発建設費が高騰しなければ日本が世界に誇る原発の輸出は順風満帆《まんぱん》のはずだったろうからね。ところがだよ、日本がイギリスへ原発を輸出しようとしたら日本の新規制基準が「世界一厳しくない」ことがバッチリ証明、いやバレてしまったのです。そのへんを、神恵内《かもえない》が深掘りしていた。教えてくれる？　神恵内一蹴。

神恵内　「内閣官房にあの日、衝撃が走った。イギリス政府から経産省に入ったある連絡が内閣官房に伝えられたんだ。どう安倍前総理に伝えるのかでもめにもめた。日立がイギリスに輸出しようとした原発は、新潟県の東電・柏崎刈羽原発の6号機と7号機と同型で、日本最新、改良された沸騰水型だった。ここで全く計算外のことが起きた。日本ご自慢の原発が、イギリスの安全基準をクリアできなかったのだ。首相が豪語してきた世界一厳しいはずの日本の新規制基準は、イギリスよりユルかったってことだな。あわてて日立は安全対策を追加しなければならなくなった。すると建設費が元の1.5倍に膨《ふく》らんでしまった。単純計算で、2基2兆円だったのが、あらまの3兆円さ。なんとか手直しした設計でイギリスの審査を通すには通した。だがタイミングが悪かった。この頃ちょうどイギリスの風力発電のコストがどんどんドンドン下がっていて、2基3兆円では採算がとれないことがわかってしまったのさ。せっかく、安倍前総理の温かい計らいで、この輸出にかかる巨額の費用に『全額債務保証』をつけてくれる大特例だったのにな。『全額債務保証』ってのは、何かあったら国が税金で全額を補ってやる、っていう約束だ。安倍前総理、いつも温かいだろ、大手企業には。さらにだ、イギリス政府に、『原発が完成したら、風力発電の電気代に負けている分、補助金出して高く買ってくれ』とお願いまでしてくれてた。でもそれはにべもなく断られてしまった。日立は苦渋《くじゅう》の決断、イギリスへの輸出の凍結を決めた。『凍結』、これもズルい言葉だろ。誰が見たって『頓挫《とんざ》』か『断念』だろ。だけどなぜかメディアは、凍らせたけど死んだわけではない、そのうち解凍してまだ続きがあるかも、ってニュアンスを残してやるんだな。やさしいだろ、メディアさんたちも。まあ収支決算としては、日立はこの計画にここまで使ってしまった2700億円をドブに捨てたことになる」

私「うん、『凍結』じゃあ決してない、『ズッコケ』たね」

ヨーロッパで合格する原発と日本の原発とは何が違う？

私たちは原発です。日本が輸出しようとした原発がイギリスの審査に通らなかったのは何がいけなかったんでしょう？　東電は、まずは柏崎刈羽6号機・7号機を再稼働させようと6800億円の安全対策費をつぎ込む計画をたてて、規制委員会に安全審査を願い出ました。規制委員会は東電の計画が、地震・津波・火山などへの備えも過酷事故対策も新基準に適合しているって審査合格を出した。しかしその審査合格した原発がイギリスの審査をクリアできなかった。ここが再稼働を進めようとする日本の一番の問題よ。何がダメだったのか、ヨーロッパで合格する原発と日本の原発には、大きく違うところが2つあったのです。

一つ目。アメリカの9・11同時多発テロで大型航空機がニューヨークのワールドトレードセンターに突入したわよね。これがもし原発に突入していたらどうなっていたと思う？　このテロを契機に世界では「大型航空機が突入しても大丈夫」な対策が原発に求められた。大型航空機の衝突にも耐えられる強固な構造にしなさいって。ヨーロッパでは建設中の原発も設計の変更を求められた。原子炉本体を守る「格納容器を二重」にしないとならなくなった。それまで格納容器の壁は厚さ2メートルほどの強化コンクリート製。それを二重にしなさいって。大型旅客機「エアバスA３８０」は全長73メートルで５２５人乗り。そのエアバスが激突しても壊れない強度を要求されているのです。超真剣モードで航空機突入と向き合ってるでしょ。だから滅茶苦茶お金がかかってしまうわけ。ではここでクイズ。安倍前総理が〝世界一厳しい〟って言う日本の「新規制基準」は大型航空機突入にどう対応しているでしょうか？　答えは……「大型放水砲」。大型航空機が原発に突入して格納容器の上部が壊れた、そこから放射性物質が漏れ出た、今だ撃て！　高さ60メートルまで届く大型放水砲で海水を噴射！　泡状にして放射能を叩き落とせッ！　私、思わず笑っちゃった。まるでB29に竹ヤリで闘え、でしょ。これが安倍前総理の豪語する〝世界一厳しい〟新規制基準の正体。しかもよ、超濃い放射能を叩き落とした大量の海水はどこへ行くの？　水は低い方へ流れる。そう、海に全部流して捨てることになる。イランの原子力施設には大きな放水砲ではなくてロシア製の防空ミサイルが配備されてる。じゃ、アメリカの原発には？　アメリカは言わないけど９・11を経験してるから絶対、防空ミサイルを配備してあるわね。当てさせない対策と、当てられたらどうするかの対策。日本は、当てさせない対策は無いし、当てられたらの対策は「無きに等しい」でしょ？

２つ目は「コアキャッチャー」。初めて聞く名前ですかね。「コア」は融け落ちた核燃料のこと、それを受け止めるキャッチャーっていう意味。万が一メルトダウンしても、融け落ちた核燃料を原子炉の下に作った滑り台で滑らせて、水を溜めた巨大な受け皿に誘導する。そこでキャッチして確実に冷やせるという仕組み。ヨーロッパでは建設中の原発でも設計変更させて「コアキャッチャー」をつけなさい、ってなっているのね。じゃ日本ではどう？　日本にも建設中の原発が青森県に２つある。東電の東通《ひがしどおり》原発１号機と、Ｊパワーのフル　ＭＯＸ・大間原発。でもこの２つに規制委員会は設計変更して、ヨーロッパみたいに格納容器を二重にしなさい、コアキャッチャーをつけなさい、という命令は出していない。だから費用がべらぼうにならないので建設が続けられる。緊急事態宣言を発した国民の命の一大事、コロナ対策を経済再生担当大臣が担《にな》う「経済優先」の国だから仕方がないのかねえ。「世界一厳しい」と何度うたおうとも、ゆるゆるの「新規制基準」だって皆さんはご納得いただけましたか？

インドで事故ったら原発メーカーも賠償させられ倒産しちゃう

私たちは原発です。インドへの原発輸出が立ち消えになったのは全く違う理由だったのね。日本が最初の原発を作る前、原発が事故を起こしたら損害額がいくらになるか試算したよね。そしたら国家予算の倍以上になるとわかって、国はその試算を隠した。覚えてますね？　巨額すぎて、保険会社も原発メーカーもその責任を背負えない。そこで、日本政府はルールを決めたの。原発が事故を起こしても原発メーカーには損害賠償は求めない、ってね。「原発の設計に問題」があって事故が起きたとしても、全ての責任、賠償は「メーカーでなく」電力会社が無制限に引き受けると法律で決めた。でも、「ちょっと待てよ、電力会社も一般企業だから無制限に引き受けたら潰れてしまうんじゃない？」ってあなたは思わなかった？　そこはホラ、原発は国策だから電力会社が潰れるほどの額になったなら国が面倒みるよ、って手を握ったのさ。「なぁるほどね」、なんて素直にダマされちゃいけないよ。国が面倒みるってお金は結局のところ、国民が税金や電気代に上乗せされて払うってことだからね。ところがこのルール、日本だけで通用するガラパゴスルールだったのさ。諸外国では通用しない。インドでもそう。インドでは原発が事故を起こしたら「原発のメーカーにも賠償を求める」ルールだったのね。私の事故でわかったように、賠償や除染費などが20兆円を軽く超える。そうなれば原発メーカーなんて簡単に吹っ飛んじゃう。日本の原発メーカーはさすがにビビったんだろうね。

このことがわかったらインドへの輸出話はいつのまにか立ち消えた。

これが「原発輸出全ズッこけ物語」の一部始終。だけれども、その後も安倍政権時の世耕前経産大臣はしれっと「日本の原発は福島の事故を経験した。そうして得た安全に関する技術は世界に貢献していくことができる」と今後も「原発輸出」にしがみつくってアピールをし続けたわけね。私、思った。私の事故原因すら全然わかってないのにどの口が言うか！ってね。まあ経産大臣のお立場だから仕方ないのですよね、大臣。とにかく原発にしがみつきたい人々は、実に「たくましい」のです。ジャーナリストでお笑い芸人のおしどりマコちゃんが、彼らのたくましさタップリのネタを仕込んでくれましたよ。

マコ　「私の相方は夫のケンちゃん。針金細工でトランプ大統領の顔まで作っちゃう愛しのダーリン！　そして私がつっこみ担当のマコで～す。原子力の国際シンポジウムに潜りこんだらおったまげのネタにぶち当たりましたよ。日本の原発を海外へ売り込むセールスマンがね、こんな話をしてくれたんです。『福島の原発事故が起きるまではね、〝日本の原発は絶対安全、事故は起こさない〟と言ってセールスしてきた。だけど福島で爆発事故が起きたので〝もう事故が起きない〟というセールスはできなくなった。でもアジアやアフリカでこの先50基原発を作ることはもう世界で決まっているし、もっと増やしたい国もある。だから今後どういうセールスをしていくかっていうと、〝日本の原発は事故が起こっても大丈夫だ〟というセールスをする』っていうんです。たくましさっていったらないでしょ！」

私　「面《つら》の皮が厚いのをとおり越してるねえ」

マコ　「彼らに命名しちゃいましょう。名付けて『原発ゾンビ！』」

私　「座布団一枚！　転んでも何度でも起き上がってくるのね」

マコ「しかも、タダでは起きません」

皆さん、原発ゾンビが今もニコニコもみ手でセールスしてる姿が目に浮かびませんか。でもまあ、原発輸出が全ておじゃんになったってことはよかったんだよ。私の事故原因対策を打てていない原発が輸出されて、世界のどこかで事故を起こさずにすむってことでしょ。かえって日本のためになったんじゃないかって、あなたは思いませんか？

『特重』ってテロ対策になるの？

私たちは原発です。私たちに航空機が突入するテロ対策として、原子力規制委員会は「特重」と呼ばれるテロ対策施設を作れと全原発に命じています。〝特上うな重〟みたいな名前の「特重」って何か？　ざっくり言うと、原発の中央制御室が壊されても遠隔操作で原子炉を冷やし続けるための施設ね。緊急時制御室と冷やす水を送りこむポンプと電源の3点セット。これを5年以内に作るという約束で再稼働をOKにしてきました。なのに、電力各社は「約束の期限が守れない、数年遅れるので大目に見て」と言い始めた。反則だよね。これには規制委員会もさすがにおかんむり。「遅れたら原発を止めるゾ」と釘を刺しました。期限が来て規制委員会が止めるかどうか見もの、って楽しみにしてきたんだけど、本当に止めたわねえ。まず九電の川内《せんだい》原発1号機が間に合わなくて停止。再稼働した原発のSTOPラッシュが始まったわ。川内2号、関西電力の高浜3号、4号と次々に止まっていった。残るは玄海原発だけになって電力会社は青ざめているわ。けど、電力は足りない？　いえいえ、全然足りてるって皆さんよ〜くご存知よね。

それは置いといて、「特重」の根本的な問題はね、「再稼働から5年の間に作りなさい」ってこと。ってことはよ、その間、「特重」がないまま原発を動かしていいよ、とやさしい規制委は言ってるってことでしょ。特重が完成するまでは大型航空機が突っ込んでもあの放水砲しかないってことだよね。幸い特重ができるまで何事もなく過ぎたとしても、そもそも「特重」の考え方に「?マーク」がつくのね。だって、大型航空機が突っ込むと壊れるのは格納容器だけ? そうじゃないでしょ。格納容器に守られていない中央制御室もこっぱみじんだよね。格納容器を貫いているたくさんの配管も、1基で100キロにもなるというさまざまな配管もズタズタになって放射能ダダ漏れ。そんな状態で、遠隔操作で原子炉を冷やせると思うこと自体がおかしくない? 絶対おかしい!! 制御室だけが壊れて他が無傷でない限り、特重から遠隔操作で原発は冷やせない。絶対冷やせない。原発の私が言うんだから間違いない。それにね、格納容器の外にあって守られていない使用済み燃料プールが厄介。底が抜けるだけで一巻の終わりになるって、皆さんも学んできたでしょ。何度も声を大にして言いたい。これが、私たちが建てられている国の「世界一厳しい規制基準」なんですよ。ここまでの私の説明を聞いて、特重は航空機テロから原発を守ってくれないと思った人は、これから何をしていけばいいか自分に問うてみてくださいな。何もしなければ、こういったことを問題視するメディアもほとんどなく、ニュースで流されないからいろいろなことが知らないうちに進んでいく。そして気づいたときには……。2020年の11月、九電の川内《せんだい》原発で「特重」が完成したのも知らない、そして1号機が再稼働したのも皆さんが知らないとしたら、長年うたわれてきた「安全神話ワクチン」でできた抗体がまだまだしっかり効いているというコト。

私は「欠陥商品」だった。アメリカでは改修されていたのに……

私は福島第一原発1号機です。東電が初めての原発を福島に作ろうとしたとき、採用したのはアメリカの原発メーカーGE（ジェネラル・エレクトリック）社製の「マークI型」だった。それが私。格納容器がコンパクトで低価格で建てられるってのがセールスポイントだった。ところがどっこい、この「少しでも安く作れる原発」という設計思想が欠陥を産んでしまったと、あの神恵内が私に直接言ってきたんだよ。デリカシーのない男だろ。奴の言うことが真実だとしたら、私は生まれつき欠陥商品。本当だとしたらスゴいショック。おい神恵内一蹴、私はホントに欠陥商品なのかい？　どんな欠陥？　くわしく教えなさい。

神恵内　「はいはい落ち着いて、福島さん。先日、米国NRCの担当官を取材してわかったけど、マークI型の欠陥は1972年、あんたが生まれる前にアメリカで問題になりかけたんだ。発端は内部告発からだった。『恐れながら……』、と名乗り出たのは原発メーカーGEの研究者。『マークI型はコストダウンのために格納容器を小さくしすぎました。壁も薄くて弱い。だからメルトダウンしかけて水素が大量に出たらその圧力で格納容器が耐えきれません。破裂して放射能が吹き出てしまう危険性が高いのです』とNRCの前身、アメリカ原子力委員会に訴え出たんだ。これはヤバいとびびったGEはこっそり委員会に頼み込んだ。『世の中に公表しないでください、なんとかしますから』と。すったもんだのあげく、内部告発から17年たった1989年、原子力規制委員会NRCは全米の『マークI型』24基の格納容器に『圧力を緩和する緊急通気弁を取り付ける』とやっとこさ決めたんだ。ヤバイときのガス抜き弁を付けろ、ってな。あくまで欠陥であることは伏せた上で対策をうったのさ」

私　「そっかあ、私は生まれつきの欠陥商品だったんだあ。クソッ。でも、そしたら私も含めて日本が輸入したマークⅠ型にも同じ対策をとったんじゃない?」

神恵内　「89年には、フクシマさんと同じマークⅠ型は日本に10基あった。アメリカはこの『緊急通気弁を取り付ける』決定を日本にもきちんと伝えた。それに対して、当時の内田秀雄っていう原子力安全委員会委員長はこう言ったと記録にあった。『事故が起こる確率から考えた改修の必要性と、間違って弁が開いてしまう危険性をよく比較検討する必要がある。そして検討した結果、日本の同型の原子炉ですぐに米国と同じ対策を講じる必要はないと思う』と。ほら出た、推進側お得意の屁理屈。間違って開くとき?　そりゃどんなときだい?　放射能が漏れてないのに弁を開けちゃった、ってときだろ。そのヘンテコな説明で、せっかくのアドバイスはスルーされたんだ。だからアメリカがマークⅠ型にとった欠陥対策はフクシマさんら日本の10基のマークⅠ型にはとらされなかったんだ」

私　「ということは、私は欠陥抱えたまま40年近く運転し続けたってことか」

神恵内　「いや違う。本当にそうなのか、を数年間日本なりに検討し、90年代にはアメリカのアドバイスに従ったんだ。それであんたにもベント弁は存在してた。だから、ベントして放射能はばらまいちまったけど、格納容器が爆発しちまうのだけは防げたってことさ」

私　「知れば知るほど、ひどいもんね。神恵内はこの後どうするの?」

神恵内　「そうだな、取材でずいぶん家に帰ってないから、札幌に帰って好物のルイベをつついて一杯やるわ」

私　「あんた、子どもいるの?」

神恵内　「娘が1人」

私　「飲んでばかりじゃなくて、たまには家族サービスするのよ」

神恵内　「うちは、亭主元気で留守がいいだから」

私　「娘さんなんて名前?　……お〜い……あら、退席しちゃった」

皆さんどうですか、アメリカで欠陥とされても対応しない推進側の精神構造。原発が日本にできてから今に至るまでブレない。見事というしかありませんね。ところで原発の欠陥はマークI型だけではないって訴えてる人がいます。反原発の人じゃないよ。福島事故まではバリバリの原発推進派だった人がね。それはもうスゴい発言で、私も仰天した。「沸騰水型も加圧水型も『水で冷やす原発』は全部、欠陥商品だ」って言うの。全部よ。

「今の原発はすべて欠陥商品」原子力推進派が語り始めた

私は福島第一原発1号機です。通勤電車でサラリーマンが日本経済新聞をよく読んでますよね？　経済って名がつく新聞だからずっと原発賛成の立場で記事を載せてきました。それが2019年頃から原発に厳しいことも書くようになってきました。これが時代ってことね。新聞社も変われば人だって変わります。福島で私が爆発した後、原子力推進だった人たちが過去の間違いを認め、原発の非は非としていろいろな真実を発信するようになったのです。

国の原子力研究機関出身の横原純はこんな発言まで。「現在主流の、水で冷やす原発（軽水炉）はすべて欠陥商品だ」と言い切るのです。日本に最大時50基以上あった原発をみんな欠陥商品だと原子力の専門家が断言。ホント？　全ての原発が？　過激すぎじゃない？　って思うわよね。生まれつき欠陥があったマークI型の原発だけじゃなくて、全部だって言うのよ。驚天動地《きょうてんどうち》の発言。その意味を原発の私にもわかるように「車の運転」に例えて説明してくれました。

「車に乗っていて、あ、危ない！　と思ってブレーキペダルを踏むのだけど止まらない。逆に加速してしまうのが原発です。つまりブレーキをかけるとスピードが上がるんです。そんな車、乗りたくないでしょ？　では今度は、車を原発に置き換えますよ。原子炉内で熱が暴走を始めて、ヤバイ！　冷やしてブレーキをかけなければ、と水を入れます。すると入れた水が、燃料に巻いてある金属と反応してしまい返って凄い熱が出てしまうんです」

えッ？　私って「急ブレーキを踏むと加速する」代物《しろもの》なの？　私自身も知りませんよ、そんなこと。専門家はこう続けました。

「あんなに大量の熱量をあの小さい空間に閉じ込めることには無理がある」って。

大量ってどれくらい？　小さい空間って？　わからないので聞いたわ。そしたらこう教えてくれた。

「発電量100万キロワットの原子炉って、直径が4メートル、高さも4メートルの円柱です。その中で100万キロワットの3倍、300万キロワットの熱が出ているのです。そんなウルトラ級の熱を原子炉の小さな空間にいつも安全に閉じ込めておくのは無理だと言うのです。いったんコントロールを失うとウルトラ級の熱はあっという間に制御が利かなくなります。たとえ停止装置が働いて自動的に止まったとしても、その後も核燃料からは熱（崩壊熱）が莫大に出続ける。その熱を冷やすのだけれども、冷却に失敗すると核燃料が1200度を超えてしまう。すると後は急坂を転げ落ちるように破局に向かって突き進んでいきます。そうならないようにいろんな安全装置をつけて騙し騙し動かしてきたけど、これはやっぱり、とても「普段使い」していいとは言えないと思います」

そうなのか、私って「普段使い」してはいけない代物だったんですね。専門家さんはさらにこうも言ったわ。「原発は冷却水注入の配管をまとったお化けだ」と。私はお化け……確かに私の体に張り巡らされた配管を繋げれば100キロにもなります。そのどこかが破断すれば大変なことになるのも事実です。専門家がなぜ「原発が欠陥商品だ」と言うのか、皆さんにぼんやりでいいからわかってもらえたらうれしいです。

一流企業がそろって品質偽装《ぎそう》、原発の重要部分も……

私は欠陥商品の原発です。それを知って皆さんもことさら心配になっちゃったろうねえ。でも昨今次々にバレた一流企業の「品質偽装」、こっちも不安ではないですか？　もしや日本の原発にも品質偽装した部品が使われているんではないかって。２０１６年、ことの発端は原発大国フランスでした。フランスで建設中の原発の重要な部品に「鋼鉄の中の炭素が基準値より多く含まれ、強度不足につながる可能性」があることが報道された。前々から原発関連の品質偽装を調べていた神恵内は直ちにフランスに飛んだ。一流企業と電力各社が絡み合ってるので、とっても複雑怪奇、神恵内に話をしてもらうわ。よろしくね。

神恵内　「人使いが荒いなあ、福島の婆さんは。まあいいけど。いちばん気になるのは、フランスが言う重要な部品とは何かってことだろ。それは原子炉の蓋《フタ》だったんだ。フランス政府は運転中のすべての原発を止めて精密に検査せよ、と命じた。すると。同じ蓋を使ってる原発が12基あるとわかった。1日止めると1機で億単位の損失が出るとわかっているのに、なぜフランスは止めさせて検査したか？　そりゃ危険性があるとわかっているからだな。フランスからの情報をうけて日本でも検査することになった。予想どおり同じ蓋が日本のたくさんの原発にも使われていた。東電・福島第二原発2、4号機、北陸電力・志賀原発1号機、関西電力・高浜2号機、大飯《おおい》原発1、2号機、日本原電の敦賀《つるが》原発2号機、四国電力・伊方《いかた》原発2号機、九州電力・玄海原発2、3、4号機、川内《せんだい》原発1、2号機の合計8原発で13基。これだけの原発が問題の蓋を使っていた。原発先進国フランスは全基止めて検査しろと命じたけれど、日本は？　原子力規制委員会は『止めなくてよろしい』という指示を出したんだ。電力各社はニンマリだろ。原発を動かしたまま検査して、問題はなかったという報告書を出した。規制委員会はそれをすんなり承認した。原発に軸足を置くフランスと日本、この危機感の違いはいったいどこから出てくるのか誰か教えてくれよ。この蓋、作ったのは大型鋳鋼品メーカー『日本鋳鍛鋼《ちゅうだんこう》』だ。炭素の基準があるのに守ってなかったんだから、これは『品質偽装』、完璧アウト。恥を知れ、業界から去れだな」

私　「自主廃業したみたいよ。品質と言えば世界で日本が一番、って地位を戦後がんばって築いてきたのに、いったいいつからこんなインチキ体質が日本の企業に染みついたんだろうねえ……」

神恵内　「それから一年後、また衝撃が走ったんだ。ラグビーで有名なあの神戸製鋼が『品質偽装』をしていたのがバレた。神戸製鋼が作っていたのも『原子炉の蓋』だった。どんな偽装かというと『鋼鉄の中の炭素の偏りは規定内でない』のに『規定内だ』と検査証明書のデータを書き換えたんだ。まさに『改ざん』。鋼鉄製の原子炉の蓋や本体に炭素の偏りがあると、そこだけ金属の粘りが弱く、脆《もろ》い。何かあると、その部分で割れる可能性がある。原子炉の蓋が割れたらとんでもないことになるのは明白なのに、ウソデータに書き換えてたんだよ」

私　「自分がついてきたウソを謝っている私が言うのもなんだけど、世界に技術を誇ってきた会社のウソは、お話にならないよね」

神恵内　「もう一つ神戸製鋼を取材して驚いたことがあった。神戸製鋼は原子炉の蓋を作っているのに原子炉本体の圧力容器は作ってないんだ。あれほどの大会社が原発の蓋しか作ってないとすると、原子炉の本体はいったいどこが作っているんだ？って疑問が湧いたのさ。アメリカからの輸入か、って。世界に何百もある原子炉を作れるのはアメリカとかロシア・フランスだとオレは勝手に思い込んでたのさ。で、調べてみてブッたまげた」

私　「まさか？」

神恵内　「そのまさかさ。なんと世界の圧力容器の8割は『日本製』だった。ほぼ日本の一社が作ってる。『日本製鋼所』ていう北海道にある会社だ。オレの故郷、北海道にあったわけさ。ロシアの原発以外のほとんど、世界中の原子炉の８割を『日本製鋼所の室蘭製作所』が作ってた。もともとは日露戦争の後、兵器の国産化を目的として誕生した企業だった。アメリカの企業でさえ現在主流の大型原子炉を製造する能力はないんだと。米国エネルギー省も『原子炉本体に用いる品質の高い鋼鉄を唯一製造しうるのは、日本製鋼所・室蘭製作所のみだ』と認めてる。ここの製品なくして世界の原発は成り立たないといっても過言ではない。でも、もしもだ。もしこの会社がウソつくようなことがあったら……世界は地獄を見る。そう思わないか？」

私　「思う思う。頼みますよ、『日本製鋼所』さん」

神恵内　「でも、そんな世界に冠たる原子炉メーカーが国内にあるって、知ってたかい？　原発のあんただって知らんだろ？　なぜ誰も知らない？　変だと思わないか？」

私　「『国民の知らなくていいことはなるたけ知らせない』、原子力推進側の姿勢は一貫してるってことじゃない？」

神恵内　「だろうな。原発に関わる企業の品質偽装はこれで終わらなかった。これ以外にも立て続けに発覚したんだ。電線メーカーの老舗《しにせ》、フジクラが必要な検査をしないである物を原発に納品していた。『燃えにくい電源ケーブル』だ。原子炉の冷却系統に使われるものだった。つまりだ、『原発にとってとても大切な冷却を担う電源ケーブルは、燃えてもらっては困る。だからこそ燃えにくいケーブルを使っている』はずなのに『検査していないので、燃えにくいのかどうかわからないケーブル』が使われていた。フジクラの電源ケーブルは日本の17の原子力発電所で使われている」

私　「17？　ということは、日本の全原発……」

神恵内　「まだまだある。原発向けの『電源装置』も日立化学が検査不正をしていた。これは停電が起きたときとか緊急時に使う大切なものだ。東北電力の女川《おながわ》原発、東電の福島第一・第二原発、北陸電力・志賀原発で使われてる。お次の不正は『油圧弁』、東京計器が不正していた。使われているのは東電の柏崎刈羽、中国電力・島根原発など。まだある。続いて『免震・制振装置』のデータ改ざん。これは中部電力の浜岡原発、四国電力・伊方原発、日本原電・敦賀原発に使われている。こういった品質偽装の製品を原発に納品していた会社は、10社だ。10社は『一部を交換した』と言うけどな、一部だよ、一部。それ以外は性能試験や点検などで影響がないと『確認』できたのでそのまま使用するんだと。けど、それでいいわけ？　インチキしていた10社が言う『確認』。それを国民がすんなり信じると10社は思ってるんだろうか。規制委員会はすんなり信じるんだろうけどな。とにかく企業の良心がマヒしちまってる。末期症状。戦後やっとの思いで技術大国日本になれたってのに、利益を追い求めすぎて、いつのまにか偽装大国日本に腐り果ててしまってた」

私「ま、何事も経済最優先、命よりＧＯ ＴＯを優先する国だからね」

私は原発、学校で教えてあげてほしい！（その⑮）

偽装や改ざんは、原発関連の一般企業や経産省だけでなく、原発を所有する会社でもヒドいものがあったこと。それは、敦賀原発の日本原電。一度、原発建屋の真下に活断層があるとされて廃炉が決まったのに新証拠を出すと粘ったこと。それで出してきたのが80カ所も改ざんし、しかも固まっていない地盤を固まった地盤だと真逆の内容に改ざんしたこと。それが規制委員会にばれたこと。なのに規制委員会は審査を中断しただけだってこと。はぁ？　そんなバカな、ってことが現実として最近起きていたこと。

もう一つ忘れないでほしい。私たち原発（軽水炉）は原発推進側の科学者からみてもすべて欠陥商品だということ。緊急事態でブレーキ踏むと暴走するヤバい商品だということ。原子力規制委員会は『原発事故の確率は100万年に1回』というけれど、『絶対に起きないはずの超過酷事故』がわずか『40年で3回』起きていること。スリーマイル島原発、チェルノブイリ原発、福島第一原発。『40年で3回』は『13年に1回』。『100万年だと2万5000回』だということ。100万年に1回が13年に1回。お話になりません。でも私たち原発には反論のしようもございません。ごめんなさい。

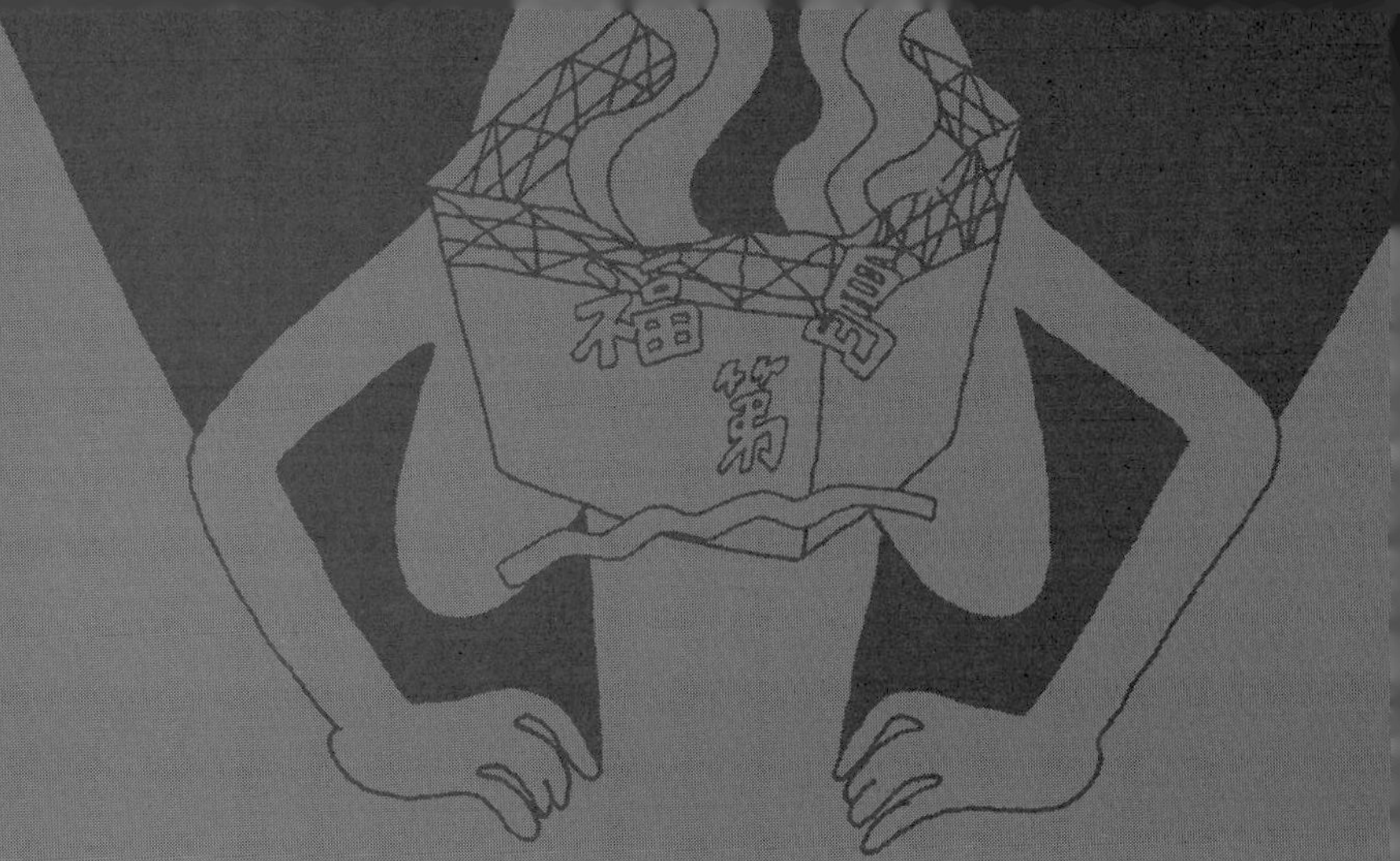

十一個目のごめんなさい

放射能だけでなく
大量の熱を海に捨ててきました

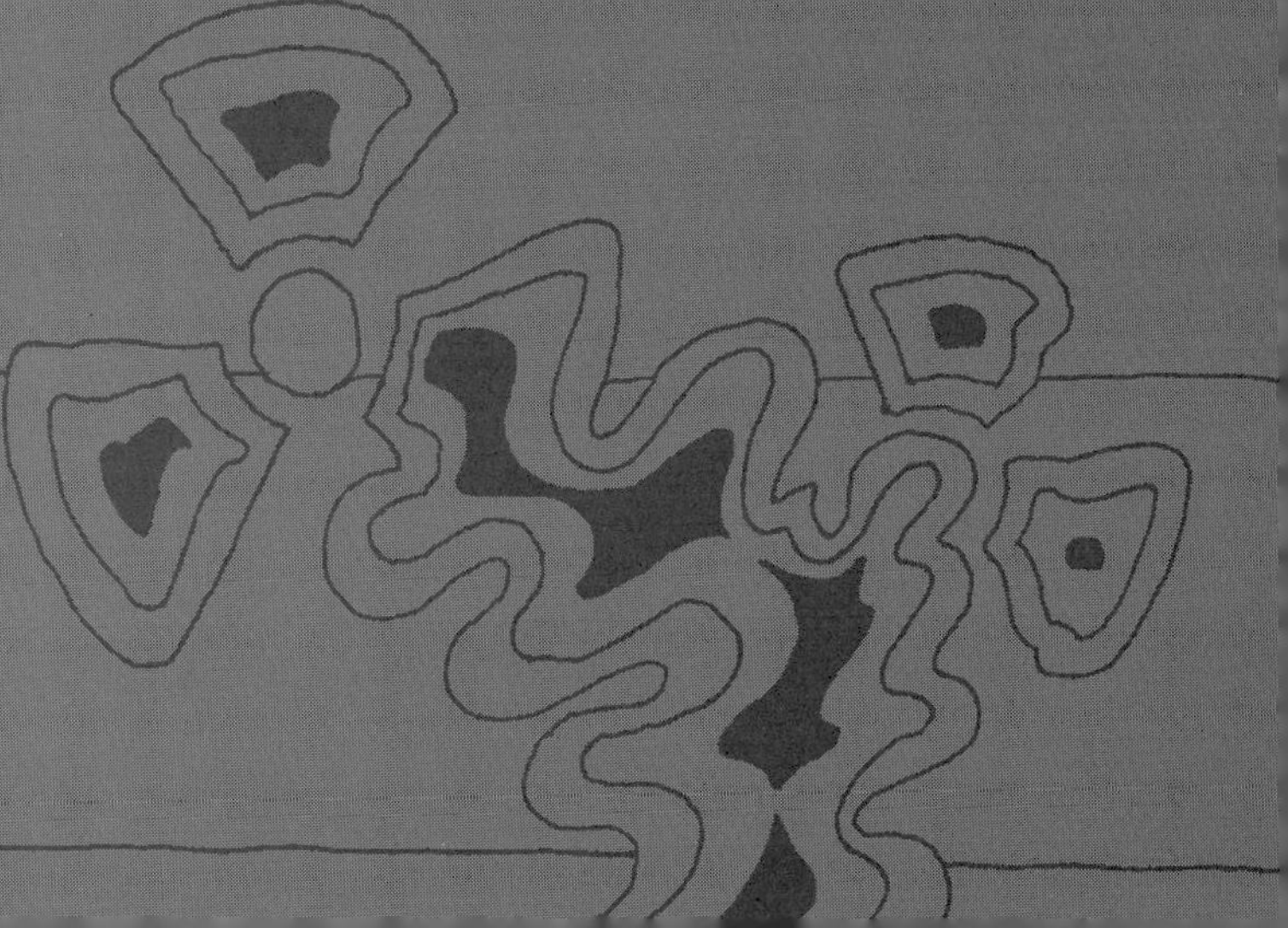

熱ならいいじゃん、ではないのですよ

私たちは原発です。「運転すれば必ず放射能を出す」のに私たちが生まれてこのかた、それを皆さんが知ることはなかった。言わなかっただけでウソではない、ってのが推進側の言い分でしたね。それと同じ論法で「もう一つ」とても大切なことを推進側は長年皆さんに言わないできた。今だってまだ自ら進んでは言ってない。それは〝熱〟。私たちは巨万の熱を海に長年捨て続けてきたのです。ごめんなさい。電力会社は「この原発は100万キロワット発電できます」とは言うけど、「その倍、200万キロワット分の熱を海に捨てます」とは皆さんに言ってませんよね。ウソは言ってないけど、地球環境としては大問題だと私たち原発は思っているのです。「原子力で発電する」をおさらいすると、私の体内で核分裂を起こし、生まれる大量の熱で水を水蒸気にする、その水蒸気の勢いで発電機を回して電気をおこす。水蒸気を冷やして水に戻し原子炉内に返してやることでタービンを回し続ける。その水蒸気を冷やすのが大量の海水。つまりね、水に戻すために「水蒸気から奪った大量の熱を海に捨てる」ということ。この大切な部分が言われてこなかったんです。原発で100万キロワットの発電をすると、もれなくその倍、200万キロワット分の熱を海に捨ててきたってことね。そうしないと原子力発電は成り立たない。でも皆さんはこう考えるでしょうね、「熱は放射能と違って世界の環境に害はないんじゃないの」って。そうは問屋が卸さない。害がタ〜ップリ隠れている。

なぜ「海沿い」に、私たち日本の原発が作られていると思います？　それは原発の熱で作り、発電に使った「水蒸気」を、無尽蔵の海水で冷やして「水に戻す」ためね。すると海水は温まる。排水の温度規則も作られていますよ。「原発に取り込んだときより7℃高い海水までは海に戻してよい」ってね。何を根拠に7℃

までOKにしたのか、誰が決めたのかもわからない。3・11大震災直後の記者会見で保安院の人が言ってたように、海に捨てれば、海は広いな大きいな……で、薄まって、温度も冷めるので問題ないでしょってところ。でもここに大きな問題が隠れてる。原発1基を冷やすのにどれだけの海水が必要だと思う？　想像つかないでしょうね。中部電力の浜岡原発1基を冷やすのに必要な水量は……年間で18億トン。一級河川《かせん》長良川3本分の水量よ。7℃高くなった18億トンが毎年海に捨てられてきた。世界最大規模の新潟県、柏崎刈羽原発だと7基あるので単純計算でおよそ年間130億トンの7℃高い海水が海に捨てられてきた勘定になる。私の事故の前にあった全国の原発は54基。その54基が30〜40年間にわたって莫大な〝熱〟を捨て続けてきていたことになる。だからその総量はどれほどになるか想像を絶するでしょ。京都大学で原発を長年研究してきた鯉出先生はね、原発を「海あたため装置」って呼んでる。全原発から垂れ流す7℃高い海水の量は年間1000億トン。東京ドームで何杯分とかで言えるような量ではないいんだな、と覚えてください。

原発が捨てる「7℃高い温排水」は海に出たらどうなるのか？　そんなこと、想像する人なんていないよね。7℃低い海水とうまく混ざりあうって思うんじゃない？　確かに海の底までかき混ぜられたら、私たちの捨てる熱の影響はあんまり出ないのかもね。でも皆さんも経験あると思うけど、海水浴で海に入ったときに下の方は冷たくて海面近くは温かい、ってことあったんじゃない？　そう、原発を冷やしてできた7℃高い海水は、温度差がありすぎてすんなり冷たい海水とは混ざらない。油が水に浮くみたいに冷たい海水の上に温かい温排水が浮かんじゃう。そして温かいまま海面をソロリそろ〜りと滑っていく。愛媛県にある伊方《いかた》原発が出す温排水は、1年で瀬戸内海ほぼ全体の海面を「厚さ20センチ分」7℃高い温排水で覆うんだと。福井県の若狭湾はもっと大変よ。だって湾内に原発が14基もあって原発銀座と呼ばれてきた。いくら若狭湾が大きな湾だからといっても14基の原発が、それぞれ一級河川3本分の7℃高い海水を長年湾内に出してきたんだから湾がお風呂になりそうでしょ。実際、大震災の前はNHKのニュースで「若狭湾には熱帯魚も泳いでいます」ってやってた。ところが、原発が事故後に一斉に止まってからは熱帯魚は見られなくなったと漁師さんたち。原発事故で温排水が一斉に止まったからだろう。でもね、今、多くの原発が止まっているからってこの温排水の問題が終わったわけではないのね。だって原発があるのは日本だけじゃないから。お隣韓国にも海沿いに原発が24基ある！　中国にも東シナ海に面して原発が43基、台湾にも6基。日本にあった総数より多い海外の原発が大量の温排水を出し、それが対馬海流に乗って東シナ海から今も変わりなく日本海へ流れ込んできている。想像してみて。空恐ろしい、と思うのは私だけ？　近年、北陸沖で冬でも雷が激増した問題も、海面が温かくて冬でも蒸発する水分量が多いせいで雷雲を生んでいると言われている。爆弾低気圧が日本海を北上して北海道に甚大《じんだい》な被害を与えるようになった原因も、ここ数年の「線状降水帯」の大雨被害も、シナ海や日本海の海水温が高くて雨雲が想定外に発達することが引き起こしてるからではないのかねえ。気象庁によれば、日本近海では2019年までの100年間に年平均＋1・14℃海面水温が上昇した。これは100年間の日本の気温の上昇、＋1・24℃と同じくらいだ。ここが超オカシイ。水の密度は空気の約800倍もあるので、地球に二酸化炭素が増えたからといってそうはならない。何らかの原因がない限り科学的に有り得ないのだ。しかも、世界の海水温は日本の半分しか上がっていない。なぜ⁇　この日本海の海水温上昇はCO_2の増加による地球温暖化のせいなのか？　私たちの温排水が上げたのか？　皆さんはどう思われますか？

もうひとつ、注目してほしいのは、海水は温められると二酸化炭素（CO_2）を大量に大気中に出してしまうということ。実は地球に存在する二酸化炭素の多くは海水に溶け込んでいる。だから原発の温排水で海水が温められると、溶け込んでいた二酸化炭素が大気中に放出されてしまう。ホントなん？って思った人いるよね。でもぬるいビールをコップに注ぐと泡立ちすぎるでしょ、キンキンに冷えてると泡が出ない。それと同じ原理ね。原発のスローガンは「発電時に二酸化炭素を出さない」だったでしょ。でもさ、温排水を大量に捨てることで実は、二酸化炭素を大量に出してたってことね。これまた誰も知らされてないだろうから、さぞ驚いたろうね。知らされないってことは恐ろしいねえ。二酸化炭素を出さないのを売りにしてきた原発は、まず、核燃料を作る段階で大量の二酸化炭素を出してたってバレた。そして発電後も温排水が海水を温め二酸化炭素を出していた。なんだい、なんだい、私たち原発も地球温暖化に拍車をかけてたんじゃないかねえ。重ね重ねごめんなさい。いったい何回、重ねてんだろ、情けない。

数百年単位の長い間、北海道には起きてこなかった豪雨災害、ここ数年全国で多発するゲリラ豪雨、これら、原発がもともとの海水より7℃高い温排水を大量に長年出し続けたのが原因だと、私たち原発は誠に勝手ながら、そう思うに至ってしまっております。一切、科学的な証明はされていませんが、私たち原発一同そう信じ、大いに反省しております。

そして、なんだか最近、2050年にCO_2ゼロを掲げて、「新原発建設もあり」「小型原発開発」とか、与党や経団連が叫び始めました。安倍前総理の政策を丸ごと受け継いだ菅総理、核燃料を作るときに出す大量のCO_2と原発の温排水が海から追い出すCO_2を知らんぷりしちゃダメですよ。え？　いつもの「その指摘はあたらない」ですか……。

日本の再生可能エネルギーには高いハードルが

私は福島第一原発1号機です。私が発電するときの「熱の問題」。この問題の優等生は〝太陽光発電〟や〝風力発電〟ですね。だって発電時にほとんど熱を捨てないから。九州電力では数年前、原発が4基動いていて、天気のいい土・日はたくさんの企業がお休みで電気が余る。それが理由で「太陽光発電を送電線から切り離す」ことを始めたわ。あんなに熱を捨ててる原発は止めずに優等生の太陽光発電を閉め出すの。ここで復習。「原発は一日止めたら数億円損する」、だったわね。だから環境には優等生でも太陽光発電はバサッと斬り捨てられる。日本は何事も経済優先の国だからネ。

私が事故を起こした後の日本では再生可能エネルギーの電気代は原子力や火力とかに比べて高かったので、政府が補助して再エネの電気を高い値段で買い上げる仕組みを作ってあげたの。結果、再エネはぐ〜っと増え始めたのだけど、補助の額が積もり積もってけっこうな額になってしまい、国民負担が増えるのでよろしくない！って原発寄りの人々が反対の声を上げはじめた。国の「エネルギー基本計画」には2030年度までに再生エネを22〜24%達成させることを盛り込んであるのだけれど、それを達成するには国民が電気代に乗っけて払う負担が「2・4兆円」かかるんだって。でもね、それは今しか見ていないと思う？　もしもよ、その補助金を国民が我慢して払ってさ、将来、日本が再生可能エネルギーで100%自給できることになったとするでしょ、そしたら何が起きると思う？　すっごくイイことが起きるの。それはね、今は火力発電のために石油や石炭、天然ガス、そして私たちのために核燃料を輸入してるでしょ。その額って年間「20兆〜30兆円」にもなるのね。この莫大なお金が毎年毎年、海外に流れ出てったわけ。でも、将来、日本が再エネで自給できるようになったらどうなる？　他国に一銭も払わなくてよくなる。この巨額なマネーが国内に回ってごらんなさい？　地域の他の産業に資金が潤沢に回るようになるじゃない。世界の国々はこのストーリーでとっくに動き始めてる。

再生可能エネルギーを国が買い取る費用は2019年度で3・6兆円。そのうち国民が電気代に上乗せされて払う額は2・4兆円。平均的な4人家族で、年に1万4000円払う勘定。最初はスゴく安かったのですが、どんどん法律が変わり、上乗せされた額は13倍にふくらんだ。資源エネルギー庁が再エネに意地悪してるとしか見えないでしょ。でも考えてみて。今生きてる世代が再生エネのために負担するのはあとせいぜい数十年。比べて原発の出す核ゴミを保管するのに負担するのは何百年〜何万年。皆さんの子々孫々が巨額な費用を負担し続けていくことになるの。どっちが得かよ〜く、考えてみよう。未来に、再エネ１００％社会になっていらなくなる化石燃料代や核燃料代が年「20兆〜30兆円」。それが国内で回るのなら、年に２・4兆円みんなで頑張って我慢できるとあなたは思いませんか。

ここで朗報。世界を見渡せば、いちばん安いと言われた原発の電気代を逆転して再エネの方が安くなってる国が増えています。再生可能エネルギーが高い高いと敬遠されるのは、今や日本だけの話になっちゃってるのね。携帯電話もそうだけど、ほんと日本て国はガラパゴス化が大好き。

これまで日本の電力会社は「原子力発電は安い」と、ことあるごとに宣伝してきました。福島の事故前には1キロワットあたり5・6円。事故後に10・1円以上と修正しました。けれど再エネと比べれば段違いに安いと主張してきたのです。

まあ10・1円というこの価格には安全対策に必要となった電力10社合計5・2兆円は一切含まれていません。それに将来にわたって莫大にかかる核ゴミの処理費用も含まれていません。でもまあ、それをいったん忘れてさしあげて世界に目を向けてみましょう。日照量に恵まれている、例えば、チリ、メキシコ、ペルー、ＵＡＥ（アラブ首長国連邦）といった国々では、太陽光発電は1キロワットあたり3円ちょいという価格で入札が行われています。さらにサウジアラビアで現在計画中のメガソーラー発電所では、キロワットあたり約2・1円という驚異的な低価格で入札されたと言います。同国のムハンマド皇太子がソフトバンクと共同で21兆円を投じる世界最大規模の太陽光発電事業を進めることを明らかにしたのは皆さんの記憶にも新しいでしょ。風力だって負けてない。イギリスでは洋上風力発電。海に建てた世界一の規模の巨大風車群でキロワットあたり5円を切っているのね。世界中で原発の電気代は再エネに太刀打ちできないのは今や常識。その常識がまだ常識でないと言い続けているのがガラパゴス日本政府なのです。世界はもうすでに、原発ではなく再生可能エネルギーに大きく舵を切って全力疾走に入っています。それを知らない国民は……そう、日本人です。

送電線は空いているのに……

私たちは原発です。世界的に見て、日本が再生可能エネルギーでいかに乗り遅れているのかわかっていただけました？　残念なことに、もう一つの高いハードルが日本の再エネには立ちはだかってます。それは「送電線網」。所有しているのは大手電力。「送電線を通せる電力の量には限りがあって、再エネを通してあげる空きがない」って各社、口を揃える。そして「再エネの電気を通してほしいんだったら新たに空きを作る必要があるので億単位の費用を払ってください」と再エネの会社に高額のお金を要求してくる。ヤクザ屋さんのカツアゲみたいでしょ？　ところが実際は大量に空いているとある人が突き止めた。ノンフィクションライター神恵内《かもえない》がその人物を取材していた。

神恵内が出向いたのはノーベル賞受賞者を大勢出してる京都大学。紅葉の穴場と言われるキャンパスは紅《くれない》、黄金《こがね》、橙《だいだい》と多彩な色に溢《あふ》れていた。待ち合わせのカフェテリアに無精ひげを生やしたその人は時間どおり現れた。再エネ経済学の保田要教授。送電線の多くは空いていると突き止めた再エネの第一人者だ。挨拶もそこそこに神恵内は切り出した。

神恵内「先生、大手電力が一杯だと言ってた送電線に空きがあるのを見つけたんですよね」

保田「ええ。最初、そこを突っ込むと大手電力会社の言い分は、その空きは原発が動いたとき用だから実質空きはないと。それでも調べていくと、原発用の空きをとっておいたとしてもまだタップリ空いている送電線網がかなりあることを突き止めたんです。ということは、再生エネ事業者に設備を増設するから大金を払えって言うのはおかしい。世界は再エネまっしぐらなのに、そんな妨害なんかしてる場合じゃないんですよ」

神恵内「なんか小学生のイジメみたいですよね」

保田「世界各国も以前はそうでした。現在、再エネが4割を占めるドイツでも、最初は送電線網をもつ電力会社は再エネに冷たくて、日本の電力会社と同じ主張をしてましたよ。『空きは4％しかありません』ってね。ですがチェルノブイリ原発事故の影響が直接ドイツを襲ったので、それをきっかけにだんだんとその問題を改善していったんです。で、今では電線の容量全体の『36％』も再エネが使えるようになったんです」

神恵内「先生、日本もそうなっていきますか？」

保田「当面は、既得権益《きとくけんえき》を守ろうとするでしょうが、こじ開けていかないといけませんね」

何歩も先を行くドイツでさえそうだったのですね。最初の重い一歩を踏み出さないと、錆びて凝り固まった悪い習慣は打ち破れないことがわかりましたね。日本はその一歩を踏み出せるかねぇ。

ところで送電線は電力会社のものなの？

私は福島第一原発1号機です。原発は人の住まないところに建てると決まっていて、そのとおりに私は福島の海岸線の辺鄙《へんぴ》なところに建てられたわ。そして私が作った電気は福島では使われず、すべて遠くはなれた東京へ送られ続けた、私の一生を通じてね。鉄塔に張られた送電線が山々を越えてゆく景色を皆さんも見たことあるでしょ。よくあんなところに建てたなあって。ところでこの送電線網って誰のものか考えたことある？　電力会社の持ち物？　確かに表向きは電力会社の所有となってて、管理も電力会社がしてるけど、長年皆さんが払い続けた電気代で作ったのだから、ホントの意味でいうと単純に電力会社のものではない。言うなら「社会の所有物」だね。ということは、電力会社や原発の占有ではないってこと。皆さんが再エネをつなごうと思ったら自由につなげるのが本来の姿だと思わない？

その後、2020年の4月に政府は「電力を作る会社」と「電力を送る会社」とを法律で分けたわ。あら、分けるんだったらうまくいきそう、って思うでしょ。ところがどっこい、いつもと同じでそうはいかないわけ。「電気を送る会社」のほとんどが実は大手電力の子会社だから結局、形だけってことになる。だからこれからも手ごわいぞ。私、原発にとって国は父、電力会社は母。父さん母さん、再生可能エネさんたちにどうか意地悪し続けないでくださいな。そんなことしたら世界からすでに周回遅れになってる日本の再エネは、2周遅れになりますよ。

もう一つ新しい法律があります。それは2018年末にできた「再エネ海域利用法」。パッと見、再エネのための法律って見えるでしょ。でもこれまた先ほどの法律と同じで、よく知ると再エネにアンチな法律ね。

たとえば洋上風力発電のために「海」を使いたいって思ったら、この法律に従うことになるのね。名前が素敵よね、「再エネ海域利用法」、どうみても再エネに優しそう。でも実体はまったく逆。例えば、あなたが洋上風力発電をしようと思い立ったとしますよ。でも海だからといって自分の好きなところでやらせてもらえるわけではない。経産大臣と、国交大臣とが促進区域を指定して公募を行う。応募して事業者に選ばれれば30年間の占用の許可がもらえ、やっと洋上風力を始められる。でもさ、選ばれなければ始められない。あれ？

これって加計学園の獣医学部の特区と同じってことじゃない？　あのときは、指定されなかった京都産業大はあきらめた。この図式を「海域利用法」に当てはめるとどうなる？　偉い人のお友だちでないと促進区域の指定はなかなか受けられないってことでしょ？　あなたがやりたい洋上風力発電はいつまでたってもできない、ってことになる。なんだかなあ、右を向いても左を向いても日本中、同じ構図ばかり。そこのあなた、うんざりしたんじゃない？

太陽光を捨てる愚。そして、うごめく日本国内の原発増設へ向けて

私たちは原発です。九州電力では一時期、再稼働した仲間が4基動いていました。快晴の日などは太陽光発電と合わせると発電量が大幅に余ったんです。すごく余ると電力の需要と供給のバランスがくずれて、北海道胆振《いぶり》東部地震のときの北海道みたいにブラックアウト（全域停電）してしまう。それを理由に太陽光発電を送電線網から切断したの。タダでいちばんクリーンなエネルギーを捨てて、核のゴミの出る原発を動かし続けたってこと。ちなみに100万キロワットの原発が一年発電するとどれほどの使用済み核燃料が出ると思う？　答えは30トン。九電の4基は合計400万キロワットを超えてるから1年で120トン。動かし

続ければ毎年120トンずつ死の灰満タンの核ゴミが増え続ける勘定ね。なぜ太陽光を捨てて原発を止めないか、それは、「何かがあったら止める順番」を国が決めているから。最後に止めるのが「原発」と決められていて、それに従っているという理屈。そりゃ国策原発でずっと来たわけだからルールも私たち原発寄りよね。でもね、前に「1日止めると数億円、損する」って話をしたよね。国のルールより、本当はこっちがいちばんの理由じゃないのって原発の私でも思っちゃう。

私が爆発して何年たとうが、原発はベースになる電源（ベースロード電源）ってことでその地位はゆるぎない。じゃ、世界ではどんな電力が追い風に乗ってると思う？　いちばん多く建てられた発電所が何発電か？　それが答えだよね。ここ数年に世界でいちばん多く新設された発電所、何だと思う？　それは……断トツで再エネ。実に「70％」。火力が25％、原発はわずか５％。世界はそんな感じなのに、原発を３基も爆発させた日本政府の「エネルギー基本計画」だけが原発にしがみついてる。そして再生可能エネルギーを世界と比べて低いレベルに設定してる。なぜなのか？　その謎を解く鍵が「エネルギー基本計画」に見てとれるわ。「エネルギー基本計画」では２０３０年で原発は20～22％としてる。その目標は、私の事故後、引退の決まった原発を除くと35基、建設中の原発が３基、これ全部動かないと達成できないのね。だけど再稼働申請をいまだしていない原発も10基あるし、再稼働は遅々として進んでいないから推進側はお先真っ暗のはず。でもね、推進側は裏でちゃんと奥の手を用意してたわ。これに食らいついたのが、原発共通アンケートの神恵内一蹴。神恵内、あんた鼻利くよねえ。

神恵内　「誰だってわかるよ、臭すぎて。福島第一の爆発以降、歴代・経産大臣は『原発の新設や建て替えは一切考えていない』と明言してきた。なのに、現在のエネルギー基本計画の中に『新型原子炉の研究費』を堂々と盛り込んであったんだ。その額６億５０００万。さらに経産省が『原子力がエネルギー転換期に直面する課題』と題した国際会議を福島で開いたんだが、メディアには非公開にしやがった。世界32カ国もが来日した国際会議なのにだ。しかも議事録すら出さない。出さない理由が『外交上の秘密』だってんだから笑っちまった」

私　「出ました、お得意の屁理屈！」

神恵内　「この会議に出た人間を探し出し片っ端から口説いて、ようやく中身を聞き出せた。メモを取る手が震えたね。その会議で、日本の原子力の国際協調セクションのリーダーが世界に向けて堂々とこう言い放ったんだ。『将来も一定の原発比率を維持するには新原発の準備を始める必要がある』とね。しかも新型原発のビジョンもすでに固まっていた。

①『小型』。

②溜まり続ける『プルトニウムを燃料にできる』。

③太陽光など不安定な電力と調整できるように『出力調整ができる』。

彼ら水面下でシコシコやってたんだよ」

私　「やたら具体的だね。私たち世代の原発のネックは『出力の調整ができない』こと。100かゼロかという堅物《かたぶつ》。出力を半分にしようとすると原子炉内に出てほしくないガスが大量に出て不具合が起きてしまう」

神恵内　「だからその最大の欠点を克服するのが至上命題なんだ。原発20〜22%を維持するために奴らも必死ってことさ」

私　「神恵内、引き続き取材頑張って。次は何？」

神恵内　「来月、ドイツと二度目のチェルノブイリ取材に出るんでその準備にかかるよ」

私は原発、学校で教えてあげてほしい！（その⑯）

２０２０年７月、日本の電力の32％も占めていた『石炭火力を９割減らす』と、突然、経産大臣が発表したこと。それは、今も日本が石炭火力発電所を世界に輸出する戦略を進めていて、脱炭素社会を目指す世界から厳しい目で見られていたからだってこと。じゃあCO_2が減るんだからいいじゃない、って思ってはダメだってこと。原発推進派にとっては渡りに船。「石炭の電力が大幅に減ったら、こりゃ大変だ、再稼働イケイケ、原発新設もイケイケ。今のままでは無理なエネ計画の「原発20～22％」が達成できるぞ」、というシナリオが出来上がっているってこと。するとコロナ対策でしくじった菅総理が２０５０年カーボンゼロを宣言、挽回のカードをきったこと。そして50年の再エネの比率は上げたけれど・・・グリーン成長戦略を隠れみのにして新型『小型原発』をしっかり盛り込んであること。そこには今も避難を続ける３万５０００人を超える原発被災者への思いやりはまったく欠落していること。ここ、未来を生きる子どもたち、しっかり学んでね。

十二個目のごめんなさい

大切な廃炉の話を聴いてください

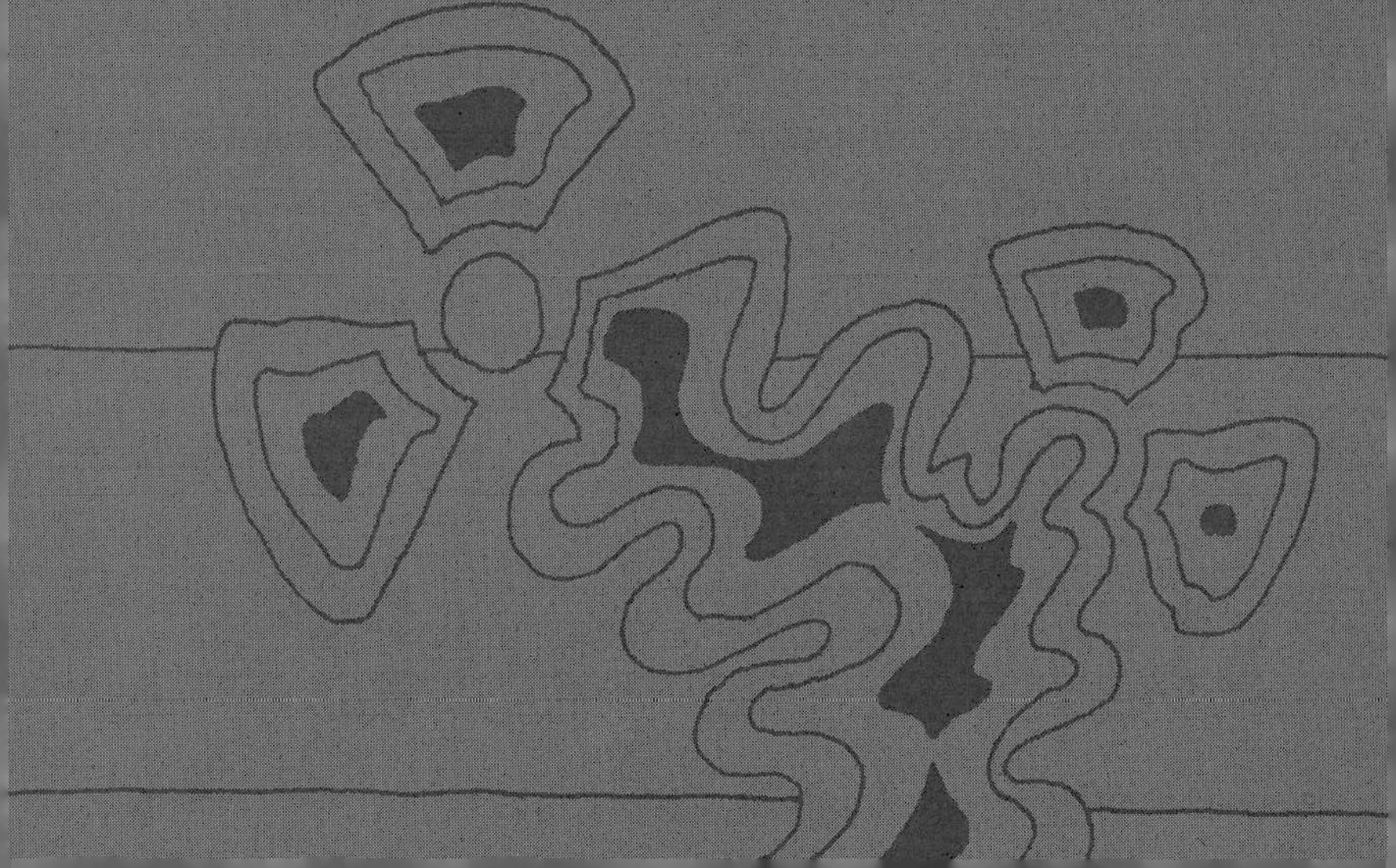

最初は10年で廃炉予定だった⁉

原発のプロで内部被ばくを繰り返しガンで亡くなったあの平井憲夫さん。廃炉のこともいろいろ書き遺してらした。とても大切なお話なので、かいつまんで引用させていただきます。原子力を始めた頃、国も電力会社も、自分たちが作った原発というものの将来に全く考えが及ばないまま突き進んだことがわかります。

平井　「厚い鋼鉄でできた原子炉も長い年月、強烈な放射線を浴び続けると金属が傷んでもろくなり、ボロボロになります。日本で原発を動かし始めた当初、原発の耐用年数は一応10年とみていました。僅《わず》か10年です。10年発電したら廃炉・解体する予定でした。でも、老朽化した原発をどうやったら廃炉できるのか？除染はできるのか？　解体はできるのか？　そういった具体的なことは考えないままで国策『原発』は進められたのです。福島第一原発1号機は１９７１年に動きだし、10年後に廃炉、解体する予定でした。ところが１９８１年になってみて、当初まあできるだろうなと考えていた原発の廃炉・解体が全然できないことがわかったのです。このとき、自分も加わり廃炉、解体をどうするか、毎日侃々諤々《かんかんがくがく》、検討をしました。ですが10年も発電するとどこもかしこも放射能まみれになっていて、そんな原発を無理やり廃炉、解体しようとすると、造るときの何倍もお金がかかること、そして、廃炉作業員が必ず大量被ばくしてしまうことがわかったのでした。原子炉の真下で作業するのに決められた線量を守るには、たった十数秒しかそこにいられないのです。そしてそんな理由で、最初に耐用年数10年となっていた原発が廃炉にならず、ズルズルと運転を続けることになっていったのです。なし崩し的にです。11の原発が30年運転しています。ヨタヨタの原発を動かし続けていることが心配でたまらない」

私たち原発の寿命が延びた裏側にそんな経緯があったんですね、平井さん。原発に人生をかけた人が、本当は誰もが知るべき「原発の真実」を、知らずに生きている人に書き遺してくださったのですね。本当にありがたい限りです。心よりご冥福をお祈りします。

廃炉がいかに大変か　よーく考えてみよう

私はノンフィクションライターの神恵内《かもえない》一蹴。福島で原発が爆発した年に、ドイツではメルケル首相が脱原発を決めた。かつてドイツはチェルノブイリ事故のあと一度、脱原発へ舵を切った。でも時が流れるにつれ原発はやはり必要だ、と原発回帰に動いた。そして福島の事故後、再び脱原発に急ハンドルを切った。どういう経緯でドイツはそう決断したのか？　私は長い間、メルケル首相に直接インタビューできるチャンスを狙っていた。震災直後の5月、福島を訪れた際、緑の党のシルビア・コンティング・ウール議員を取材させていただいた縁でそれがついに実現した。恐れ多くもメルケル首相から直々にお話をうかがうべく私はベルリンへ飛んだ。

神恵内　「メルケル首相、初めまして。自分のようなしょぼくれたフリーランスに貴重なお時間をいただき余りある光栄です。さっそく、脱原発への決断についてお話をお聞かせください」

メルケル首相　「ヤー。チェルノブイリの原発事故でドイツ国土はヒドく汚染されましたがドイツは脱原発しませんでした。でも福島の後、脱原発を決めました。決定的だったのは『日本人』です。チェルノブイリの事故はお国柄や国民性を考えて仕方なかったかと思いました。でも福島の事故は、勤勉な日本人技術者が原発をコントロールできず起こしてしまいました。原発という代物は『日本人』でさえ手に負えなかった。それが、わたくしが脱原発へ舵を切った決め手でした」

神恵内「決め手は『日本人』でしたか。では、ドイツでは現在どのように脱原発をすすめておられますか?」

メルケル首相「ニッポンでは古い原発に20年の延長を認めていますが、ドイツでは、まず古い原発から段階的に止めていきます。ガタが来ていて危険だから。でも止めたからといって、すぐに廃炉に取りかかるわけではありません。止めた原発は何もしないで何十年も放っておくのです。なぜそうするかというと、止めたばかりの原発は放射線が強すぎて廃炉に携わる人の被ばくが避けられないからです。何十年もかけて線量が下がるのを待って、それから解体します。例えばニッポンの皆さんもよくご存知のセシウム137は半減期が約30年。だから30年で半分、60年でさらに半分で4分の1になる。それから解体した方が、作業員が大量に被ばくしなくてすむでしょう。もしご家族が作業員だとしたらどちらを選ぶかしら?」

神恵内「うちは一人娘なんですが、もし息子がいたら、答えは一つですね。ところでヒドく汚染された巨大な原子炉本体をどうやって『廃炉』にするのですか?」

メルケル首相「原子炉本体の廃炉はいちばん汚染がヒドいため水中で作業します。放射線をさえぎるためです。一つで重さは300トンもあります。原子炉につながっているたくさんの配管を遠隔操作で切り離します。その後、原子炉自体を切断してバラバラにしていくのです。その作業ができるようになるまでの数十年、ドイツでは原発敷地内にある中間貯蔵施設の中に厳重に保管するのです。核分裂の熱で水を蒸気に変える『蒸気発生器』も汚染がひどいので同じようにします。そしてひたすら時が流れて放射線量が下がるのを待つのです」

首相補佐官「首相、お時間です」

メルケル首相「ごめんなさいね、時間がなくて」

神恵内「気が遠くなる話ですね。メルケル首相、ダンケシェン」

メルケル首相「ビッテシェン」

チェルノブイリの廃炉に30年以上つきっきりの理由《わけ》

私はノンフィクションライターの神恵内一蹴。ドイツ中央駅から夜行寝台列車に乗ってウクライナの首都キエフを目指した。１９８６年に大爆発を起こしたチェルノブイリ原発では「廃炉」をどうしているのかの取材にね。キエフに着いて車で検問を二度通り、ゾーンと呼ばれる居住禁止区域へ。そしてついに見えてきたのが石棺に包まれた4号機だった。正面入口でまず驚いたのは、バスを降りた職員たちが普通の服で建物に吸い込まれていくことだった。通された会議室に現れたのはここのナンバー2、ノビコフ副技師長。彼は熱く語ってくれた。「爆発して石棺で閉じ込められている4号機の中は今も放射線量がもの凄く高い。今廃炉作業をするとして自分の息子をその作業に送り込め

ドイツ中間貯蔵施設の中で取り外され寝かしてある原子炉本体（撮影　神恵内一蹴）

るか？　私は送り込めない。だとしたら何十年も放置して線量が下がるまで待つしかないだろう」と。驚いた。メルケル首相とまったく同じ意見だったのだ。ドイツでもチェルノブイリでも線量が低くなるまでひたすら待つのか。でも「そのままにしておく」と簡単に言うが実際はスゴく大変だとノビコフ副技師長は教えてくれた。それは原発が「水と蒸気で運転されている」からだった。原発を止めて放っておくと、すぐサビてきてボロボロになっていく。するとサビたところから放射能漏れが始まる。新潟の柏崎刈羽《かしわざきかりわ》原発を例にして説明するとわかりやすいかな。７基ある原発は福島の事故以来、７基全部が止まったまま。だがその間６４００人が働き続けている。給料をもらい続けてだ。じゃ、全基止まってた何年間も６４００人は何してきたと思う？　さっき、原発は水と蒸気で運転されているから止めたらサビちまうって言っただろ。それよそれ。だから皆でサビさせない仕事をする。原子炉の核分裂は止めても、中の水はグルグル回してサビないようにして、放射能漏れがないか監視し続けなきゃならないってことさ。

　サビさせてはいけない、ってことがわかった上で30年以上前に大爆発を起こしたチェルノブイリを見てみた。ここには爆発した４号機の他に原発がもう３基あった。その３基は事故後も発電を続け、２０００年に最後まで動いていた３号機が止められた。それから20年も毎日24時間を３交代つきっきりで原子炉の水を回し続けてきている。ドイツは60年そのままにしておくから、60年水を回し続けてサビつかせず放射能を漏らさないように管理するってことだ。とにかく止まっても大勢の人力をかけて何十年も面倒を見続けないといけない、それが原発という代物なんだ。福島の婆さん、わかったかい？

廃炉ってどうなったら『おしまい』

はいはい。わかりましたよ。私は福島第一原発1号機です。皆さんも廃炉ってやつが気が遠くなるほど大変だっておわかりいただけましたね。

さて、水を回し続けて何十年待って、いよいよ実際に廃炉にとりかかるときが来たとしましょう。どうするか……？ 原発を丸ごと解体します。原発の建屋も格納容器も細かくバラバラにします。ですからたくさんの放射能で汚染された廃棄物が出ます。壊れていない100万キロワット級の原発で1基50万トン。その中で最終処分場に運ばれるのはどれくらいか……？ 実は「2％」にも満たないの。「2％」は使用済み核燃料や汚染のひどい原子炉本体なんだよね。残りの98％は細かく解体、切断。そして再利用できるレベル、捨てられるレベルまで除染していく。発電機もポンプも、つなぎ合わせれば1基で100キロにもなる配管も切り刻んで、そのすべてのピースをコツコツ除染する。汚染された金属の表面を削ったり、薬品につけて溶かしたり、途方もない費用と労力、気の遠くなるような歳月をかけて、原発の敷地外に運び出せるように除染を進めていく。はたしてどうなったら「廃炉」はおしまいになるか？ それは、原発の敷地から何もかもなくなって「更地」になったとき。更地になって初めて廃炉作業は完了するのです。電力各社はそれぞれの廃炉にかかる期間を30年〜40年としています。そのとき、あなたは何歳になっているでしょう……。

さあて、ようやく更地になりました。更地になって廃炉完了！ めでたしめでたし、とはまいりません。日本には高レベル放射性廃棄物ばかりか、廃炉で出てくる「1基で1・3万トンの低レベル放射性廃棄物」を捨てる場所がどこにもないのです。泣きっ面《つら》にハチです。廃炉しながらどこに保管するか？ これから大手電力各社さんは皆さん困るんだろうねえ。考えられる唯一の手は自分の敷地内に置くこと。でも私たち日本の原発は「後ろは山、前は海」みたいなところに建てられているので敷地はどこも狭い。国は「止めてから5年から10年、密閉管理してから、粉々に砕いてドラム缶に入れて、原発の敷地内に埋めればいい」と呑気なことを言ってますけどね。

この問題、実は世界的な問題です。世界中の原発も人間と同じで寿命が必ずあり、死ぬときが来ます。迫っています。そうしたらどこの国でも必ず廃炉の作業をしなければなりません。でもって、どこの国も核ゴミの持っていき場はないのです。

壊れていない原発はまだいいですが、私は爆発して汚染された原発なので1基で何十万トンも放射能まみれの核ゴミを出してしまうでしょう。敷地内にはとうてい収まらない。母なる東電はどうするつもりなんでしょうか？

いちばん大変な廃炉は爆発した私たち福島第一

だけど東電にとっていちばん問題なのは、爆発を起こしたりメルトダウンしてしまった私たちの廃炉の方が、壊れていない原発の廃炉より断然大変だってこと。大変なんて言葉ではすみません。原発6基のうち4基が事故。うち3基が爆発しメルトダウン。そういった廃炉は人類にとって初めての経験。ここでクイズ。問題！　メルトダウンして融け落ちた核燃料を「デブリ」と言いますが、3基合わせてどれくらいの重量でしょう？　想像つかないでしょうね。正解は……私たち3基で880トン。放射線量が極めて高いので今のところ遠隔操縦のマジックハンドでデブリにノックする程度しかできてない。デブリを動かせるか触ってみたら動かせるものも少しはあったけど、大部分は一度超高温で融け落ちて、それが冷えて固まっているわけでしょ。固まって数百トン規模の大きな塊になっているとしたら、割って取り出すのか？　もし割れても取り出せるのか？　それをどこに運んで処分するのか？　そんなマニュアルは地球のどこを探してもないのです。世界初のメルトダウンを経験したスリーマイル島原発から学べばいいって？　確かに、スリーマイルでもデブリの取り出しは行われたわ。でも残念、量がごくわずかだった。私たちのは、人類が経験したことのない８８０トン。塊の内側がどうなっているかも全くわからない。難題山積みの作業、いや苦行となるでしょう。東電がいろいろ決めてあった廃炉のスケジュール。もうすでにそのいくつもの項目が年単位で遅れてる。つい最近も2号機の格納容器の蓋《ふた》の上が超ヒドく汚染されているとわかったの。実に4京ベクレル、10シーベルト超。人が1時間近くにいると死ぬ。あーあ、廃炉の作戦を根本から考え直さないといけなくなっちゃいましたよ。

熟練の人がどんどん被ばく、線量オーバーでいなくなってしまう

デブリを取り出すにしろ、私たちを廃炉するにしろ、大切なのはそれを担う「人」。私の格納容器が破裂しそうになったあの日、ベントする弁がリモートで動かなかった。そのとき、私を熟知するベテランが決死隊として高線量の中に突入し、手動で弁をあけてくれたので破裂は免れた。でも彼らは累積の線量オーバーで私のもとを去ったのです。それから10年、長く頑張ってくれたベテランたちも累積線量オーバーで現場からどんどんいなくなってしまった。代わりの人は次々に補充されるのだけれど、入ってくるのは下請けのまた下請け。原子力発電に縁もゆかりもないズブの素人だらけ。日本語もままならない外国人もたくさん送り込まれてくる。だから廃炉作業員の質が保てないの。30年前に大爆発したチェルノブイリ原発では廃炉のための「技術者養成学校」を近くに作っていた。被ばくしない知識、廃炉のさまざまな技術を覚えさせ、試験に通った質のいい作業員を大量に送り込み続けられるわけ。しかも危険な作業に見合うお給料を払っている。事故

の後、必要に迫られて養成システムを作り上げたというわけ。だけど日本には事故から10年が過ぎようとしても、そういう学校を作る素振りさえない。数年で終わるのならごまかしごまかしで済むかもしれない。けれどメルトダウンした原発の廃炉作業は何十年、下手すりゃ100年かかります。そこ、どうするんですか？

私は原発、学校で教えてあげてほしい！（その⑰）

壊れていない原発だって廃炉にするのは大変だ、ということ。だって長年使ってきたのでいろんなエリアがヒドく放射能で汚染されているからです。汚染がヒドいところの修理は何人もが順番に走っていって数秒ごとに交代しなければならなかったこと。原発の廃炉にかかる費用は1基5000億円と言われてるけれど、それにはこの先十万年も管理しないといけない使用済み核燃料を処理・管理する費用は入っていないこと。お金も莫大にかかる、時間も莫大にかかる。気の遠くなる長い年月をかけないと廃炉は終わらない。

そして、私たち爆発した原発の廃炉は、普通の廃炉とは比較にならないほどもっともっとお金も時間もかかって、学校のみんなが全員死んだ後も終わってないかもしれないこと。みんな、頭に叩き込んでおいて。

十三個目のごめんなさい

それは私たちが出す核のゴミのこと

核ゴミは海に捨てましょう？

私たち原発がブイブイ言わせていた時代には私たちの生む電力は「明るい未来のエネルギー」と謳《うた》われて、「核のゴミ問題」は全く世間には出てこなかった。というか目を向けさせないようにしてたんだろうね。覚えてますか？　１００万キロワットの原発が一年発電すると出てしまう死の灰満タンの使用済み核燃料の量。そう、30トンでしたね。問題意識のある人々の間でだけ、「日本はトイレのないマンション」と長年、揶揄《やゆ》されてきた。でも実はね、原発が日本に作り始められた頃には「トイレは日本にあった」んだ。それはどこだ？　それは……「大海原」。海がトイレだったんだ。えっ？って思った？　日本初の東海発電所では、核ゴミを詰めたドラム缶をトラックで港に運び、船に積み替え、千葉県沖に捨てに行ってた。核のゴミの入ったドラム缶をだよ、平気で海に投げ捨てていたんだ。当時はそれが当たり前。日本が海に捨てた記録は６９年までしかない。でも７５年に世界15カ国で作った海洋投棄規制条約に日本が加盟したのは８０年。この間10年の記録は残っていない。70年代はオイルショックを受け原発建設ラッシュだった。条約に加盟するまで核ゴミを海に捨て続けていたのではないか。そう強く思わせる。その興味深い資料が残っていた。原発メーカーの日立が出している技術論文誌「日立論評」１９７０年4月号には、こう書いてある。「今後解決すべき問題点としては「固体廃棄物封入容器の海洋投棄に関する技術開発」があり、なおいっそうの調査・研究を行う必要がある」、つまり、海に捨ててもサビて穴があかない容器の開発、を日立は真剣に検討していたのだ。

こんな証拠を見ても「海がトイレなんて信じられない」っていう人、いるかもね。じゃ、そんな人も認めざるを得ない動かぬ証拠をお見せしますかね。国際原子力機関ＩＡＥＡが出している『海洋投棄における国別投棄放射能量』という資料。海がトイレだったたってことを雄弁に物語っています。日本は「15兆８０００

ベクレルの核ゴミ」を海に捨てたと記載がある。アメリカ・旧ソ連など世界各国が海に捨てた合計は実に８５００兆ベクレル「海が世界中の国々のトイレ」だったことは間違いない。亡くなられた原発のプロ・平井憲夫さんが、原発はちょっとおかしいぞと思い始めたキッカケがこの「海がトイレ」だったのです。「海に捨てたドラム缶は数年でサビついて穴があいてしまう……中の核ゴミはどうなるのだろう……魚はどうなるのだろう……」、そう彼は思って、自分が誇りを持ってやってきた原発に疑念を持つようになったのでした。

この表を突きつけられてもまだ「低レベルだからそんなに目くじら立てなくていいじゃないか」とおっしゃる方もいるでしょうね。そんな方に原子力業界のもう一つの「まやかし」のお話をしましょう。それは、低レベルの核ゴミ、の「低」という表現。この「低」に騙されてはダメだってこと。推

1946年〜1993年に実施された海洋投棄における国別投棄放射能量

		α(TBq)	β/r*1(TBq)	トリチウム(TBq)	全体(TBq)	割合(%)
大西洋	ベルギー	29	2091	787	2120	2.49
	フランス	8.5	345		353.5	0.42
	ドイツ	0.02	0.18		0.2	-
	イタリア	0.07	0.11		0.2	-
	オランダ	1.1	335	99	336.1	0.40
	スウェーデン	0.94	2.3		3.2	-
	スイス	4.3	4415	3902	4419.3	5.19
	英国	631.2	34456.3	10781	35087.5	41.24
	米国		2942		2942	3.46
	小計	675.13	44586.90	15569	45262.05	53.20
北極海	旧ソ連		38369.1		38369.1*2	45.10
	ロシア		0.7		0.7	
	小計		38369.8		38369.8	45.10
太平洋	日本	0.01	15.07		15.8	0.02
	韓国				NI*3	
	ニュージーランド	0.01	1.03		1.04	-
	ロシア		2.05		2.05	-
	旧ソ連		873.6		873.60*2	1.01
	米国		554.25		554.25	0.66
	小計	0.02	1446.00		1446.02	1.70
	合計	675.15	84402.7	15569	85077.87	100.00

＊1:トリチウムの放射能はβ-r値に含まれる
＊2:低レベル固化廃棄物はストロンチウム-90相当で表示
＊3:韓国により廃棄された放射能データは得られていない
［出典］IAEA-TECDOC-1105,"Inventory of radioactive waste disposals at sea",IAEA,August 1999

進側が使う「低」レベルって、文字どおり「低い」って意味ではないのです。健康被害を出さないほど「低い」ってことでもありません。「低」は「高」レベルではないぞ、ってことなのです。つまり、人がそばに2分もいると死んでしまうガラス固化体は「高」レベルだけれど、それ以外は相当高くてもみんな「低」レベルということ。ここ大切！　心にメモして。「低」レベルと分類されるものの中には、相当高い汚染レベルのものが多くあるのだと。私たち原発の両親、国と電力会社は、言葉の扱いがとても巧みなのを忘れてはいけません。

話を「海がトイレ」に戻します。世界原子力機関IAEAがもう一つ明かしている大変なことがあるのね。それは「高レベル」のドラム缶もかつては海に捨てていたってこと。主なものは、燃料としては使えないウラン。一般人が何も知らない時代はやりたい放題だったたってことね。その後1996年、ロンドン条約議定書で核ゴミの海洋投棄は禁止となり世界中で海洋投棄は終わりました。つまり原子力推進側にとって「海」という「巨大なトイレ」が突然使えなくなった。すると何が起きると思う？　世界中で核のゴミがどんどん溜まり始めたんだ。日本はどうしたかというと、私たち全国の原発が出す核ゴミは青森県・六ヶ所村の貯蔵施設に持っていかれるようになった。使用済み核燃料はそこのプールで保存されてるけど、すでにほぼ満杯。低レベル放射性廃棄物のドラム缶は地下に作ったコンクリートの倉庫に積まれ倉庫ごと土で埋められる。そして気の遠くなるような300年が過ぎた後、再び掘り出して最終処分場へ運び出される。そういう筋書きになってるんだけど、それってホントにホント？　国は全部で20万本のドラム缶をこれから300年間管理すると豪語している。300年後というと西暦2321年。想像もつかない2300年代まで300年も湿度の高い地下空間でサビずに穴があかないドラム缶があるって、あなたには思えますか？　ちなみに今から300年前には、江戸に町火消が作られたのですが。

高レベルの核ゴミは世界中の厄介者

もっとも困る存在が「高レベルの核ゴミ」。高レベルの核ゴミとは何か、もう何度も説明したけど復習しますね。私たち原発は核燃料を使って発電します。使い終わった核燃料は切り刻まれて「再処理」するのが国の方針。「再処理」するともう一度燃料として使える「プルトニウム」を取り出せるからです。そして処理して残ったカス、それが極悪非道の「高レベル放射性廃液」。これをガラスと混ぜ、ステンレス容器につめて「ガラス固化体」にします。「高レベルの核ゴミ」の出来上がりです。

日本は長い間、イギリスとフランスの会社に使用済み核燃料を送り、再処理を頼んできました。フランスとの貿易額で二番目に多いのは、実はこの再処理に対してのお支払い。これまでにフランスから1300体を超えるガラス固化体が日本に戻ってきています。ガラス固化体は超強烈な放射線をぶっ放す。人がそばにいると死んでしまうまでにたったの2分。ガラス固化体にしたはいいけれど、それを捨てるトイレが日本のどこにもないからさあ大変。国は「そのうちどこかの自治体の首長をうまいこと丸めこんでトイレのないマンションにトイレくらい作れるさ」とタカをくくって半世紀がたってしまった。原子力大国アメリカでさえ、最終処分する場所まで決まっていたのに住民の猛反対で撤回せざるを得なかった。米・仏みたいな原子力の先進国も「トイレ」がなくて困ってるわけね。世界の国々を見渡してもトイレがあるのはわずか一カ国。北欧のフィンランドに、オンカロという最終処分場があるだけです。でもそこだって自分の国のゴミしか受け入れるキャパがありません。世界中の最終処分場の担当者たち、本音としてどう思ってるの？　ホントは泣きたいんだよね。

そんな厄介者が生まれると知っていても、日本は何としてもやりたい計画がありました。それは「核燃料を使えば、それ以上の核燃料を生み出せる」という夢の計画。資源のない国、日本にとっては喉から手が出るほどほしい打ち出の小槌《こづち》。たとえて言えば、ポケットの中のビスケットをたたくとビスケットが2つになる不思議なポケット。一度使ってゴミとなった核燃料を再処理すると、また使えるプルトニウムが取り出せて、しかも元より量が多い。そんな優れものなら、大金を払って外国に再処理を頼まなくても日本で作ってしまえ、ってわけで、青森県六ヶ所村に１９９３年、再処理工場の建設を始めた。完成予定は当初１９９７年だった。ところがこれがうまくいかない。さまざまな問題がたて続けに起きた。その後24回も完成が延期。建設を始めて25年以上たった今も完成してない。そうこうしてる間に、夢の計画は破綻《はたん》してしまった。この計画で欠かせなかったのが「高速増殖炉」。運転すると消費した以上のプルトニウムを新たに生み出せるという魔法の原発。その高速増殖炉「もんじゅ」も生まれてこのかた、事故や問題ばかり起こしてきた。そして、まともに働けるようにならないまま「もんじゅ」は廃炉と決まってしまった。使った以上の燃料を生むって夢は、絵に描いた餅になってしまったわけ。「これで終わった」、誰もが普通そう思うのよ。なのに経産省は「いえいえ、破綻していませんよ。高速炉はフランスと共同研究するので」と言い張り続ける。その後フランスが「高速炉の研究をや〜めた」と宣言すると、国内で実験炉をやると言い出す始末。でもよく聞いて。この夢の計画、「核燃料サイクル」って言うんだけど、アメリカもフランスも、いや、世界中でとっくに見切りをつけて断念している。その理由は成功する見込みがまったくないし、コスト面でも全然見合わないから。なのに日本だけ未だにしがみついている。原発ゾンビはここにもいた。

とにかく、六ヶ所村の再処理工場が何十年も完成しないんで、日本中の原発から六ヶ所村に送り続けられた使用済み核燃料は再処理されないままどんどん溜まっていった。もうほぼ満杯。その上、今も再稼働した１００万キロワット級の原発は1基で年に30トンの「死の灰満タン使用済み核燃料」を出し続けている。青森県知事は、六ヶ所村に保管しているのはあくまで一時的だと国と約束してるので、その約束を破るなら預かっているガラス固化体や使用済み核燃料をすべて県外に持ち出してくれ、って強硬よ。若狭湾にたくさんの原発を抱える福井県でも同じ問題が起きている。関西電力は福井県知事と「原発に溜まる使用済みの核燃料を約束の期日までに県外に持ち出す」と取り決めていたんだけど、関西電力は約束した期日までにその持ち出し先を決められず、福井県知事に待ってもらっている。皆さんは福井県の核ゴミを受け入れてくれるような他の県があると思いますか？

高レベルの核ゴミを産み落とす再処理工場のための「とんでもルールは「薄めないで放射能を捨てていい」」

私たちは原発です。六ヶ所村のいつまでたっても完成しない「再処理工場」だけど、結局のところ24回の延期で費用はどれだけ増えたと思う？　始めたときの予算は7600億だった。それが積もりに積もって2兆2000億円も使ってしまった。3倍弱よ。この工場、いったんは試運転までしていたのに、その後10年以上止めなければならなかった理由、聞いたら驚くわよ。ガラス固化体を作る装置から、高濃度廃液が漏れたの。人がそばに2分いると死ぬ、その原液が漏れた。その原因も「？マーク」がついたまま。その後動かせていない。なのに最近、規制委員会が「新規制基準・合格」を与えたの。そのための工事費がさらに7000億。破綻してるのに合計3兆円弱。皆さんだって首をかしげたくなるでしょ。六ヶ所村の工場が稼働したら1年に何本のガラス固化体ができてしまうと思う？　皆さん、もう忘れちゃったでしょ？

1000本よ、毎年1000本ずつ増えていく。材料はこれまでに全国の原発から送られてほぼ満杯になっている使用済み核燃料だから腐るほどある。「地獄の王」プルトニウムだって年に7トンずつ増えていく。せっかく復習したんだからここんところは忘れないでくださいよ！

さあて、ここでクイズ。「再処理工場」も稼働すると原発と同じく放射能を空や海に捨てるのですが、その量は原発が捨てるのと同じくらいである、〇か×か？　正解は……×、大×。再処理工場は、原発とは比べものにならない「超大量」の放射能を出すんだ。ここ、覚えておかないと絶対ダメ。だって、核分裂を繰り返すと「死の灰」ができて核燃料の中に溜まるんだけど、「再処理」というのは死の灰が溜まった核燃料をズタズタに切り刻んで、プルトニウムを取り出すわけ。取り出して残ったのが「高濃度廃液」。その作業で出る「排水」も「排気」もとんでもなく汚染されているわけ。

あえて何度も言うわね。「再処理工場」は私たち原発とは比べものにならない量の核ゴミを海へ空へ捨てる。私たちが出す量はオナラとか汗くらいだけど、再処理工場はクソそのものを捨てるイメージ。ごめんあそばせ、たとえが汚な過ぎた。規制委員長の更田《ふけた》氏が、「六ヶ所村の再処理工場ができたらもっと大量のトリチウムを出すのだから」、って言い放ったのを皆さん覚えていますか？　実際、更田氏の言う大量がどれほど大量なのかここでお教えしましょう。1年間で1８０００テラ・ベクレル。1日あたりにすれば約60テラ・ベクレル。テラは1兆だから1日60兆ベクレル。これを原発が捨てていい基準まで薄めようとすると、1日あたり1００万トンの水で希釈しなければならなくなる。そこで国は奥の手をひねり出していた。「とんでもなく自分に都合が良いルール」をね。国は再処理工場が捨てる放射性物質の「濃度規制を法律から外した」のさ。要するに「再処理工場だけはどんなに濃くても放射性物質を捨てるときに薄めなくていい」という掟破りのルールを決めてあった。もちろん、皆さんが知らないうちにね。反則、いや犯罪だね。

再処理工場が稼働して吐き出すヒドく汚染された廃液を、沖合3キロまで敷いた太いパイプを通して海底44メートルから海のど真ん中にジャブジャブ捨てる。そうすれば海水が薄めてくれるので、薄めなくて大丈夫だろうって。そのためにわざわざ海底に3キロもパイプを敷いたのだ。またもや確信犯ここにありだね。空に捨てる方も高さ１５０メートルの排気筒から捨てるから薄まるって。私、福島第一原発の排気筒は

120メートルだから、より高く作ってあるでしょ。皆さん思い出して。再処理工場の最初の図面に、トリチウム処理施設が書かれていたのに、いつの間にか消されたわよね。そのかわりにあのトリチウムを薄めずそのまんま捨てていいルールを作っていた。皆さんが無関心でいる間に推進側はニンマリとそう決めてたわけ。いったいどこの誰がこういう悪どいアイデアを考え出したのやらねえ。

でも試運転で高濃度廃液を漏らす大失態をやらかしてくれて良かった。だってね、何度も遅れたとはいえ完成して再処理を始めていたら、大震災の2年前から原発とはケタ違いの放射性物質を下北半島沖の海底からじゃぶじゃぶ捨ててたのよ、知らんぷりでね。その先に何がある？　日本の宝、三陸沖の豊かな漁場だぞ。完成が延び延びになってて本当に良かった。でもまだ油断は禁物よ。再処理工場はゾンビたちが死なせない。すでに高速増殖炉もんじゅが廃炉になっているのに核燃料サイクルにまだしがみついてる。しかも規制委員会は、「再処理工場」に審査合格を出しちゃったしね。

まだ完成してても稼働してもないんだから、そんな目くじらたてなくったって、という方、すでに長年稼働したイギリスの再処理工場の周りがどうなっていったか調べてみてください。周辺ではいろいろなコトが起きています。お決まりで「放射性物質との因果関係は認められない」とされていますがね。皆さんはどう判断するか、スマホで「セラフィールド」って検索してみてください。

東京から近い場所で長年再処理は行われていた！　ということは……？

でもね、この六ヶ所村の再処理工場の「先代にあたる再処理工場」があったって。知らないでしょ。しかも、すでに再処理をたくさんしてしまっている。ということはどういうこと？　すでに海に空に放射能をごまんと捨ててきてしまったってこと。目が点でしょ。え？　どこで？　って思うわよね。東京・日本橋から１２０キロ、原発事故試算が国家予算をはるかに超えるので試算が隠された茨城県の東海発電所そのすぐ隣。もう40年も前の１９８１年から再処理を知らん顔で始めていた。そこでは再処理を終えるまでの25年間に「１０００トンもの使用済み核燃料」を再処理し、ガラス固化体を作っていた。皆さんがみじんも知らないとっくの昔から「とんでもない量の放射能」が「25年もの間」、日本橋から１２０キロの海に空に捨てられていたってこと。25年間に東風は何回吹いたんだろうねえ。いろいろここまで学んできたから、首都圏への知られざる影響を考えたらおっそろしいでしょ〜。当然、ホームページもない時代だから、いつもの「国民に知らせないことはウソではない」論法で、バカスカ放射能を捨ててたのさ。恐るべし、原子力ムラ。皆さんは「ず〜っと前から」推進側に油断させられっ放しだったってことなんですよ。知らないうちに、あってはならんことが既成事実になっていること、ご理解いただけましたか。首都圏にお住まいのあなた、ここ10年、20年の間にご家族がガンになっていたとしたら、この事実、どうお考えになりますか？

私は原発です、学校で教えてあげてほしい！（その⑱）

私たち原発は、いったん作られ働き始めたら、老朽化して廃炉が決定して、廃炉のすべてが完了するまで放射性物質を出し続けること。放射性物質が染み付いた原子炉（圧力容器）、使用済み核燃料、それを再処理してできるガラス固化体などは、何千、何万年も放射線を出し続けること。その核のゴミの最終処分場は、核大国のアメリカにもロシアにもないこと。もちろん日本にもないこと。世界でたった一カ所、フィンランドに「オンカロ」という核ゴミの最終処分場があること。「オンカロ」、そこでは10万年の間、２分間そばにいると死んでしまうという超高レベルの核のゴミを安全に保管できる。なぜここだけできるのかというと、そこは花崗岩のぶ厚い一枚岩だからということ。その巨大な一枚岩をくり貫いた穴なので水が染み出ないし、地震がないので壊れることもないこと。じゃあ、日本の核のゴミもオンカロで保管してもらえばいいって?残念ながら自分の国の分しか保管できるスペースはないこと。

でも想像してみて。10万年後も人類はそのまま地球の主であり続けていると思う？ そんな保証はないでしょう。そこまで考えて「オンカロ」では「ここは危険、開けるな」という看板を何語で書けばいいのか、誰でも解読できる絵、たとえばエジプトのように象形文字で書いたらいいのか？ 危険だと書けば、財宝が隠されているぞと逆に開けられてしまうのか？ とか、そんなところまで真剣に検討されているってこと。簡単に10万年と言うけどね、ネアンデルタール人が滅んでまだ4万年。今の人類が10万年後まで続いている保証なんてどこにもないでしょう。しかも10万年後も原発が核ゴミを出し続けていれば20万年先まで放射能は人類をおびやかし続けるんです、原発があり続ける限り終わりはない、無限の連鎖だということ。今回も教えることがありすぎて、ごめんなさい。

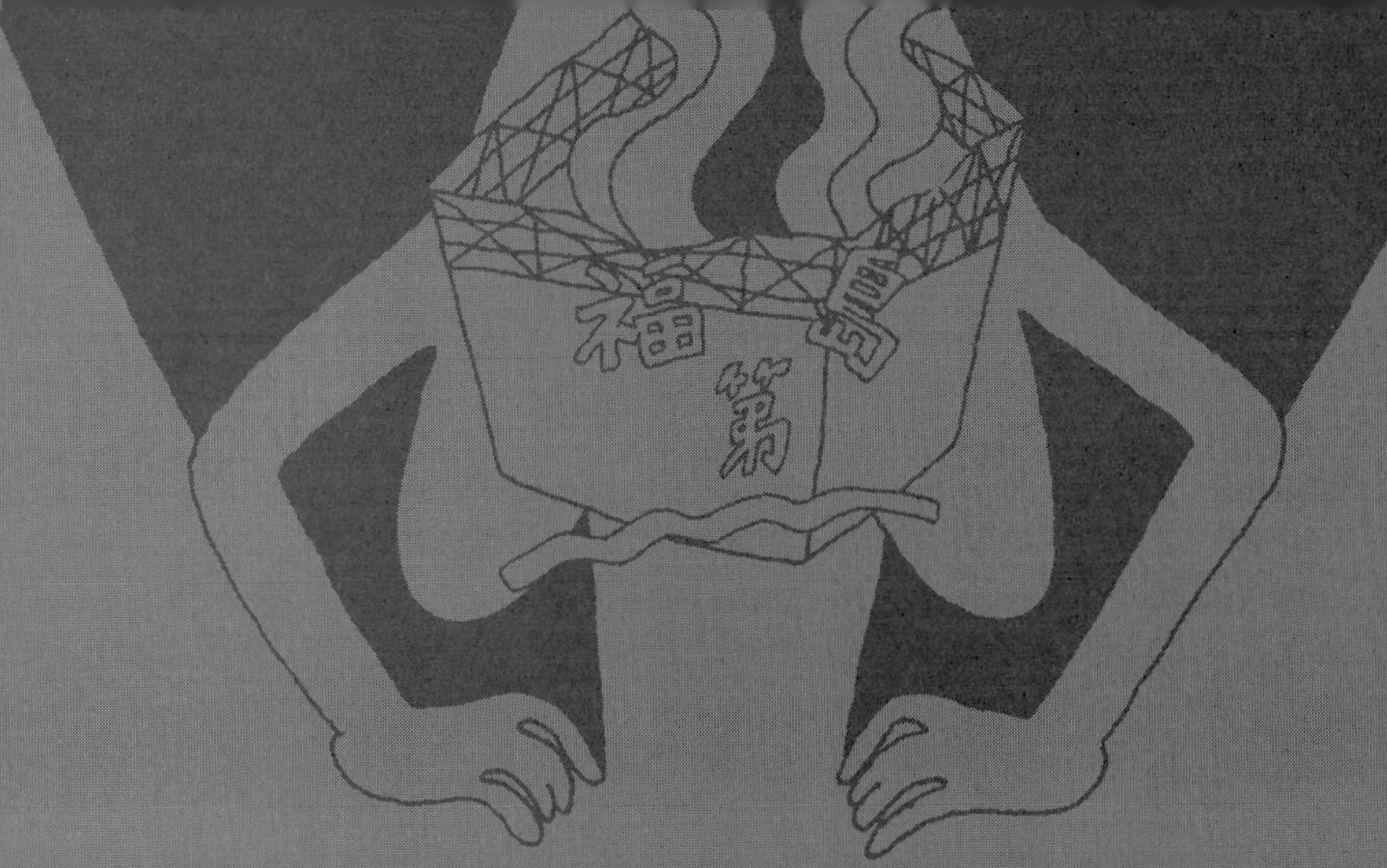

十四個目のごめんなさい

実は、原発の過酷事故は何度も起きてた

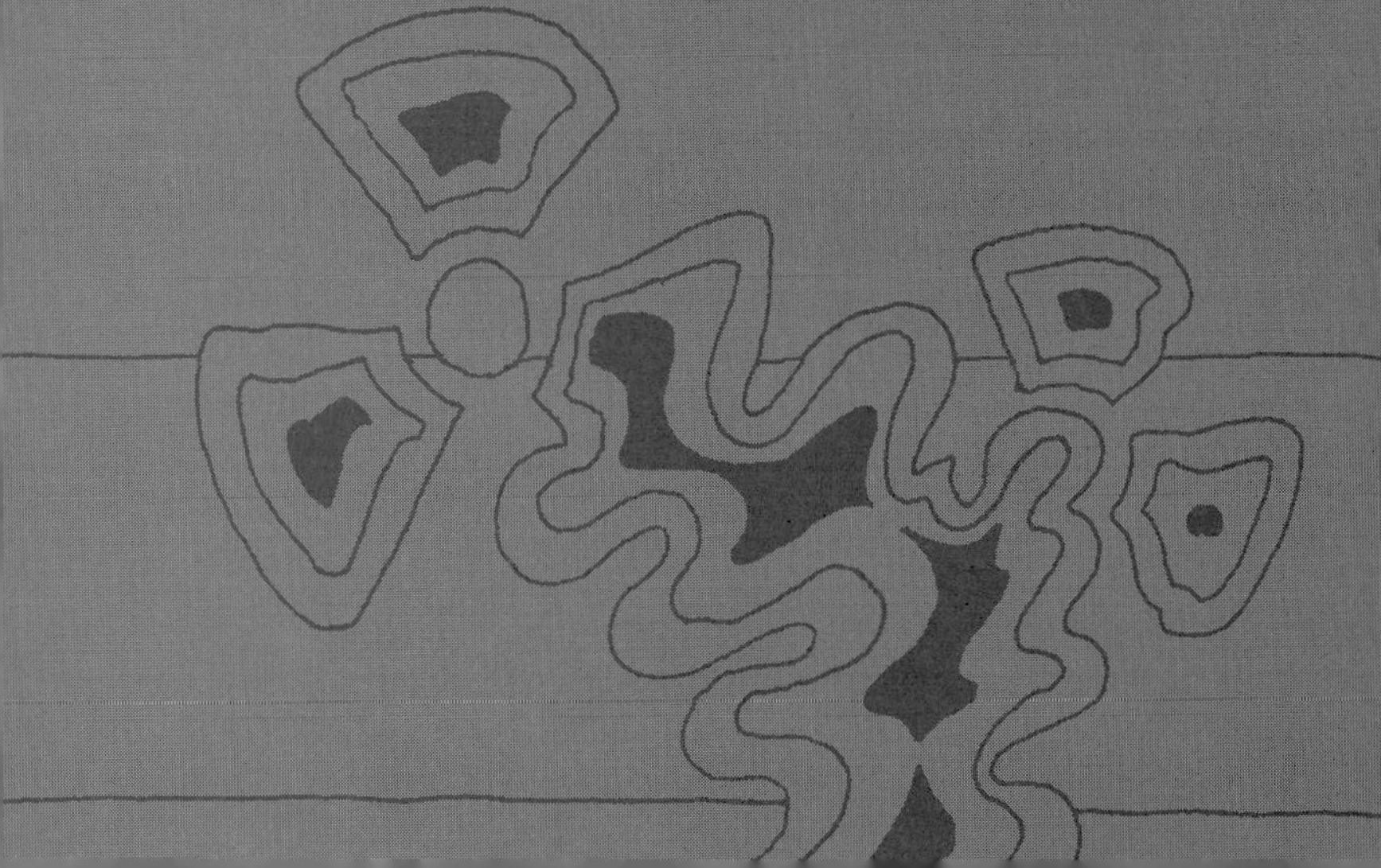

過酷事故は安全神話で隠されてきたの

私たちは原発です。もう何度も安全神話の話をしてきました。日本の原発は絶対安全、安心、事故なんぞ絶対に起きないと大々的に宣伝し皆さんに信じ込ませ、「無関心にさせせました」。ここでいつものクイズ！ 福島《わたし》の事故の他にも、安全神話のベールの裏で大事故は起きていた、○か×か？ 答えは……もちろん○。多分○じゃないかと答えた皆さんも多いでしょうが、ちゃんとあの事故とあの事故だと具体的に挙げられる人はごく少ないのでは？ それ、安全神話が機能していたことの表れだね。日本の原発は仰天するような「過酷事故」をたびたび起こしていました。「過酷事故」とは、炉心がものスゴく損傷して放射性物質の大量放出につながるような重大事故のこと。そんな「過酷事故」がたびたび⁉ 大げさって思ったでしょ？ でもこれホント。あっと驚く大事故が人知れず、いえ「日本人」知れず、で起こっていたのです。

一つ目の過酷事故はもう30年以上も前の、１９８９年。事故を起こしたのは私たちのいとこにあたる、福島第二原発。原発にとって極めて重要なポンプが運転中に大破したのです。原発では発電機を回すために原子炉から水蒸気が外に送り出されます。発電後に水蒸気は冷やされ水に戻されます。その水を「再び原子炉に送り返すポンプ」（再循環ポンプ）の一部がバラバラに砕け散ってしまったのです。そんな事故は世界で初めて。しかもバラバラになったポンプの金属片が原子炉の奥深くまで23個も入り込んでしまった。人間なら心臓の血栓が一つ脳に飛ぶと脳梗塞を起こし命が危ない。なのに23個も体の至るところに飛んだ、そう考えると事の重大さがわかるでしょ。核燃料棒の下でもポンプの破片は見つかった。もし金属片が燃料棒の被覆管を傷つけたり、汚染された水や蒸気が通る配管を突き破ると放射能漏れを起こして、原発を止めることができなくなる「過酷事故」だった。事故を起こした福島第二の３号機は１１０万キロワットと大きい原発。

危機一髪でメルトダウンは回避できたのでした。

これだけじゃないのよ。福島第二のポンプ・バラバラ事故からわずか2年後、１９９1年の2月に２つ目の「過酷事故」が……。起こしたのは福井県若狭湾にある関西電力・美浜《みはま》原発2号機。原子炉で作った熱で水蒸気を作る細管がスパッとギロチン断裂された。そこから放射性ヨウ素が3億４０００万ベクレル、大気中や海へばらまかれた。しかもそのとき、一般人４５７人が美浜原発構内を見学中だった。まさに危機一髪。なのに関電は「この3億４０００万ベクレルという値は、当発電所が定めた放射性ヨウ素の年間放出管理目標値を十分に下回るものです」と説明。まるでこの事故は問題がなかったかのように発表したのさ。年間に徐々に漏れる放射性物質の総量はいくらまでいい、と決まっているのは事実。でも「1回で漏れた量を、年間許されている量と比べて少ない、だから問題ない」、とやるのは犯罪だと私は思う。とにかく、大勢の見学者が「強烈に放射線を出し猛スピードで壊れていく放射性ヨウ素」に巻き込まれていないことを祈ります。

さらに、この事故でもっと仰天することが起きていました。それは、原子炉内の汚染された55トンもの水が破断した細管から水蒸気の形で原子炉の外側へドンドン漏れた。そのため原子炉内の水位が下がって核燃料が空焚きになりかけたのです。こういう緊急時に原子炉に自動的に水を注入してくれるのが「ＥＣＣＳ（非常用炉心冷却装置）」。大ごとが起きたら自動的に動いて原発を冷やしてくれる装置です。なのにその最後の砦《とりで》「ＥＣＣＳ」が自動で動かなかった。なんとかギリギリ「手動」で動かし原発を冷やせたので事なきを得たのです。この「手動で」ってのが掟破り。「ＥＣＣＳを手動で動かす」というのを例えるなら「1億２０００万人の日本人を乗せたバスが高速道路を１００キロのスピードで走っていたら何かおかしい、でも「ＥＣＣＳ」というブレーキが自動的に利いて止まるはずだから大丈夫。あれ？　ブレーキが利かない、もうどうしようもなくなってバスを道端の崖にこすり付けてスピードを落とし、やっと止まった」っていうくらいの「過酷事故」だったのさ。なのにこの事故は安全神話に包み隠され、皆さんに「エゲツない事故」だったことは伏せられた。知らなかったでしょ？　あと「0・7秒」ECCSを手動で動かすのが遅かったら「関西から中部地方」にかけて一巻の終わりだったと当時専門家は青ざめていた。今、普通に「関西から中部地方」がつつがなくあるのは、なんのことはない、ただツイてただけ。事故が起きた日は土曜日。その日休みだったベテランの技師さんが幸運なことに原発にふらっと立ち寄った。そこで事故が起きた。自動停止するハズがしない。それを見たベテランさん、「これはヤバイ」、とっさに判断し「手動」でECCSを動かしてくれた。あの日、ベテランさんが釣りにでも行ってたら……ベテランさん、お元気ですか？「関西から中部地方」いや、すべての日本人を代表してお礼を言います。本当に、ありがとうございました。

この美浜原発2号機の事故を振り返って、ガンで亡くなられたあの原発のプロ平井憲夫さんがこう書き遺しておられます。「チェルノブイリの事故のときには、私はあまり驚かなかったんですよ。長年原発を造ってきて、そういう事故が必ず起こるとわかっていましたから。だから、ああ、たまたまチェルノブイリで起きたと、たまたま日本ではなかったと思ったんです。しかし、美浜の事故のときはもうびっくりして、足がガクガクふるえて椅子から立ち上がれないほどでした」と。

「過酷事故」、これだけじゃありません。極めつけ、行くわよ。「日本原発史上最悪の死亡事故」が2004年8月9日に起きています。04年って言えば私の事故の7年前でしかないのに、この「原発での死亡事故」のこと、皆さんはほとんどご存知ないのでは？　その最悪の事故が起きたのはアテネ五輪の直前でした。極めつけの事故を起こしたのも、またまた美浜原発。関電さん、懲りないわねえ。今度は3号機で事故。死者が5人、重軽傷が6人。福島で私たちが爆発した2011年より前にこんなにたくさんの人が一度の原発事故で死んでいた。この死亡事故をご存知ないとすると、皆さんはまんまと安全神話に呑み込まれ原発に関心を持たないようにされてしまってたというほかありません。事故が起きたタイミングも安全神話に味方したかもしれませんね。事故の翌週には大手新聞、テレビはこの「原発での5人死亡事故」をパタッと報じなくなった。

なぜか……事故4日後にアテネ五輪が開幕したのです。さらに野口みずきがマラソンで金メダル。テレビのニュースや新聞は五輪一色になりました。5人も亡くなった原発事故が皆さんの記憶から欠落しているのは、オリンピックの盛り上がりで報じられなくなったのか、安全神話の媚薬《びやく》が効いてしまっていたのか、皆さんはどちらだと思いますか？

さて、この美浜3号機の「過酷事故」。5人もがどうして亡くなったと思いますか？　強い放射能を浴びて「急性被ばく」で？　いいえ、そうではありません。原因はヤケドでした。水が沸騰する温度は何度？と聞かれれば、皆さんは「100度」って答えますね。学校でそう習ったから。でも原発の中では100度より高い温度になります。スゴく高い圧力をかけてあるから。美浜原発の事故で噴き出した蒸気の温度、どれくらいだと思う？　105度？　110度？　いえいえもっと上。「290度」。ただのヤケドじゃすまなかった。事故が起きたのはタービン建屋という、原子炉で作った水蒸気を引き込んでタービンを回し発電する建物。長年、使っていたことで蒸気を通す配管の内側の金属がすり減って薄くなっていた。そこが耐えられなくなり突然破れ、めくれ上がった。配管の内側は見えないから仕方ないじゃない、って皆さんは思った？

いえ、それが仕方なくはないのさ。実は、全く同じ事故がそれ以前にアメリカで起きていたから。1986年にバージニア州のサリー原発で起きた事故は、美浜原発3号機の事故と瓜二つだった。タービン建屋で、水蒸気を通す直径45センチの太い配管が一瞬のうちに断裂した。超高温の水蒸気と熱水を浴びた作業員4人が死んだ。原因も同じ、配管の内側のすり減りだった。アメリカは「日本にある同じ型の原発もすべて点検しなさい」と強く日本に迫った。それを受け、美浜原発をはじめ日本にある同じ加圧水型はすべて検査されて、異常なしと報告されていた。だけど、美浜原発の直径56センチの配管は突然破れ、灼熱地獄が人々を呑み込んだ……。「異常なし」と報告されていたのに。なぜ配管は破断したのか？　調査の結果、破れた配管は「放射能が入り込まない配管」ということで1976年の運転開始以来、一度も検査していなかったことがわかったのです。だから配管が交換されているはずもありません。

事故の詳細が記録に残っていました。安倍政権時の「桜を見る会」と違って廃棄されていなかったから助かった、検証できる！　「配管を内側からめくり上げるように噴き出した蒸気は、建物内を映し出すモニター画面を一瞬のうちに〝真っ白〟にする勢いだった。高温、高圧の蒸気を浴びた作業員は肌がただれたようになった……5人は即死だった、全身に極度の熱傷を受けて。医師は会見で、「こんな症状は今まで見たことがない。顔面は真っ白で全く血の気がない。全身の水分が一瞬にして蒸発したらしい。これだけ早い段階で死後硬直し、真っ白な状態になるケースは、今まで見たことがない。よほど高温の蒸気に一瞬でさらされたのでは」と、亡くなった4人の姿に驚きを隠せなかった。死を免れた3人も体表の50％以上にやけどを負っていた」。身の毛もよだつ凄惨な記録……こんな重大な事故がいくつもあったのに、どれか一つでも皆さんの脳裏に残っていましたか？　残っていなかったとすると、皆さん、「安全神話」の威力をまたまた思い知ったのではないですか。

安全神話って具体的にどうやって人心をコントロールするか、その一例をご紹介しましょうね。原発で重大な事故が起こったとします。すると国はこういう方法を使います。「事故」とは言わないのです。「事故」とは言わず「事象があった」と表現するのです。5人が死んだ美浜原発の事故でもそうでした。「事象があった」と言われたらあなただって、人が死んだりする事故が起きたんではなくて、なんか事故には入らないような些細な現象でもあったのかなあ、と思ってしまいませんか。「事故」という言葉を使わないなんて。うまい手でしょ。長年皆さん、日本人は安全神話の下、まさにうまいこと「印象操作」をされてきたということ。こうやって原発を推進したい側は、日本人の頭の中から原発事故に対する危機感を長〜い時間をかけて消し去ってきたわけ。それが国策・原発。国策の主体、国が「事故」を「事象」と言い換える。ひどい国だと思いませんか。「私が関係していたら総理大臣やめます」といっておいて都合が悪くなると「収賄《しゅうわい》という意味では全く関係していないことが証明された」と開き直るのと同じ臭いがしませんか。国策で作ってもらった原発の私が言うのもなんですけれど。

これまでにご紹介したエゲツない3つの事故は、私と同じ沸騰水型で一つ、加圧水型で2つでした。このことからわかる大切なことは、「どちらの型でも過酷事故は起きる」っていうこと。現状、再稼働で先んじているのは、九電の川内《せんだい》原発、関電の高浜原発など皆、加圧水型。その理由は、福島で事故を起こした私たち沸騰水型でない型なので、再稼働に賛成してもらいやすいから。でも、加圧水型には加圧水型の弱点があるの。そこ、押さえておかないとね。

加圧水型の弱点は「複雑」だってこと。私たち沸騰水型は「原始的で単純」。一方、加圧水型は複雑で配管だらけ、そこがアキレス腱。加圧水型の3大事故原因は、管・弁・蒸気発生器とまで言われています。その3分の1以上が「蒸気発生器」での事故。おさらいね、「蒸気発生器」ってのは発電機を回すために原子炉の熱で水を水蒸気に変える装置だったわね。原子炉の中に満たされている水は150気圧の圧力をかけてある。だから原子炉の中の290度の水と、水蒸気になる外の水との間には100気圧の差がある。この100気圧の圧力差が、厚さ1・27ミリの細管に無限にかかり続け、さらに蒸気の激流で揺さぶられ続ける。その結果、蒸気発生装置の中を走る6000本を超える細管の弱っていた部分が破断したわけ。するとそこから原発の中の放射能まみれの水が原発の外側に噴き出すのです。

その危険性をはらむ蒸気発生装置の中の6000本超の細管。定期検査のたびに細管をくまなくチェックします。そしてヒビや傷などの損傷を見つけるとその細管は栓をして使用中止にするだけでまた稼働させるのです。

関電・高浜原発では「栓をした細管が全体の25%になるまでは運転していい」という都合のいい独自ルー

ルを作っていました。細管が６０００本として１５００本まで栓をしてＯＫって相当ヤバくないですか？さらに栓をした細管が多くなるとやっとこさ蒸気発生器を丸ごと取り替えることになるわけ。１９９３年には全国で５つの蒸気発生器が交換された記録が残っている。取り外した蒸気発生器は汚染がヒドいので持っていき場がない。原発敷地内のどこかに保管するしかないのです。現在廃炉を行っている愛媛県の伊方《いかた》原発１号機では外した蒸気発生器は敷地内の仮置き場に永く保管するって教えてくれました。

「原発は冷却水注入の配管をまとったお化けだ」って推進側の科学者でさえおっしゃってたけど、配管を１本につなぐと１００キロを超す長さだって何度かお話ししたわね。その１００キロの配管は、原発が生まれて以降どれくらいの頻度で点検しているのでしょうか？これまで誰も気にも留めていませんでしたが、最近の原発裁判の中でわかってきました。原発の配管の点検は10年かけて全体の４分の１しかやってなかったんです。つまり、私たちの寿命が40年として、寿命が終わる頃にやっと一通り配管の点検が終わるってことです。ということは、最初の10年で点検した配管はその後30年間、点検されることなくそのまま使い続けているってことでしょ。

九電は抱えていた裁判の中で「全部点検できるわけないじゃないですか」と開き直ったんだ。この問題は、九電だけでなく全ての電力会社、全ての原発の問題なんです。「重要な部分は、配管の中で金属がすり減っているかどうか超音波エコーでチェックしたり、内視鏡で配管の中を見ている」と電力会社は言うけれど、１００キロもあるし、40年に１回だし、汚染のヒドいエリアではチェックできない配管も多いし、完璧な検査にはほど遠い。このことを証明する事態が２０１６年にど～んと出てきた。

中国電力の島根原発は日本でただ一つ県庁所在地、島根県松江市に建っています。その２号機で２０１６年末、中央制御室と外部をつなぐ空調換気の配管の保温材を外したら、腐食によってできた「穴」が見つかったのです。その数、19個。大きさにも皆仰天した。最大で縦30センチ×横１メートルの穴！　穴以外にも広範囲がサビついていた。保温材を全て外すのは27年前の運転開始以来初めてだった。換気用だからってバカにしちゃダメ。「中央制御室の換気」には重要な役割がある。もし重大事故が起きても原発をコントロールできるように汚染されていない空気を運転員たちに送ること。運転員、ひいては地域住民の命を守る大切なもの。これを機に日本中の原発を調べたら「中央制御室の空調換気配管」の点検を行っていた原発は2基だけだった。50基余りの中央制御室で点検してなかったのが明らかになってしまったのです。なんかすご～く哀しい、っていうか怖くない？

私は原発、学校で教えてあげてほしい！（その⑲）

ここらで一度、原発にまつわる百花繚乱《ひゃっかりょうらん》の「ウソ」を整理しておきましょう。ひとぉつ、原発はクリーンなエネルギーと謳《うた》ってきたけど実際は「原発は最初っからずっと放射能を捨て続けていた」こと。ふたぁつ、最初の原発ができる前に作った、国家予算を超える巨額の損害試算を隠したこと。みぃ～っつ、ミサイル攻撃を原発が受ければウン千人が死ぬって試算も隠したこと。よぉ～っつ、9・11テロ後のアメリカお勧めの対策もしまいこんで手を打たなかったこと。まだあるわよ。いつ～つ、「原発は二酸化炭素を出さないクリーンなエネルギーと謳いながら核燃料を作るときには二酸化炭素を出している」と市民に指摘されると電力会社は「私たち原発は発電時には二酸化炭素を出しません」とホームページを速攻で書き換えたこと。なぜ電力会社はすぐ対応したか？　それはね、ウランを溶かして製錬したり濃縮したりして核燃料を作るには、重化学工業並の大量の二酸化炭素を出すからよ。ここで一句「原発はウソと詭弁《きべん》の固まりだ」、おそまつ。

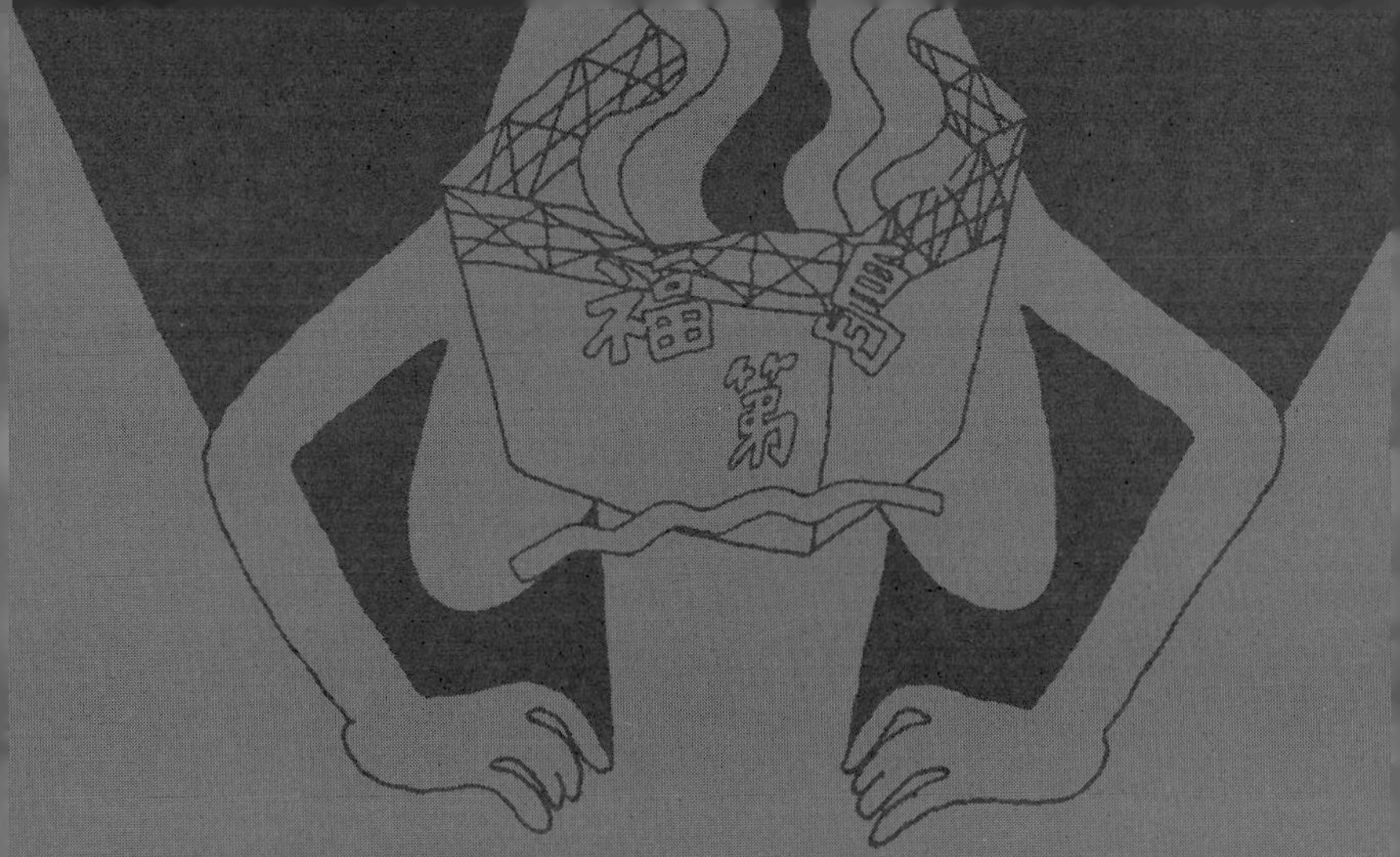

エピローグ

最後のごめんなさい

先進国で日本だけ、
ガン死が増え続けています

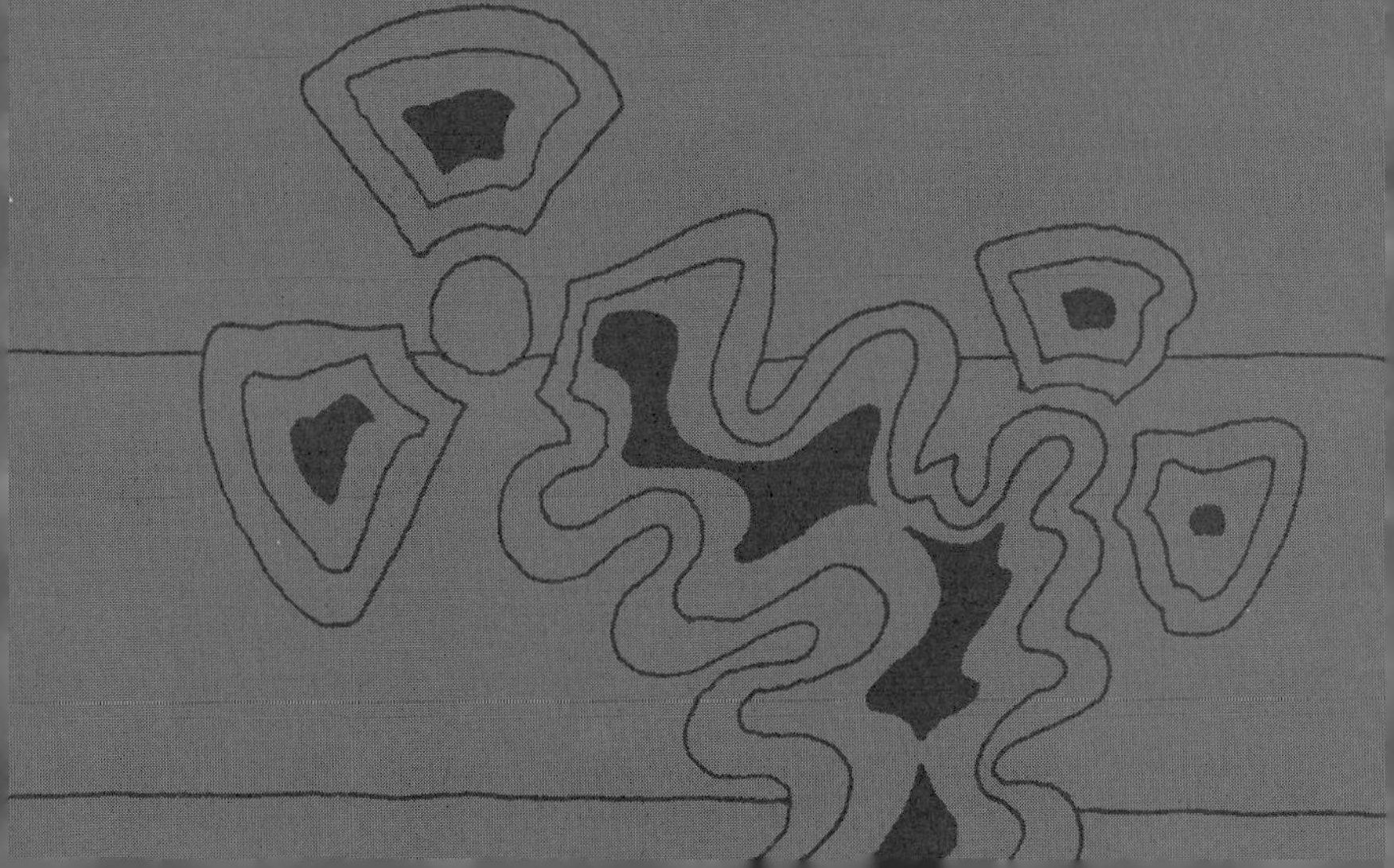

考えられる原因はなんだろう？

私たちは原発です。WHO世界保健機関が興味深いグラフを出しています。先進国のガンの死亡率が長い年月でどのように変化したか？　のグラフ。ここ20年、アメリカやイギリス、フランス、ドイツではガンの死亡率はほぼ横ばいか下がってきてるでしょ。ところが、日本だけが今もかなりの右肩上がりでガン死が上昇を続けている。男女ともに。なんで日本人だけが10万人当たりのガンの死亡率が最近も上がり続けてるの？　なんでなんで？　何か原因があるはず、って日本人なら誰もが思うわね。

京都大・原子力研究所の鯉出さんはこう分析してるわ。「これは中国の核実験が影響しているとしか考えられない。中国の核実験は世界で後発だったから、その影響が今も日本人だけガンを右肩上が

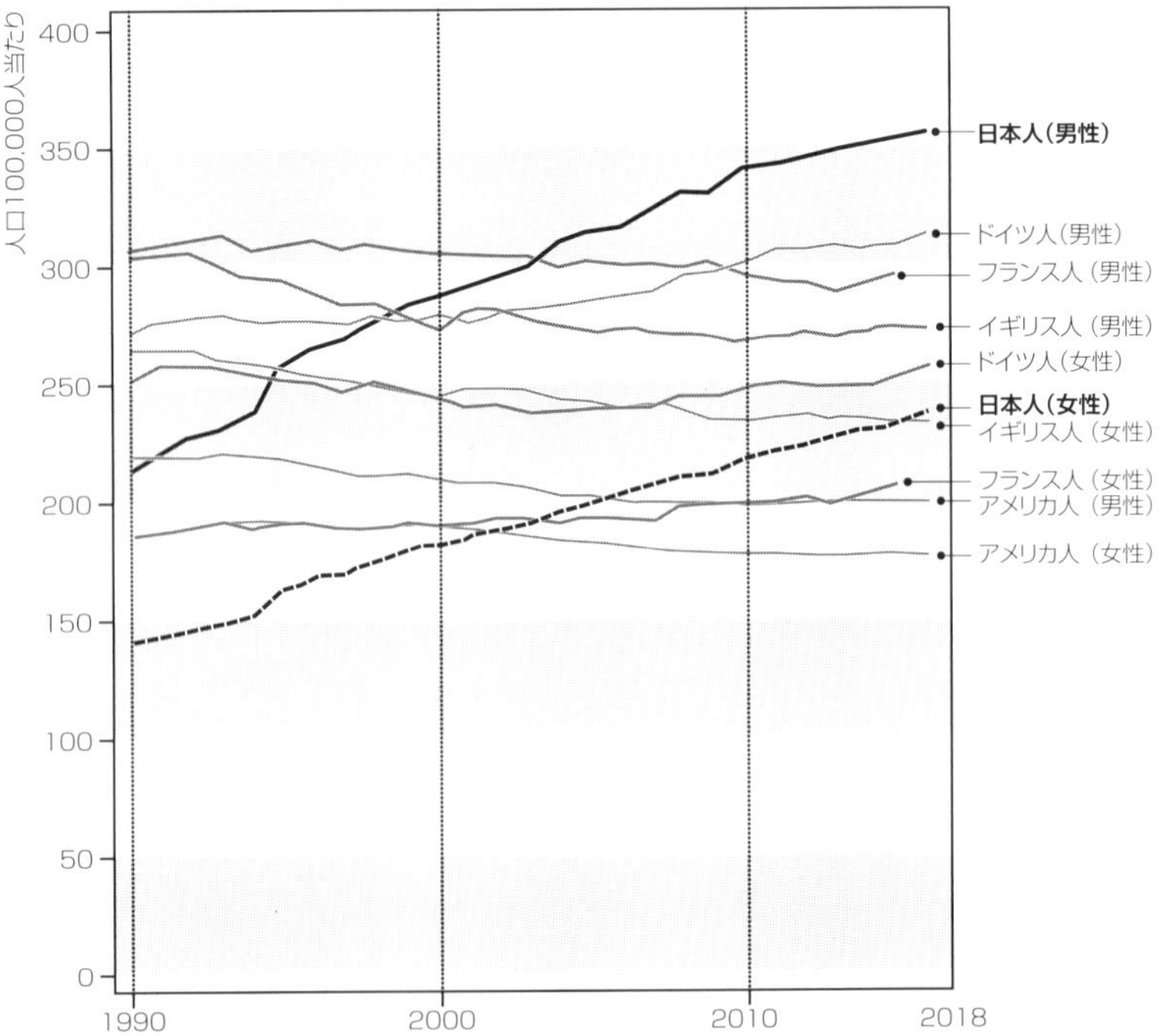

10万人当たりのガン死者数　先進国男女別　　WHOホームページより

りに押し上げているんだろう」って。シルクロードエリアで行われた核実験がバラまいた放射性物質が日本に流れてきてそれが影響しているというのです、核実験の風下ではガンが実際に多発した地域がありました。その地はアメリカ。ネバダ州の核実験場の風下エリア。アメリカの古株スリーマイルさん、よろしく。

スリーマイル

「ほぉフクシマさん、そんなコトまでよく知っておるなあ。確かにそのとおりじゃ。アメリカ国内にも核実験場はあった。そこはニホン人が大好きなラスベガスの近く、ネバダ州の砂漠地帯にあった。ワシが生まれる何十年も前、1950年代から900回以上、核実験が行われた。核実験が盛んだった50年代は西部劇の全盛期と運悪く重なってしまった。西部劇のロケ地はな、ネバダのお隣のユタ州やアリゾナ州。ちょうど核実験場の風下じゃった。撮影から10年、20年たつ間に大勢の俳優や映画スタッフがガンで死んでいった。あの大スター、ジョン・ウェインも1964年に肺ガンになった。胃にも転移、そして1979年に大腸ガンで死んだ。スティーブ・マックィーンも、名監督のジョン・フォードもガンで死んだ。さすがにフクシマの姐さんもそこまでは知らんだろ？　エキストラだった多くの住民もその運命からは逃れられんかった。ジョン・ウェインのガンを調べてもネバダ印はついていないので、残念ながら因果関係は証明できんのさ。遺族がどんなにくやしいと思おうがそれでジ・エンド。風下の住民は何度も何度も国を相手に訴訟を起こした。起こしては負け続けた。でもな、神はおられた。何十年もたってようやく願いが叶《かな》った。1990年にジョージ・ブッシュ大統領が署名して『放射線被ばく補償法』が成立した。この法でな、『健康に影響を及ぼすおそれがある』と国が警告する前に地上核実験の行われた場所の風下に住み、後に被ばくで病気になった住民たちに賠償金を払うためにな、1億ドルの『信託基金』が作られたんじゃ。この法にはこう書かれておった。『アメリカ合衆国はこれらの個人に及んでしまった被害の責任を認め、またその責任をとるべきである。また議会は、不本意にも合衆国の安全保障を優先させるに当たり、ウラン鉱山労働者、そしてネバダ核実験場より風下に住む何の罪もない住民の命と健康を危険にさらしてしまったことを認識し……議会は国を代表して犠牲者の一人一人に……そして困難をしいられた家族にも陳謝するものである』。なかなか良いことを行っただろ。ただ、彼らの失われた健康と長すぎた歳月はな、だあれも返してくれん」

スリーマイルさん、ありがとうございました。福島の子どもたちが将来ガンになって手術しても、切除したガンに福島印が描かれてないのと同じだね。洋の東西を問わず、放射能にはどこどこ印って描いてないから核兵器や原子力を推進する側には都合がいい。で、本題「なぜ先進国の中で日本だけが今もガン死が増え続けているのか」に戻るわね。中国が最初に核実験を行ったのが１９６４年の東京オリンピックの年。最後は１９９６年。その間に50回を超える核実験を繰り返した。１９８０年までは大気中での核実験だったから大空に放射能を吐き出し、ありとあらゆる種類の放射性物質がジェット気流に乗って日本に流れてきただろうね。黄砂やＰＭ２・５が日本に降るんだから「放射能だって運ばれる」。信ぴょう性あるでしょ。中国から長年にわたり流れてきて日本に降り注いだ核実験による放射性物質こそが、先進国の中で日本だけガン死亡率が今も増えている原因だろうと京大の鯉出さんは考えているわけ。原発の私としては、自分らのせいでなさそうでホッとしたけど、だからといって原発が完全にシロだとは言えないの。なぜかというと、話はチェルノブイリ原発事故のときにさかのぼります。

皆さんは、チェルノブイリ原発事故の放射能で日本人のガンが増えたって言ったら信じる？　信じない？　チェルノブイリはソ連（現在のロシア）というバカでかい国のいちばん西の端。日本からやたら遠い原発だからあり得ないって？　普通はそう思うよね。でもノンフィクションライターの神恵内《かもえない》は違った。久しぶりの登場ね。

神恵内　「1986年、チェルノブイリ原発が爆発した8日後、放射性ヨウ素が気流に乗り8000キロ離れた日本まで飛んできちまったのは事実さ。それもかなりの量だ。フェイクじゃない、政府が発表している。最も汚染度の高かったのは青森県。当時の単位で43200ピコキュリー。青森だけじゃない、日本のいろんなところで、雨水だろ、水道水、あと牛乳からも放射性のヨウ素が検出された。驚いたことに赤ん坊のいる母親のおっぱいからも放射性ヨウ素が検出された」

私　「あれ？　ヨウ素がおっぱいに？　ヨウ素は甲状腺に溜まるって私の事故の後、常識になったじゃない」

神恵内　「最新の研究ではヨウ素が集まるのは甲状腺だけじゃないってわかってるのさ。乳房にある『乳腺の小葉』と『腺房』にヨウ素の3～4割が入り込む。だから母乳にヨウ素が含まれちまう。でもよく考えてみな。チェルノブイリ事故の後、子どもたちに甲状腺ガンが異常に増えたのは、放射性ヨウ素が入った牛乳を飲んだからってわかっているだろ」

私　「そうか、日本でも私の事故後、国はこう言ってた。日本はすぐに牛乳をストップしたから福島の子どもは大丈夫だって。牛のおっぱいにヨウ素が入るってことは、お母さんのおっぱいから検出されても不思議じゃないんだね」

神恵内　「福島第一の事故でも、福島だけでなく、茨城、千葉でも母乳からヨウ素が検出されたと厚労省が発表しているんだ。おっぱいとヨウ素の関係わかったかな。じゃあ、チェルノブイリから日本まで飛んできた放射性ヨウ素で、何年後に何が起きたと思う？」

私「なんか良からぬことが起きたのね？」

神恵内「ヨウ素が飛んできた12年後だった。突然、青森、秋田、山形、岩手の東北4県と新潟で、乳ガンの患者数が前の年の3倍以上に急増したのさ。他の都道府県は増えていないのにだ。ここ大切だから詳しく話すと、乳ガンの死者数は1990年までは全国平均で『10万人に4人』だった。ところがあの年青森県で『10万人に15人』、岩手県『13人』、秋田県『13人』、山形県『13人』、新潟県『12人』。この5県だけ突出したのさ」

母乳の放射性物質濃度等に関する調査結果

		現在の居住地		母乳の採取日	測定値（ベクレル	
					放射性ヨウ素（^{131}I）	放射性セシ（^{134}Cs
	1	福島県	福島市	2011/4/25	ND（検出下限値:1.7）	ND（検出下限値
	2	福島県	郡山市	2011/4/25	ND（検出下限値:1.8）	ND（検出下限値
	3	福島県	相馬郡	2011/4/25	ND（検出下限値:2.0）	ND（検出下限値
★	4	福島県	いわき市	2011/4/25	3.5	ND（検出下限値
	5	茨城県	ひたちなか市	2011/4/25	ND（検出下限値:2.1）	ND（検出下限値
★	6	茨城県	常陸大宮市	2011/4/25	3.0	ND（検出下限値
★	7	茨城県	水戸市	2011/4/25	8.0	ND（検出下限値
	8	茨城県	結城市	2011/4/24	ND（検出下限値:2.0）	ND（検出下限値
★	9	茨城県	下妻市	2011/4/25	2.2	ND（検出下限値
★	10	茨城県	笠間市	2011/4/24	2.3	ND（検出下限値
★	11	茨城県	笠間市	2011/4/25	2.3	ND（検出下限値
	12	茨城県	笠間市	2011/4/25	ND（検出下限値:2.1）	ND（検出下限値
	13	茨城県	那珂市	2011/4/25	ND（検出下限値:2.7）	ND（検出下限値
	14	千葉県	千葉市	2011/4/25	ND（検出下限値:3.6）	ND（検出下限値
★	15	千葉県	千葉市	2011/4/25	2.3	ND（検出下限値
	[illegible]	[illegible]	[illegible]	[illegible]	ND	ND

厚生省資料より　★は母乳からヨウ素が検出された人
（★と○は神恵内による）
福島第一原発事故後、厚生労働省が調査 2011 年 4 月 30 日

私「なぜこの5県なの？」

神恵内「大気拡散の研究者は、チェルノブイリから放射性物質が東へ流れたら、東北の日本海側に多くがぶつかると……でも「ヨウ素は半減期が8日なので日本に届くまでになくなる」って反論する輩も多いだろうな。でもそれはハズレ。チェルノブイリ事故から8日後に日本に届いてる。半減期8日ってことは半分は届いたわけだ。けっこうな量がね」

私「国際放射線防護委員会（ICRP）も「ヨウ素が乳腺に溜まるのは事実で11～12年で乳ガンになることを認めている。でもだからといって5県の乳ガン者数が突出したんだと断言できる研究者は残念ながら世界に誰もいないわけね」

神恵内「そういうことだ。このグラフは東京都健康安全研究センターが、日本女性の『乳ガン死』の増加を調べたもので、グラフの1950年より左側、つまりグラフに載っていない戦前は『乳ガン死』はほとんど横ばいか微増だったんだ。それが1955年（昭和30年）くらいから『乳ガン死』はぐんぐん右肩上がりで増えていく。2010年までおよそ半世紀で実に6倍に増えた。知ってしまうとホラーより恐ろ

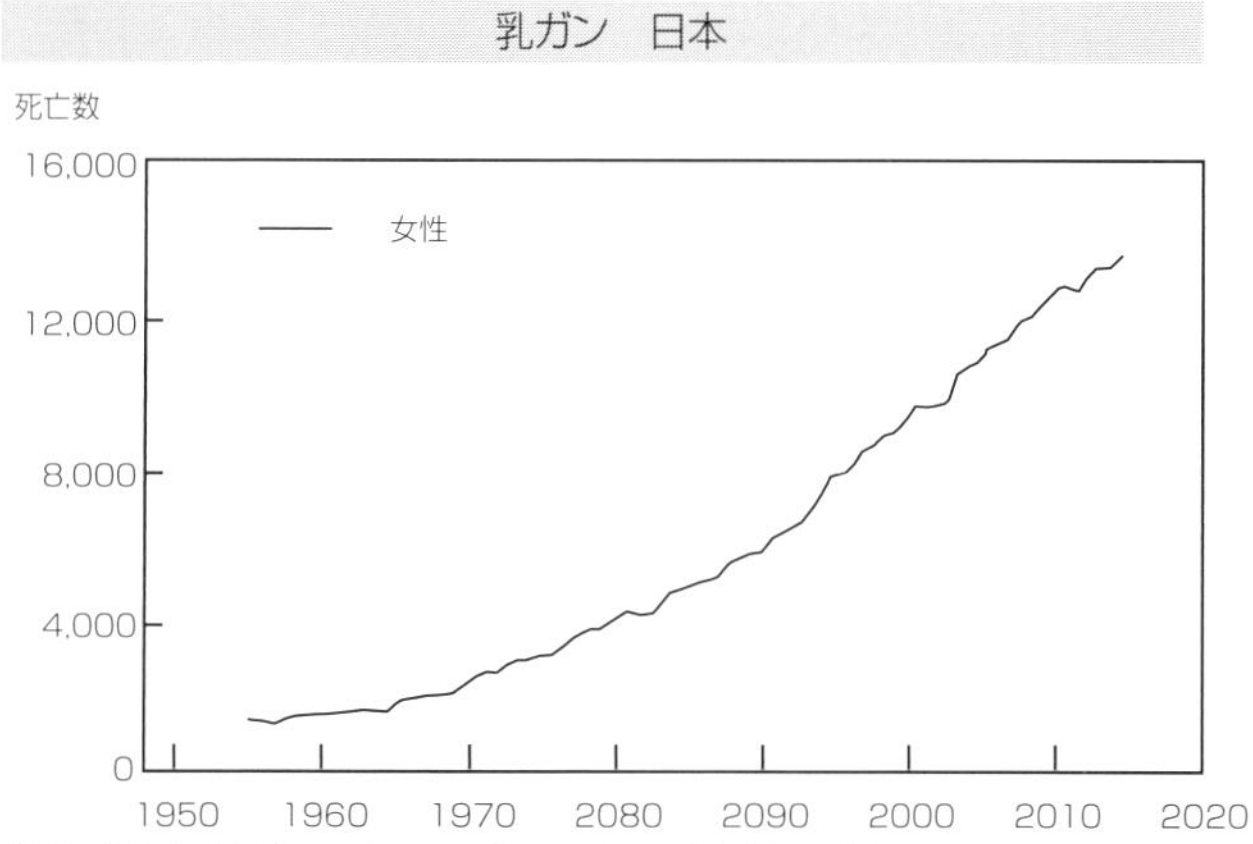

東京都健康安全研究センター、日本における死亡特性の分析より

しいだろ。よく推進側は食べ物の西洋化がガン増加の原因ってかわすけど、洋食が当たり前になった21世紀以降も減る気配がないだろ。日本では未だに増え続ける『乳ガン死』。でもアメリカでは『乳ガン死』のピークはとっくに過ぎて『減り続けている』のさ」

私「なぜアメリカでは乳ガン死が減り続けているのか？　そこを再びスリーマイル島原発さんに教えてもらいましょう。スリーマイルさん！」

スリーマイル「はいよ。アメリカで『乳ガン死』が減り始めたのは早かったぞ。もう30年も前になる。１９９１年をピークに減り始めた。ネバダ州の核実験場では１９５１年から９００回ほど核実験をやってな」

私「そうでした。恐るべし９００回」

スリーマイル「そんでもって想定外が起きちまった。放射性ヨウ素も含んだ放射性降下物・フォールアウトは自国民に降りかかったんじゃ。祖国に放射能を塗りたくったってことじゃな。皮肉じゃろ。

乳ガン　女性　年齢調整死亡率（対10万）

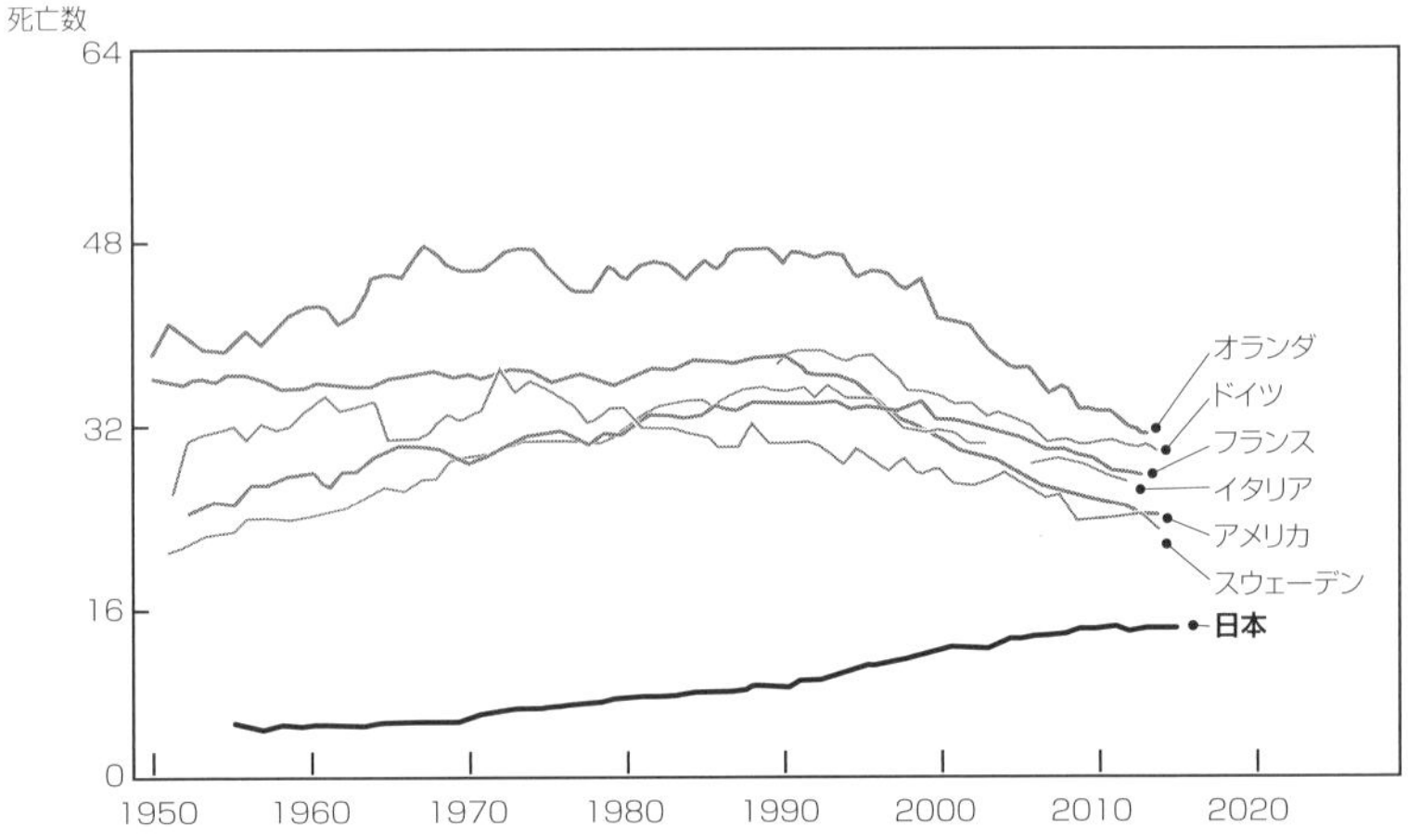

東京都健康安全研究センター、日本における死亡特性の分析より

そして、ヨウ素がたくさんアメリカ人の体に入った。十数年たって乳ガンが増え、死者も増えた。そして大気圏内核実験を止める条約ができるとヨウ素が激減した。十数年たつと乳ガン死する人も減りはじめたと考えられておる。するとな、２０１５年までの25年で乳ガン死は34%も減った。驚いたかの？　いちばん多いときの3分の2になったんじゃ」

私「アメリカは3分の2になっているのに日本は増え続けている。中国の核実験、チェルノブイリ事故の他に何やら原因がありそうだねえ、まさか……」

米・統計学者が発見！
原発の１００マイル以内の人は乳ガンが2倍!?

スリーマイル「核実験だけが『乳ガン死』の犯人ではない、という研究者もおるぞ。アメリカでは『乳ガン死』が第二次世界大戦が終わった１９４５年か

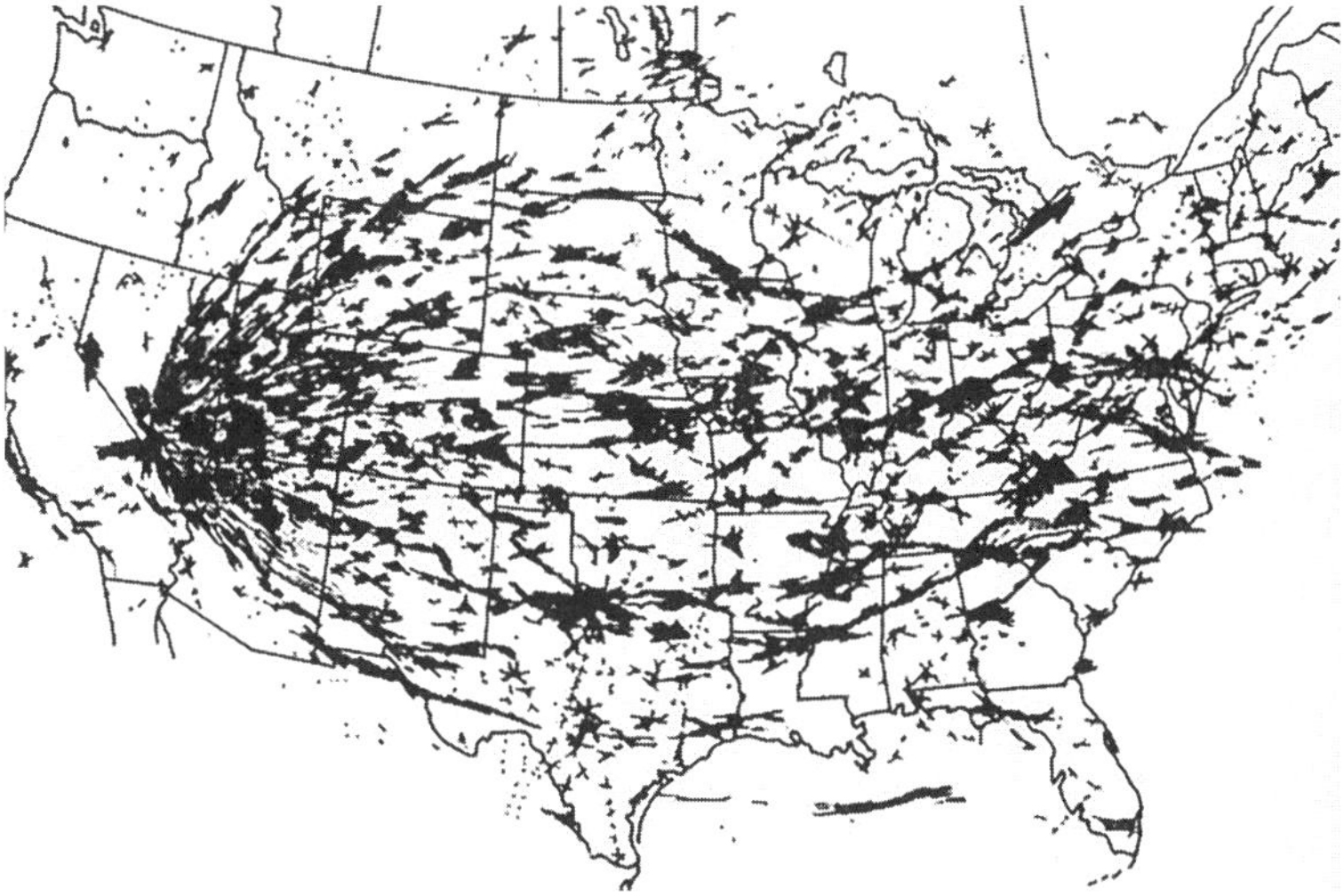

核実験による放射性雲の通った道『Under the Cloud 雲の下』より。リチャード・ミラー著

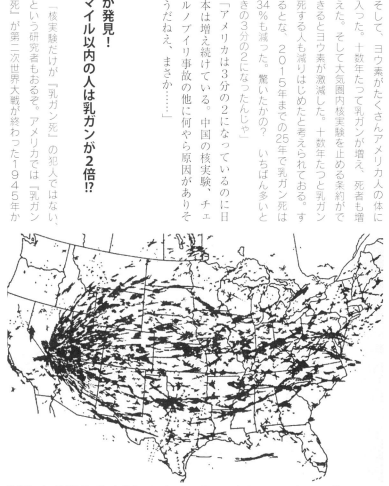

ら〜89年の44年間で2倍になった。異常な増加だと思わんか。アメリカの統計学者グールドはあることに注目したんじゃ。原発や核施設の近くで暮らす人の方が、遠くで暮らす人より多く乳ガンで死んでいるぞ、ってな。そこでグールドは原発から100マイル（約160キロ）圏内に住む人と、それより遠くに住む人で乳ガンの割合を比べたのさ。リサーチが進むと恐ろしい結果が見えてきた。全米で『乳ガン死』した人の、3人に2人が原発から100マイル圏内の住民じゃった。グールドが突き止めたのは、アメリカで原発がどんどん増えていくにつれて原子炉から100マイル以内では『乳ガン死』した人の数が明らかに増えていったこと。また100マイルより遠くのエリアでは『乳ガン死』は横ばいか、減っていたこと。そして『乳ガン死』の地域差を作っていたのは、全米あちこちの多数の原子炉が出す『低線量放射能』と考える以外あり得ない、という結論に達したんじゃ」

スリーマイルさん、いつも底無しに深い話ですね。アメリカじゃ乳ガン死は30年も前から減り始めてたんだ……知らなかった。それに引き換え日本は相変わらず増加中……言葉が出ない……私、日本の全原発から160キロ圏内を黒くぬりつぶしてみた。どうなったと思う……？　日本の国土は狭いのでほぼ黒く塗りつぶせちゃった。160キロ圏外にあたるところは日本中で2地域だけ。「北海道の東部」と「沖縄」。それ以外真っ黒け。

グールドさんの研究結果を知って、「先進国の中でガン死亡率が日本だけ今も上昇し続けている理由」は、お隣の国の核実験とチェルノブイリ事故だけが犯人じゃないぞって、あなたも思ったんじゃないですか？　私、いちばん最初に白状したでしょ、原発は生まれたときから通常運転をすると放射能のおならや汗を出し続けてきたって。私たちは長年、高い排気筒からも、放水口からもヨウ素を捨ててきた。ヨウ素だけじゃなくいろんなものも捨ててきた。その放射能の影響でガンが増えている可能性を完全に否定できる？　私はできない。薄めて捨てたって「放射能の総量は変わらない」でしょ。長年、皆さんの身近で日本の全原発が出し続けたとてつもない量の放射能も疑うのが本筋だ、って原発の私はそう思うのです。

昭和30年代くらいまでは、隣の奥さんが乳ガンに、向かいのご主人が胃ガンに、会社の上司が肺ガンに、なんてのは滅多に聞きませんでした。それが昭和40年代に入ると、親だ、親戚だ、ご近所さんだ、自分に近い人たちがどんどんガンになっていった。今ではあなたの職場でも乳ガンや大腸ガン、その他いろいろなガンの人がいるのでは？

世界的にまことしやかに言われているのは、産業革命が起きてどんどん工業化され、大気汚染や水質汚濁が進んだことがガン増加の原因だと。もしそうだったらその頃から先進国ではガン患者数は徐々に増えているはず。けれど産業革命が起きた18世紀後半から１９６０年くらいまではガン患者数はほぼ横ばい。増えていないの。おかしいわよね。すると新たな原因が付け加えられる。ガン患者が増え始めた時代に合う原因が。今度は「食生活の欧米化」が原因だ、って言い出した。でもちょっと待って。元から洋食を食べてた欧米の人たちも同じ頃ガンが急増してるのよ。なんだか、原発推進サイドお得意の「後付け」の臭いがプンプンしない？　ＣＭなんかで「日本人の２人に１人がガンになる時代」って言ってるけど、いったいいつから日本人のガンが日常茶飯事《さはんじ》みたいに増えたの？　何が本当の理由なの？　理由は一つじゃないの？　神恵内、何か知ってる？

神恵内　「これはあくまでオレの推理だと思って聞いてほしい。第五福竜丸が南太平洋・ビキニ環礁での水爆実験に巻き込まれたのは昭和29年。築地岸壁に揚げられたマグロはガイガーカウンターの針が振りきれた。市場の外れに穴を掘って汚染マグロを埋めた。全て廃棄したんだ。ビキニ海域で操業したマグロ漁船は数知れず。年内はみな検査し廃棄した。でもその年の暮れ、「日本政府は今後アメリカ政府の責任を追及しない」という約束でアメリカから200万ドルの見舞金を受け取り、幕引きをしたのさ。じゃあ翌年以降、どうなったと思う？　日本中の1000隻を超えるマグロ船は水爆実験が続くビキニ海域に何もなかったように出かけ続けた。そこがマグロの好漁場だからだ。そしてアメリカとの約束で、獲れたマグロはノーチェックで日本の市場に出まわり、食卓へ上がり続けたんだ。測ればガイガーカウンターが振りきれるマグロを何も知らず日本人は食べ続けた。大気圏内核実験が禁止となる昭和38年まで……。臭いだろ？　オレにはこれが原因と思えてしょうがない。そして昭和40年代、日本でガンは急増し始めた……」

私は原発、学校で教えてあげてほしい！（その⑳）

　核実験を行ったのはアメリカだけではないこと。ソ連もイギリスもフランスも、中国も、核兵器をもっている国は世界中で核実験を何度も行ったこと。世界中でガンが急増したのはそれから10年、15年たってからだってこと。放射能のいちばん怖いところは、ガンになっても放射能が原因だと証明できないってこと。あなたが10年15年先にガンになっても、それは私たち福島第一原発事故が原因で被ばくしたせいなのか、排気ガスのせいなのか、タバコのせいなのか、お酒の飲みすぎのせいなのかは誰も証明できないってこと。もし被ばくが原因で末期ガンになったとしても、無念のうちに死んでいくしかないってこと。放射能、恐るべし、ってこと。こういうことは、間違っても学校では教えてくれないってこと。でも耳を澄ませば、真実が暗闇の底から君たちに聞いてほしい、って叫んでいます。

新型コロナウィルスは原発も感染する

２０２０年に世界でパンデミックとなった新型コロナウィルス。原発は関係ないと思ってないでしょうね？　ブー!!　大ありよ。もし今、私たちの誰かが原発事故を起こしてごらんなさい、周辺30キロ圏内の自治体にせっかく作っていただいた「避難計画」の避難先が「３密」になっちゃうでしょ。実際、福島《わたし》の廃炉作業現場でも感染者が出た。私だけじゃない。九電・玄海原発の「特重施設」建設現場でもクラスターが発生した。「特重」って覚えてます？　航空機テロなどの対策に必要とされ、完成が遅れたことで再稼働した原発が止められ始めたあの施設。それを建設しているゼネコン、小森組の50代の社員が１人新型コロナに感染した。すると、その対策工事が中断に追い込まれた。ほとんど報道されてないんだけど、その社員１人からクラスターが発生してた！　そして４００人が濃厚接触の疑いで出勤停止になった。特重の作業員だったからまだよかったけど、それが稼働中の原発運転員だったら大変でしょ。そうなったら中央制御室もテレビのスタジオみたいにアクリル板で仕切ってやるの？　別の場所からリモートで出演、とはいかないからね。皆さんが心配なのは、中央制御室がクラスターになったらってことよね。それ一大事だよね。運転員がみ〜んな感染したり、濃厚接触者になったら原発はどうなる？　そこを、痒《かゆ》いところに手が届く男、神恵内が九電に質問をぶつけていました。「原発の運転員や点検する人たちに集団感染が起こったら、どんな対策を考えてますか？」って。九電の回答は「保安規定というのがあります。当直12名、重大事故対応40名、計52名の人員が確保できない状態になれば運転を停止します」だって。でも神恵内が言うには、「これには裏があって、原発は24時間ずっと動いているから８時間３交代制で回している。休みを取らないといけないから52名×３班、計１５６名では足りない。つまり集団感染したら、濃厚接触者を隔離した上で、２００人近くの当直、重大事故対応の人員を確保できないと動かせないってこと。あと、点検する人に関しては全く答えていない」って。
もう一つある、それは原発事故が起きたときの避難場所の問題。コロナ禍でソーシャル・ディスタンスをとらないといけないから避難所では収容する人数を減らさなければなりません。放射性プルームが迫って来る中、入れなくなった人はどこに避難すればいいの？　しかもコロナは「換気が必要」。原発避難では、「換気は命取り」。換気すれば避難所に放射性物質が入ってきてしまうので、原発避難とコロナ対策、この2つは全く相容れないのです。あなたの近くの原発の避難計画、そのあたりの対策ができていますか？　対策はできていなくても検討はされていますか？

私は遺書を書こうと思います

神恵内一蹴は札幌の住宅街を歩いていた。凍り付いた道を滑らないよう、小股で歩く。白髪交じりの男の背中は少し疲れて見えた。四つ角を曲がって2軒目、尖った三角屋根の家の扉を神恵内は無造作に開けた。「ただいま」奥からおかえりなさいの声がユニゾンで聞こえた。トリチウム海洋放出の取材先、福島から1週間ぶりの帰宅だった。

妻　「お風呂？　ビール？」
神恵内「まずはお疲れのビールだな」
妻　「ビール持ってきてあげて。ミク！」

ミク　「飲みたいなら自分で動けば」

神恵内「相変わらずパパには厳しいな。ミクは女の子なんだからもうちょっとやさしく……」

ミク　「パパ、それセクハラだよ。それより、いち子おばあちゃんちのある神恵内村が核ゴミの調査に手を挙げたよ」

神恵内「ミクは反対なのか？」

ミク　「最ッ低！　なんで日本中の核ゴミを北海道で引き受けようとすんの？　私や私の子や孫が背負っていくんだよ⁉　それに新型原発も作ろうとしているっていうし。なに考えてんの？」

神恵内「若い頃のママにそっくりだなァ」

ミク　「それよりパパ、ママは子ども要らないって言ってたんでしょ。どう言ってママに『うん』て言わせたの？」

神恵内「そ、それは……ねェママ助けて！」

私は福島第一原発1号機です。１９７９年スリーマイル島原発事故の後、アメリカはさまざまなことを原発事故から学び取っていきました。１９８６年チェルノブイリ原発事故の後、ヨーロッパも原発事故から多くを学びました……２０１１年、私が起こした福島第一原発の事故から、日本は、日本人はきちんと学んでいるでしょうか……事故から10年の経過を私が見るにつけ、どうしても多くの「？マーク」がつく、というのが私の偽らざる思いです。

私たち原発が世界中で寿命を迎えようとしています。もうまもなく生まれようとしていた最新鋭の原発、北欧のオルキルオト3号機は、私、福島の事故を受けて安全対策費が高騰したことで、建設開始（２００５

年）から15年たっても完成していません。普通ならとうの昔に完成していたはずです。世界中で計画が進んでいた新原発たちも同じ理由で建設が始められなかったり、中止も相次いでいるのです。推進側は、発展途上国は原発を必要としていると言います。でも、私の事故で原発の危険性を知り、再生エネルギーの電気代が原発よりはるかに安いことを知ったら途上国はどちらを選ぶでしょう。その答えは安倍前総理の全ての原発輸出計画が消滅したことが物語っています。新しい原発はそう簡単に生まれてこないでしょう。世界中で現役バリバリの原発も巨額の安全対策費をかけなければ働けなくなりました。一方で、年老いた原発、東海第二や美浜《みはま》原発など、莫大な費用を投じ20年の延命を決めましたが、ヒトと同じく、寿命が尽きる日はやがて来ます。大いなる時の流れの中、あらゆる原発が必ずや死んでいきます。世界中でそうなるでしょう。

初代の原子力規制委員長、田中俊一さんは先頃こんなふうにぼやきました。「日本の原子力政策は長年ウソだらけで成り立ってきました。使用済み燃料を再処理して高速増殖炉でプルトニウムを増やせば数千年のエネルギー資源が確保できる、というウソを言い続けてきたことが最大の問題なんですよ。今だって核燃料サイクルの要、高速増殖炉もんじゅが廃炉になって破綻《はたん》が明らかなのに、核燃料サイクルにこだわり続けているでしょ。これを捨てて、再稼働した原発を安全に運転することに専念すべきと思いますよ。それでもやがては原発の寿命は次々に尽きていきますから、日本の原発はこのまま〝消滅〟へと向かうんでしょうね」って。消滅どころか世界中で「原発死滅」する日が必ず来ると信じています。私、福島第一原発が、もしも世界中の人々に一つだけ評価していただけるとするならば、それは、福島で私が爆発したことで原発の安全対策費がとてつもなく高騰してしまい、原発の先行きを真っ暗にしてしまった、そのことに尽きると思います。そのせいでいちばん安いとされてきた私たち原発の電気代は、今では世界中で再生可能エネルギーの電気代に太刀打ちできなくなってしまったのですから。機関投資家向けに情報を提供するラザードやガーディアン、ブルームバーグは2019年時点で、すでに世界の電気代で「太陽光が最安値」としています。太陽光は4円。風力が4・1円と続きます。これに対し、原子力は驚くなかれ15・5円。それでも日本政府は相も変わらず「原発の電気はいちばん安い」と主張し続けています。小泉純一郎元総理は「廃炉の費用、賠償費用、安全対策の費用。最終処分場なんて千年、万年作らない。この費用を入れてないんだから、原発のコストがいちばん安いというのは、とんでもない大ウソだ」と真っ向から否定しています。原発メーカーもすでに大きく舵をきっています。日立でも、「安全で高品質な電力を生みだす日立のメガソーラー発電」と謳っています。三菱重工でも洋上風力発電に力を入れ、さらに再エネ＋大型蓄電池＋エンジンを合体させた新しいシステムを推進しています。東芝も那須に2カ所メガソーラーを建設することを決めました。日本三大原発メーカーも稼がなければなりません。生き残らなければなりません。だから儲かる方へ自然と流れ始めているのです。「いやいや何を言うか、太陽光は昼間だけだし天候に左右されるから、そんなことはあり得ないのだよ」という方もいらっしゃるでしょう。しかしながら、世界中で大型蓄電池の開発は至上命題。超・猛スピードで進んでいるのです。資本市場における気候変動政策のリサーチ、サポートをするカーボントラッカーはこう発表しました。「2034年には太陽光＋蓄電池が圧勝する」と。最終的に、私たち原発は再生エネルギー＋蓄電池によってとどめを刺されるのです。

最後に、日本国民1億2000万人、そのほとんどの人が忘れてしまっていること、いえ、いつものとおり、うまい具合に忘れさせられてしまっていることをお伝えします。それは、2011年3月11日に出された「原子力緊急事態宣言」が10年たった今も出されたまま！　ということです。復興オリンピックが行われるのにどうして？　とお思いになりましたか？　それは政府にとってとても大きな都合があるからです緊急事態宣言を出しっ放しにしておかないと、放射能の規制基準を私が事故を起こす前の水準、つまり本来の水準に戻さないといけないのです。今は、緊急事態宣言が出ているので住民が故郷に帰っていい放射線のレベルが「1年間に20ミリシーベルト」。ところが緊急事態宣言を解除すると、「年1ミリシーベルト」に戻さないとならなくなる。すると避難している住民を帰還させられなくなります。そうなると復興オリンピックも開けなくなる……だから緊急事態宣言にはフタをして、皆さんに気づかないでもらって、「解除する・しない」に目をむけさせないのです。そのことを深く皆さんの胸に刻んでほしい。そう心より願っております。

これから私は遺書を書きます。私の爆発事故から10年、だらだら、生きる屍《しかばね》のごとくさまよってきた。カッコ悪いのでだらだらは書かない。最期は箇条書きで端的に。

遺書

一つ、「私たちがたとえ死んでもそれで終わらない、それが原発だ」、ということをどうか忘れないでください。私たちが死に絶えても核ゴミは10万年先まで極悪です。ギザのピラミッドで4500年前です。10万年はその20倍以上だと想像力を働かせてください。菅新総理、カーボンゼロを掲げるふりをして原発の増設、新型小型原発の開発とか、言い出さないでください。大手電力の既得権益《きとくけんえき》を守ってあげたいのなら大手電力でいいですから、世界の潮流に乗って、世界に誇れる再生エネルギーで儲けさせてあげてください。「仮定の質問にはお答えできません」、とか「その指摘は当たりません」、なんて答えてはダメですよ。

二つ、復興五輪開催が至上命令なら、どうぞ慎重におやりください。ただ、開催後でいいですから10年たった今も出されたままの「原子力緊急事態宣言」を解除してください。福島の年間20ミリシーベルトを元の1ミリに戻してください。順序が後先になってもいいですから。原発の中に小学校を作るレベルの環境で日本国民を住まわせようとするのは絶対やめてください。

三つ、東海第二原発の再稼働だけはやめてください。あそこが事故ったら本当に日本が終わります。国が滅びます。数千万人もが避難できるところはありません。日本人が難民となって、海を渡らなくてはならなくなります。かつて菅直人元総理が静岡の浜岡原発を止めたように、今度は日本国民を守るために東海第二は廃炉にしてください。

四つ、私の敷地内に溜まったトリチウムを含んだ処理水を海に捨てないでください。石油備蓄用大型タンク11個あれば入るのですから。100年貯めれば放射線量は1000分の1、実害も風評被害もなく捨てられるのですから。

五つ、福島《わたし》の事故を受け、世界の流れはもはや、どう転がっても「脱原発」、再生エネルギー100%に向かっています。この一年に世界で新設された発電所の割合は、再エネの発電所が70%、火力が25%、原子力は5%。この傾向は私の事故以降、何年もそうなのです。2020年には世界全体で、再生エネルギーの発電量が原発の発電量を初めて抜いたのです。水力抜きでです。もはや退路はありません。菅総理、あなたのひ孫、玄孫《やしゃご》のためにも「脱原発」を呑んでください。

おまけ、最後に私事ですが、私の遺言を収蔵したこの本を、小・中学校と、そして自治体の図書館に置いてください。かならず未来の子どもたちのお役に立てると信じています。

これが、いまわの際《きわ》の私のお願いです。ふぅ〜、なんだかそろそろお別れのときが来たようです。

お父さん、お母さん、菅新総理、

私が先立つこの上ない幸福をご理解の上、お嚙みしめください。

遺書ですが、追伸。

私の屍の行き先は、今のところ世界のどこにもありません。手を挙げた北海道の寿都《すっつ》町、神恵内《かもえない》村でないことを祈ります。だとしたら私の墓標はどこになるのでしょう。

２０２１年３月11日

福島第一原発1号機

原発事故はまた起きる

科学ジャーナリスト　倉澤治雄

東京電力福島第一原発事故から２０２１年で10年になります。振り返ると21世紀初頭の人類は、ほぼ10年ごとに大きな出来事に見舞われてきました。２００１年９月の「アメリカ同時多発テロ」とそれに続く対テロ戦争、２０１１年の東電福島第一原発事故、そして２０２０年の新型コロナウイルス感染症（ＣＯＶＩＤ－19）によるパンデミックです。

テレビや新聞では毎日、感染者数と死者数が報じられます。世界の感染者数は間もなく１億人に達するでしょう。死者数が２００万人を超えることは確実です。スターリンはかつて「一人の死は悲しみだ。しかし10万の死は統計だ」と語ったといわれます。

日々メディアが伝える報道の内容は、まさに統計でしかありません。２００万の死は２００万の何倍もの大きな悲しみであるという感性を、人類は失ってしまったのでしょうか。

福島第一原発事故も同様です。レベル７という世界最悪の事故だったにもかかわらず、幸い放射能による急性障害で亡くなった方はゼロでした。当時、原発を推進する専門家の中には、「これで原発の安全性が証明された」と語った方がいたほどです。

しかし逃げ遅れて看護を受けられずに亡くなった方、土地を奪われ、仕事を失い、絶望して死を選んだ方など、いわゆる「原発関連死」は２３００人を数えるのです。避難した方々はピーク時20万人近くにのぼりました。

政府やメディアは軽々しく「復興」という言葉を使います。夏の東京オリンピックも「復興五輪」と銘打たれています。しかし失われた命、汚染された大地、断ち切られた社会は二度と「復興」しない現実を直視すべきではないでしょうか。原子力緊急事態宣言は今も出されたままなのです。

今年1月は日本海側でたびたび大雪に見舞われました。各地で車が立ち往生し、大渋滞が続きました。数年前、私も新潟県にある柏崎刈羽原発を取材した帰りに、三国峠で雪のため2日間、立ち往生しました。

原発を再稼働するならせめて「原子力防災」、つまり逃げる手はずだけは整えておいて欲しいと思いましたが、雪に閉ざされた車の中で「それは不可能だ」と確信しました。

柏崎刈羽原発の30キロ圏には40万人を超える人々が住んでいます。雪が降れば車で逃げることはできません。しかも40万人を避難させる業務にあたる柏崎市の職員は4人しかいませんでした。

福島第一原発事故の後、新たな指針によって規制基準が厳しくなったとされています。かつては安全神話のもと、放射能を閉じ込める最後の砦となる「格納容器」は壊れないことになっていました。想定された「重大事故」も、想定しえない「仮想事故」も、格納容器の破損を想定していませんでした。

しかし福島では1から3号機で格納容器が破損し、大量の放射能が環境中に放出されたのです。では次に格納容器が壊れるような事故が起きたらどうするのか。「世界で最も厳しい規制基準」と安倍前首相が胸を張った新規制基準では、吹き上がる放射能を放水砲で撃ち落とすことになっているのです。ただそれだけです。B29の爆撃に竹槍で向かった精神と全く同じレベルの発想です。

放射能は雪に沈着します。被ばくの約7割は、実は地表に沈着した放射能からのものです。想像力を働かせてください。皆さんが雪に閉じ込められる中、原発事故が起きたらどうしますか。雪が降るのは日本海側だけではありません。

はっきりと申し上げておきますが、原子力という「技術」が悪いのではありません。人類の叡智《えいち》はやがて放射能を無力化する技術を手にするかもしれません。また月や火星に行く時代になれば、エネルギー源として原子力技術は不可欠となるでしょう。

しかし「原子力発電所」を安全に運転できるような自然環境に日本は置かれていませんし、原子力エネルギーをコントロールできる技術力もパワーも人材も日本にはありません。４つのプレートが重なり、地震、火山、津波の呪縛から逃れられない日本列島を取り囲むように、かつて54基の原発があったことが本当に信じられないくらいです。

忘れもしない事故直後の２０１１年3月12日、私はすでにニュース部門を離れていましたが、会社に呼び出されて解説を担当することになりました。3月14日には3号機が爆発する瞬間を、モニター画面で目の当たりにしました。その夜、2号機が「空焚き」になったと発表された時、心底「日本は終わったな」と思いました。

幸い日本は終わりませんでした。もう一度チャンスをもらったのです。今はもう原発の「賛否」を論じている時間はありません。原発に依存しない国をどのように構築するのか、叡智を絞らなければなりません。

自分を「原子炉」に見立てて、フィクションとも実話ともつかないこのユニークな本を書いた加藤就一と私は、実は日本テレビの同期なのです。私の方が5つほど年上ですが……。加藤は古き良き日本テレビの伝統を受け継いでいます。「木曜スペシャル」や「アメリカ横断ウルトラクイズ」がディレクターとしての加藤の名を世に示しました。最高の「人たらし」でもあります。

「NNNドキュメント」の制作では常にプロデューサーと激しく衝突しました。それほど原発にかける加藤の思いは強かったのです。この本の企画を聞いた時、乱暴で情熱だけで書かれたような加藤の脚本を思い浮かべ、「どうせつまらん本になるだろう」と高《たか》を括《くく》っていました。

ところが出来上がった文章をみてびっくりしました。ここには「原発のウソ」という名の「真実」が満載されていたのです。この本には「事実」をベースとしたフィクション、あるいはフィクションの形を取ったファクトという新しい世界が広がっています。

加藤の願いは大多数の日本人同様、原発依存から脱却することです。しかし彼は「脱原発」を声高に叫ぶことなく、「原発」という名の自分に「ウソ」という「真実」を語らせているのです。

この本を読んだあなたがどう感じ、どんな行動を起こすかが大切です。もし万が一、あたかも何もなかったかのように原発依存を続けるなら、事故は必ずまた起きるでしょう。起きるはずのないことでも起きるのですから、一度起きたことがまた起きるのは必然です。原爆が二度落とされたように……。

原発依存を断ち切ることができれば、日本の未来は輝き続けるでしょう。それを決めるのは政府ではなく、あなたなのです。

二〇二一年一月

【参考文献一覧】

1959年　アイソトープ手帳　日本アイソトープ協会

大型原子炉の事故の理論的可能性及び公衆損害額に関する試算　日本原子力産業会議

原子力災害補償体制の確立に関わる一連の記事　原子力産業しんぶん

1961年　「原発事故試算の概略だけ国会提出」第38回国会衆議院　科学技術振興対策特別委員会議録　第13号

1963年　ケネディー大統領「部分的核実験禁止条約に関わるテレビスピーチ」　ジョン・F・ケネディー大統領ライブラリー

1969年　THE　CARELESS　ATOM　シェルダン・ノビック著　Houghton Mifflin Company ボストン

1970年　固体廃棄物封入容器の海洋投棄に関する技術開発　日立評論4月号

1973年　トリチウムによる染色体異常の線量効果の研究　中井斌　掘雅明　放射線医学総合研究所資料集より

希ガスホールドアップ装置の放射能減衰効果　日立評論5月号

1974年　原発の恐怖　シェルダン・ノビック著　中原弘道（訳）アクネ

原子力委員会月報19号

1978年　発電用軽水型原子炉施設における放出放射性物質の測定に関する指針 原子力委員会

1982年　アトミックソルジャー　ハワード・L・ローゼンバーグ著　中尾ハジメ、アイリーン・スミス訳　社会思想社

赤ん坊をおそう放射能　E.J. スターングラス著　反原発科学者連合訳　新泉社

1984年　原子炉施設に対する攻撃の影響に関する一考察　外務省

1987年　特別研究「核融合炉開発に伴うトリチウムの生物学的影響に関する調査研究」報告書　放射線医学総合研究所

1988年　デイビス・リポート「日本の港に停泊した軍艦における核事故」　ジャクソン・デイビス教授（米カリフォルニア大学）

1989年　隠された核事故　恐怖の原潜、核兵器　梅林宏道　創史社

1991年　核燃料サイクル施設批判　高木仁三郎著　七つ森書館

1949年～1982年に実施された海洋投棄における国別投棄放射能量
IAEA　TECDOC588 Sea Disposal of Radioactive Waste

1994年　BWR,PWRの濃縮廃液および固体廃棄物の種類・発生量　放射性廃棄物管理ガイドブックより
日本原子力産業会議

「放出放射性物質の測定対象核種、測定下限濃度及び計測頻度」
改訂第8版原子力安全委員会安全審査指針集より

1995年　原発事故…その時、あなたは！　瀬尾健著　風媒社

1997年　トリチウム水誘発がんのRBE（生物的効果化）トリチウムに関するQ&A集　放射線影響協会

1998年　わが国の放射性廃棄物海洋投棄
IAEA　TECDOC-1105Inrentory of Radioactive Waste Disposals at Sea

1999年　原発がどんなものか知って欲しい（WEB）　平井憲夫

「隠された原発事故試算が国会に提出された第145回国会」　参議院経済・産業委員会会議録　第13号

放射性廃棄物の海洋投棄　国別詳細の表　IAEA（Inventory of Radioactive Waste Disposals at Sea）

1999 年　雲の下で　核実験の数十年　リチャード・ミラー著　ツーシックスティプレス

2000 年　プルトニウムファイル　アイリーーン・ウェルサム著　渡辺正（訳）

青い閃光　ドキュメント東海臨界事故　読売新聞編集局　中央公論新社

2003 年「環境に放出される液体廃棄物中に含まれる放射性物質の核種組成」
改訂 11 版原子力安全委員会指針集より　大成出版社

ECRR 欧州放射線リスク委員会 2003 年勧告

2005 年「原子力発電所から発生する気体・液体廃棄物の処理方法」　放射性廃棄物データブック平成 17 年度版より

2006 年「平成 17 年度 BWR/PWR 原子力発電所における放射性廃棄物の管理の状況」
原子力施設運転管理年表平成 18 年度版より　原子力安全基盤機構

「放射性気体および液体廃棄物の放出量と原子炉基数の年度別推移」
平成 18 年版原子力施設運転管理年報より　原子力安全基盤機構

2008 年 /2017 年　小学校学習指導要領　文科省

/2017 年　中学校学習指導要領　文科省

2009 年　学習指導要綱に基づく小中学校教科書のエネルギー関連記述に関する提言　日本原子力学会

トリチウムのオンタリオ州飲料水質基準に関する報告と助言　カナダ・オンタリオ州飲料水諮問委員会

2010 年「低線量電離被ばくの健康影響」 ECRR 欧州放射線リスク委員会 2010 年勧告より
美浜・大飯・高浜原発に反対する大阪の会

泊発電所 1 号、2 号及び 3 号炉　平常運転時における発電所周辺の一般公衆の受ける線量評価について
原子力安全・保安院

2011 年　原子力百科辞典　ATOMICA　日本原子力開発機構

発電用軽水型原子炉周辺の線量目標値に対する評価指針　ATOMICA

原子力発電所からの放射性廃棄物の処理　ATOMICA

発電用軽水型原子炉施設における放出放射性物質の測定に関する指針　ATOMICA

放射線廃棄物処理（沸騰水型の場合）ATOMICA

放射線廃棄物処理（加圧水型の場合）ATOMICA

BWR 型原子力発電所における放射性廃棄物管理の状況　原子力施設運転管理年報より
原子力安全基盤機構

PWR 型原子力発電所における放射性廃棄物管理の状況　原子力施設運転管理年報より
原子力安全基盤機構

環境放射能安全規制の概要　ATOMICA

放出管理　ATOMICA

母乳の放射性物質濃度等に関する調査結果（4 月 30 日）　厚労省

母乳の放射性物質濃度等に関する調査結果（5 月 19 日）　追加調査で全て ND と修正された　厚労省

2011年　東京電力福島第一原子力発電所の事故に係わる1号機、2号機及び3号機の炉心の状態に関する評価について（6月6日）　原子力安全・保安院

「飲料水水質ガイドライン 第4版」世界保健機関（WHO）
プルトニウム分析結果（9月30日）　文科省

プルトニウム、ストロンチウムの核種分析の結果について 文科省 原子力災害対策支援本部 モニタリング班

「追加被ばく線量年間1ミリシーベルトの考え方」　災害廃棄物安全評価検討会・環境回復検討会
第1回合同検討会 資料

玄海原発1号機　想定以上に劣化進行か（7月2日）　佐賀新聞

原発の真実　　小出裕章著　幻冬舎

1974年と2010年の筑前沖海水温調査データ　福岡県水産海洋技術センター

2012年　この国は原発事故から何を学んだのか　小出裕章著　幻冬舎ルネッサンス新書

国会事故調東京電力福島原子力発電所事故調査委員会調査報告書
東京電力福島原子力発電所事故調査委員会（著者・出版）

福島原発事故独立検証委員会調査・検証報告書　日本再建イニシアティブ　Discover

沸騰水型の気体廃棄物処理設備　やさしい原子力発電　火力原子力発電技術協会編

加圧水型の気体廃棄物処理設備　軽水炉発電所のあらまし　改訂版原子力安全研究協会編

蒸気発生器の構造および二次冷却水流れ概略図　原子力安全研究協会編

死の淵を見た男　吉田昌郎と福島第一原発の500日　門田隆将著　PHP

原子力事故または放射線緊急事態後の長期汚染地域に居住する防護に対する委員会勧告の適用
ICRP　Publcation111

多核種除去設備（ALPS）確証試験の状況（08・27）　東京電力

米国防総省・東京圏の被ばく線量　9月　http://www.ourplanet-tv.org/?q=node/1475

海況日本海指標① 50m深平均水温偏差　能登半島北西海域の季節別平均水温
石川県水産総合センター

2013年　「放射性気体および液体廃棄物の放出量と原子炉基数の年度別推移」
平成24年版原子力施設運転管理年報より　原子力安全基盤機構

米国で原発の閉鎖相次ぐ（1月30日）　ウォールストリートジャーナル WEB

科学が道を踏み外すとき　つくられた放射能「安全」論　島薗進著　河出書房

「原子力・エネルギー」図面集　日本原子力文化振興財団

日本の気候変動とその影響2012年度版　　文科省・気象庁・環境省

原発紙芝居　子どもたちの未来のために　とても悲しいけれど空から灰がふってくる　斉藤武一著　寿郎社

放射線はなぜわかりにくいのか　名取春彦著　あっぷる出版社

東電福島第一原発事故に関するUNSCEAR報告について　首相官邸 HP

2014年　福島原発　ある技術者の証言　名嘉幸照著　光文社

チェルノブイリはおわっていない　ドイツ・低線量被曝から28年　ふくもとまさお著

2014 年　発電用軽水型原子炉周辺の線量目標値に対する評価指針の変更　原子力規制委員会 HP

2014 年版 /2018 年改訂版　中学生・高校生のための放射線副読本～放射線について考えよう　文科省

軽水炉蒸気発生器伝熱管の損傷　ATOMICA

原子力発電所蒸気発生器伝熱細管破断　　失敗知識データベース失敗百選（WEB）

2015 年　原子力安全問題ゼミ　小出裕章最後の講演　川野真治　今中哲二　小出裕章著　岩波書店

原子炉審査指針及びその適用に関する判断のめやすについて　文科省 HP

トリチウムの危険性　汚染水海洋放出、原発再稼働、再処理工場稼働への動きの中で改めて問われる健康被害　遠藤順子　山田耕作　渡辺悦司

原発の後始末 ドイツに見る廃炉　上中下 3 月 1 日～　東京新聞

アメリカ原子力規制委員会 NRC　緊急時計画　50.47Emergency plans（WEB）

放射線像　放射能を可視化する　森敏　加賀谷雅道著　皓星社

高浜原発 3,4 号機運転差止仮処分命令申立事件　判決文（4 月 14 日）　樋口英明裁判長

活性炭式希ガスホールドアップ装置　原子力規制委員会 HP

活性炭式希ガスホールドアップ装置　ATOMICA

「100 ベクレル /kg の飲食物を 1 キロ食べた時の人体への影響」　消費者庁

福島第一原発事故以前の米の放射能汚染度　日本分析センター HP

ベクレルとシーベルトの換算例　東京電力 HP

発電コスト検証ワーキンググループによる評価の概要　松尾雄司

2016 年　泊原発とがん　斉藤武一著　寿郎社ブックレット

米国原発離れが加速「シェール革命」で押され（6 月）　毎日新聞

2017 年　日本列島の全原発が危ない！　広瀬隆著　Days　Japan

フクシマの 6 年後　消されゆく被害　日野暁介　尾松亮著　人文書院

テロの標的　師岡カリーマ　東京新聞本音のコラム 4 月 22 日

韓国の原発銀座で惨事なら「西日本の大半避難」の推定（3 月 7 日）　朝日新聞

「フィルタ付きベント装置」は、どんなもの？　東京電力 HP

東芝破たんに見る原発事業の現状　奥山修平　NERIC　News6 月号

原子力空母の防災基準の見直しとその結果　原子力空母母港化の是非を問う住民投票を成功させる会編

2018 年　国（環境省）が示す毎時 0.23 マイクロシーベルトの算出根拠　東京都環境局

「中学生・高校生のための放射線副読本」の問題点　山田耕作　渡辺悦司

東海発電所の廃止措置　日本原電 HP

クリプトン除去施設の概要　JAEA・HP

エネルギー基本計画案意見公募結果（7 月 2 日）　経産省

2018 年　調査報告書「再生可能エネルギー電源のコスト」 IRENA（国際再生可能エネルギー機関）

河口水域におけるトリチウムの分配～有機物質の役割
アンドリュー・ターナー　ジェフリー E ミルウォード、マーティン・ステンプ

放射能測定マップ + 読み解き集　みんなのデータサイト編　イニュニック

送電線利用ルールは不透明で合理性を欠く　安田陽　東洋経済 9 月

原発のない国へ　第 1 部（3 月 11 ～ 17 日）東京新聞
原発のない国へ　世界潮流を聞く（4 月 14 ～ 17 日）東京新聞

2019 年　原発のない国へ　再生エネへの岐路（2 月 3 ～ 4 日）東京新聞

リチウムの生物影響　ATOMICA

原発再稼働適合性審査を批判する　舘野淳　山本雅彦　中西正之著　本の泉社

11 歳 100 ミリシーベルト被曝の疑い　福島第一事故で　朝日新聞 1 月 21 日

福島第一事故の対応に最大 81 兆円　シンクタンクが試算　朝日新聞 3 月 9 日

太陽光と風力、2018 年に 13% コスト低下、多くの国で 3 ～ 4 円 /kwh に　大場 淳一　日経 BP 総研
クリーンテックラボ

六ヶ所村再処理工場の課題と現状　青森県本部 / 笹田隆志

2019 年～京都大学再生可能エネルギー経済学講座第二期講座より　一連のコラム

2019 年～資源エネルギー庁ホームページ　よくあるご質問

2020 年　伊方原発 3 号機運転差止仮処分命令に対する四国電力の異議申立審　四国電力の異議却下
判決要旨　広島高裁

10 万人当たりのガン死者数の推移　先進国男女別　WHO

10 万人当たりのガン死者数　先進国男女別比較グラフ WHO

特重施設設置で期限、相次ぎ原子力停止に　電気新聞

太陽光発電と風力発電のシステムコストの加重平均予測　出典 : IRENA（国際再生可能エネルギー機関）

疾病構造分析　乳癌　日本　女子　　東京都健康安全研究センター

2021 年～ 2011 年　東京新聞　こちら特報部　一連の原発報道

●著者プロフィール
加藤就一（かとう・しゅういち）

1957年愛媛県西条市生まれ。1980年　早大学政経学部卒業、日本テレビ入社。アメリカ横断ウルトラクイズ総合演出。日本アカデミー賞受賞式総合演出、スーパーテレビ・はじめてのおつかいプロデューサーなどを経て2011年以降、東日本大震災時、報道局NNNドキュメントの統括プロデューサー兼ディレクター。震災発生直後から発災翌年3月末までに震災関連ドキュメントを日テレ系列あわせて31本放送した『3・11大震災シリーズ』がギャラクシー賞報道活動部門『選奨』を受賞。

また、ディレクターとして原発関連のドキュメンタリーを１０本制作し内６本で、ギャラクシー賞選奨、科学技術映像祭優秀賞、放送人の会グランプリ優秀賞ほか、１４の賞を受賞。

‘１１「在住カメラマンが見つめ続けたＦＵＫＵＳＨＩＭＡ」‘１２「活断層と原発、そして廃炉　～アメリカ、ドイツ、日本の選択～」‘１３「チェルノブイリから福島へ　未来への答案」

‘１５「２つのマル秘と再稼働　～国はなぜ原発事故試算を隠したのか？～」

‘１７「お笑い芸人ＶＳ．原発事故　～マコケンの原発取材２０００日～」‘１７「放射能とトモダチ作戦」など。

ごめんなさい、ずっと嘘をついてきました。

福島第一原発　ほか原発一同

2021年3月11日　第1版第1刷発行

著　者　加藤就一
発行者　田島安江
発行所　株式会社 書肆侃侃房（しょしかんかんぼう）
〒810-0041　福岡市中央区大名2-8-18 天神パークビル501
TEL 092-735-2802　FAX 092-735-2792
http://www.kankanbou.com　info@kankanbou.com
編　集　田島安江・棚沢永子
DTP　前原正広
印刷・製本　亜細亜印刷株式会社

ISBN978-4-86385-451-2　C0093